KB110921

성녀의 구제

히가시노 게이고 장편소설

김난주 옮김

1

길쭉한 플라스틱 화분에 심은 팬지가 조그만 꽃을 송이송이 피웠다. 흙이 부슬부슬 말라 보인다. 그런데도 꽃잎의 선명한 모양은 조금도 일그러지지 않았다. 화려한 꽃은 아니지만, 이런 것을 진정한 강함이라 해야 하리라. 유리문 너머 베란다를 바라보면서 아야네는, 나중에 다른 화분에도 물을 좀 줘야겠네, 하고 생각했다.

"내 얘기 듣고 있는 거야?"

등 뒤에서 그가 말을 건넸다.

아야네는 돌아보면서 방긋 웃었다.

"듣고 있어. 안 들을 리 없잖아."

"그런데 왜 그렇게 반응이 더뎌."

소파에 앉은 채 요시다카가 긴 다리를 바꿔 꼬았다. 그는 스포츠 센터에 다니면서도 가랑이가 좁은 바지를 못 입게 될까 봐 다리와 허리에는 근육이 많이 붙지 않도록 조심하는 듯하다.

"잠시 멍하니 있었어."

"멍하니 있었다고? 당신답지 않군."

요시다카는 단정하게 손질한 눈썹 한쪽을 치켜세웠다.

"좀 놀라서."

"그랬나? 당신도 내 라이프 플랜에 대해서는 잘 알고 있을 텐데."

"물론 알고는 있지."

"하고 싶은 말이 있는 거야?"

요시다카가 고개를 옆으로 약간 기울였다. 여유 있는 태도다. 이런 일은 아무것도 아니라는 듯. 속은 안 그런데 그런 연기를 하고 있을 뿐인지는 아야네도 알 수 없었다.

그녀는 한숨을 내쉬고는 새삼 그의 말끔한 얼굴을 쳐다보았다.

"당신에게는, 그게 그렇게 중요해?"

"그거라니?"

"그러니까…… 아이 말이야."

요시다카는 어이가 없다는 듯이 피식 웃으며 고개를 옆으로 돌렸다가 다시 그녀를 쳐다보았다.

"지금까지 뭘 들은 거야?"

"들었으니까 묻는 거잖아."

아야네가 날카로운 눈빛으로 쏘아보자 요시다카도 정색을 하고서 천천히 고개를 끄덕였다.

"중요해. 내 인생에서 절대 빼놓을 수 없어. 아이를 낳을 수 없다면, 결혼 생활 자체두 의미가 없어. 남녀 사이의 연애 감정 따위는 시간이 지나면 다 없어지는 거니까 말이야. 그런데도 같이 사는 건, 가정을 꾸리기 위해서야. 남자와 여자는 결혼해서 남편과 아내가 되고 그 다음에는 아이를 낳아 아빠와 엄마가 돼. 그렇게 가정을 꾸려야 비로소 평생의 반려라 할 수 있지. 그렇지 않나?"

"나는 그게 전부는 아니라고 생각하는데."

요시다카는 고개를 저었다.

"아니, 나는 그래. 그렇게 믿고 있고, 그 신념을 바꿀 마음도 없어. 그리고 신념을 바꾸지 않는 한, 아이가 생길 가망이 없는 생활을 계속할 수는 없고."

아야네는 관자놀이를 꾹 눌렀다. 머리가 지끈거렸다. 이런 얘기를 듣게 될 줄은 꿈에도 몰랐다.

"결국 이런 거였어? 아이를 낳을 수 없는 여자는 쓸모없다. 그러니 미련 없이 내다 버리고 아이를 낳을 수 있는 새 여자를 들인다. 그런 거였어?"

"말이 좀 심하군."

"맞는 말이잖아."

아야네가 언성을 높인 탓인지, 요시다카가 등을 곧추세웠다. 그리고 미간을 찡그리고는 다소 주저하듯 고개를 끄덕였다.

"당신 입장에서는 그렇겠지. 아무튼 난 내가 세운 라이프 플랜이 중요해. 그 무엇보다 우선시할 정도로."

아야네의 입에서 자신도 모르게 웃음이 흘러나왔다. 물론 웃고 싶은 것은 아니었다.

"당신, 그 말 참 좋아하네. 라이프 플랜이 중요하다. 처음 만났을 때도 제일 먼저 그 말을 했었지."

"아야네, 대체 뭐가 불만이야? 당신도 원하는 것은 다 얻었잖아. 아니, 아직도 원하는 게 있다면 주저 없이 말하라고. 내가 할 수 있는 것은 다 해 줄 테니까. 괜히 고민하지 말고 새 생활을 계획해. 다른 선택의 여지는 없어."

아야네는 고개를 돌려 벽을 쳐다보았다. 벽에는 1미터 정도 길이의 태피스트리가 걸려 있다. 그녀가 석 달이나 걸려 만든 것이다. 그것도 영국에 주문해서 구한 천으로.

굳이 요시다카가 말하지 않아도, 아이를 낳는 것은 그녀 자신의 꿈이기도 했다. 흔들의자에 앉아 나날이 불러 오는 아랫배를 어루만지면서 한 땀 한 땀 천을 이어 붙일 수 있기를 얼마나 바랐던가.

그런데 무슨 신의 장난인지 그런 능력은 타고나지 못했다. 어쩔 수 없는 일이라고 체념하고 다부지게 살아왔다. 요시다카와의 결혼 생활도 잘해 나갈 수 있으리라고 믿었다.

"한 가지만 확인해도 될까? 당신에게는 하찮은 일이겠지만."

"뭐지?"

아야네는 그에게로 몸을 돌리고 심호흡을 했다.

"나에 대한 애정, 그건 어떻게 되었는데?"

요시다카는 허를 찔린 듯 턱을 움찔했다. 그러다 잠시 후 다시 입술에 미소를 머금었다.

"그거야 변함없지."

그가 대답했다.

"그건 단언할 수 있어. 당신을 좋아하는 마음은 변하지 않았어."

아야네에게는 그 말이 새빨간 거짓말로 들렸다. 하지만 그녀 역시 미소지었다. 그럴 수밖에 없었다.

"다행이네."

그녀가 말했다.

"가지."

요시다카가 빙글 몸을 돌려 문 쪽으로 걸어갔다.

아야네도 뒤따르면서 화장대로 시선을 돌렸다. 오른쪽 제일 아래 서랍에 숨겨 둔 하얀 가루가 떠올랐다. 입구를 단단히 봉한 비닐 봉투에 담겨 있는 그것.

그것을 사용하는 길밖에 없겠다고 생각했다. 이미 내 앞에는 빛이 없다.

아야네는 요시다카의 등을 노려보았다. 그리고 그 등을 향해 마음속으로 말을 건넸다.

난 당신을 진심으로 사랑해. 그런데 지금 당신이 한 말은 내 마음을 죽였어. 그러니까 당신도 죽어 줘야겠어.

2

와카야마 히로미는 2층에서 내려온 마시바 부부를 보고서 분위기가 좀 수상하다고 생각했다. 둘 다 웃는 얼굴인데, 가식이 덕지덕지 묻어 있었다. 특히 아야네 쪽이 그런 기척이 강했다. 하지만 히로미는 말을 아꼈다. 그랬다가는 무언가가 무너질 듯한 예감이 들었기 때문이다.

"기다리게 해서 미안하군. 이카이에게 무슨 연락 없었나?"

요시다카가 물었다. 말투가 조금 딱딱하게 느껴졌다.

"아까 전화가 왔어요. 5분 정도면 도착한다고요."

"그럼 샴페인을 딸 준비나 해 둘까."

"내가 할게요."

아야네가 재빨리 나섰다.

"히로미 씨, 테이블에 잔 놓는 거 부탁해."

"네."

"나도 돕지."

부엌으로 사라지는 아야네의 뒷모습을 보면서 히로미는 벽

앞에 있는 장식장의 문을 열었다. 이 앤티크 가구는 300만 엔을 호가하는 것이라고 전에 들은 적이 있다. 물론 안에 진열되어 있는 물건들도 다 고급품이다.

바카라 크리스털의 플루트 글라스 세 개와 베네치안 글라스의 샴페인 잔 두 개를 조심조심 꺼냈다. 주빈에게는 베네치안 글라스로 접대하는 것이 마시바가의 관례이다.

요시다카가 여덟 명이 앉을 수 있는 다이닝 테이블에 런천 매트를 깔기 시작했다. 그는 홈 파티에 익숙하다. 히로미도 테이블 세팅의 순서는 알고 있었다.

그가 깔아 놓은 런천 매트 위에 히로미가 샴페인 잔을 하나하나 올려놓았다. 부엌에서 물 흐르는 소리가 들렸다.

"선생님과 무슨 얘기 했어요?"

히로미가 작은 소리로 물었다.

"딱히."

요시다카는 그녀 쪽을 보지 않고 대답했다.

"얘기했어요?"

그때야 비로소 그가 히로미를 보았다.

"뭘?"

"그러니까……."

그녀가 말을 꺼내는데 인터폰이 울렸다.

"온 모양인데."

요시다카가 부엌을 향해 말했다.

"미안하지만, 나 지금 일하는 중이니까 당신이 나가 봐요."

그런 아야네의 목소리가 들렸다.

"알았어."

요시다카는 벽에 있는 인터폰으로 다가갔다.

10분쯤 지나, 전원이 미소를 머금은 얼굴로 테이블에 둘러앉았다. 히로미 눈에는 모두가 차분한 분위기를 해치지 않을 만큼만 편안하고 느긋한 표정을 짓고 있는 듯이 보였다. 이런 매너는 어떻게 하면 터득할 수 있을까, 그녀는 늘 생각한다. 태어날 때부터 그런 것이라고는 여겨지지 않는다. 마시바 아야네만 해도 지난 1년 사이에 이런 분위기에 쉬이 녹아들었다.

"아야네 씨 요리 솜씨는 여전하네. 보통은 마리네이드 소스 하나에 이렇게 공을 들이지 않잖아."

하얀 생선살을 먹으면서 이카이 유키코가 감탄했다. 요리 하나하나를 칭찬하는 것은 언제나 그녀의 역할이다.

"당신은 인터넷으로 주문한 소스만 사용하니까 말이지."

옆에서 남편인 이카이 다쓰히코가 말했다.

"무슨 소리야. 내 손으로 만들 때도 있다고."

"차조기 소스 말인가? 당신은 뭐만 만들었다 하면 그 소스를 뿌리더군."

"그럼 안 돼? 맛있잖아."

"차조기 소스는 나도 좋아해요."

"그렇죠? 건강에도 좋고."

"아야네 씨, 이 사람 너무 두둔하지 마십시오. 신이 나서 스테이크에도 차조기 소스를 뿌릴지 모르니까."

"어머, 그거 맛있겠네. 다음에 해 봐야지."

유키코의 그 말에 모두가 웃는데, 다쓰히코만 인상을 찌푸렸다.

이카이 다쓰히코는 몇 군데 회사에서 고문을 맡고 있는 변호사다. 물론 마시바 요시다카의 회사도 그중 하나다. 다만 마시바의 회사에서는 경영에도 적극적으로 관여하고 있다고 들었다. 또 다쓰히코와 요시다카는 대학 시절에 같은 동아리에서 활동한 듯했다.

다쓰히코가 와인 쿨러에서 병을 꺼내 히로미의 잔에 따르려고 했다.

"저는 이제 됐어요."

히로미가 잔에 손을 얹고 말했다.

"어, 그래요? 히로미 씨 와인 좋아하지 않았던가?"

"좋아하지만, 천천히 마실게요. 감사합니다."

"흐음."

다쓰히코는 고개를 끄덕이면서 요시다카의 잔에 투명한 와인을 따랐다.

"왜, 어디 안 좋아?"

아야네가 히로미에게 물었다.

"아니요, 그런 게 아니라 요즘 친구들과도 어울려 마시고, 좀 과했다 싶어서……."

"참 좋겠어, 아직 젊어서."

다쓰히코가 아야네의 잔에도 와인을 따르고는 옆 자리에 앉은 아내를 힐끔 쳐다보고서, 자신의 잔에 병을 갖다 대며 말했다.

"당신, 당분간 금주해야 하는데 오늘은 동지가 있어서 다행이군."

"야, 금주까지."

요시다카가 포크를 쥔 손의 움직임을 멈추고 말했다.

"역시 그런 인내도 필요한가 보군."

"그야 갓난아기가 이 사람 젖을 먹고 자라니 그렇지."

다쓰히코가 잔을 흔들면서 말했다.

"젖에 알코올 성분이 섞이면 안 되잖아."

"어느 정도나 참아야 하는 겁니까?"

요시다카가 유키코에게 물었다.

"글쎄요. 의사 선생님은 한 1년이라고 하던데."

"그렇지, 1년."

다쓰히코가 맞장구를 쳤다.

"2년이라도 상관없잖아. 아니지, 이참에 그냥 술을 끊는 게 어때?"

"당신은. 난 앞으로 몇 년이나 힘들게 아이를 키워야 한다고. 그런데 좋아하는 술 한잔 마실 수 없으면 어떻게 견뎌 내. 아니면 당신이 키워 줄 거야? 그렇다면 생각해 볼 수도 있지만."

"알았어, 알았어. 1년 후에는 맥주든 와인이든 마시면 되잖아. 단, 정도껏 마시라고."

"그런 건 당신이 말 안 해도 다 알아."

유키코는 잠시 뾰로통한 표정을 지었다가 이내 웃음 지었다. 표정에 행복이 넘쳐흘렀다. 지금의 그녀에게는 이렇게 남편과 아웅다웅하는 것마저 유쾌한 의식인 듯했다.

이카이 유키코는 두 달 전에 아이를 낳았다. 부부가 기다리고 기다리던 첫아이였다. 이카이 다쓰히코는 올해 마흔둘이고, 유키코는 서른다섯이다. 부부는 종종 '슬라이딩 세이프'란 표현을 쓴다.

오늘 밤의 자리는 그런 부부를 축하하기 위해 마련된 것이었다. 요시다카가 그러자는 말을 꺼냈고, 아야네가 준비했다.

"그럼 오늘은 부모님께 맡기고 왔겠군."

요시다카가 이카이 부부를 번갈아 보면서 말했다.

다쓰히코가 고개를 끄덕였다.

"마음 편히 놀다 오라고 하시더군. 당신들이 갓난아기쯤 충분히 돌볼 수 있다고 팔을 걷어붙이시면서 말이야. 부모님이 가까이 사시니까, 이런 때 아주 좋아."

"그래도 솔직히, 조금은 걱정스러워요. 어머님은 너무 오냐오냐하셔요. 친구들은, 좀 울어도 그냥 내버려 두라고 하는데."

유키코는 눈썹을 찡그리며 말했다.

그녀의 잔이 비었다는 것을 깨달은 히로미가 자리에서 일어났다.

"저, 물이라도 가져올게요."

"냉장고에 생수가 있으니까, 병째로 들고 와."

아야네가 말했다.

히로미는 부엌에 가서 냉장고 문을 열었다. 500리터는 됨직한 거대한 투 도어 냉장고다. 문 안쪽에 생수병이 주르르 꽂혀 있었다. 그중 하나를 꺼내 들었다. 냉장고 문을 닫고 자리로 돌아가려다 아야네와 눈이 마주쳤다. '고마워'란 모양으로 아야네의 입술이 움직였다.

"아이가 생기니까 역시 생활도 바뀌지?"

요시다카가 물었다.

"바깥일은 몰라도 일상생활은 아이 중심으로 돌아가더군."

다쓰히코는 그렇게 대답했다.

"어쩔 수 없잖나. 그리고 일도 전혀 관계가 없다고는 할 수 없겠지. 아이가 태어나서 책임감도 싹텄을 테고, 더 열심히 해야겠다는 마음가짐도 강해졌을 테니까."

"그건 그렇지."

아야네가 히로미에게서 생수병을 받아 들고 각자의 잔에 따르기 시작했다. 그 입가에 미소가 어려 있었다.

"그러는 자네는 어떻게 되었나? 이제 아이를 가져야지."

다쓰히코가 요시다카와 아야네의 얼굴을 차례로 보며 말했다.

"결혼한 지 1년이 지났으면 둘만의 생활에도 슬슬 싫증이 날 텐데."

"여보."

유키코가 눈치를 주듯 남편의 팔을 툭 쳤다.

"괜한 소리 하지 마."

"아, 뭐, 사람에 따라 다르기는 하지만."

다쓰히코는 애써 웃으면서 잔을 비운 후, 히로미를 보고서 물었다.

"히로미 씨는 요즘 어때? 아, 괜한 걸 묻는 게 아니라 학원 생활에 별다른 문제가 없느냐고 묻는 거야."

"네, 요즘은 그럭저럭. 아직 모르는 것도 많지만."

"히로미 씨에게 완전히 맡긴 거야?"

이번에는 유키코가 아야네에게 물었다.

아야네는 고개를 끄덕거렸다.

"이제 히로미 씨에게 더 가르칠 게 없어."

"와, 대단하네."

유키코가 감탄스럽다는 듯이 히로미를 쳐다보았다.

히로미가 입가에 미소를 머금고 고개를 살짝 숙였다. 사실 이카이 부부가 히로미의 일에 얼마나 관심을 갖고 있을지는 의문스럽다. 어쩌면 이 자리에 어울리지 않게 두 부부 사이에 끼어 식사하고 있는 아가씨에 대해서도 조금은 얘기를 해 줘야 불쌍하지 않을 것이라고 생각할 뿐인지도 모른다.

"참, 두 분에게 선물이 있어요."

아야네가 자리에서 일어나 소파 뒤에 놓인 큼지막한 쇼핑백을 가져왔다.

"자요."

그녀가 내미는 쇼핑백을 들여다보고 유키코는 입을 두 손으로 가리면서 과장스럽게 놀란 표정을 지었다.

그것은 천을 조각조각 이어 만든, 보통 사이즈보다 한결 작은 침대 커버였다.

"아기 침대에 커버로 써 줬으면 해서."

아야네가 말했다.

"침대에 쓸 수 없게 되면 태피스트리처럼 벽에 걸어도 되고."

"멋지다. 고마워, 아야네 씨."

유키코가 감격에 겨운 표정을 지으며 퀼트 커버의 끝자락을 쥐었다.

"소중하게 쓸게. 정말 고마워."

"야, 이거 굉장한 역작인데요. 이런 거 만들려면 시간이 상당히 걸릴 텐데."

다쓰히코가 동의를 구하듯 히로미에게 시선을 돌렸다.

"반년쯤 걸렸죠, 아마?"

히로미가 아야네에게 확인했다. 이 작품의 제작 과정에 대해서는 히로미도 어느 정도 알고 있다.

"글쎄, 얼마나 걸렸더라."

아야네가 고개를 갸웃거렸다.

"아무튼 좋다고 하니까 나도 좋네."

"그럼, 좋고말고. 이런 작품을 받아도 되는지 모르겠네. 당신, 이런 게 얼마나 비싼 줄 알아? 게다가 미타 아야네의 작품이라고. 긴자에서 전시회할 때, 싱글 베드 커버에 100만 엔이 붙어 있었다니까."

"어유, 그래?"

다쓰히코의 눈이 동그래졌다. 정말 놀란 듯 보였다. 그저 천을 이어 붙였을 뿐인데, 하는 표정이 묻어났다.

"아주 열심히 만들던걸."

요시다카가 말했다.

"내가 쉬는 날에도 저 소파에 앉아서 내내 바느질이더라고, 종일을 말이야. 어지간하다 싶었지."

요시다카는 턱으로 거실에 있는 소파를 가리켰다.

"때맞춰 완성되어 다행이야."

아야네가 눈을 가늘게 뜨고 중얼거렸다.

식사가 끝나자 거실로 자리를 옮겼다. 남자들은 위스키를 마시기로 하고 유키코는 커피를 더 마시고 싶다고 해서 히로미가 부엌으로 가려는데 아야네가 막아섰다.

"커피는 내가 끓일게. 히로미 씨는 술과 얼음을 준비해 줘. 칵테일용 얼음은 냉동고에 있어."

아야네는 수도꼭지를 틀어 주전자에 물을 받았다.

히로미가 위스키와 얼음을 쟁반에 담아 거실로 돌아오자, 이카이 부부와 요시다카는 정원 얘기를 하고 있었다. 이 집 정원은 밤에도 꽃과 나무를 감상할 수 있도록 조명이 설치되어 있다.

"이 정도로 정원을 잘 가꾸려면 품이 꽤 많이 들겠는걸."

다쓰히코가 말했다.

"잘은 모르겠지만, 심심하면 손질을 하는 것 같더군. 2층 베란다에도 화분이 많은데, 날마다 열심히 물을 주더라고. 고생스럽겠다 싶은데, 본인은 그렇지도 않은가 봐. 꽃을 좋아하는 거겠지."

요시다카는 정원 얘기에 별 흥미가 없는 투였다. 히로미는
그가 자연이나 식물에 무관심하다는 것을 알고 있었다.

아야네가 커피 석 잔을 쟁반에 담아 들고 왔다. 히로미는 얼
른 잔에 얼음을 담고 위스키를 따랐다.

이카이 부부가 이제 그만 가겠노라는 뜻을 비친 것은 11시
가 지나서였다.

"맛나게 먹고 마셨네. 게다가 멋진 선물까지 받고. 어째 좀
미안한걸."

자리에서 일어나면서 다쓰히코가 말했다.

"다음에는 우리 집에도 놀러 오라고. 갓난아기 덕분에 온
집안이 엉망이지만 말이야."

"며칠 있다 다 치울 거야."

유키코가 남편의 옆구리를 쿡 찌르고는 아야네를 향해 웃
으면서 말했다.

"우리 왕자님 한번 보러 와. 찹쌀떡처럼 둥글넓적한 얼굴이
지만."

"꼭 갈게."

아야네는 대답했다.

히로미도 가 봐야 할 시간이었다. 이카이 부부와 함께 자리
를 뜨기로 했다. 다쓰히코가 택시로 집까지 데려다 주겠노라

고 했다.

"히로미, 나 내일부터 며칠 자리를 비울 거야."

현관에서 신발을 신는 히로미에게 아야네가 말했다.

"맞아, 내일부터 사흘이나 연휴지. 어디 여행 가?"

유키코가 물었다.

"아니, 친정에 갈 일이 생겨서."

"친정이면, 삿포로?"

아야네는 웃는 얼굴로 고개를 끄덕였다.

"아버지 상태가 좀 안 좋으신가 봐. 그래서 엄마 도와드리러. 그리 심한 것 같지는 않지만."

"걱정되겠군요. 그런 때 축하 파티까지 해 주고. 이거 점점 더 미안해지는걸."

다쓰히코가 머리를 긁적거리며 말했다.

아야네는 고개를 저었다.

"괜찮아요. 정말 병세가 심해서 그런 건 아니니까. 그럼 히로미, 부탁해. 무슨 일 있으면 휴대 전화로 연락하고."

"언제쯤 돌아오세요?"

"글쎄, 잘 모르겠는데."

아야네가 고개를 갸우뚱 기울였다.

"가 봐서, 일정이 잡히면 전화할게."

"네."

히로미는 슬쩍 요시다카의 눈치를 살폈다. 그는 엉뚱한 곳을 쳐다보고 있었다.

마시바의 집에서 나와 큰길로 접어들 즈음 다쓰히코가 택시를 잡았다. 먼저 내릴 히로미가 마지막으로 올라탔다.

"아기 얘기만 너무 많이 한 건가."

택시가 출발하고 얼마가 지나 유키코가 중얼거렸다.

"왜, 무슨 상관이야? 출산을 축하해 주려고 부른 건데."

조수석에 앉은 다쓰히코가 그렇게 말했다.

"그래도, 그 부부를 좀 더 배려했어야 하지 않나 걱정스러워서 그러는 거지. 아이 가지려고 애쓰고 있잖아."

"전에 그렇게 들은 적이야 있지만."

"역시, 안 생기는 건가. 히로미 씨는 뭐 들은 얘기 없어?"

"아니요, 전 아무것도."

"그렇구나."

유키코는 낙담한 듯이 한숨을 쉬었다. 히로미는, 무슨 정보를 캐내려고 집까지 데려다 주겠다고 했는지도 모른다고 생각했다.

다음 날 아침, 히로미는 평소대로 아침 9시에 집을 나서서 다이칸야마에 있는 '앤즈 하우스'로 향했다. '앤즈 하우스'는 빌린 아파트를 리모델링해서 퀼트를 가르칠 수 있게 꾸민 일종의 학원이다. 단, 학원을 개설한 사람은 그녀가 아니라 아야네였다. 서른 명 정도 되는 학생들도 미타 아야네에게 직접 기술을 배우기 위해 다니는 사람들이다.

히로미가 엘리베이터에서 내리는데, 학원 앞에 서 있는 아야네가 보였다. 옆에는 여행 가방이 놓여 있었다. 아야네가 히로미를 보고서 빙그레 웃었다.

"웬일이세요?"

"별일 아니야. 이걸 맡기려고."

아야네는 재킷 주머니에서 주섬주섬 뭔가를 꺼냈다. 내미는 그녀의 손바닥에 열쇠가 있었다.

"이건······."

"우리 집 열쇠. 어제도 말했지만 언제 돌아올지 잘 모르는 데다 집이 좀 걱정스러워서. 그래서 이거 일단 맡겨 두려고."

"아, 그러세요······."

"싫어?"

"아니요. 선생님은 열쇠 있으세요?"

"나는 없어도 상관없어. 돌아오기 전에 연락할게. 그리고 만약 히로미에게 다른 볼일이 있어도 밤 되면 남편이 있을 테고."

"그럼 맡을게요."

"잘 부탁해."

아야네는 히로미의 손을 잡고 그 위에 열쇠를 올려놓았다. 그러고는 손가락을 접어 꼭 쥐여 주었다.

"그럼."

아야네는 여행 가방을 끌면서 걸음을 내디뎠다. 저도 모르게 히로미는 그 뒷모습에 말을 건넸다.

"저, 선생님……."

아야네가 걸음을 멈췄다.

"응, 왜?"

"아니요. 조심해서 다녀오시라고요."

"고마워."

아야네는 빈손을 살랑살랑 흔들고는 다시 걸어갔다.

퀼트 수업은 저녁까지 계속되었다. 학생들은 들고 나면서 면면이 바뀌었지만 히로미는 쉴 틈이 없었다. 마지막 학생을 보내고 나자 어깨와 목덜미가 뻐근했다.

히로미가 뒷정리를 하고 방을 나서려는데 휴대 전화가 울렸다. 액정 화면을 보고는 순간적으로 숨을 삼켰다. 요시다카였다.

"일은 다 끝났나?"

그가 불쑥 물었다.

"방금 전에 끝났어요."

"그래? 난 지금 회식 중이야. 끝나면 바로 돌아갈 테니까,

집으로 오지."

아주 자연스럽게 그렇게 말해, 히로미는 금방 대답할 수가 없었다.

"왜, 다른 일이 있나?"

"그런 건 아니지만…… 괜찮나요?"

"괜찮고말고. 눈치 챘을지도 모르겠지만, 그 사람 당분간은 돌아오지 않을 거야."

히로미는 옆구리에 낀 가방을 보았다. 그 안에는 오늘 아침에 받은 열쇠가 들어 있다.

"그리고 하고 싶은 얘기도 있어."

"무슨 얘기요?"

"만나서 하지. 9시까지는 들어갈 거야. 오기 전에 전화해 줘."

일방적으로 그렇게 말하고 그는 전화를 끊었다.

히로미는 파스타로 유명한 패밀리 레스토랑에서 저녁을 먹은 후 요시다카에게 전화를 걸었다. 그는 벌써 집에 들어가 있었다.

"얼른 오라고."

말투에서 설렘이 묻어났다.

택시를 타고 요시다카의 집으로 가는 내내 히로미는 자신이 현오스러웠다. 그렇듯 당당한 요시다카의 태도에 눈살이 찌푸려지지만 한편으로는 자신도 설레고 있다는 것을 부정할 수 없었다.

요시다카는 싱글거리며 맞아 주었다. 눈치를 보거나 움찔거리는 구석은 조금도 없고, 모든 행동에 여유가 있었다.

거실에는 커피 향이 떠돌고 있었다.

"내 손으로 커피를 끓이는 게 너무 오랜만이라서 말이야, 맛있을지 모르겠군."

요시다카는 부엌에 들어가 양손에 커피 잔을 들고 돌아왔다. 잔 받침은 사용하지 않는 듯했다.

"처음 보네요, 요시다카 씨가 부엌에 들어가는 거."

"그래? 하긴, 그렇겠지. 그 사람과 결혼한 후로는 부엌에 얼씬하지 않았으니."

"선생님이 헌신적이라서."

히로미는 커피를 마셨다. 짙고 쌉쓸한 맛이 났다.

요시다카의 입가도 일그러졌다.

"커피를 너무 많이 넣었나 보군."

"다시 끓일까요?"

"아니 됐어. 다음에 부탁하지. 그건 그렇고."

그는 커피 잔을 대리석 테이블에 내려놓았다.

"어제, 그 사람에게 말했어."

"역시……."

"상대가 당신이란 얘기는 안 했어. 그 사람이 모르는 여자라고만 했지. 어디까지 믿을지는 모르겠지만."

오늘 아침, 열쇠를 맡기러 왔을 때 본 아야네의 얼굴이 떠올랐다. 그 웃는 얼굴에 무슨 속셈이 숨어 있을 것 같지는 않았다.

"선생님은 뭐라고 하시던가요?"

"음, 순순히 납득하던데."

"정말요?"

"그럼. 말했잖아, 그 사람은 나를 거역하지 않는다고."

히로미는 고개를 저었다.

"이런 말 하는 거 좀 이상하지만, 이해가 안 돼요."

"그러기로 이미 룰을 정했다니까. 물론 내가 제안한 룰이지만. 이제 고민할 필요가 없어졌어. 모든 게 다 해결되었다고."

"안심해도 되는 거죠?"

"물론이지."

그렇게 말하고 요시다카는 히로미의 어깨에 팔을 두르고 꽉 껴안았다. 히로미는 그에게 몸을 맡겼다. 그의 입술이 귀에 다가오는 기척이 느껴졌다.

"아무튼 오늘 밤은 자고 가라고."

"침실에서요?"

요시다카는 입술 끝을 비틀었다.

"손님방이 있잖아. 거기 침대도 더블이야."

망설임과 당혹스러움, 안도, 그리고 여전히 가시지 않는 불안을 안은 채 히로미는 힘없이 고개를 끄덕였다.

다음 날 아침, 히로미가 부엌에서 커피를 끓이려는데 요시다카가 들어왔다. 시범을 보여 달라는 것이었다.

"저도 선생님한테 배운 건데."

"상관없어. 어떻게 끓이는 건지, 한번 해 봐."

요시다카가 팔짱을 끼고 말했다.

히로미는 드리퍼에 종이 필터를 끼우고 원두 가루를 계량스푼으로 떠서 담았다. 가루의 양을 보고서 요시다카는 고개를 끄덕거렸다.

"여기다 우선은 뜨거운 물을 조금만 따라요, 아주 조금요. 그리고 가루가 부풀 때까지 기다려요."

히로미는 주전자에 끓인 물을 조금 따른 후에 20초 정도 기다렸다가 다시 따르기 시작했다.

"동그라미를 그리듯이 이렇게. 그럼 가루가 둥실 떠오르는 것처럼 부풀어요. 그 상태를 유지하면서 천천히 물을 따르다 이 유리 주전자의 눈금을 보고 이인분이 되었다 싶으면 바로 드리퍼를 들어내면 돼요. 그냥 놔두면 커피가 묽어지니까."

"꽤 어려워 보이는데."

"전에는 손수 끓이지 않으셨어요?"

"커피 메이커를 사용했지. 그런데 결혼하니까 그 사람이 버리더군. 드리퍼로 내려 먹는 게 맛있다면서."

"요시다카 씨가 커피를 아주 좋아하니, 조금이라도 맛있는 커피를 끓여 주려고 그랬겠죠."

요시다카는 입술을 실룩이며 천천히 고개를 저었다. 히로미가 아야네는 정말 헌신적인 여자라는 뜻으로 얘기하면 그는 늘 이런 표정을 짓는다.

"역시 맛있군."

갓 내린 커피를 마시면서 요시다카는 그렇게 말했다.

'앤즈 하우스'는 일요일에는 문을 열지 않는다. 그렇다고 히로미에게 할 일이 없는 것은 아니다. 부업으로 이케부쿠로에 있는 문화 센터에서 강의를 하기 때문이다. 그 일도 아야네가 물려준 것이었다.

요시다카는 일이 끝나면 전화를 달라고 했다. 같이 저녁을 먹으려는 듯했다. 히로미도 거절할 이유가 없었다.

7시가 넘어 강의가 끝났다. 히로미는 돌아갈 준비를 하면서 전화를 걸었다. 그런데 요시다카가 전화를 받지 않았다. 벨만 울릴 뿐 감감무소식이었다. 집 전화에도 걸어 보았지만 마찬가지였다.

잠시 외출한 걸까. 그렇다 해도 휴대 전화를 그냥 두고 나갔을 리 없었다.

할 수 없이 히로미는 그냥 요시다카의 집으로 향했다. 가는 도중에 몇 번이나 전화를 걸었지만 통화하지 못했다.

결국 요시다카의 집 앞까지 오고 말았다. 문틈으로 보니 거실에 불이 켜져 있었다. 그런데도 전화는 받지 않는 것이다.

히로미는 마음을 다잡고 가방에서 열쇠를 꺼냈다. 아야네가 맡기고 간 그 열쇠였다.

현관문은 잠겨 있었다. 열쇠를 꽂고 돌렸다. 현관에도 환하게 불이 켜져 있었다.

히로미는 구두를 벗고 복도로 올라섰다. 희미하게 커피 냄새가 났다. 오늘 아침에 끓인 커피 향이 아직 남아 있을 리 없는데, 요시다카가 새로 끓인 것일까.

거실 문을 열었다. 다음 순간, 그녀는 경악하고 말았다.

요시다카가 바닥에 쓰러져 있었다. 그 옆에는 커피 잔이 나뒹굴고, 검은 액체가 마룻바닥에 좍 퍼져 있었다.

구급차를, 전화, 전화번호, 번호가…….

히로미는 손을 부들부들 떨면서 가방에서 휴대 전화를 꺼냈다. 하지만 어떤 숫자를 눌러야 하는지 도무지 생각나지 않았다.

3

비스듬한 언덕길을 따라 세련되고 웅장한 집들이 죽 늘어서 있다. 가로등 불빛만으로도 집집마다 손질이 잘되어 있다는 것을 충분히 알 수 있다. 집 한 채 마련하는 게 고작인 인종들의 동네는 아닌 듯하다.

구사나기는 길에 경찰차 몇 대가 서 있는 것을 보고 "아저씨, 여기서 세워 주십시오."라고 운전사에게 말했다.

택시에서 내려 걸으면서 손목시계를 보았다. 밤 10시가 지났다. 거참, 오늘 밤에는 꼭 보고 싶은 영화가 있었는데. 극장에서 개봉했을 당시 놓치고 만 국내 영화다. DVD 대여점에서 빌려 보려다가 텔레비전에서 오늘 방영한다는 것을 알고는 그만두었다. 호출을 받고 허둥지둥 나오는 바람에 녹화 예약해 두는 걸 깜박했다.

밤이라 그런지 구경꾼들의 모습은 별로 보이지 않았다. 매스컴 쪽에서도 아직은 몰려오지 않은 듯했다. 시원하게 해결될 사건이면 좋을 텐데. 구사나기는 희미한 기대를 품었다.

사건이 발생했다는 집 앞에 경찰이 긴장한 표정으로 서 있었다. 구사나기가 경찰수첩을 제시하자 "수고가 많습니다." 하며 고개를 숙였다.

내문을 들어서기 전에 집의 외관을 바라보았다. 안에 있는 사람들의 목소리가 길거리까지 들렸다. 실내에 있는 불이란 불은 전부 켜 놓은 듯했다.

나무 울타리 옆에 사람의 모습이 어른거렸다. 어두워서 잘 보이지 않지만 조그만 몸집하며 머리 스타일로 보아 누구일지 짐작이 갔다. 구사나기는 그 인물에게 다가갔다.

"뭐 하는 거야?"

구사나기가 묻자 우쓰미 가오루는 놀라는 기색 하나 없이 천천히 고개를 돌렸다.

"수고가 많으시네요."

밋밋한 말투였다.

"안에 들어가지 않고 여기서 뭐 하냐고 묻잖아."

"아, 뭐."

우쓰미 가오루는 무표정한 얼굴로 고개를 절레절레 저었다.

"울타리하고 정원에 핀 꽃도 보고 그랬어요. 그리고 베란다에 있는 꽃도."

"베란다?"

"네, 저기."

그녀가 위를 가리켰다.

올려다보니 과연 2층에 베란다가 있고, 수많은 꽃이 난간 밖으로 늘어져 있었다. 하지만 특별한 광경은 아니었다.

"내 말은, 안에는 왜 안 들어가냔 말이야."

"사람들이 너무 많아서요. 인구 밀도가 꽤 높아요."

"복잡한 것은 싫다, 그건가?"

"같은 장소를 여러 명이 본다고 무슨 의미가 있는 건 아니잖아요. 감식반에 방해만 될 뿐이지. 그래서 집 바깥을 둘러보는 겁니다."

"둘러보는 게 아니잖나. 내가 보기에는 꽃구경만 하고 있는 것 같은데."

"한 차례 다 둘러봤으니까 그렇죠."

"그럼 됐고. 현장은 봤나?"

"아직 못 봤습니다. 현관에 들어갔다가 다시 나왔어요."

구사나기는 태연하게 대답하는 우쓰미 가오루의 얼굴을 미심쩍은 표정으로 다시 보았다. 누구보다 빨리 현장을 보고 싶어 하는 것이 형사의 본능이라 여겨 왔다. 그런데 이 젊은 여자 수사관은 그 상식에 해당되지 않는 듯했다.

"그러지 말고 같이 가 보자고. 자기 눈으로 직접 보고 확인하는 게 좋은 경우도 많으니까 말이야."

구사나기가 발길을 돌려 현관으로 향하자 그녀는 두말 않고 따라갔다.

아닌 게 아니라 집 안에 수사관들이 우글거렸다. 관할 서의 형사도 있고 구사나기의 동료도 있었다.

후배 기시타니가 구사나기를 보고 쓴웃음을 지었다.

"이렇게 일찍 출근하시느라 고생이 많으셨겠습니다."

"빈정거리는 거야? 그보다, 살인이 맞아?"

"글쎄요, 아직은. 그럴 가능성이 높기는 한데."

"뭐가 그리 애매해. 간단하게 설명해 봐."

"한마디로 이 집 주인이 죽었습니다. 거실에서, 혼자."

"혼자?"

"이쪽으로 와 보세요."

기시타니는 구사나기와 가오루를 거실로 안내했다. 열다섯 평은 족히 됨직한 넓은 공간이었다. 가운데에 대리석 테이블이 있고, 그 주위로 초록색 가죽 소파가 놓여 있었다.

테이블 바로 옆 바닥에 사람이 쓰러져 있었던 자리를 표시한 하얀 테이프가 붙어 있었다. 기시타니는 그곳을 내려다보고는 다시 구사나기 쪽으로 고개를 돌렸다.

"죽은 사람은 마시바 요시다카, 이 집의 주인입니다."

"그건 알고 있어. 오기 전에 들었으니까. 무슨 회사의 사장이라면서?"

"IT 관련 회사인 모양입니다. 오늘은 일요일이라서 회사에는 나가지 않았고, 낮에 외출을 했는지는 잘 모르겠습니다."

"바닥이 젖어 있군."

마룻바닥에 어떤 액체가 쏟아진 듯한 흔적이 남아 있었다.

"커피입니다."

기시타니가 대답했다.

"시신이 발견되었을 때 바닥에 커피가 흘러 있어서, 감식반이 스포이트로 채취했습니다. 커피 잔도 있었고요."

"시신을 처음 발견한 사람은 누구지?"

"그러니까, 그게……."

기시타니는 수첩을 펼쳐 보고는 "와카야마 히로미."라고 대답했다.

"이 집 사모님의 제자라더군요."

"제자?"

"사모님이 유명한 퀼트 작가입니다."

"퀼트? 그런 걸로도 유명해지나?"

"그렇답니다. 저야 아는 바가 없지만."

그리고 기시타니는 우쓰미 가오루를 바라보며 말했다.

"여자라면 알지도 모르죠. 미타 아야네란 이름 들어 본 적 있어? 한자로는 이렇게 쓰는데."

기시타니가 펼친 수첩에 三田綾音이라고 씌어 있었다.

"몰라요."

가오루가 쌀쌀맞게 대답했다.

"왜 여자라면 알 수 있을 거라고 생각하죠?"

"아니, 그냥, 그렇다는 거지."

머리를 긁적거리며 기시타니가 대꾸했다.

그런 대화를 주고받는 둘을 지켜보면서 구사나기는 슬며시 웃음이 나왔다. 젊은 기시타니는 새로 들어온 후배에게 선배 행세를 하고 싶은데, 상대가 여자이다 보니 쉽지 않은 것이다.

"발견하게 된 경위는?"

구사나기가 기시타니에게 물었다.

"실은 부인이 어제 친정에 갔다고 합니다. 그런데 출발하기 전에 와카야마 씨에게 집 열쇠를 맡겼다는군요. 언제 돌아올 지 모르니까 만일을 위해 맡기고 간다면서요. 와카야마 씨가 오늘 저녁에 마시바 씨 혼자 불편한 일은 없을까 염려스러워 전화를 걸어 봤는데, 휴대 전화도 집 전화도 안 받더랍니다. 그래서 불안한 마음에 와 봤다는군요. 처음 전화를 건 것은 7시 좀 넘어서였고, 이 집에 들어온 것은 8시 가까운 때였답니다."

"그리고 시신을 발견했다는 거로군."

"네. 그래서 자신의 휴대 전화로 119에 신고했답니다. 구급 대원이 곧바로 도착했는데, 이미 사망한 후여서 동네 병원 의사를 불러 사망을 확인했답니다. 그런데 사인에 의심스러운 점이 있다면서 구급대원이 관할 경찰서에 연락을 취했죠."

"흐음."

구사나기는 고개를 끄덕이면서 우쓰미 가오루 쪽을 보았

다. 어느 틈에 자리를 떴는지 그녀는 장식장 앞에 서 있었다.

"지금 그 발견자는 어디 있지?"

"와카야마 씨는 경찰차에서 쉬고 있습니다. 계장님이 함께 있고요."

"그 노인네가 벌써 와 있었군. 경찰차에 있는 줄은 몰랐어."

구사나기는 얼굴을 찡그렸다.

"그래 사인은 밝혀졌나?"

"독극물에 의한 사망일 가능성이 높습니다. 자살일 수도 있지만 타살도 배제할 수 없어서 수사권을 우리 쪽에 넘긴 거죠."

"흠, 그래."

구사나기는 부엌으로 들어가는 우쓰미 가오루의 뒷모습을 보며 말했다.

"와카야마 히로미라고 했지? 그 사람이 집에 들어올 때, 문은 잠겨 있었나?"

"네, 그렇습니다."

"창문이나 유리문은?"

"관할 경찰서 수사관이 와서 보니 2층 화장실 창문을 제외하고 모두 잠겨 있었다고 합니다."

"2층에 화장실이 있어? 그 창문으로 사람이 드나들 수 있나?"

"시도해 보지는 않았지만, 아마 힘들 겁니다."

"그럼 자살이로군."

구사나기는 소파에 앉아 다리를 꼬았다.

"아니라면 누가 커피에 독을 넣었다는 얘긴데, 만약 그렇다면 범인은 어떻게 이 집에서 나갔지? 이상하잖아. 관할 경찰서에서는 왜 타살을 염두에 두고 있는 거지?"

"그게 전부라면 살해당했을 가능성은 거의 없겠죠."

"그런데, 그 밖에 또 뭐가 있다는 말인가?"

"관할 서 수사관이 현장을 조사하고 있을 때, 휴대 전화가 울렸다는군요. 사망한 마시바 씨의 것 말입니다. 받아 보았더니 에비스에 있는 어느 레스토랑에서 온 것이었답니다. 마시바 씨가 오늘 저녁 8시에 그 레스토랑에서 식사를 하기로 예약했는데, 시간이 지나도 오지 않아서 확인차 걸었다는 거예요. 예약은 오늘 저녁 6시 반경에 했답니다. 아까도 말했지만 와카야마 씨는 7시쯤 마시바 씨에게 전화를 걸었는데, 그때 이미 받지 않았어요. 6시 반에 예약을 한 사람이 7시에 자살을 했다는 것이 아무래도 좀 이상하잖습니까. 관할 서의 판단에 타당성이 있다고 보는데요, 저는."

기시타니의 설명에 구사나기는 또 얼굴을 찡그리며 손가락 끝을 구부려 눈썹 옆을 긁적거렸다.

"진즉에 그 말을 했어야지."

"선배님 질문에 대답하느라 그만 깜박했습니다."

"아무튼 알았어."

구사나기는 자신의 양 무릎을 탁 치면서 일어섰다. 우쓰미 가오루는 부엌에서 나와 다시 장식장 앞에 서 있었다. 그녀의 등을 향해 다가갔다.

"선배가 설명하고 있는데 왜 그리 왔다 갔다 하는 거야?"

"얘기는 다 들었습니다. 기시타니 선배, 고마워요."

"천만에."

기시타니가 어깨를 으쓱했다.

"장식장에 이상한 점이라도 있나?"

"네, 여기요."

그녀가 장식장 안을 가리켰다.

"이 칸이 다른 칸에 비해 좀 썰렁하지 않나요?"

과연 그 칸만 부자연스럽게 비어 있었다. 무슨 그릇이 놓여 있던 자리 같았다.

"그렇군."

"부엌을 보았더니 샴페인 잔 다섯 개가 씻은 채로 그냥 놓여 있던데요."

"그럼 그 잔이 여기 있었던 것 아닐까."

"그렇겠죠."

"그런데, 그게 뭐?"

우쓰미 가오루는 구사나기를 올려다보며 입술을 약간 움직였다가 생각을 바꾼 듯 고개를 저었다.

"아무것도 아닙니다. 최근에 파티를 했나 싶었을 뿐이에요. 샴페인 잔은 그런 때만 사용하니까요."

"흐음, 듣고 보니 그렇군. 이 정도 부자면 집에서도 파티를 자주 하겠지. 하지만 최근에 파티를 했다고 해서 자살할 만한 고민이 없었다고는 할 수 없잖아."

구사나기는 기시타니 쪽을 돌아보며 말을 이었다.

"인간이란 복잡하고 모순으로 가득하니까 말이야. 바로 전에 파티를 하며 한껏 기분을 냈든, 레스토랑에 예약한 직후든, 죽고 싶을 때는 결국 죽는다니까."

"아, 예."

기시타니는 그저 고개를 끄덕이는 시늉을 했다.

"부인은?"

구사나기가 물었다.

"네?"

"피살자, 아니지, 사망자의 부인 말이야. 연락했겠지?"

"그게 아직……. 연락이 잘 안 됩니다. 와카야마 씨 말로는 부인의 친정이 삿포로랍니다. 게다가 시내에서 좀 떨어진 곳이라, 연락이 된다 해도 오늘 중에 오기는 힘들 겁니다."

"홋카이도라. 힘들겠군."

오히려 다행이지 하면서 구사나기는 안도했다. 부인이 남편의 부보를 접하고 달려온다면 그때까지 누구든 남아서 기다려야 한다. 마미야 계장은 그런 일을 대개 구사나기에게 명한다.

시간도 늦었으니 탐문 조사는 내일 시작될 것이다. 잘하면 오늘 밤은 집에 돌아갈 수 있겠구나 기대하려는 차에 현관문이 열리면서 마미야의 네모난 얼굴이 나타났다.

"구사나기, 와 있었나? 늦었군."

"온 지 한참 되었습니다. 사건에 대해서도 기시타니에게 대충 들었고요."

마미야는 고개를 끄덕이고는 뒤를 돌아보았다.

"이리 들어오시죠."

마미야의 말에 거실로 들어선 사람은 이십 대 중반쯤 된 호리호리한 여자였다. 적당히 긴 머리가 요즘 여자답지 않게 무척 검었다. 머리 색 때문에 하얀 피부가 한결 두드러져 보였다. 아니 하얗다기보다 창백하다는 표현이 지금은 적절할지도 모르겠다. 아무튼, 누가 봐도 미인에 속하는 여자였다. 화장도 요란스럽지 않았다.

와카야마 히로미인 모양이군. 구사나기는 그렇게 짐작했다.

"그러니까 이 방에 들어서자마자 시신을 보았다는 얘기죠? 그럼 대충 지금 서 있는 곳에서 본 겁니까?"

고개를 약간 숙이고 있던 와카야마 히로미가 마미야의 질문에 소파 쪽으로 힐금 시선을 돌렸다. 시신을 발견하던 순간을 되새기고 있는 듯했다.

"네. 이쯤이었을 거예요."

그녀가 기어 들어가는 소리로 대답했다.

야윈 데다 안색이 나빠서인지 서 있는 것조차 힘겨워 보였다. 시신을 발견했을 당시의 충격도 아직 가시지 않았을 것이다.

"그리고 이 거실에 마지막 들어온 것이 그제 밤이라는 얘기죠?"

마미야가 재차 확인하듯 물었다.

"네."

와카야마 히로미가 고개를 끄덕였다.

"그때와 다른 점은 없습니까? 사소한 것이라도 좋습니다."

그녀는 겁에 질린 표정으로 실내를 돌아보았다. 그러고는 이내 고개를 저었다.

"잘 모르겠어요. 그제는 다른 사람들도 있었고, 식사를 한 후였기 때문에……."

떨리는 목소리였다.

마미야는 미간을 찡그리면서도 고개를 끄덕였다. 어쩔 수 없군, 하는 표정이었다.

"피곤하실 텐데 죄송합니다. 오늘 밤은 푹 쉬세요. 내일 다시 한번 말씀을 들어야 할 텐데, 괜찮겠습니까?"

"괜찮아요. 하지만 제가 할 수 있는 얘기는 그다지 없어요."

"그럴지도 모르죠. 다만 우리로서는 좀 더 자세한 얘기를 듣고 싶으니까요. 아무쪼록 수사에 협조해 주시기 바랍니다."

"네."

와카야마 히로미는 고개를 숙인 채 짧게 대답했다.

"댁까지 모셔다 드리라고 하겠습니다."

그렇게 말하고 마미야는 구사나기를 보았다.

"자네, 오늘 어떻게 왔지? 차 안 갖고 왔나?"

"아, 죄송합니다. 택시 타고 왔는데요."

"뭐야, 하필 이런 날."

"요즘은 차를 잘 몰지 않아서."

마미야가 혀를 끌끌 차자, 우쓰미 가오루가 말했다.

"전 차 가져왔는데요."

구사나기는 놀라 돌아보았다.

"차? 세월 좋군."

"차 몰고 밥 먹으러 가는 중에 연락을 받아서요. 죄송합니다."

"사과할 거까진 없어. 그럼 자네가 와카야마 씨를 모셔다 드리겠니?"

마미야가 물었다.

"네, 그러죠. 그 전에 한 가지, 와카야마 씨에게 질문을 해도 될까요?"

우쓰미 가오루의 말에 마미야는 허를 찔린 듯한 표정을 지었다. 와카야마 히로미도 움찔하면서 긴장하는 기색이었다.

"뭐지?"

우쓰미 가오루는 와카야마 히로미를 쳐다보면서 앞으로 한 걸음 나섰다.

"마시바 요시다카 씨는 커피를 마시던 중에 쓰러진 것 같은데, 평소 잔 받침을 사용하지 않나요?"

퍼뜩 놀란 듯 와카야마 히로미는 눈을 크게 떴다. 그 눈빛이 흔들리고 있었다.

"네, 아마, 혼자서 마실 때는 그랬는지도 모르겠네요."

"그렇다면 어제나 오늘 손님이 있었다는 얘기가 되는데, 짚이는 사람 없어요?"

구사나기는 단정적으로 말하는 우쓰미 가오루의 옆얼굴을 보았다.

"손님이 있었다는 걸 어떻게 알 수 있지?"

"부엌 싱크대에 아직 씻지 않은 커피 잔 한 개와 잔 받침 두 개가 있었어요. 마시바 씨가 혼자서 커피를 마셨다면 잔 받침은 없어야죠."

기시타니가 부엌에 들어갔다가 이내 다시 나왔다.

"우쓰미 말이 맞는데요. 잔은 하나인데 받침은 두 개 있습니다."

구사나기는 마미야와 얼굴을 마주 본 후 와카야마 히로미에게 눈길을 돌렸다.

"그 점에 대해서 할 말이 있는지요?"

그녀는 불안한 표정으로 고개를 저었다.

"전, 잘 몰라요. 그제밤에 온 후로는 아까 처음 왔는데, 손님이 있었는지 어떻게 알겠어요."

구사나기는 다시 마미야 쪽을 보았다. 마미야는 생각에 잠긴 얼굴로 고개를 끄덕이고는 입을 열었다.

"알겠습니다. 이렇게 늦은 시간까지 협조해 주셔서 감사합니다. 우쓰미, 모셔다 드려. 그리고 구사나기 자네도 동행하도록."

"네."

마미야의 의도가 짐작이 갔다. 와카야마 히로미는 뭔가를 숨기고 있는 것이 분명했다. 그것을 알아내라는 뜻일 것이다.

셋이서 집을 나섰다.

"여기서 잠깐 기다리세요. 차를 가져올게요."

업무용 차가 아니라서 유료 주차장에 세워 두었다고 한다.

차를 기다리는 동안 구사나기는 옆에 선 와카야마 히로미를 관찰했다. 몹시 겁에 질린 기색이었다. 시신을 본 충격 때문만은 아닌 듯했다.

"춥지 않습니까?"

구사나기가 물었다.

"괜찮아요."

"오늘 밤에 혹시 외출할 계획이⋯⋯?"

"그런 게⋯⋯ 있을 리 없죠."

"그렇군요. 누구와 만나기로 약속하지 않았나 하는 생각이 들어서."

구사나기의 말에 와카야마 히로미가 파르르 입술을 떨며 당혹스러워하는 듯 보였다.

"이런 질문은 몇 번이나 받았겠지만, 다시 한번 묻겠습니다."

"뭐죠?"

"오늘 저녁때, 왜 마시바 씨 집에 전화를 걸었습니까?"

"선생님이 열쇠를 맡기고 갔기 때문에 가끔은 연락을 해 보는 게 좋겠다고 생각했어요. 마시바 씨가 불편해하는 점은 없는지, 있다면 가서 살펴 드려야 한다고 생각했어요."

"그런데 전화를 받지 않아서 집에 와 봤다, 그런 말씀입니까?"

"네."

그녀가 맥없이 고개를 끄덕였다.

구사나기는 고개를 옆으로 비스듬히 기울였다.

"그런데 말이죠, 휴대 전화는 받지 않는 경우도 흔히 있잖습니까. 집 전화 역시 그렇죠. 마시바 씨가 외출을 해서 휴대 전화를 받을 수 없는 상황일지도 모른다는 생각은 하지 않았습니까?"

와카야마 히로미는 잠시 침묵한 후에 천천히 고개를 저었다.

"그런 생각은 안 했어요."

"왜죠? 염려할 만한 일이라도 있었습니까?"

"그런 건 아니에요. 다만 왠지 가슴이 쿵쿵 뛰는 게 이상해서……."

"가슴이 쿵쿵 뛰었다……."

"그러면 안 되나요? 이상하게 가슴이 뛰어서 확인하러 와 봤을 뿐인데."

"그런 뜻은 아닙니다. 다만 열쇠를 맡았다고 그렇게까지 책임 있게 행동하는 사람은 많지 않으니까 대단하다 여겼을 뿐이에요. 더구나 결과적으로 와카야마 씨의 예감이 적중했으니 말이죠."

구사나기의 말을 액면 그대로 받아들이기 힘들다는 듯 와카야마 히로미는 고개를 돌렸다.

연지색 파제로가 다가와 멈췄다. 문이 열리고 우쓰미 가오루가 내렸다.

"아니, 사륜 구동이야?"

구사나기의 눈이 동그래졌다.

"승차감이 그리 나쁘지는 않아요. 타세요, 와카야마 씨."

우쓰미 가오루가 그렇게 권하자 와카야마 히로미는 뒷좌석에 올라탔다. 구사나기도 뒤따라 차를 탔다.

운전석에 앉은 우쓰미 가오루는 와카야마 히로미가 사는 곳을 이미 확인했는지 내비게이션에 지명을 찍었다. 가쿠게이 대학 역 부근인 듯했다.

차가 출발하고 조금 지났을 때, 와카야마 히로미가 주춤거리며 말문을 열었다.

"저, 마시바 씨는…… 사고사나 자살이 아닌가요?"

구사나기는 운전석을 보았다. 뒷거울 속에서 우쓰미 가오루와 눈이 마주쳤다.

"아직 단정할 수 없습니다. 부검 결과도 나오지 않았고."

"하지만 두 분은 살인 사건을 담당하는 형사잖아요."

"물론 그렇죠. 하지만 현시점에서는 타살 가능성도 배제할 수 없다, 뭐 그 정도입니다. 그 이상은 말씀드릴 수 없고, 사실 우리도 잘 모릅니다."

"그런가요."

와카야마 히로미가 작은 소리로 대꾸했다.

"와카야마 씨, 그 점에 대해서 한 가지 질문이 있는데, 만약 타살이라면 혹시 짚이는 이유라도 있습니까?"

그녀가 헉 숨을 삼키는 기척이 느껴졌다. 구사나기는 그 입가를 뚫어지게 쳐다보았다.

"모르겠어요. 마시바 씨에 대해서는 선생님의 남편이란 것 외에 거의 아는 게 없습니다."

그녀는 끊어질 듯 가는 목소리로 대답했다.

"그런가요. 나중에라도 무슨 생각이 나면 알려 주십시오."

와카야마 히로미는 잠자코 아무 말이 없었다.

아파트 앞에서 그녀가 내리자, 구사나기가 조수석으로 자리를 옮겼다.

"어떻게 생각해?"

구사나기가 앞을 향한 채 물었다.

"강한 사람이네요."

액셀러레이터를 밟으면서 우쓰미 가오루는 바로 대답했다.

"강하다고? 그런가."

"우리 앞에서는 눈물 한 방울 보이지 않더군요. 계속 참고 있었어요."

"울 만큼 슬프지 않으니까 그럴 수도 있지."

"아니죠. 그 사람은 울었을 겁니다. 구급차가 오기를 기다리는 내내 울었을 겁니다."

"어떻게 알지?"

"화장요. 눈가에 지워진 화장을 다시 고친 흔적이 있었어요."

구사나기는 후배 형사의 옆얼굴을 쳐다보았다.

"그랬어?"

"틀림없어요."

"과연 여자는 보는 눈이 다르군. 아니, 이건 칭찬의 말이라고."

"압니다."

그녀는 피식 웃으며 말했다.

"선배는 어떻게 생각하세요?"

"한마디로 좀 수상해. 아무리 열쇠를 맡았기로 젊은 여자가 남자 혼자 있는 집에 불쑥 찾아간다는 건."

"동감입니다. 저 같으면 절대 안 가죠."

"와카야마 씨와 사망자가 실은 그렇고 그런 사이였다, 이거 지나친 비약일까?"

"비약이 아니라 그렇게밖에 생각할 수 없죠. 두 사람이 오늘 밤에 식사를 같이 하기로 한 것 아닐까요?"

구사나기는 자신의 무릎을 탁 쳤다.

"에비스의 레스토랑에서."

"가게 쪽에서, 시간이 지났는데도 손님이 안 와서 전화를 걸었다고 했잖아요. 그리고 두 명으로 예약했는데 아무도 안 왔다는 것은 마시바 씨는 물론 동행도 오지 않았다는 뜻이죠."

"그 동행이 와카야마 히로미라고 추정하면 앞뒤가 맞는군. 거의 틀림없겠는데."

구사나기는 그렇게 확신했다.

"두 사람이 특별한 관계라는 증거는 바로 확보할 수 있을 겁니다."

"어떻게?"

"커피 잔요. 싱크대 안에 있는 씻지 않은 커피 잔, 그거 두 사람이 사용한 것 아닐까요? 그렇다면 어느 쪽에든 그녀의 지문이 남아 있겠죠."

"흐음, 그건 맞는 말인데, 두 사람 사이가 그렇다고 그녀를 용의자 취급할 수는 없지. 근거가 부족하잖아."

"알아요."

그렇게 대답한 후 그녀는 차를 왼쪽 길가에 세웠다.

"잠깐 전화를 걸어도 되겠죠? 확인할 일이 있어서요."

"물론이야. 그런데 어디에 거는 거지?"

"그야 와카야마 히로미 씨죠."

구사나기가 놀라는 표정을 짓는데도 우쓰미 가오루는 휴대전화를 꺼내 번호를 눌렀다. 잠시 후 연결된 듯했나.

"와카야마 씨세요? 경시청의 우쓰미입니다. 아까는 실례가 많았습니다. ……아니, 별일 아닙니다. 내일 일정을 확인해야 하는데 깜박해서요. ……그렇군요. 알겠습니다. 피곤하실 텐데 죄송합니다. 그럼 푹 쉬세요."

얘기가 끝나자 우쓰미 가오루는 전화를 끊었다.

"내일 뭐 한대?"

구사나기가 대뜸 물었다.

"별다른 예정이 없다는데요. 아마 집에 있을 거랍니다. 퀼트 학원도 쉴 거래요."

"그래?"

"하지만 내일 일정을 확인하기 위해 전화를 건 것만은 아닙니다."

"그럼 또 뭐가 있지?"

"그녀는 우는 목소리였어요. 아닌 척했지만 분명합니다. 집에 들어가 혼자가 되는 순간, 억눌렀던 감정이 폭발했겠죠."

구사나기는 등받이에 기댔던 몸을 일으켰다.

"그걸 확인하려고 전화했단 말이야?"

"특별히 친하지 않아도, 죽었다는 사실에 충격을 받고 울음을 터뜨렸을 수도 있겠죠. 하지만 시간이 어느 정도 지나 새삼 운다는 것은……."

"죽은 사람에게 특별한 감정을 품고 있기 때문이다. 그런 말이로군."

구사나기는 히죽 웃으면서 후배 여형사를 쳐다보았다.

"제법인데."

"무슨 말씀을요."

우쓰미 가오루도 빙그레 웃으면서 사이드 브레이크를 풀었다.

다음 날 아침, 구사나기는 전화벨 소리에 눈을 떴다. 이제 겨우 7시인데……. 전화를 건 사람은 마미야였다.

"부지런도 하십니다."

슬쩍 비아냥거렸다.

"집에서 두 다리 뻗고 잔 걸 고마워하라고. 오늘 아침 일찍 메구로 서에서 회의가 있어. 수사본부가 설치될 거야. 그러니 오늘 밤부터는 밖에서 자야 할 테지."

"그런 말 하려고 일부러 전화한 겁니까?"

"그럴 리가. 자네 지금 바로 하네다로 가야겠어."

"하네다요? 거기는 왜요?"

"뻔하잖나. 마시바 씨의 부인이 삿포로에서 비행기를 타고 올 거야. 그러니 데리러 가란 말이지. 메구로 서로 곧장 데리고 와."

"본인의 동의는 구한 겁니까?"

"그럴 거야. 우쓰미 차 타고 같이 가. 8시에 도착하는 비행기야."

"8시요?"

구사나기는 벌떡 일어났다.

허둥지둥 준비하고 있는데 또 휴대 전화가 울렸다. 이번에는 우쓰미 가오루였다. 벌써 아파트 앞에 와 있단다.

어젯밤의 그 파제로를 타고 하네다 공항으로 향했다.

"거참, 껄끄러운 역할을 또 맡았군. 몇 번을 겪었는데도 유족과 얼굴을 마주하려면 거북하다니까."

"그래도 계장님은 구사나기 선배가 유족 다루기의 명수라고 하던데요."

"허, 그 노인네가 그런 말을 했단 말이야?"

"네. 안심감을 주는 얼굴이라면서."

"무슨 소리야, 그건 또. 얼빠진 얼굴이라는 뜻인가."

구사나기는 혀를 끌끌 찼다.

8시 5분 전에 공항에 도착했다. 도착 로비에서 기다리고 있자니 승객들이 줄지어 나왔다. 구사나기는 우쓰미 가오루와 함께 마시바 아야네의 모습을 찾았다. 베이지색 코트에 파란 여행 가방이 표지였다.

"저 사람 아닐까요?"

우쓰미 가오루가 한 방향을 쳐다보고 있었다.

구사나기도 그녀가 쳐다보는 쪽으로 시선을 돌렸다. 아닌 게 아니라 표지에 딱 맞는 여자가 혼자 걸어 나오고 있었다. 약간 아래를 향한 눈길은 수심에 차 있고, 온몸에서 엄숙한 분위기마저 느껴졌다.

"저 사람이…… 맞는 것 같은데."

그렇게 말하는 구사나기의 목소리가 다소 메어 있었다.

그는 혼란스러웠다. 그녀에게서 눈을 뗄 수가 없었다. 왜 마음이 이렇게 흔들리는지 자신도 알 수 없었다.

4

구사나기와 우쓰미 가오루가 자신들을 소개한 후 마시바 아야네가 처음 한 질문은 요시다카의 시신이 어디 있느냐는 것이었다.

"시신은 지금 검시소에 있습니다. 현재 상황은 알 수 없지만, 나중에 확인해서 알려 드리죠."

구사나기가 대답했다.

"그렇군요. 그럼 지금 바로 만날 수는 없다는 애기네요."

아야네는 침통한 표정으로 눈을 깜박거렸다. 끓어오르는 눈물을 참고 있는 것 같았다. 원래는 그렇지 않을 텐데 피부도 다소 까칠해 보였다.

"부검이 끝나면 시신을 최대한 빨리 돌려드리도록 조처하겠습니다."

구사나기는 자신의 말투가 유난히 딱딱하다고 느꼈다. 유족과 대면할 때면 대체로 조금은 긴장하지만, 평소의 감각과는 미묘하게 달랐다.

"죄송합니다. 잘 부탁드려요."

아야네의 목소리는 여자치고는 낮았다. 하지만 구사나기의 귀 속에서는 오히려 매혹적으로 울렸다.

"메구로 서에서 직접 말씀을 듣고 싶다고 하는데, 괜찮을지요?"

"네. 협조 바란다는 연락이 있었어요."

"부탁드립니다. 차가 준비되어 있으니, 그쪽으로……."

우쓰미 가오루의 파제로 뒷좌석에 그녀를 태우고 구사나기는 조수석에 올라탔다.

"어젯밤에는 어디에 있다가 연락을 받으셨습니까?"

구사나기는 뒤를 돌아보면서 물었다.

"고향의 온천 여관에요. 옛날 친구와 묵으러 갔었죠. 휴대전화의 전원을 꺼 놓아서 전화가 온 줄 몰랐어요. 자기 전에야 음성 메시지를 들었어요."

그리고 아야네는 길게 숨을 내쉬었다.

"장난인 줄 알았어요. 경찰에서 전화가 올 리 없으니까."

"그렇겠죠."

구사나기가 맞장구를 쳤다.

"저, 그러니까, 어떻게 된 일이죠? 난 도무지 뭐가 뭔지 모르겠어요."

아야네가 주춤거리며 묻는 말에 구사나기는 가슴이 아렸다. 그녀는 아마도 이 질문을 가장 하고 싶었을 것이다. 하지만 동시에 묻기가 두려웠을 것이다.

"전화상으로는 어떤 얘기를 들었습니까?"

"남편이 죽었다는 것과, 사인에 의심 가는 점이 있어서 경찰에서 조사하게 될 거란 얘기뿐이었어요. 자세한 것은 전혀……"

전화를 건 경관은 그 이상의 얘기를 할 수 없었을 테지만, 아야네는 악몽으로밖에 여겨지지 않아 몸을 뒤척이며 밤을 새웠을 것이다. 어떤 심정으로 비행기를 타고 왔을지 상상만 해도 구사나기는 숨이 막힐 것 같았다.

"남편은 자택에서 돌아가셨습니다."

구사나기가 말했다.

"사인은 아직 밝혀지지 않았습니다. 눈에 띄는 외상도 없고요. 거실에 쓰러져 있는 것을 와카야마 히로미 씨가 발견했다고 합니다."

"히로미가⋯⋯."

아야네는 숨을 삼켰다.

구사나기는 운전하는 우쓰미 가오루를 보았다. 그러자 그녀도 아주 잠깐 그에게로 눈길을 돌렸다. 둘의 시선이 부딪쳤다.

같은 생각을 하는 모양이라고 구사나기는 생각했다. 와카야마 히로미와 마시바 요시다카의 관계에 대해 우쓰미 가오루와 얘기한 지 아직 열두 시간도 지나지 않았다.

아야네에게 와카야마 히로미는 애제자이다. 홈 파티에 초대했을 정도니 가족처럼 가깝게 지냈을 것이다. 그런 여자가 남편을 가로챘다면, 그야말로 믿는 도끼에 발등 찍힌 꼴이다.

문제는 아야네가 두 사람의 관계를 진즉에 알고 있었을까 하는 것이었다. 가깝게 지낸 사이니 당연히 알고 있었을 것이라고 단정할 수는 없다. 등잔 밑이 어두운 경우를 구사나기는 몇 번이나 경험했다.

"남편에게 지병 같은 것은 없었습니까?"

구사나기의 물음에 아야네는 고개를 저었다.

"없었을 거예요. 정기적으로 건강 검진을 받았는데, 아무 말이 없었으니까요. 술을 즐겨 마시지도 않았고요."

"지금까지 갑자기 쓰러진 일은요?"

"제가 아는 한은 없었어요. 그러니까, 쓰러져 죽는 일은 절대 있을 수 없어요."

아야네는 머리가 지끈거리는지 이마에 손을 대었다.

독극물을 마셨을 가능성에 대해서는 아직 얘기하지 않는 게 좋겠다고 구사나기는 판단했다. 부검 결과가 나올 때까지는 자살 또는 타살의 의혹이 있다는 것을 덮어 두어야 한다.

"현시점에서는 의문사로 추정하고 있습니다. 그런 경우, 사건의 성립 여부와 상관없이 경찰은 최대한 정확하게 현장을 기록해야 합니다. 그래서 와카야마 히로미 씨의 입회하에 현장 검증을 했습니다. 그 시점에서는 부인에게 연락이 되지 않아서요."

"그 얘기는 어젯밤 전화로 들었습니다."

"삿포로에는 자주 가시나요?"

아야네는 고개를 저었다.

"결혼하고 처음 간 거였어요."

"친정에 무슨 일이라도?"

"아버지가 편찮으세요. 그래서 가끔이라도 가 보자 싶어서 갔을 뿐이에요. 그런데 정작 가 보니 웬만하신 것 같아서 친구와 온천에……."

"그랬군요. 그런데 열쇠는 왜 와카야마 씨에게 맡겼죠?"

"내가 없는 동안 혹시라도 무슨 일이 생길지 몰라서요. 그녀는 제 일을 도와주고 있는데, 학생들을 가르치다 보면 집에 보관하고 있는 자료나 작품이 필요한 일도 있거든요."

"와카야마 씨는 남편에게 불편한 점이 없을까 싶어서 전화를 걸었는데 통 받지를 않아 걱정스러워서 집에 가 봤다고 합니다. 와카야마 씨에게 남편을 부탁한다는 말씀도 하셨습니까?"

구사나기는 말을 선별하고 중요한 포인트를 의식하면서 질문했다.

아야네는 미간을 찡그리고 고개를 갸웃거렸다.

"모르겠네요. 그런 부탁을, 했을지도 모르죠. 아니 안 했어도 히로미 씨는 잘 챙기는 사람이라서, 혼자 있는 남편에게 무슨 불편한 점이 있지는 않을까 걱정했을지도 모르겠어요. 그런데, 그건 왜 묻죠? 내가 그녀에게 열쇠를 맡긴 게 무슨 문제라도 되나요?"

"아니요, 그렇지 않습니다. 어제 와카야마 씨가 열쇠를 맡게 된 경위에 대해 들었기 때문에 확인했을 뿐입니다."

아야네는 두 손으로 얼굴을 가렸다.

"정말 믿기지 않아요. 어디 아픈 데도 없었고, 금요일 밤에는 친구를 불러서 홈 파티까지 했는데. 그이도 무척이나 즐거워했는데……."

떨리는 목소리였다.

"어떤 심정일지, 충분히 이해합니다. 홈 파티에 오셨다는 친구는?"

"남편의 대학 시절 친구와 그의 부인이었어요."

아야네는 이카이 다쓰히코와 유키코라고 이름을 덧붙였다. 그리고 얼굴을 가리고 있던 손을 내리고 마음을 굳힌 듯 말했다.

"부탁이 있어요."

"뭐죠?"

"이길로 바로 경찰서에 가야 하나요?"

"들르고 싶은 곳이라도?"

"가능하면 집을 보고 싶어요. 그이가 어떻게 쓰러져 있었는지도 알고 싶고. 안 되나요?"

구사나기는 또 우쓰미 가오루 쪽을 보았다. 하지만 이번에는 눈이 마주치지 않았다. 후배인 여형사는 똑바로 앞을 바라보며 운전에 집중하고 있는 듯했다.

"알겠습니다. 윗사람과 의논해 보죠."

구사나기는 휴대 전화를 꺼냈다.

전화를 받은 마미야에게 아야네의 뜻을 전했다. 마미야는 잠시 망설이다가 알겠다고 대답했다.

"실은 상황이 좀 바뀌었어. 현장에서 얘기를 들어 보는 편이 좋을지도 모르지. 집으로 데려가라고."

"상황이 바뀌었다니요?"

"그건 나중에 얘기하자고."

"알겠습니다."

전화를 끊은 구사나기는 아야네에게 말했다.

"댁으로 가겠습니다."

"고마워요."

그녀가 웅얼거리듯 말했다.

구사나기가 앞쪽에 뻗어 있는 도로를 바라보고 있는데, 아야네가 전화를 거는 소리가 들렸다.

"여보세요, 히로미? 나야. 그래, 알고 있어. 지금 형사와 함께 있어. 집으로 가는 중이야. 많이 놀랐지?"

구사나기는 적잖이 당황했다. 와카야마 히로미가 어떤 반응을 보일지 상상이 가지 않아서였다. 사랑하는 사람을 잃은 슬픔을 이기지 못하고 지금까지 숨겨 왔던 감정을 털어놓을 가능성이 충분했다. 그렇게 되면 아야네도 평정을 유지하지 못할 것이다.

"……그랬나 봐. 히로미는 괜찮아? 어디 아픈 데는 없고? ……그래, 그럼 다행이고. 미안한데, 집으로 좀 와 줄 수 있을까? 강요할 수는 없지만, 히로미 얘기도 들어 보고 싶어서."

다행히 와카야마 히로미는 침착하게 전화를 받고 있는 듯했다. 하지만 아야네가 그녀를 부를 줄이야, 구사나기는 예상치 못한 일이었다.

"그래 그럼, 집에서 봐. ……응, 고마워. 히로미도 무리하지 말고."

아야네가 전화를 끊었다. 코를 훌쩍거리는 소리가 들렸다.

"와카야마 씨도 옵니까?"

구사나기가 물었다.

"네. 아, 안 되는 건가요?"

"아닙니다. 상관없어요. 그녀가 현장을 처음 목격한 사람이 니 얘기를 직접 들어 보는 게 좋겠죠."

그렇게 대답하면서 구사나기는 마음속이 복잡했다. 솔직히 애인이 발견 당시의 상황을 부인 앞에서 어떤 식으로 얘기할 지 흥미로운 한편, 설명을 듣는 아야네의 표정을 유심히 관찰 하면 남편과 제자의 불륜을 사전에 알고 있었는지 파악할 수 있지 않을까 하는 계산도 하고 있었다.

수도 고속도로에서 빠져나온 파제로는 마시바의 집을 향해 달렸다. 어제 우쓰미 가오루는 이 차를 몰고 현장에 왔다. 그 덕분인지 길을 몰라 허둥대는 일은 없었다.

마시바의 집에 도착하니 마미야가 기시타니와 함께 문 앞 에서 기다리고 있었다.

차에서 내린 구사나기는 그들에게 아야네를 소개했다.

"갑작스럽게 이런 일을 당해 상심이 크시겠습니다."

마미야는 아야네를 향해 고개 숙이며 정중하게 말하고는 구사나기 쪽을 보았다.

"사정은 설명했나?"

"대충은 얘기했습니다."

마미야는 고개를 끄덕이고는 다시 아야네 쪽을 보았다.

"실은 부인께 몇 가지 여쭤 보고 싶은 것이 있습니다. 막 도착했는데, 죄송합니다만."

"네, 괜찮습니다."

"일단 안으로 들어가시죠. 기시타니, 집 열쇠."

기시타니가 주머니에서 열쇠를 꺼냈다. 아야네는 당황한 표정으로 그것을 받았다.

문을 열고 집 안으로 들어가는 아야네를 따라 마미야도 들어갔다. 구사나기는 그녀의 여행 가방을 든 채로 뒤따랐다.

"그이는 어디에서?"

집 안으로 들어서자 아야네가 물었다.

"여깁니다."

마미야가 앞서 가며 말했다.

거실 바닥에는 아직도 테이프가 붙어 있었다. 남편이 쓰러졌던 자리를 목격하자 아야네는 입을 손으로 누르면서 멈춰섰다.

"와카야마 씨 말로 남편분은 그곳에 쓰러져 있었다고 합니다."

마미야가 설명했다.

슬픔과 충격이 새삼 아야네의 온몸을 덮친 모양이었다. 그녀는 무너져 내리듯 바닥에 무릎을 꿇었다. 어깨가 파르르 떨렸다. 딸꾹질을 하듯 훌쩍이는 소리가 희미하게 새어 나왔다.

"몇 시쯤이었죠?"

그녀가 가는 목소리로 물었다.

"와카야마 씨가 발견한 시각이 8시 조금 전이었답니다."

"8시에 그이는 뭘 하고 있었던 걸까요?"

"커피를 마시고 있었던 것 같습니다. 치워서 지금은 없지만, 커피 잔이 바닥에 떨어져 있었고 커피도 흘러 있었습니다."

"커피요? 그이가 제 손으로 끓였나."

"무슨 뜻이죠?"

구사나기가 물었다.

"자기 손으로는 아무것도 하지 않는 사람이었어요. 그이가 직접 커피를 끓이는 것은 한 번도 본 적이 없는걸요."

마미야의 눈썹이 피끗 움직였다.

"제 손으로 끓인 적이 없다고요?"

마미야가 재차 확인했다.

"결혼하기 전에는 직접 끓여 마셨던 것 같아요. 하지만 그때는 커피 메이커가 있었으니까."

"그러면 지금 그 커피 메이커는?"

"없어요. 필요 없어서 버렸어요."

마미야의 눈초리가 한층 날카로워졌다. 그런 표정으로 그가 입을 열었다.

"부인, 부검 결과가 나와 봐야 정확하게 알 수 있겠지만, 아무래도 남편은 중독사인 듯합니다."

아야네는 순간적으로 표정을 잃었다가 눈을 부릅떴다.

"중독사라고요? 뭐에 중독되었다는 거죠?"

"그 점은 아직 조사 중입니다. 하지만 현장에 남아 있던 커피를 조사한 결과, 맹독성 물질이 검출된 듯합니다. 즉 남편의 사인은 질병이나 단순 사고가 아닐 수도 있다는 뜻이죠."

아야네는 손바닥으로 입을 막고는 눈을 깜박거렸다. 눈시울이 금세 빨개졌다.

"어떻게 그런 일이……. 그이가 왜?"

"그 점은 아직 수수께끼입니다. 그래서 무슨 짚이는 일은 없는지 부인께 물어보려 한 것입니다."

구사나기는 아까 전화에서 마미야가 '상황이 바뀌었다'고 말하고 현장에 직접 나타난 이유를 알 것 같았다.

"짚이는 일이라니요. 그런 것 전혀 없어요."

"남편과 마지막으로 얘기를 나눈 것이 언제입니까?"

"토요일 아침이오. 제가 집을 나설 때 그이도 함께 나왔어요."

"그때, 남편에게 평소와 다른 점은 없었습니까? 아주 사소한 것이라도 말씀해 주십시오."

아야네는 생각에 잠긴 듯 잠시 말이 없더니 고개를 저었다.

"안 되겠어요. 아무 생각도 못 하겠어요."

그럴 만도 하다고 구사나기는 그녀를 동정했다. 남편이 갑자기 죽은 것만도 충격인데, 의문사다 중독사다 하니 당연히 혼란스러울 것이다.

"계장님, 잠시 쉬게 해 드리는 게 어떨지……"

구사나기가 말했다.

"삿포로에서 서둘러 오느라 많이 피곤할 겁니다."

"음, 하긴."

"아니에요. 괜찮아요."

아야네가 등을 꼿꼿이 펴면서 말했다.

"옷만 갈아입으면 돼요. 어젯밤에 입었던 옷 그대로라서."

"어젯밤이오?"

구사나기가 물었다.

"네. 어떻게든 도쿄로 돌아오려고 미리 준비하고서 방법을 생각했어요."

"그렇다면 밤새 눈을 못 붙였겠군요."

"네. 어차피 잘 수도 없었을 테지만."

"그럼 안 되죠."

마미야가 말했다.

"잠시 쉬는 게 좋겠습니다."

"아니, 괜찮아요. 옷만 갈아입고 바로 돌아오겠어요."

아야네가 일어섰다. 그녀가 거실에서 나가는 것을 보고서 구사나기가 마미야에게 물었다.

"독극물의 성분은 밝혀졌습니까?"

"남아 있던 커피에서 삼산화이비소, 즉 아비산이 검출되었 다고 하네."

마미야가 고개를 끄덕이며 대답했다.

구사나기의 눈이 번뜩였다.

"아비산요? 그 독 카레 사건에 사용된 독극물 말입니까?"

"감식반 말이 아비산나트륨일 가능성이 높다는군. 커피에 포함된 농도로 봐서 요시다카 씨는 치사량보다 훨씬 많은 양 을 마셨을 거래. 오후에 자세한 부검 결과가 나올 테지만, 아 비산 중독이라면 시신의 상태와도 부합된다는 거야."

구사나기는 한숨을 쉬면서 고개를 끄덕였다. 자연사일 가 능성은 거의 없어 보였다.

"요시다카 씨가 제 손으로 커피를 끓이는 일은 없었다고 했 지? 그렇다면 대체 누가 커피를 끓였을까?"

마미야는 혼자 중얼거리듯, 그러나 물론 부하들에게 들리 도록 말했다.

"제 손으로 커피를 끓이는 일도 있었을 겁니다."

불쑥 우쓰미 가오루가 끼어들었다.

"왜 그렇게 단언하지?"

마미야가 물었다.

"그렇게 증언한 사람이 있었으니까요."

우쓰미 가오루는 구사나기를 보면서 말을 이었다.

"와카야마 씨입니다."

"그녀가 뭐라고 했는데?"

구사나기는 기억을 더듬었다.

"어젯밤에 제가 잔 받침에 대해 물었던 거, 기억하세요? 마시바 씨는 커피를 마실 때 잔 받침을 사용하지 않느냐고 물었는데요. 와카야마 씨는 혼자 마실 때는 그럴지도 모르겠다고 대답했습니다."

구사나기는 그때의 대화 내용을 떠올렸다.

"듣고 보니 그렇군. 나도 그 얘기는 들었어."

마미야가 고개를 끄덕였다.

"문제는 부인은 모르는 걸 부인의 제자가 어떻게 아느냐, 그거로군."

"그 점에 대해서 말씀드리고 싶은 것이 있는데요."

구사나기는 마미야의 귀에 대고 우쓰미 가오루와 둘이 얘기했던 내용, 즉 와카야마 히로미와 마시바 요시다카기 특별한 관계인 것은 아닐까 하는 추리를 털어놓았다.

마미야는 구사나기와 우쓰미 가오루를 번갈아 보고는 씩 웃었다.

"자네들도 같은 생각이었군."

"그렇다면 계장님도?"

구사나기가 뜻밖이라는 듯이 마미야를 보았다.

"괜히 나이를 먹은 게 아니라고. 어제 벌써 짐작이 갔어."

마미야는 자신의 머리를 손가락으로 쿡 찔렀다.

"저, 뭐가 어떻게 돌아가는 겁니까?"

기시타니가 옆에서 물었다.

"자네에게는 나중에 가르쳐 주지."

그렇게 대꾸하고서 마미야는 다시 구사나기를 보았다.

"부인 앞에서는 절대 그런 내색 하면 안 돼."

"물론이죠."

구사나기가 대답했다. 옆에서 우쓰미 가오루도 고개를 끄덕거렸다.

"그런데 독극물은 커피에서만 검출되었습니까?"

구사나기가 물었다.

"아니, 한 군데 더 있어."

"어딥니까?"

"드리퍼에 끼워 있는 종이 필터. 정확하게 말하면 종이 필터 안에 남아 있던 커피 찌꺼기라고 해야겠지."

"그렇다면 커피를 내릴 때 커피 가루에 독극물을 섞었다는 겁니까?"

기시타니가 물었다.

"그렇게 추론하는 것이 일반적이지. 그런데 한 가지 가능성이 더 있어."

마미야는 집게손가락을 세웠다.

"사전에 미리 섞어 두는 방법이죠."

우쓰미 가오루가 발언했다.

마미야가 만족스러운 표정으로 고개를 한 번 끄덕였다.

"그래. 커피 가루는 냉장고에 들어 있었어. 감식반에서는 냉장고에 있는 커피 가루에서는 독극물이 검출되지 않았다고 하는데, 그렇다고 전혀 섞여 있지 않았다고는 할 수 없지. 표면에만 뿌려 두었기 때문에 커피 가루를 떠낼 때 완전히 제거되었을 수도 있으니까 말이야."

"만약 그렇다면 사전에 어떻게 뿌렸을까요?"

구사나기가 물었다.

"그거야 모르지. 감식반이 쓰레기봉투에서도 사용하고 버린 종이 필터를 몇 개 회수했는데, 거기에서는 독극물이 나오지 않았어. 당연하지. 거기서도 검출되었다면, 누구든 독이 든 커피를 마시고 죽었어야 하니까."

"싱크대에 씻지 않은 커피 잔이 있었어요."

우쓰미 가오루가 말했다.

"그게 언제 마신 커피 잔인지가 중요하겠죠. 누가 마신 것이냐도."

"그건 이미 알고 있어. 지문 결과가 나왔으니까. 한 사람은 요시다카 씨. 또 한 사람은 자네들이 생각하는 인물."

구사나기와 우쓰미 가오루의 눈길이 마주쳤다. 두 사람의 추리는 이미 증거가 확보된 모양이었다.

"계장님, 실은 와카야마 히로미 씨가 곧 여기로 올 겁니다."

구사나기는 오는 길에 아야네가 와카야마 히로미에게 전화를 걸었다고 말했다.

마미야는 미간을 찡그린 채 고개를 끄덕거렸다.

"마침 잘됐군. 그녀가 언제 커피를 마셨는지 확실하게 알아내라고. 말려들지 말고."

"알겠습니다."

계단을 내려오는 발소리가 들려 네 사람은 대화를 끊었다.

"기다리시게 해서 죄송합니다."

아야네가 그렇게 말하면서 거실로 들어왔다. 엷은 하늘색 셔츠에 검은 바지 차림이었다. 안색이 다소 좋아진 것처럼 보이는 것은 화장을 고쳤기 때문인 듯했다.

"이제 몇 가지 더 물어봐도 괜찮겠습니까?"

마미야가 물었다.

"네. 뭐죠?"

"피곤할 테니, 일단 앉으시죠."

마미야가 소파를 가리켰다.

아야네는 소파에 앉아 유리문 너머로 정원을 바라보았다.

"가엾게, 다 시들어 버렸네요. 물을 주라고 그렇게 부탁했는데, 그이는 꽃에는 관심이 없는 사람이라서."

구사나기도 정원으로 눈길을 돌렸다. 갖가지 화분에 알록달록 꽃이 피어 있었다.

"미안하지만, 꽃에 물을 좀 줘도 될까요? 보기가 안쓰럽네요."

마미야가 당혹한 표정을 짓더니 이내 웃음 지으며 고개를 끄덕였다.

"그러시죠. 급할 건 없으니까."

"미안합니다."

아야네가 일어서서 부엌으로 갔다. 이상하다 싶어 구사나기가 부엌 쪽을 들여다보니, 그녀는 양동이에 수돗물을 받고 있었다.

"정원에는 수도가 없습니까?"

구사나기가 뒤에서 물었다.

아야네가 뒤돌아보며 미소를 머금었다.

"이 물은 베란다 꽃에 줄 거예요. 2층에는 세면실이 없어서."

"아, 그렇군요."

어제 처음 이 집에 왔을 때, 2층 베란다를 올려다보던 우쓰미 가오루가 떠올랐다.

"들어 드리죠."

물이 찰랑거리는 양동이가 꽤 무거워 보여 구사나기가 손을 내밀며 말했다.

"아니요. 괜찮아요."

"저도 괜찮습니다. 2층에 가져가면 되는 거죠?"

"미안해요."

아야네는 꺼져 들어갈 듯한 목소리로 말했다.

부부 침실은 10평쯤 되는 서양식 방이었다. 벽에 거대한 퀼트 태피스트리가 걸려 있었다. 선명한 배색이 구사나기의 눈길을 사로잡았다.

"이건 부인께서?"

"네. 얼마 전에 제작한 작품이에요."

"굉장하군요. 실례되는 말이지만, 난 퀼트를 그저 자수 비슷한 거라고 생각했습니다. 그런데 이렇게 훌륭한 예술일 줄은……."

"예술은요. 퀼트는 생활에 도움이 되는 실용품을 제작하는 게 주목적이에요. 하지만 눈으로도 즐길 수 있다면 더 좋지 않겠어요?"

"물론이죠. 이렇게 멋진 작품을 만들 수 있다니, 대단합니다. 힘은 상당히 들겠지만요."

"시간이 오래 걸리니까 인내가 필요하죠. 그래도 만드는 동안, 즐거워요. 즐기면서 만들지 않으면 좋은 작품도 나오지 않죠."

구사나기는 고개를 끄덕이며 태피스트리를 다시 올려다보았다. 언뜻 보기에는 적당히 색을 늘어놓은 것 같은데, 아야네가 그 색을 즐기면서 만든 것이라 생각하니 바라보기만 해도 마음이 푸근해졌다.

베란다 역시 널찍했다. 다만 빼곡하게 놓여 있는 플라스틱 화분 때문에 한 사람이 겨우 움직일 공간밖에 없었다.

아야네가 구석에 놓여 있는 깡통을 들었다.

"이거, 재미나게 생겼죠?"

그렇게 말하면서 구사나기에게 보여 주었다.

깡통 밑바닥에 조그만 구멍이 여러 개 뚫려 있었다. 그녀는 그 깡통으로 양동이 물을 퍼 올렸다. 그리고 구멍에서 쫄쫄 떨어지는 물을 화분에 뿌리기 시작했다.

"하하하. 물뿌리개 대용품이로군요."

"네. 물뿌리개는 양동이에서 물을 푸기가 어렵잖아요. 그래서 빈 깡통에 송곳으로 구멍을 뚫었어요."

"아이디어가 좋군요."

"그렇죠? 그런데 우리 그이는 이런 짓까지 해 가면서 베란다에 꽃을 키우는 심리를 이해할 수 없다고 하더군요."

그렇게 말한 후, 아야네는 갑자기 표정이 굳어지더니 그대로 쭈그려 앉았다. 깡통에서는 물이 계속 떨어졌다.

"부인."

"미안해요. 그이가 이 세상에 없다는 게 도무지 믿기지 않아서……."

"당장 믿으라고 하는 게 오히려 무리죠."

"아시겠지만, 우리는 결혼한 지 아직 1년밖에 되지 않았어요. 새 생활에 겨우 익숙해져서, 그이가 뭘 좋아하는지 이제야 알게 되었는데. 둘이서 행복하게 많은 것을 함께할 줄 알았는데."

한 손으로 얼굴을 가리고 고개 숙인 아야네에게 구사나기는 뭐라 말을 건네면 좋을지 몰랐다. 그녀를 에워싸듯 피어 있는 꽃들의 화사함이 지금은 애처롭게만 보였다.

"미안해요."

그녀가 중얼거렸다.

"이래서야 수사에 도움이 안 되겠죠. 정신을 차려야 하는데."

"심문을 다음에 할까요?"

구사나기는 자신도 모르게 그런 말을 꺼내고 말았다. 마미야가 옆에서 들었다면 떨떠름한 표정을 지었을 것이다.

"아니요, 괜찮아요. 나 역시 하루빨리 진상을 알고 싶으니까요. 그런데 아무리 생각해도 모르겠어요. 왜 그이가 독극물 같은 것을……."

아야네가 그렇게 말했을 때 인터폰이 울렸다. 그녀는 화들짝 놀라며 일어나 아래를 내려다보았다.

"히로미."

아야네는 아래를 향해 이름을 부르면서 맥없이 손을 들었다.

"와카야마 씨인가요?"

네, 하면서 아야네가 방으로 들어갔다.

그녀가 방에서 나가자 구사나기도 뒤따라갔다. 계단을 내려가니 우쓰미 가오루가 복도에 있었다. 그녀도 인터폰 소리를 들었을 것이다. 구사나기는 조그만 소리로 "와카야마 히로미가 왔어."라고 전했다.

아야네가 현관문을 열었다. 밖에 와카야마 히로미가 서 있었다.

"히로미."

아야네가 울먹거리며 불렀다.

"선생님, 괜찮으세요?"

80

"응, 괜찮아. 와 줘서 고마워."

그러면서 아야네가 히로미를 끌어안았다. 그러고는 엉엉 소리 내어 어린애처럼 울기 시작했다.

5

와카야마 히로미에게서 몸을 뗀 마시바 아야네가 눈가를 손가락으로 닦아 낸 후, "미안해요."라고 작은 소리로 말했다.

"꾹 참고 있었는데 히로미의 얼굴을 보는 순간 그만 감정이 폭발했나 봐요. 미안해요. 이제 괜찮아요."

구사나기는 미소를 띠려 애쓰는 아야네가 안쓰러웠다. 한시 빨리 혼자 있게 해 주고 싶었다.

"선생님, 제가 도울 일이 있을까요?"

와카야마 히로미가 눈을 치켜뜨고 아야네를 보면서 물었다.

아야네는 고개를 저었다.

"와 준 것으로 충분해. 그리고 지금은 아무 생각도 할 수가 없어. 아무튼 들어와서 자세한 얘기를 해 줘."

"저, 부인."

두 여자를 보면서 구사나기가 얼른 말했다.

"실은 우리도 와카야마 씨에게 확인할 것이 있습니다. 어젯밤에는 경황이 없어서 얘기를 제대로 듣지 못했거든요."

당황한 듯 와카야마 히로미의 눈빛이 흔들렸다. 그녀는 시신을 발견할 당시의 정황은 충분히 설명했으니 더는 할 얘기가 없다고 생각하는 것이리라.

"같이 있어도 난 상관없어요."

아야네는 구사나기의 의도를 전혀 알아차리지 못하는 듯했다.

"그게 아니라, 우리 쪽에서 먼저 와카야마 씨와 얘기를."

구사나기가 그렇게 말하자 아야네는 이해할 수 없다는 표정으로 눈을 깜박거렸다.

"왜죠? 나도 히로미의 얘기를 듣고 싶어요. 그 때문에 굳이 오라고 한 거예요."

"저 마시바 씨."

어느 틈에 옆에 왔는지, 마미야가 끼어들었다.

"죄송하지만 경찰 일에도 형식과 절차라는 게 있어서 말이죠. 그러니까 일단 이 사람에게 맡기세요. 융통성이 없다고 할지도 모르겠지만, 절차를 밟지 않으면 나중에 성가신 일이 벌어질 수도 있으니 말입니다."

은근한 위협조의 말투에 아야네는 약간 불쾌하다는 표정을 지었지만 이내 수긍했다.

"알겠어요. 그런 나는 어디에 있으면 되죠?"

"아, 그냥 여기 계시면 됩니다. 부인께 물어볼 것도 있고요."

그렇게 말하고 마미야는 구사나기와 우쓰미 가오루를 보았다.

"와카야마 씨를 차분하게 얘기할 수 있는 장소로 모시라고."

구사나기가 "네." 하고 대답했다.

"차를 가져오겠습니다."

우쓰미 가오루가 현관문을 열고 나가면서 말했다.

약 20분 후, 구사나기를 비롯한 세 사람은 패밀리 레스토랑의 구석 테이블에 마주 앉았다. 구사나기와 우쓰미 가오루가 옆으로 나란히 앉고, 와카야마 히로미는 그들 맞은편에서 착잡한 표정으로 고개 숙이고 있었다.

"어젯밤에는 잘 잤습니까?"

구사나기가 커피 한 모금을 마시고 물었다.

"그다지……."

"아무래도 시신을 본 충격이 컸겠죠."

와카야마 히로미는 고개 숙인 채 입술을 깨물고서 아무 대꾸도 하지 않았다.

우쓰미 가오루는 그녀가 어젯밤 집에 도착하자마자 울음을 터뜨렸다고 했다. 불륜이기는 해도 사랑하는 남자의 죽음을 목격했으니 그 충격이 이만저만 아니었을 것이다.

"어제 못했던 질문을 몇 가지 할 텐데, 괜찮겠습니까?"

와카야마 히로미는 크게 숨을 내쉬었다.

"난 아무것도 몰라요. 아마 어떤 질문에도 별다른 대답을 하지 못할 거예요."

"그렇지 않을 겁니다. 그리 어려운 질문이 아니니까요. 솔직하게 대답할 의사만 있다면 말이죠."

와카야마 히로미가 슬쩍 구사나기를 보았다. 쏘아보았다고 해도 좋을 눈빛이었다.

"난, 거짓말은 안 해요."

"좋습니다, 그럼 묻죠. 와카야마 씨가 마시바 요시다카의 시신을 발견한 것은 어젯밤 8시경이고, 그 전에 마시바 씨의 집에 들어간 것은 금요일 홈 파티 때였다고 했는데, 틀림없습니까?"

"틀림없어요."

"정말입니까? 충격 때문에 정신이 혼미해서 혼동하는 경우도 흔히 있는데, 마음을 가라앉히고 다시 한번 생각해 보십시오. 금요일 밤에 왔다가 어젯밤에 올 때까지 정말 한 번도 마시바 씨의 집을 찾지 않았습니까?"

구사나기는 와카야마 히로미의 긴 속눈썹을 바라보면서 질문했다. 특히 정말, 이란 단어에 힘을 주어서.

잠시 말이 없다가 그녀가 입을 열었다.

"왜 그렇게 묻는 거죠? 틀림없다고 하는데, 왜 그렇게 몇 번이나 집요하게 묻는지, 이유라도 있나요?"

구사나기가 히죽 웃었다.

"질문은 내가 하고 있습니다."

"그래도."

"그저 확인 차원이라고 생각하십시오. 다만 와카야마 씨도 말했듯이 그 정도로 집요하게 묻는 것은 신중한 답변을 원하기 때문입니다. 실례되는 말이지만, 나중에 가서 번복하면 우리도 곤란해지니까요."

와카야마 히로미는 또 입을 꾹 다물었다. 구사나기는 그녀가 머릿속으로 온갖 복잡한 계산을 하고 있으리라고 느꼈다. 자신이 한 말이 거짓말로 드러날 가능성을 감안해 이 자리에서 실토하는 것이 좋을지 검토하고 있는 것이라고.

그런데 마음속의 저울이 좀처럼 어느 한쪽으로 기울지 않는지, 통 말이 없었다. 답답함을 견디다 못한 구사나기가 입을 열었다.

"어젯밤 우리가 현장에 도착했을 때, 싱크대 안에 커피 잔한 개와 잔 받침 두 개가 들어 있었죠. 그 점에 대해서 아는 것이 없느냐고 물었을 때 와카야마 씨는 없다고 대답했습니다. 그런데 우리 쪽에서 지문을 떠 본 결과 와카야마 씨의 지문이

나왔어요. 그 커피 잔은 언제 사용한 것인가요?"

와카야마 히로미의 어깨가 한숨과 함께 천천히 오르내렸다.

"주말에 마시바 요시다카 씨를 만났죠? 물론 살아 있는 마시바 씨 말입니다."

그녀는 이마에 손을 대고 팔꿈치를 테이블에 올려놓았다. 빠져나갈 구실을 찾고 있을지 모르겠지만, 구사나기는 놓치지 않을 자신이 있었다.

"네, 맞아요. 미안합니다."

"마시바 씨를 만난 거로군요."

잠시 간격을 두고 그녀는 "네." 하고 대답했다.

"언제죠?"

이 질문에 대해서도 그녀는 곧바로 대답하지 않았다. 결단력이 없다 싶어 구사나기는 짜증스러웠다.

"꼭 대답해야 하나요?"

와카야마 히로미가 얼굴을 들고 구사나기와 우쓰미 가오루의 눈을 쳐다보았다.

"전혀 관계없는 일 아닌가요? 개인의 프라이버시를 침해하는 질문 아니냐고요?"

금방이라도 울음을 터뜨릴 듯한 표정이었지만, 그 눈에는 분노가 담겨 있었다. 말투도 날카로웠다.

구사나기의 뇌리에 전에 선배 형사에게서 들은 얘기가 스

쳤다. 아무리 약해 보여도 불륜에 빠져 있는 여자는 강인하다
는 얘기였다.

그렇다고 해도 이런 일로 시간을 끌 수는 없었다. 구사나기
는 다음 카드를 내밀기로 했다.

"마시바 요시다카 씨의 사인이 밝혀졌습니다. 독극물 중독
입니다."

그 말을 듣는 순간, 와카야마 히로미는 당황하는 표정을 보
였다.

"독······."

"현장에 남아 있던 커피에서 독이 검출되었어요."

그녀가 눈을 부릅떴다.

"설마, 그럴 리가."

구사나기는 몸을 앞으로 약간 내밀고 그녀의 얼굴을 들여
다보았다.

"왜, 설마라고 생각하죠?"

"아니, 그게······."

"와카야마 씨가 마셨을 때는 아무 이상이 없었기 때문이겠
죠."

그녀는 눈을 깜박거리며 잠시 주저하다가 고개를 위아래로
끄덕였다.

"와카야마 씨, 문제는 바로 그 점입니다. 마시바 씨가 제 손

으로 독을 탔고, 그 흔적이 남아 있는 것이라면 우리도 문제 삼지 않을 겁니다. 자살이거나 사고사일 테니까요. 그런데 현 시점에서 그럴 가능성은 거의 없어요. 누군가가 어떤 의도하에 마시바 씨가 마실 커피에 독을 탔다고밖에 생각할 수 없는 상황입니다. 게다가 커피를 내린 종이 필터에서도 독극물이 검출되었어요. 현재 가장 유력한 가설은 커피 가루에 독극물이 섞여 있었다는 겁니다."

와카야마 히로미가 당혹감을 드러내며 고개를 마구 저었다.

"난 정말 아무것도 몰라요."

"그렇다면 우리의 질문에 답해 주십시오. 당신이 마시바 씨 집에서 커피를 마셨다는 사실은 사건 해결의 가장 큰 실마리입니다. 범인……아니 아직은 적절한 말이 아니겠죠, 어떤 자가 커피 가루에 독극물을 투입한 시점을 추정하려면 당신의 진술이 중요합니다."

구사나기는 그렇게 말을 맺고 등을 쫙 펴고서 그녀를 내려다보았다. 상대가 무슨 말을 할 때까지 자신도 침묵을 지킬 작정이었다.

와카야마 히로미가 두 손으로 입을 막았다. 시선이 테이블 위를 어지럽게 오가고 있었다. 마침내 그녀가 말을 뱉었다.

"난, 아니에요."

"네?"

"내가 아니에요."

그녀는 호소하는 눈빛으로 도리질을 했다.

"난 독 같은 거 안 넣었어요. 정말이에요. 믿어 주세요."

구사나기는 자신도 모르게 우쓰미 가오루의 얼굴을 마주 보았다.

와카야마 히로미는 현재 가장 유력한 용의자다. 독극물을 투입할 기회가 있었고 마시바 요시다카와 불륜 관계에 있었다면 치정에 얽힌 동기도 충분하다. 제 손으로 죽인 후에 처음 발견한 사람인 척 가장하는 술수도 용의선상에서 벗어나기 위한 연막이라 생각할 수 있다.

하지만 지금 단계에서 구사나기는 그런 선입견을 애써 배제하고 그녀를 대하고 있다. 그녀에게 의심의 여지가 있다는 말은 한마디도 비치지 않았다. 마시바 요시다카와 언제 커피를 마셨는지, 그것을 물었을 뿐이다. 그런데 와카야마 히로미가 자신은 아니라고 강력하게 부정하는 것은 왜일까? 자신이 범인이기 때문에 형사들의 심중을 떠보기 위해 앞서 가는 것이라고 가정할 수도 있다.

"당신을 의심하는 게 아닙니다."

그는 미소를 건넸다.

"방금 말했다시피 우리는 범행 시간을 정확하게 밝히고 싶을 뿐입니다. 당신이 마시바 씨를 만나 커피를 마셨다면, 그게 언제였고 누가 어떤 식으로 커피를 끓였는지 가르쳐 줄 수 있을까요?"

와카야마 히로미의 하얀 얼굴에 고뇌의 빛이 어렸다. 단순히 불륜 사실을 털어놓기가 망설여지기 때문인지는 구사나기도 아직 판단할 수 없었다.

"와카야마 씨."

그때 불쑥 우쓰미 가오루가 입을 열었다.

와카야마 히로미가 놀란 듯이 턱을 치켜들었다.

"우리는 당신과 마시바 요시다카 씨의 관계에 대해 어떤 추리를 하고 있습니다. 당신이 부정하더라도 그 추리의 진위 여부는 곧 확인되겠지요. 경찰은 마음만 먹으면 대부분의 일을 밝혀낼 수 있습니다. 그리고 그 과정에서 많은 사람에게 심문을 하게 됩니다. 그 점을 잊지 마세요. 지금 이 자리에서 솔직하게 말해 준다면 우리 쪽에서도 어떻게든 대처할 수 있습니다. 다른 사람에게는 절대 발설하지 말라고 한다면 그렇게 하도록 조처할 수도 있어요."

공공 기관의 직원이 무슨 절차를 설명하듯 담담하게 말한 우쓰미 가오루는 구사나기 쪽을 보면서 살짝 고개를 숙였다. 주제넘게 나선 것을 사과하는 뜻이리라.

그 충고가 와카야마 히로미의 마음을 움직인 듯했다. 같은 여자기 힌 말이라 크게 작용했는지도 모른다. 그녀는 고개를

90

푹 숙였다가 다시 들고는 천천히 눈을 깜박이면서 긴 한숨을 쉬었다.

"정말 비밀로 해 줄 수 있나요?"

"사건과 직접적인 관계가 없는 한 함부로 발설하지 않을 겁니다. 믿으세요."

구사나기도 확언했다.

"말씀하신 대로 나는 마시바 씨와 특별한 관계였어요. 어젯밤 말고도 집에 갔었어요."

"그게 언제죠?"

"토요일 밤에요. 밤 9시쯤이었어요."

그렇다면 마시바 아야네가 친정에 가기 위해 집을 떠나자마자 두 사람은 밀회를 즐겼다는 뜻이다.

"그 전에 약속한 일인가요?"

"아니에요. 학원이 끝날 무렵에 마시바 씨가 전화를 걸었어요. 오늘 밤에 집으로 오지 않겠느냐고요."

"그래서 간 것이로군요. 그 다음에는 어떻게 되었죠?"

와카야마 히로미는 잠시 주저하는 표정을 짓더니 각오를 굳힌 듯 구사나기를 쳐다보았다.

"그날 밤에는 그 집에서 잤어요. 그리고 다음 날 아침에 나왔고요."

구사나기 옆에서 우쓰미 가오루가 히로미의 말을 메모하기 시작했다. 그 옆얼굴에서 아무런 감정도 읽어 낼 수 없었다. 하지만 그녀 나름의 어떤 느낌은 있을 터였다. 나중에 들어 봐야지, 하고 구사나기는 생각했다.

"둘이서 커피를 마신 게 언제였죠?"

"어제 아침이오. 내가 끓였어요. 그리고 그제 밤에도 마셨어요."

"토요일 밤에도? 그렇다면 두 번 마셨다는 거군요."

"네, 그래요."

"그때도 와카야마 씨가 끓였습니까?"

"아니요. 내가 집에 찾아갔을 때 마시바 씨가 직접 끓이고 있었어요. 내가 마실 것까지."

와카야마 히로미는 고개를 숙인 채 말을 이었다.

"그 사람이 제 손으로 커피를 끓이는 건, 그때 처음 봤어요. 그 사람도 오랜만에 끓이는 거라고 했고요."

"그때는 잔 받침을 사용하지 않았죠?"

우쓰미 가오루가 메모를 하다 고개를 들고 물었다.

"네."

"그리고 어제 아침에는 당신이 커피를 끓였고요?"

구사나기가 다시 한번 확인했다.

"마시바 씨가 자신이 끓인 커피는 너무 진하다고 다음에는 니더러 끓이라고 했어요. 그래서 나음 날 아침 내가 끓일 때는 옆에서 지켜보기만 했고요."

그녀가 시선을 우쓰미 가오루에게 돌렸다.

"그때는 잔 받침을 사용했어요. 싱크대 안에 있는 거요."

구사나기가 고개를 끄덕였다. 와카야마 히로미의 진술에
모순은 없었다.

"다시 한번 묻겠습니다. 토요일 밤과 일요일 아침에 사용한
커피 가루는 마시바 씨 집에 늘 있는 것이었습니까?"

"그럴 거예요. 난 냉장고에 있는 커피 가루를 그냥 사용했
어요. 토요일 밤에 마시바 씨가 어떤 걸 사용했는지는 몰라
요. 하지만 아마 같은 커피일 거예요."

"마시바 씨 집에서 커피를 끓인 일이 전에도 있었습니까?"

"아주 가끔, 선생님이 끓여 달라고 해서 끓인 적은 있어요.
커피 끓이는 방법을 선생님에게 배웠어요. 어제 아침에도 배
운 대로 끓였고요."

"그때 커피를 끓이면서 이상한 점은 없었습니까? 커피 잔의
위치가 바뀌었다든지, 커피 브랜드가 평소와 달랐다든지."

와카야마 히로미는 눈을 살짝 감고서 고개를 저었다.

"그런 건 없었어요. 평소와 다 똑같았어요."

그러고는 퍼뜩 눈을 뜨더니 고개를 기울이고 이상하다는
듯이 물었다.

"그때 일은 관계없잖아요?"

"무슨 뜻이죠?"

"그때는 독이 들어 있지 않았을 테니까. 누가 독을 넣었다면 그 다음이잖아요."

그녀가 턱을 당기고 눈을 치켜뜬 표정으로 말했다.

"그건 그렇지만, 범인이 어떤 트릭을 부렸을 가능성도 있으니까요."

"트릭……이오?"

그녀는 잘 모르겠다는 표정을 지으며 되물었다.

"난 전혀 몰랐어요."

"커피를 마시고, 그 후에는요?"

"바로 나갔어요. 일요일에는 이케부쿠로에 있는 문화 센터에서 퀼트를 가르치기 때문에."

"몇 시부터 몇 시까지였죠?"

"오전반은 9시에서 12시까지이고 오후반은 3시에서 6시까지예요."

"그 사이에는 어디 있었죠?"

"교실에서 뒷정리도 하고 점심도 먹고, 또 오후반 수업 준비도 하고 그랬어요."

"점심은 밖에서 먹었나요?"

"네. 어제는 백화점 식당가에서 메밀국수를 먹었어요."

그렇게 말하고서 그녀는 미간을 찡그렸다.

"밖에 나가 있었던 시간은 1시간 정도예요. 마시바 씨 집에 갔다가 돌아올 수 있는 시간은 아니죠."

구사나기는 피식 웃고는 흥분하지 말라는 듯이 손을 저었다.

"알리바이를 조사하는 게 아니니까 신경 쓰지 마십시오. 어제는 문화 센터가 끝난 후에 마시바 씨에게 전화를 걸었다고 했는데, 그 점에 대해서는 수정할 것 없습니까?"

와카야마 히로미는 난감한 표정을 지으며 눈길을 피했다.

"전화를 건 것은 맞아요. 그런데 그 이유는 어제 얘기한 것과 조금 다릅니다."

"어제는 부인이 없는 사이에 불편한 점은 없을까 걱정스러워 전화를 걸었다고 했지요."

"사실은 아침에 집을 나설 때, 마시바 씨가 일 끝나면 전화를 하라고 했어요."

구사나기는 눈을 내리깔고 있는 와카야마 히로미를 바라보면서 두세 번 고개를 끄덕였다.

"레스토랑에서 저녁을 같이 먹자는 뜻이었겠죠?"

"그럴 생각이었나 봐요."

"이제야 의문이 풀렸습니다. 아무리 존경해도 그렇지, 선생의 남편에게 그렇게까지 신경을 쓰나 싶어 의문이었거든요. 게다가 전화를 안 받아서 집까지 찾아갔다고 하니."

와카야마 히로미는 어깨를 움츠리며 풀이 폭 죽은 표정을 지었다.

"나 역시 의심받을 줄 알았어요. 하지만 달리 둘러댈 말이 없어서……."

"마시바 씨가 전화를 받지 않아서 걱정스러워 집까지 찾아간 과정에는 정정할 부분이 없는지요?"

"네, 없어요. 그 다음은 어제 얘기한 대로예요. 거짓말을 해서 죄송합니다."

그녀는 고개를 푹 숙이고 어깨까지 축 늘어뜨렸다.

옆에 앉아 아까부터 메모를 하고 있는 우쓰미 가오루를 힐끗 곁눈질하고서 구사나기는 다시 와카야마 히로미의 모습을 관찰했다.

지금까지 한 얘기에는 미심쩍은 점이 없다. 어젯밤에 품었던 의문도 거의 풀렸다. 하지만 그렇다고 와카야마 히로미를 전적으로 믿을 수 있는 근거가 생긴 것은 아니었다.

"아까도 말했지만, 이번 사건은 타살 의혹이 짙습니다. 어젯밤에, 타살이라고 전제할 경우 짚이는 점은 없는지 물었는데, 당신은 모르겠다고 대답했어요. 마시바 씨에 대해서는 선생님의 남편이라는 것밖에 모른다고요. 마시바 씨와 특별한 관계라는 것을 고백한 지금, 우리에게 더 할 말은 없습니까?"

와카야마 히로미는 당혹한 표정으로 눈썹을 찡그렸다.

"모르겠어요. 그 사람이 누군가에게 살해당하다니, 도저히 믿을 수 없어요."

지금까지 줄곧 '마시바 씨'라고 하더니 '그 사람'이라고 호칭이 바뀌었다.

"마시바 씨와 최근에 나눈 대화를 잘 떠올려 보십시오. 만약 타살이라면 이건 명백한 계획 살인입니다. 구체적인 동기가 있을 거란 말이죠. 이런 경우 보통은 피살자 쪽도 사전에 위기의식을 강하게 느낍니다. 당사자는 잘 숨기고 있다고 여겨도, 은연중에 입에 담는 일이 많지요."

와카야마 히로미는 두 손으로 관자놀이를 누르고 고개를 저었다.

"모르겠어요. 하는 일도 순조로웠고, 딱히 큰 고민이 있어 보이지도 않았고, 누구를 헐뜯는 일도 없었어요."

"좀 더 생각해 보세요."

그러자 그녀가 처절한 눈빛으로 항의하듯 구사나기를 쳐다보았다.

"생각했어요. 밤새 왜 이런 일이 생겼는지, 울면서 생각했어요. 자살을 한 것일까, 누가 죽인 것은 아닐까, 온갖 생각을 다 했어요. 하지만 모르겠다고요. 그 사람과 나눈 대화도 몇 번을 되새겼는지 몰라요. 그런데도 모르겠어요. 형사님, 누가 그 사람을 죽였는지, 나도 알고 싶어 미치겠어요."

그녀의 눈이 빨개졌다. 눈가도 금세 분홍빛으로 물들었다.

불륜이기는 해도 마시바 요시다카를 진심으로 사랑했나 보군, 하고 구사나기는 생각했다. 한편 이 모두가 만약 연기라면 정말 대단한 사람이라는 경계심도 품었다.

"마시바 씨와는 언제부터 특별한 관계가 되었죠?"

그 질문에 와카야마 히로미는 눈물로 얼룩진 눈을 부릅떴다.

"그건 사건과 아무 상관 없잖아요."

"상관이 있는지 없는지는 당신이 아니라 우리가 판단합니다. 아까도 말씀드렸지만, 관계자가 아닌 사람에게는 절대 알리지 않을 겁니다. 그리고 아무 상관이 없다고 판명되면 이런 질문은 두 번 다시 하지 않겠습니다."

그녀는 입술을 꽉 다물고 심호흡을 했다. 그리고 찻잔으로 손을 뻗어 싸늘하게 식었을 홍차를 한 모금 마셨다.

"석 달쯤 되었어요."

"그렇군요."

구사나기가 턱을 안으로 당기며 말했다. 그런 관계에 빠지게 된 경위에 대해서도 묻고 싶었지만 참기로 했다.

"두 분의 관계를 아는 사람이 있습니까?"

"아니, 없을 거예요."

"하지만 두 분이 식사를 함께 한다거나, 그런 일은 있었겠죠? 누구든 목격했을 가능성이 없지는 않을 텐데."

"그 점에 대해서는 상당히 신경을 썼어요. 두 번 이상은 같은 가게에 가지 않을 정도로요. 게다가 그 사람은 사업상 알고 지내는 여자나 호스티스와 식사하는 일도 많기 때문에 나와 식사하는 걸 봤다고 해서 별다른 의심을 하지는 않았을 거예요."

마시바 요시다카라는 남자는 꽤나 난봉꾼이었던 모양이다. 와카야마 히로미 외에도 애인이 있지 않을까 싶었다. 만약 그렇다면 눈앞에 있는 이 여자에게도 마시바 요시다카를 살해할 동기가 있다는 얘기가 된다.

우쓰미 가오루가 메모를 하다 말고 고개를 들었다.

"둘이 밀회할 때는 러브호텔을 이용했나요?"

구사나기는 아주 사무적인 말투로 묻는 여형사의 얼굴을 자기도 모르게 쳐다보았다. 그 자신도 같은 질문을 하려고 했지만 이렇듯 직접적인 표현은 머릿속에 없었다.

와카야마 히로미의 얼굴에 불쾌함이 번졌다.

"그런 것도 수사에 필요한가요?"

목소리가 다소 날카로웠다.

그런데도 우쓰미 가오루의 표정에는 변함이 없었다.

"물론 필요하죠. 우리는 사건을 해결하기 위해서 마시바 요시다카 씨의 생활 전부를 조사해야 합니다. 어디서 뭘 했는지, 최대한 자세하게 알아야 하죠. 많은 사람의 얘기를 듣다

보면 더 많은 것을 알게 되겠지요. 하지만 지금 상태에서는 마시바 씨의 행동에 공백이 생길 우려가 있습니다. 그와 만나 뭘 했는지는 묻지 않겠습니다. 하지만 어디에 있었는지, 그 정도는 가르쳐 주셔야죠."

뭘 했는지도 묻지 그래, 하고 끼어들고 싶은 것을 구사나기는 겨우 참았다.

와카야마 히로미는 골이 난 사람처럼 입술을 비틀었다.

"호텔을 이용하는 일이 많았습니다."

"호텔은 늘 일정한 곳에 갔나요?"

"자주 이용하는 곳이 세 군데 정도 있었어요. 하지만 확인할 수는 없을 거예요. 그 사람이 늘 가명을 썼으니까요."

"확인 차원에서 호텔 이름도 가르쳐 주시죠."

우쓰미 가오루는 메모할 준비를 했다.

와카야마 히로미는 체념한 표정으로 세 호텔의 이름을 말했다. 모두 시내에 있는 일류급 대형 호텔이었다. 지속적으로 드나들지 않는 한 종업원이 손님의 얼굴을 기억할 가능성은 없어 보였다.

"만나는 날짜는 정해져 있었나요?"

우쓰미 가오루가 이어 물었다.

"아니요, 문자를 주고받으면서 만날 날을 정했어요."

"얼마나 지주 만났죠?"

와카야마 히로미가 고개를 갸우뚱 기울였다.

"일주일에 한 번꼴이었어요."

메모를 끝낸 우쓰미 가오루가 구사나기 쪽을 보며 살짝 고개를 숙였다.

"협조해 주어서 고맙습니다. 오늘은 이쯤에서 끝내죠."

"더 할 말도 없어요."

구사나기는 퉁명스럽게 말하는 와카야마 히로미를 향해 말없이 미소만 건네고서 계산서를 집어 들었다.

패밀리 레스토랑에서 나와 주차장으로 걸어가는 도중에 와카야마 히로미가 갑자기 걸음을 멈췄다.

"저."

"왜 그러시죠?"

"집에 가도 되나요?"

구사나기는 허를 찔린 심정으로 그녀를 다시 보았다.

"마시바 씨의 집에 가야 하지 않습니까? 선생님이 오라고 했잖아요."

"지금 기분도 별로 좋지 않고 왠지 피곤해서요. 선생님께는 형사님이 전해 주세요."

"그럴 수야 있지만."

조사는 끝났으니 구사나기로서는 아무런 문제가 없었다.

"모셔다 드릴까요?"

우쓰미 가오루가 물었다.

"아니요, 괜찮아요. 택시 타고 가겠어요. 죄송합니다."

와카야마 히로미는 몸을 돌려 반대 방향으로 걸어갔다. 그리고 마침 지나가는 빈 택시를 잡아탔다. 구사나기는 멀어져 가는 택시를 바라보았다.

"우리가 불륜 사실을 마시바 부인에게 말할 거라고 생각한 건가."

"그거야 알 수 없지만, 그런 얘기를 한 후에 시치미 떼고 부인과 마주하는 모습을 우리에게 보이고 싶지 않았겠지요."

"흐음, 그럴 수도 있겠군."

"그런데 그쪽은 어떨까요?"

"그쪽이라니?"

"마시바 부인 말이에요. 정말 불륜을 눈치 채지 못했을까요?"

"글쎄, 모르지 않았을까."

"왜 그렇게 생각하죠?"

"그야 아까 태도를 보면 알 수 있지. 와카야마 히로미를 껴안고 울었잖아."

"과연 그럴까요."

우쓰미 가오루가 눈을 내리깔았다.

"뭐야. 하고 싶은 말이 있으면 하라고."

그녀가 얼굴을 들고 구사나기를 쳐다보았다.

"그 장면을 보면서 전 문득 이런 생각이 들더라고요. 어쩌면 이 사람, 사람들 앞에서 당당하게 우는 모습을 보이고 싶어 하는 것 아닐까. 사람들 앞에서 당당하게 울 수 없는 사람에게 말이에요."

"뭐라고?"

"아닙니다. 괜한 말을 했네요. 차 끌고 올게요."

뛰어가는 우쓰미 가오루를 구사나기는 어안이 벙벙한 채 바라보았다.

6

마시바의 집에 돌아와 보니 마미야도 아야네에 대한 심문을 끝낸 상태였다. 구사나기는 아야네에게, 와카야마 히로미가 몸이 안 좋아 그냥 집으로 돌아갔다고 전했다.

"그랬군요. 그녀도 충격이 이만저만이 아니겠죠."

아야네는 퀭한 눈빛을 하고서 두 손으로 홍차 잔을 감싸 쥐고 있었다. 침통한 표정은 여전한데 소파에 앉아 등을 꼿꼿이 세우고 있는 의연한 자세에서는 강한 내면이 느껴졌다.

그때 휴대 전화가 울렸다. 아야네 옆에 놓인 가방 안에서 나는 소리였다. 그녀가 휴대 전화를 꺼내 허락을 구하듯 마미야 쪽을 보았다.

마미야는 받아도 좋다는 뜻으로 고개를 끄덕였다.

아야네는 발신자 표시를 확인하고서 전화를 받았다.

"네……, 아니 괜찮아요. ……지금 경찰에서 사람이 나와 있어요. ……그건 아직 잘 몰라. 거실에 쓰러져 있었다는 것밖에. ……응, 알게 되면 연락할게요. ……아빠에게도 걱정하지 말라고 전해 줘. 응, 그럼."

"어머니께는 자세한 상황을 알려 드렸나요?"

구사나기가 물었다.

"갑자기 죽었다는 얘기만 했어요. 어떻게 된 일이냐고 하는데, 뭐라 대답할 말이 없어서……."

아야네가 이마에 손을 대고 말했다.

"남편의 회사에는 알렸습니까?"

"오늘 아침 삿포로를 떠나기 전에 고문 변호사에게 연락했어요. 좀 전에 말씀드린 이카이 씨란 분요."

"홈 파티에 온 사람이로군요."

"네. 경영자 자리가 갑자기 비어서 회사 사람들이 혼란스러울 텐데, 난 할 수 있는 일이 없네요."

아야네는 긴장한 표정으로 허공의 한 점을 쳐다보았다. 애써 침착하려 하지만, 금방이라도 쓰러질 듯 질박함이 감돌았다. 구사나기는 그런 그녀를 부축해 주고 싶은 충동에 사로잡혔다.

"기운을 되찾을 때까지 친척이나 친구가 옆에 있는 게 좋지 않을까요? 여러 가지로 힘든 일이 많을 텐데."

"아니에요. 그리고 아직은 이 집에 사람이 드나들 수 없잖아요."

아야네가 확인하듯 마미야에게 말했다.

마미야는 거북한 표정으로 구사나기를 쳐다보았다.

"오후에 감식반에서 다시 나오기로 했어. 부인께는 미리 양해를 구했고."

그녀에게 슬픔에 젖을 여유마저 줄 수 없을 듯했다. 구사나기는 말없이 아야네를 향해 고개를 숙였다.

마미야가 일어나 미망인 쪽을 향했다.

"긴 시간 실례가 많았습니다. 이 사람을 남겨 두고 갈 테니 무슨 일이 있으면 사양 말고 말씀하세요. 잡다한 일을 시켜도 괜찮습니다."

"감사합니다."

아야네가 조그만 소리로 대답했다.

"어떻게 됐어?"

마시바의 집에서 나오자마자 마미야가 구사나기와 우쓰미 가오루를 차례로 보면서 물었다.

"와카야마 히로미가 마시바 씨와의 관계를 인정했습니다. 석 달쯤 되었다던데요. 아직 아무도 자기들 사이를 모를 거라고 했습니다."

구사나기의 보고를 들으면서 마미야는 콧구멍을 벌렁거렸다.

"그렇다면 싱크대에 남아 있는 커피 잔은……."

"일요일 아침에 둘이 마셨답니다. 그때는 와카야마 히로미가 커피를 끓였고요. 딱히 이상한 점은 없었다는군요."

"그렇다면 그 후에 독을 넣었다는 얘긴데."

마미야가 수염이 텁수룩한 턱을 만지작거리며 말했다.

"마시바 부인은 특별한 얘기 있었습니까?"

마미야는 시큰둥한 표정을 지으며 고개를 저었다.

"별 얘기 없었어. 남편의 불륜을 알고 있는지 어쩐지도 모르겠고. 남편의 여자관계가 어땠느냐고 꽤 직설적으로 물었는데, 부정하더군. 이상한 질문도 다 한다는 식으로 말이야. 동요하는 빛은 없었어. 연기로 보이지 않더라고. 만약 그게 연기라면 대단한 거지."

구사나기는 우쓰미 가오루의 옆얼굴을 슬쩍 훔쳐보았다. 아야네가 와카야마 히로미를 껴안고 운 것은 일종의 연기라고 했던 그녀가 계장의 의견을 듣고서 어떤 반응을 보일지 흥미로웠다. 하지만 젊은 여형사는 별다른 표정의 변화 없이 수

첩과 펜을 쥐고 있을 뿐이었다.

"요시다카 씨의 불륜 사실을 부인에게 알리는 편이 좋을까요?"

구사나기의 질문에 마미야는 대뜸 고개를 저었다.

"우리 쪽에서 알릴 필요는 없지. 수사에 도움 될 일이 없으니까 말이야. 앞으로 부인과 얼굴을 마주칠 일이 많아질 텐데, 자네들 말조심해."

"숨기자는 겁니까?"

"굳이 알릴 필요가 없다는 거야. 그쪽에서 눈치를 채는 거야 어쩔 수 없지. 현시점에서 정말 모르고 있다면 그렇다는 거지만."

그렇게 말하고서 마미야는 품에서 메모지 한 장을 꺼냈다.

"자네들, 지금 이 집으로 가 봐."

메모지에는 이카이 다쓰히코라는 이름과 전화번호, 주소가 적혀 있었다.

"요시다카 씨가 최근에 어떻게 지냈는지, 그리고 금요일 상황에 대해서 알아 오라고."

"이카이 씨는 사태를 수습하느라 분주할 텐데요. 아까 마시바 부인이 그랬잖습니까."

"부인은 집에 있겠지. 전화 먼저 하고 찾아가라고. 마시바 부인 말로는 아이를 낳은 지 두 달이래. 아이 돌보느라 피곤할 테니까 짧게 끝내 달라고 하더군."

이카이 부부의 심문 건에 대해서 아야네도 이미 승낙을 한 모양이었다. 이 상황에서 친구의 건강을 염려하는 아야네의 성품에 구사나기는 가슴이 뜨끔해졌다.

우쓰미 가오루가 운전하는 차를 타고 이카이의 집을 찾아가는 도중에 미리 전화를 걸었다. 경찰이라고 밝히자 이카이 유키코의 목소리가 무거워졌다. 구사나기는 질문에 솔직하게 대답해 주기만 하면 되니까 부담 느낄 필요는 없다는 것을 강조했다. 그제야 그녀는 겨우 방문을 허락하고 앞으로 한 시간 후에 와 달라고 했다. 할 수 없이 둘은 주차할 수 있는 찻집을 찾아 안으로 들어갔다.

"아까 그 얘기 말인데, 정말 마시바 부인이 남편의 불륜을 눈치 챘을까?"

코코아 잔을 이리저리 기울이면서 구사나기가 물었다. 코코아를 시킨 것은 와카야마 히로미의 얘기를 들으면서 이미 커피를 마셨기 때문이었다.

"그런 느낌이 들었을 뿐이에요."

"그렇지만 정말 그렇게 생각하는 것 같던데."

우쓰미 가오루는 대답하지 않고 커피 잔 속을 바라보았다.

"가령 알았다고 쳐. 그럼 왜 남편이나 와카야마 히로미를 비난하지 않지? 주말에 홈 피티에도 불렀다고. 보통은 그러지 않잖아."

"그래요. 평범한 여자 같으면 알자마자 노발대발했겠죠."

"그럼 부인이 평범한 여자가 아니라는 거야?"

"아직 잘 모르겠지만, 아주 똑똑한 여자가 아닐까 싶어요. 똑똑한 데다 인내심도 강한 여자."

"인내심이 강해서 남편이 바람을 피우는데도 참고 있다는 건가?"

"화를 내고 상대를 비난해 봐야 얻을 게 없다는 것을 알고 있는 거예요. 오히려 중요한 두 가지를 잃게 될 뿐이죠. 안정되고 평온한 결혼 생활과 우수한 제자, 그 두 가지를요."

"하기야 남편과 놀아난 여자를 옆에다 마냥 둘 수는 없겠지. 하지만 그런 결혼 생활에 무슨 가치가 있을까."

"사람은 저마다 가치관이 다르잖아요. 폭력이라도 휘두른다면 몰라도 마시바 부부는 홈 파티를 열 정도로 사이가 원만했어요. 적어도 겉보기에는. 돈에 쪼들리는 것도 아니고 좋아하는 퀼트에 몰두할 수도 있고. 그런 생활을 충동적으로 내던질 만큼 부인은 어리석지 않아요. 양쪽 다 잃지 않으려면 남편과 제자의 불륜 관계가 자연스럽게 끝날 때까지 기다리는 편이 좋다고 생각한 것 아닐까요?"

그녀로서는 드물게 한참을 얘기한 후, 지나치게 단정적으로 말했다 싶어 후회스러운지 이렇게 덧붙였다.

"그냥 저의 상상이에요. 전혀 다를지도 모르죠."

구사나기는 코코아를 한 모금 마시고는 예상외로 너무 달자 인상을 찡그리더니 이내 물을 벌컥벌컥 마셨다.

"그런 계산까지 할 타입으로 보이지는 않던데."

"계산이 아니라 방어 본능이죠. 똑똑한 여자 특유의."

구사나기는 손등으로 입가를 닦고서 후배 여형사를 보았다.

"우쓰미에게도 그런 본능이 있나?"

그녀는 씩 웃고는 고개를 저었다.

"나는 없어요. 상대가 바람을 피우면 앞뒤 가리지 않고 화를 낼 겁니다."

"그 상대가 어떤 꼴을 당할지 상상만 해도 딱하군. 아무튼 난 이해가 안 돼. 남편이 바람피운다는 것을 알면서 어떻게 태연하게 결혼 생활을 계속해."

구사나기는 시계를 보았다. 이카이 유키코와 통화한 지 30분이 지났다.

이카이 부부의 집도 마시바의 집 못지않게 호화로웠다. 벽돌무늬 타일을 붙인 대문 기둥 바로 옆에 손님용 주차장이 따로 마련되어 있었다. 덕분에 우쓰미 가오루는 유료 주차장을 찾지 않아도 되었다.

집에는 이카이 유키코는 물론 남편 다쓰히코도 함께 기다리고 있었다. 다쓰히코는 형사가 온다는 연락을 받고 서둘러 돌아왔다고 한다.

"회사 쪽은 어떻습니까?"

구사나기가 물었다.

"우수한 직원들이 많아 걱정 없습니다. 다만 앞으로 고객들에게 설명을 해야 하니 고생스럽겠죠. 그 때문에도 하루빨리 사건의 진상을 밝혀 주셨으면 합니다."

다쓰히코는 두 형사의 분위기를 살피는 눈빛으로 말했다.

"대체 어떻게 된 일이죠? 무슨 일이 있었던 겁니까?"

"마시바 요시다카 씨가 자택에서 돌아가셨습니다."

"그건 압니다. 그런데 경시청 형사들이 움직이고 있다는 것은 사고나 자살이 아닐 수도 있다는 뜻 아닙니까?"

구사나기는 가늘게 한숨을 내쉬었다. 상대는 변호사다. 어설프게 설명해 봐야 납득하지 않을 것이고, 마음만 먹으면 다른 경로를 통해 자세한 경위를 알 수도 있을 것이다.

구사나기는 절대 발설하지 말라고 전제하고서 아비산에 의한 중독사이며 요시다카가 마신 커피에서 그 성분이 검출되었다는 얘기를 했다.

가죽 소파에 이카이 다쓰히코와 나란히 앉은 유키코가 동그란 얼굴을 감싸듯 두 손을 볼에 대었다. 놀란 듯 크게 뜬 눈이 다소 붉었다. 통통한 체형이 아이를 낳았기 때문인지 원래 그런 것인지, 예전의 그녀를 모르는 구사나기로서는 알 수가 없었다.

다쓰히코는 파마를 해서인지 구불구불한 머리를 뒤로 쓸어 넘겼다.

"역시 그랬군요. 경찰에서 연락이 왔다느니 부검을 한다느니 해서 병사치고는 좀 이상하다 했습니다. 그렇다고 그가 자살할 만한 이유가 있었던 것도 아니고."

"타살이라면 어떻습니까?"

"나야 누가 어떤 생각을 하고 있는지 모르죠. 아무리 그래도 독살이라니……"

다쓰히코는 얼굴을 찡그리고 고개를 저었다.

"마시바 씨에게 원한을 품었던 사람은 없습니까?"

"회사를 운영하는 사람인데 충돌이 전혀 없었다고는 할 수 없죠. 하지만 사업상 타협점을 찾지 못했을 뿐이지 개인적으로 원한을 산 일은 없습니다. 문제가 생기면 전면에 나서는 사람은 그가 아니라 오히려 나였으니까요."

다쓰히코는 그렇게 말하며 자신의 가슴을 탁 쳤다.

"그렇다면 개인적으로는 어떻습니까? 마시바 씨에게 적은 없었는지요?"

구사나기가 묻자, 다쓰히코는 소파 등받이에 기대어 다리를 꼬았다.

"그건 나도 모릅니다. 나와 요시다카는 함께 일하는 파트너지만 개인적인 일에는 피차가 간섭하지 않는 주의였으니까요."

"그래도 홈 파티에 초대하는 관계잖습니까?"

다쓰히코는 말을 잘 못 알아듣는다는 듯이 고개를 저었다.

"평소 간섭하지 않기 때문에 홈 파티를 여는 것이죠. 나나 그처럼 바쁜 사람들에게는 생활에 변화가 필요해요."

그저 친구나 만나 흥청거리면서 시간을 낭비할 만큼 한가롭지 않다는 듯이 들렸다.

"홈 파티를 할 때, 마음에 걸리는 점은 없었습니까?"

"어떤 조짐을 느꼈느냐는 질문이라면, 아니라고 대답해야겠죠. 무척 즐겁게, 충실하게 시간을 보냈습니다."

그렇게 말하고서 다쓰히코는 미간을 찌푸렸다.

"겨우 사흘밖에 지나지 않았는데, 그 친구가 그런 일을 당하다니, 참."

"주말에 무슨 약속이 있다는 말을 하지 않던가요?"

"나는 못 들었는데."

다쓰히코가 아내 쪽으로 고개를 돌렸다.

"나도 못 들었어요. 아야네 씨가 친정에 간다는 말 말고는……."

구사나기는 고개를 끄덕이고 볼펜으로 관자놀이를 긁적거렸다. 이 두 사람에게 쓸 만한 정보를 얻어내기는 힘들겠다는 판단이 들었다.

"홈 파티는 자주 합니까?"

"두세 달에 한 번 정도입니다."

"언제나 마시바 씨 댁에서?"

"그가 결혼한 직후에는 우리 쪽에서 초대했어요. 그 다음부터는 줄곧 그 집에서 했습니다. 아내가 임신을 하는 바람에."

"마시바 씨와 결혼하기 전부터 아야네 씨를 알았나요?"

"물론 알고 있었죠. 마시바 씨가 그녀를 처음 만난 자리에 나도 있었으니까요."

"그 말씀은……."

"나와 마시바가 함께 참석한 어느 조그만 파티에 그녀도 와 있었어요. 그때 처음 만나서 사귀기 시작한 겁니다."

"언제 일입니까?"

"그게 그러니까……."

다쓰히코가 고개를 갸웃했다.

"한 1년 반쯤 되었을 겁니다. 아니 그렇게 되지는 않나."

얘기를 들으면서 구사나기도 한마디 끼어들고 싶었다.

"두 분이 1년 전에 결혼했다던데, 꽤나 속도가 빨랐군요."

"그렇다고 볼 수 있죠."

"마시바 씨가 빨리 아이를 갖고 싶어 했어요."

유키코가 옆에서 밀했다.

"좀처럼 좋은 만남이 이뤄지지 않아서 좀 안달이 났던 것 아닐까요."

"당신은, 공연한 소리를."

다쓰히코가 아내를 나무라고는 두 사람을 보았다.

"그 부부의 만남과 결혼이 이번 사건과 무슨 관계라도 있는 겁니까?"

"아니요. 그런 것은 아니지만."

구사나기는 손을 저었다.

"현재까지 이렇다 할 실마리가 없는 탓에 마시바 씨 가정에 대해서도 좀 알아 두려 한 것입니다."

"그런가요. 수사를 위해 어떻게든 피살자에 관한 정보를 얻으려는 심정은 알지만, 도가 지나치면 문제죠."

이카이 다쓰히코는 변호사다운 표정을 하고서 다소 위협적인 눈빛을 보였다.

"알고 있습니다."

구사나기는 머리를 숙였다. 그리고 새삼 변호사의 눈을 쳐다보았다.

"실례가 되겠지만 묻고 싶은 것이 또 있습니다. 형식적인 질문이니 너무 괘념치는 마십시오. 지난 주말에 두 분이 어떻게 지냈는지 알려 주시면 고맙겠습니다."

다쓰히코가 입술을 일그러뜨리며 천천히 고개를 위아래로

움직였다.

"알리바이로군요. 조사를 당하는 처지니 어쩔 수 없겠지요."

그는 윗도리 주머니에서 수첩을 꺼냈다.

다쓰히코는 토요일 낮에는 사무실에서 일하고, 밤에는 고객과 술자리를 가졌으며, 일요일에는 다른 고객과 골프를 치고 밤 10시 넘어 집에 돌아왔다고 한다. 유키코는 내내 집에 있었는데, 일요일에는 친정어머니와 여동생이 놀러 왔다고 했다.

그날 밤, 메구로 서에서 수사 회의가 열렸다. 경시청 수사 1과의 관리관은 이 사건이 타살일 가능성이 매우 높다고 보고했다. 맹독성이 있는 아비산이 커피 찌꺼기에서 검출되었다는 것이 가장 유력한 증거였다. 자살이라면 커피 가루에 독을 섞지 않고 마실 커피에 타는 것이 보통이기 때문이다.

그렇다면 어떤 식으로 독을 커피 가루에 섞었을까? 그 점을 밝히기 위해 감식 책임자가 지금까지의 조사 결과를 보고했다. 하지만 보고의 결론은 답을 알 수 없다는 것이었다.

감식반은 그날 오후에 마시바의 집을 재차 조사했다. 식료품, 조미료, 음료, 약물 등 마시바 요시다카가 입에 댔을 만한 모든 식재료에 대해 독극물 검사를 하는 것이 목적이었다. 마찬가지로 그릇들도 조사했다. 수사 회의가 열린 시점에 약 80 퍼센트는 조사가 끝났지만 독극물은 어디에서도 검출되지 않았다. 이대로 가면 나머지 20퍼센트에서도 검출될 가능성이 낮다는 것이 감식 책임자의 최종 견해였다.

그러니까 범인은 요시다카가 마실 커피에만 독극물을 투입했다는 얘기다. 방법은 두 가지가 있다. 커피 가루와 종이 필터, 잔 등에 미리 뿌리거나 묻히는 방법, 또는 커피를 내릴 때 섞는 방법. 그런데 그 다음 단계에 가면 어느 쪽도 가능성이 희박해졌다. 다른 곳에서는 아비산이 전혀 검출되지 않았고, 요시다카가 커피를 마실 때 다른 사람이 함께 있었다는 증거도 없기 때문이었다.

마시바의 집 주변을 탐문 조사한 결과도 보고되었다. 사건 발생 전 마시바의 집을 방문한 인물은 목격되지 않았다. 단, 조용하고 인적이 드문 주택가에다 주변에 사는 사람들도 자신들의 생활에 방해가 되지 않는 한 이웃집에 무관심한 터라 목격자가 없다고 해서 방문한 사람이 없다고 단언하기는 어렵다는 것이었다.

구사나기는 마시바 아야네와 이카이 부부를 조사한 내용을 보고했다. 마시바 요시다카와 와카야마 히로미의 관계에 대해서는 언급하지 않았다. 회의 전에 마미야로부터 그런 지시가 있었기 때문이다. 물론 관리관에게는 마미야 자신이 보고

했다. 조심스러운 사항이라서 사건과의 관련성이 입증될 때까지 이 정보를 공유하는 수사원의 범위를 제한하려는 상부의 뜻인 듯했다. 매스컴 관계자들이 냄새를 맡을까 봐 꺼리는 탓도 있을 것이다.

회의가 끝난 후 마미야는 구사나기와 우쓰미 가오루를 따로 불렀다.

"내일, 삿포로에 좀 다녀와."

둘을 번갈아 보며 마미야는 말했다.

삿포로라는 소리에 구사나기는 그 의도를 바로 간파했다.

"마시바 부인의 알리바이를 확인하라는 겁니까?"

"그래. 바람을 피운 남편이 살해당했어. 그러니 애인과 아내를 의심하는 건 당연지사지. 그런데 애인에게는 알리바이가 없어. 그렇다면 부인 쪽은 과연 어떨지. 확실히 할 수 있는 것부터 처리하라는 상부의 지시야. 미리 말하는데, 당일로 돌아와야 해. 도경의 협조를 얻을 수 있도록 조치해 둘 테니까."

"부인은 온천 여관에서 경찰의 연락을 받았다고 했습니다. 그 온천 여관에도 가 봐야 하지 않겠습니까?"

"조잔케이 온천이잖나. 삿포로 역에서 차로 1시간 거리야. 부인의 친정은 삿포로 시 니시 구고. 둘이서 한쪽씩 맡으면 한나절에 끝날 일 가지고 뭘 그래."

"옳으신 말씀입니다."

구사나기는 겸연쩍은 듯 머리를 긁적였다. 마미야는 부하에게 온천 여관에서 하룻밤 묵고 오라는 깜짝 선물을 줄 마음이 없는 듯했다.

"왜, 우쓰미. 할 말이 있는 표정인데."

구사나기가 옆을 보니, 아닌 게 아니라 우쓰미 가오루가 뭔가 석연치 않다는 표정을 하고서 입을 한일자로 꾹 다물고 있었다.

"그동안의 알리바이만 확인하면 되나요?"

"뭐야? 무슨 뜻이지?"

마미야가 물었다.

"마시바 부인은 토요일 아침에 도쿄를 떠나서 월요일 아침에 돌아왔습니다. 그동안의 알리바이만 확인하면 되느냐고요."

"그것만 가지고는 부족하다는 얘긴가?"

"모르겠습니다. 다만 독극물을 섞은 방법과 시간을 모르는 이상, 그동안의 알리바이가 있다고 해서 용의선상에서 배제하는 것은 성급한 판단이 아닐까 싶군요."

"방법은 몰라도 시간은 알잖아."

구사나기가 말했다.

"일요일 아침, 와카야마 히로미는 마시바 요시다카와 커피를 마셨어. 그때는 커피에 이상이 없었지. 독을 넣었다면 그 다음이야."

"그렇게 결론을 내려도 될까요?"

"안 되나? 그럼 언제 섞었다는 거지?"

"그건, 저도 잘 모르겠습니다."

"와카야마 히로미가 거짓말을 하고 있다는 얘긴가?"

마미야가 물었다.

"그렇다면 애인과 본처가 공모했다는 뜻인데. 그럴 가능성은 거의 없지 않겠어?"

"그렇죠."

"그럼 뭐가 불만이야?"

구사나기가 언성을 높였다.

"토요일에서 일요일 사이의 알리바이만 있으면 충분하잖아. 아니지, 일요일의 알리바이만 있어도 부인은 범인이 아니란 얘기야. 뭐 잘못된 거라도 있어?"

우쓰미 가오루는 고개를 저었다.

"없습니다. 타당한 추론이죠. 하지만 그 추론을 뒤집는 방법이 정말 없을까요? 예를 들어 요시다카 씨 제 손으로 독을 섞도록 한다든지……"

"그럼 자살을 유도했단 말이야?"

"그게 아니고요. 요시다카 씨에게는 독이란 말을 하지 않고 커피를 맛있게 하는 향신료라고 하는 겁니다."

"향신료?"

"왜 카레 먹을 때 가람마살라를 살짝 뿌리잖아요. 맛과 향이 좋아지는 향신료 말입니다. 그런 거라면서 요시다카 씨에게 주는 겁니다. 요시다카 씨는 와카야마 씨가 커피를 끓였을 때는 사용하지 않았지만, 혼자 커피를 끓여 마시려다 문득 그 생각이 떠올라서……. 괜한 억측일지도 모르겠지만."

"그래, 억측이야. 말이 안 돼."

구사나기가 핀잔을 주었다.

"커피에 섞어 마시면 맛이 좋아지는 가루가 어디 있다고. 그런 거짓말을 마시바 요시다카가 곧이곧대로 믿을 리 없지. 만약 믿었다면 와카야마 히로미에게도 말했을 거 아냐. 요시다카는 그녀와 어떻게 하면 커피를 맛있게 끓일 수 있는지 얘기했다고. 게다가 요시다카 본인이 독을 섞었다면 그 흔적이 남아 있어야 하잖아. 아비산 가루 말이야. 봉투에 담겨 있든 종이에 싸여 있든 했을 거 아니냐고. 그런데 현장에는 그런 봉투도 종이도 없었어. 그 점에 대해서는 어떻게 생각하지?"

구사나기의 속사포 같은 반론에 우쓰미 가오루는 그저 고개만 끄덕였다.

"안타깝게도 거기에 대한 대답은 없습니다. 선배가 하는 말이 다 옳아요. 그런데도 무슨 방법이 있지 않았을까 하는 생각을 지울 수가 없군요."

구사나기는 고개를 돌리고 한숨을 쉬었다.

"그냥 여자의 직감을 믿으라는 건가?"

"그런 말이 아닙니다. 다만 여자는 여자 나름의 생각을 갖고……."

"어이, 잠깐."

마미야가 맥 빠진 표정으로 끼어들었다.

"그렇게 토론을 하는 건 좋은데, 내용의 수준을 낮추지는 말라고. 우쓰미 자네, 부인을 의심하고 있는 것인가?"

"확신하는 건 아닙니다."

직감이겠지, 하고 내뱉고 싶은 것을 구사나기는 겨우 참았다.

"근거는?"

마미야가 물었다.

우쓰미 가오루는 심호흡을 하고서 대답했다.

"샴페인 잔입니다."

"샴페인 잔이라고? 그게 어째서?"

"우리가 현장에 도착했을 때, 부엌에 씻어 놓은 샴페인 잔이 있었습니다. 다섯 개였죠."

그녀는 구사나기 쪽을 쳐다보았다.

"기억해요, 선배?"

"물론이지. 금요일 밤에 홈 파티를 하면서 사용한 거잖아."

"평소 그 샴페인 잔은 거실 장식장에 진열되어 있습니다. 그래서 그때 장식장에는 빈칸이 있었죠."

"그래서? 내가 머리가 나쁜 건가. 도통 무슨 소린지 모르겠어."

마미야가 채근했다.

구사나기도 같은 심정으로 우쓰미 가오루의 다부진 옆얼굴을 쳐다보았다.

"왜 부인은 그걸 제자리에 갖다 놓지 않고 갔을까요?"

엇, 하고 구사나기가 놀란 소리를 내었다. 잠시 후 마미야도 "글쎄?" 하고 말했다.

"치우지 않았다고 해서 무슨 상관이야."

구사나기가 말했다.

"하지만 보통은 치우죠. 그 장식장 보셨죠? 샴페인 잔이 놓여 있던 자리를 한눈에 알아볼 수 있을 만큼 정리가 잘되어 있었어요. 부인은 아마 소중한 그릇은 반드시 제자리에 수납해야 직성이 풀리는 성격일 거예요. 그런데 샴페인 잔을 정리하지 않고 갔다는 게 이해되지 않아요."

"어쩌다 잊을 수도 있잖아."

구사나기의 말에 우쓰미 가오루는 힘주어 고개를 저었다.

"절대 있을 수 없어요."

"왜지?"

"평소 같으면 그럴지도 모르죠. 하지만 부인은 한동안 집을 비울 예정이었어요. 그런데 샴페인 잔을 그냥 놔두고 간다는 것은 있을 수 없는 일이죠."

구사나기와 마미야가 얼굴을 마주 보았다. 마미야는 허를 찔린 표정이었다. 구사나기는 자신도 비슷한 표정을 짓고 있으리라고 생각했다. 우쓰미 가오루가 제기한 의문은 지금까지 뇌리에 스친 적조차 없는 것이었다.

"부인이 샴페인 잔을 치우지 않은 이유는 딱 하나밖에 없습니다."

젊은 여형사가 말을 이었다.

"자신이 집을 오래 비우지 않으리란 것을 미리 알았기 때문이죠. 곧바로 돌아올 테니까 급하게 치울 필요가 없다고 생각한 것 아닐까요?"

마미야는 의자에 기대어 팔짱을 끼고 구사나기를 올려다보았다.

"선배 형사의 반론을 들어 보자고."

구사나기는 눈썹 위를 긁적였다. 반론할 말이 떠오르지 않았다. 대신 우쓰미 가오루에게 물었다.

"그런 말을 왜 빨리 하지 않았지? 현장에 갔을 때 이미 그런 의문을 품었을 텐데."

가오루는 그녀답지 않게 쑥스러운 미소를 머금었다.

"사소한 일에 집착하지 말라는 소리를 들을 것 같아서요. 만약 부인이 범인이라면 어차피 다른 형태로 증거가 드러날 테니까요. 죄송합니다."

마미야는 후, 숨을 길게 토했다. 그리고 다시 구사나기를 보면서 말했다.

"우리가 태도를 좀 바꿔야겠군. 애써 여형사를 받아들여 놓고 발언하기 곤란한 분위기를 조성해서야 되겠나."

"아니, 그런 건 아니……."

우쓰미 가오루가 변명하듯 말하자, 마미야가 손을 저으며 제지했다.

"하고 싶은 말이 있으면 눈치 보지 말고 마음껏 하라고. 남녀 구별도 선후배 사이도 상관없어. 지금 자네 의견, 상부에 보고하지. 다만 기발한 착상을 했다고 해서 자만하면 안 될 거야. 부인이 샴페인 잔을 치우지 않은 점, 아닌 게 아니라 부자연스러워. 하지만 그 점이 뭔가를 증명해 주는 것은 아니야. 우리가 할 일은 어디까지나 증명을 뒷받침하는 증거를 찾는 거라고. 그러니까 부인 알리바이의 진위 여부를 가릴 수 있는 증거를 찾아오라는 거지. 그것을 어떻게 취급할지는 자네가 생각할 문제가 아니야. 알겠나?"

우쓰미 가오루는 내리간 눈을 몇 번 깜박거린 후, "알겠습니다."라고 말하고는 상사를 쳐다보며 고개를 끄덕였다.

7

히로미는 휴대 전화 벨소리에 눈을 떴다.

잠이 든 것은 아니었다. 침대에 누워 그저 눈을 감고 있었을 뿐이다. 오늘 밤도 어제처럼 한숨도 자지 못할 것이라 각오하고 있었다. 전에 요시다카에게서 받은 수면제가 있지만 먹을 엄두가 안 났다.

미미한 두통을 느끼면서 무거운 몸을 일으켰다. 휴대 전화를 집어 드는 것조차 힘겨웠다. 누구지, 이런 시간에? 시계를 보니 10시가 가까웠다.

그런데 액정 화면에 표시된 발신자 이름을 보고서 찬물이라도 뒤집어쓴 것처럼 정신이 반짝 깨었다. 허둥지둥 통화 버튼을 눌렀다.

"네, 선생님."

목소리가 가칠했다.

"나야, 미안해. 자고 있었어?"

"아니요, 그냥 누워 있었어요. 죄송합니다. 오늘 아침에 집으로 다시 가지 못해서."

"아니야, 그건 됐고. 몸은 괜찮아?"

"네. 선생님이야말로 많이 피곤하시죠?"

그렇게 물으면서 히로미는 나쁜 생각을 하고 있었다. 형사들이 아야네에게 요시다카와 자기 사이를 말하지는 않았을까 하고.

"그래, 좀 피곤하네. 뭐가 어떻게 된 건지도 모르겠고. 아직도 현실감이 없어."

그것은 히로미도 마찬가지였다. 끝이 없는 악몽을 꾸는 기분이었다.

"선생님 심정, 알아요."

히로미는 그렇게 짧게 대꾸했다.

"히로미, 정말 괜찮은 거야? 어디 아픈 데 없어?"

"네, 그럼요. 내일부터 일도 다시 시작하려고요."

"학원 일은 신경 쓰지 마. 그보다 지금 잠깐 만날 수 있을까?"

"지금……요?"

순간적으로 불안이 번졌다.

"무슨 일, 있으세요?"

"만나서 하고 싶은 얘기가 있어. 오래 걸리지 않을 거야. 피곤하면 내가 그쪽으로 가도 되고."

히로미는 전화기를 귀에 댄 채로 고개를 저었다.

"아니에요. 제가 선생님 댁으로 갈게요. 지금부터 준비하면 1시간 정도 걸릴 거예요."

"그런데 나 지금, 호텔에 있어."

"아······ 그러세요?"

"경찰에서 집 안을 다시 조사하겠다고 하네. 그래서 일단 호텔에 묵기로 했어. 삿포로에서 들고 온 여행 가방에 옷 몇 가지만 바꿔 꾸리고서."

아야네는 시나가와 역 옆에 있는 호텔에 묵고 있는 듯했다.

"곧바로 갈게요."

전화를 끊고서 나갈 준비를 하는 동안, 히로미는 아야네가 하고 싶다는 말이 뭘까 신경이 쓰여 견딜 수가 없었다. 히로미의 건강 상태를 염려하듯 말했지만, 금방이라도 달려올 기세였다. 급한 일 아니면 뒤로 미룰 수 없는 중요한 용건이라고밖에 생각할 수 없었다.

전철을 타고 시나가와로 가는 도중에도 히로미는 아야네가 할 말의 내용을 예상해 보지 않을 수 없었다. 역시 형사로부터 요시다카와의 관계에 대해 들은 것일까. 전화상의 말투에서는 험악함이 느껴지지 않았지만, 감정을 절제했는지도 모를 일이다.

아야네가 남편과 제자의 불륜을 알게 되었다면, 과연 어떤 반응을 보일지 히로미는 상상이 가지 않았다. 지금까지 그녀가 화내는 모습을 한 번도 본 적이 없었기 때문이다. 그녀라고 분노라는 감정이 없을 리 없었다.

늘 차분하고, 격한 감정을 겉으로 드러내는 법이 없는 아야네가 남편을 빼앗은 여자에게 어떤 표정을 보일지 전혀 예상할 수 없다는 것이 히로미는 끔찍하고 두려웠다. 하지만 만에 하나 따져 물을 때는 섣불리 숨기지는 말자고 결심했다. 오직 사과하고 비는 수밖에 없다. 용서해 주지 않을 테고, 더는 제자로 대접하는 일도 없겠지만 어쩔 수 없다. 계속 이대로 끌고 나갈 수는 없는 일이라고 생각했다.

호텔에 도착해서 아야네에게 전화를 걸었다. 그녀는 방으로 올라오라고 했다.

"미안해. 피곤할 텐데 오라고 해서."

"아니에요. 그보다, 하고 싶다는 말씀이……."

"우선 앉아."

아야네가 일인용 소파를 권했다.

히로미는 소파에 앉아 실내를 둘러보았다. 트윈 룸이었다. 침대 옆에 양옆으로 펼쳐진 여행 가방이 놓여 있었다. 옷가지가 꽤 담겨 있었다. 호텔에 오래 묵을 각오를 하고 있는지도 모르겠다.

"뭐 마실래?"

"아니요, 괜찮아요."

"그럼 따라 놓을 테니까, 마시고 싶을 때 마셔."

아야네는 냉장고에서 우롱차를 꺼내 잔 두 개에 따랐다.

"고맙습니다."

히로미는 고개를 까딱 숙이고는 이내 잔으로 손을 뻗었다. 사실은 목이 몹시 말랐다.

"형사들이 어떤 걸 물었어?"

아야네가 평소와 다름없는 온화한 말투로 말을 꺼냈다.

히로미는 잔을 내려놓고 입술을 핥았다.

"마시바 씨를 발견했을 때 어떤 상태였는지, 그런 거요. 그리고 짚이는 데는 없는지……."

"그래서, 뭐라고 대답했는데?"

히로미는 가슴께로 올린 손을 휘휘 저었다.

"제가 짚이는 데가 어디 있겠어요. 형사에게도 그렇게 대답했어요."

"그랬구나. 다른 질문은 없었어?"

"그 밖에는 별로……. 그뿐이었어요."

히로미는 고개를 푹 숙였다. 요시다카와 둘이 커피를 마신 것에 대해 물었다는 소리는 할 수 없었다.

아야네는 고개를 끄덕이며 잔을 들었다. 그리고 우롱차를 한 모금 마시고서 그 잔에 볼을 대었다. 달아오른 볼의 열기를 식히려는 듯이 보였다.

"히로미."

아야네가 이름을 불렀다.

"너에게 해 둘 말이 있어."

히로미는 퍼뜩 놀라 고개를 들었다. 아야네와 눈이 마주쳤다. 노려본다 싶었는데, 그 다음 순간 눈빛이 바뀌었다. 아야네의 눈에 증오나 분노 따위의 감정은 없었다. 대신 어지럽게 뒤섞인 슬픔과 허망함만이 어려 있었다. 입가에 희미한 미소를 띠고 있어 더욱 그런 인상이 짙었다.

"그이가, 헤어지자고 했어."

밋밋한 목소리로 아야네는 말했다.

히로미는 눈길을 내렸다. 놀라는 척이라도 해야 했지만 그럴 여유가 없었다. 아야네의 얼굴조차 볼 수 없었다.

"금요일이었어. 이카이 씨 부부가 오기 전에, 일방적으로 그랬어. 아이를 낳을 수 없는 여자와 결혼 생활을 계속해 봐야 의미가 없다면서."

히로미는 고개 숙인 채 듣고만 있었다. 요시다카가 아야네에게 이혼하자고 말했다는 것은 알고 있었지만, 그런 식으로 말했을 줄은 몰랐다.

"그리고 이미 여자가 있다는 말도 했어. 당신은 모르는 사람이라면서 이름은 가르쳐 주지 않았지만."

히로미는 가슴이 철렁했다. 아야네가 아무것도 모르는 채 말하고 있다고는 생각되지 않았다. 담담하게 말하면서 자신을 궁지에 몰아넣는 듯이 느껴졌다.

"하지만 그건 거짓말이지. 상대는 나도 아는 여자. 아주 잘 아는 사람. 그래서 이름을 말할 수 없었던 것 아닐까."

아야네의 얘기를 들으면서 점차 괴로워졌다. 히로미는 참을 수 없어 얼굴을 들었다. 눈물이 넘쳐흐르고 있었다.

그런 그녀를 보고서도 아야네는 놀라지 않았다. 조금 전과 마찬가지로 허망함이 감도는 미소를 띤 채 말했다.

"히로미, 너지?"

나쁜 짓을 한 아이를 부드럽게 꾸짖는 말투였다.

히로미는 뭐라 말하면 좋을지 몰랐다. 그저 터져 나오는 오열을 억누르기 위해 입을 꾹 다물었다. 눈물이 볼을 타고 흘렀다.

"너, 맞지?"

이미 부정할 수 있는 상황이 아니었다. 히로미는 고개를 위아래로 희미하게 끄덕였다.

아야네가 후, 숨을 토했다.

"역시."

"선생님, 저는……."

"알아. 아무 말 안 해도 돼. 그이가 헤어지자는 말을 했을 때 직감했으니까. 아니, 그 전에 벌써 알았는지도 모르지. 인정하고 싶지 않았을 뿐. 옆에 있는 사람인데, 아는 게 당연하지. 그리고 히로미는 어떤지 몰라도, 그이는 자신이 생각하는 만큼 거짓말이나 연기에 능숙하지 않거든."

"선생님, 제게 화, 많이 나셨죠?"

아야네가 고개를 기울였다.

"글쎄. 화가 나기는 했겠지. 어차피 그이가 먼저 다가갔을 테지만, 왜 거부하지 못했을까 하고. 하지만 너에게 남편을 빼앗겼다고는 생각지 않아. 정말이야. 그이는 바람을 피운 게 아니야. 히로미에게 눈길을 돌린 건 나에 대한 애정이 식은 후였으니까. 그의 마음을 잡지 못한 내 잘못이라는 생각도 들고."

"죄송해요. 전, 이런 짓을 하면 안 된다고 생각했지만, 마시바 씨가 집요하게 붙들다 보니까."

"더는 말하지 마."

아야네가 말했다. 방금 전과는 달리 날카로움과 냉담함이 느껴지는 목소리였다.

"그런 얘기 들으면 나 역시 조금은 히로미가 미워질 테니까. 네가 어쩌다 그에게 이끌렸는지, 그런 얘기를 내가 듣고 싶겠어?"

옳은 말이었다. 히로미는 숙인 고개를 좌우로 흔들었다.

"우리 결혼할 때, 약속한 게 있었어."

아야네의 말투가 다시 부드러워졌다.

"1년이 지나도 아이가 생기지 않으면, 그때는 다시 생각해 보자고. 우리 둘 다 그렇게 젊지 않잖아? 그래서 시간과 인내심이 필요한 불임 치료 같은 것은 염두에 없었어. 히로미가 새로운 상대라는 게 솔직히 충격이었지만, 그이로서는 결혼 전에 한 약속을 실행했을 뿐인지도 몰라."

"그런 얘기는 몇 번 들은 적이 있어요."

고개 숙인 채 히로미는 말했다.

토요일에 요시다카를 만났을 때도 들었다. 그는 룰이라고 표현했다. 그러기로 룰을 정했기 때문에 아야네도 순순히 납득했다고. 그때 히로미는 이해가 되지 않는다고 말했지만, 지금 얘기를 듣고 보니 아야네도 순순히 받아들인 것처럼 생각되었다.

"삿포로에 간 것은, 내 마음을 정리하기 위해서였어. 헤어지자는데 그 집에 그대로 눌러 살면 비참해질 뿐이라고 생각했거든. 히로미에게 열쇠를 맡긴 것도 그에 대한 애정을 끊기 위해서였고. 내가 없는 동안 두 사람은 반드시 만날 테니까, 어차피 만날 거 열쇠를 건네는 편이 후련할 것 같았어."

히로미는 열쇠를 건네던 때의 아야네를 떠올렸다. 그런 결심을 하고 있을 줄 그때는 까마득히 몰랐다. 오히려 아야네가 자신을 신뢰하고 있다고 자만했다. 아무런 의심 없이 열쇠를 받아 든 자신을 아야네가 어떤 심정으로 바라보았을까, 생각하니 마음이 한층 오그라들었다.

"형사들에게 그 사람 얘기는 했어?"

히로미가 맥없이 고개를 끄덕였다.

"벌써 알아챈 것 같아서 말할 수밖에 없었어요."

"그랬구나. 그래, 아무리 생각해 봐도 선생님의 남편이 걱정스럽다고 멋대로 집에 들어가는 것은 부자연스러운 일이니까. 그럼 형사들이 히로미와 그이의 관계를 알고 있다는 얘기네. 내게는 그런 말 한마디도 안 했는데."

"정말요?"

"아마 모르는 척하면서 내 반응을 살피는 거겠지. 그 사람들, 나를 의심하고 있으니까."

"네? 선생님을요?"

히로미는 놀라면서 아야네를 보았다.

"일반적으로 보면 내게는 동기가 있잖아? 남편에게 배신당했다는 동기가."

맞는 말이다. 하지만 히로미는 아야네를 의심하는 심리를 도무지 이해할 수 없었다. 요시다카가 죽었을 때 그녀가 삿포로에 있었다는 이유도 있지만, 이혼이 순조롭게 진행될 것이라는 요시다카의 말을 믿었기 때문이기도 하다.

"상관없어. 경찰이 의심을 하든 말든, 그런 건 조금도 상관없어."

아야네는 핸드백을 잡아당겨 안에서 손수건을 꺼냈다. 그리고 그것으로 눈가를 훔쳐 내면서 물었다.

"그보다 대체 무슨 일이 있었던 걸까? 왜 그이가 그런 일을…… 히로미, 정말 짚이는 일 없어? 그를 마지막 만난 게 언제였지?"

대답하고 싶지 않았지만, 이 상황에서 거짓말을 할 수는 없었다.

"어제 아침요. 그때 같이 커피를 마셨어요. 그 때문에 형사들이 여러 가지로 물었지만, 정말 이유를 모르겠어요. 마시바 씨도 평소와 전혀 다르지 않았고요."

"그랬어?"

아야네는 생각에 잠긴 듯 고개를 기울였다가 다시 히로미를 쳐다보았다.

"아는 건 형사들에게 다 얘기했지? 숨기는 거 없지?"

"네, 다 얘기했어요."

"그렇다면 됐어. 만약 하나라도 빠뜨린 게 있으면 숨김없이 얘기하는 게 좋을 거야. 그 사람들, 히로미까지 의심할지도 모르니까."

"벌써 의심하고 있을지도 모르죠. 주말에 마시바 씨를 만났다고 밝혀진 사람은 현재 저밖에 없으니까요."

"그렇구나. 경찰이란 사람들, 그런 점부터 의심하고 드는구나."

"서……, 오늘 선생님을 만난 것도 경찰에 얘기하는 게 좋을까요?"

히로미가 묻자 아야네는 "글쎄." 하면서 손을 볼에 대었다.

"딱히 숨길 필요는 없지 않을까. 난 괜찮아. 괜히 숨겼다가 의심을 살 수도 있고."

"알겠어요."

아야네는 훗, 짧게 웃었다.

"참 묘하네. 남편에게 이혼 통보를 받은 여자와 그 남편의 애인이 이렇게 한방에서 얘기를 나누고 있잖아. 그것도 싸우는 게 아니라 피차가 그저 어쩔 줄을 모르고 말이야. 우리가 서로를 비난하지 않는 것도 어쩌면 그이가 죽었기 때문일지 모르지."

히로미는 뭐라고 대답하지 않았지만, 같은 생각이었다. 하지만 요시다카가 살아날 수만 있다면 이 자리에서 어떤 욕설을 들어도 상관없다고 생각했다. 지금 상실감이 더 큰 쪽은 아야네가 아니라 자신이라는 확신도 있었다. 다만 그 근거에 대해서는 아직 말할 수 없었다.

8

마시바 아야네의 친정은 구획이 깔끔하게 정리된 주택가에 있었다. 네모나고 탄탄한 건물로, 계단을 올라가야 현관이 나왔다. 1층은 주차장인데 지하로 취급한다고 한다. 즉 겉보기에는 3층이지만 서류상으로는 지상 2층에 지하 1층짜리 건물이라는 것이다.

"이 부근에는 이런 집이 많습니다."

미타 가즈노리는 쌀과자를 톡 자르면서 말했다.

"겨울에 눈이 많이 쌓이기 때문에 지면에 가깝게 현관을 만들 수가 없어요."

그렇겠군요, 하고 고개를 끄덕인 후 구사나기는 녹차 잔을 들었다. 차를 쟁반에 담아 들고 온 사람은 아야네의 어머니 도키코였다. 그녀는 쟁반을 무릎 위에 놓은 채 가즈노리 옆에 앉아 있었다.

"몹시 놀랐습니다. 사위가 그런 흉한 일을 당하다니. 더구나 병으로 죽은 것도 아니고 사고도 아니라고 해서 참 이상하다 했습니다. 그런데 역시 경찰이 수사에 나섰군요."

가즈노리는 희끗희끗한 눈썹을 팔자로 찡그렸다.

"아직 타살로 판명된 것은 아닙니다만."

구사나기는 일단 그렇게 말했다.

가즈노리의 얼굴이 일그러졌다. 야윈 탓에 주름이 더욱 깊어졌다.

"사위에게는 석이 많아 보였어요. 수완이 좋은 경영자는 대개가 그렇지요. 하나 그렇다고 해서 대체 어떤 사람이 그런 몹쓸 짓을……."

가즈노리는 5년 전까지만 해도 이 지역 신용 금고에서 일했다고 한다. 아마도 다양한 경영자를 경험했을 것이다.

"저."

도키코가 얼굴을 들고 말했다.

"딸아이는 어쩌고 있나요? 통화할 때, 괜찮다고는 했지만."

어머니는 역시 딸이 가장 걱정스러운 모양이었다.

"잘 견디고 있습니다. 물론 충격이 크겠지만, 수사에도 적극 협력하고 있습니다."

"그래요. 그렇다면 안심이로군요."

말과는 달리 그녀 얼굴에서 불안의 빛은 가시지 않았다.

"아야네 씨가 지난 주말에 이곳에 왔다고 들었습니다. 아버님 건강이 그다지 좋지 않아서였다고 하던데."

구사나기는 가즈노리의 얼굴을 보면서 본론으로 들어갔다. 그는 야위고 안색도 그리 좋지 않았지만 병을 앓고 있는 것 같지는 않았다.

"췌장이 좀 안 좋아요. 3년 전쯤에 췌장염을 앓았습니다. 그 후로는 영 몸이 찌뿌듯한 게, 가끔 열이 나기도 하고 배나 등이 아파서 꼼짝할 수 없을 때도 있지만 그런대로 추스르며 살고 있습니다."

"그렇다면 딱히 아야네 씨의 간병까지 필요한 건 아니었다는 말씀인가요?"

"딱히 그런 건 아니었어요. 그렇지, 여보?"

가즈노리가 도키코에게 동의를 구했다.

"금요일 저녁때, 딸아이에게서 연락이 왔어요. 아버지 건강도 걱정스럽고, 결혼한 후로 한 번도 못 와 봐서 그런다며 내일 오겠다고 하더군요."

"그 밖에 다른 이유는 말하지 않던가요?"

"별말 없었어요."

"며칠이나 있겠다고 하던가요?"

"기간에 대해서도 별말이……. 내가 언제 도쿄로 돌아갈 거냐고 물었더니, 아직 정하지 않았다고 했어요."

두 사람의 얘기로 짐작하건대 아야네가 급하게 친정에 와야 할 필요는 없었던 것 같았다. 그렇다면 왜 그녀는 친정에 왔을까.

결혼한 여자가 그런 행동을 취할 때, 부부 사이에 무슨 문제가 생겼나 보다고 생각하는 것이 보통이다.

"형사님."

가즈노리가 주춤거리다 입을 열었다.

"딸아이가 친정에 온 것이 꽤나 마음에 걸리는 모양인데, 무슨 문제라도 있습니까?"

가즈노리는 퇴직을 했다고는 하나 과거에 많은 사람을 대상으로 거래도 하고 계약도 하던 사람인 만큼 형사들이 도쿄에서 온 목적이 무엇일지 이런저런 상상을 하고 있을 것이다.

"이번 사건이 타살일 경우, 범인은 아야네 씨가 친정에 와 있는 동안을 노렸을 가능성이 있습니다."

구사나기는 천천히 이유를 설명하기 시작했다.

"그렇다면 범인이 어떻게 아야네 씨의 예정을 사전에 알았을까 하는 문제가 대두되죠. 그래서 실례를 무릅쓰고 조목조목 여쭙고 있는 것입니다. 수사의 일환이라 여기고 양해해 주십시오."

"으음, 그렇게 되는 것이로군요."

정말 납득이 갔는지는 알 수 없지만 가즈노리는 고개를 끄덕였다.

"아야네 씨는 이곳에서 어떻게 지냈습니까?"

구사나기는 부부의 얼굴을 번갈아 보면서 물었다.

"도착한 날에는 내내 집에 있었어요. 저녁은 셋이 나가서 동네 생선초밥집에서 먹었고요. 딸아이가 옛날부터 좋아하던 가게가 있어서요."

도키코가 그렇게 대답했다.

"가게 이름이 뭡니까?"

구사나기가 묻자, 도키코의 얼굴에서 그런 것까지 물으니 이상하다는 기색이 묻어났다. 가즈노리도 마찬가지였다.

"죄송합니다. 뭐가 중요한 실마리가 될지 몰라 최대한 세세한 부분까지 확인하고 있습니다. 이곳까지 몇 번이나 찾아올 수는 없어서."

도키코는 그래도 석연치 않다는 표정을 지으면서 '복 초밥'이라고 이름을 가르쳐 주었다.

"일요일에는 친구와 온천에 갔다더군요."

"사키코라고, 중학 시절 친구입니다. 결혼해서 지금은 남구에 살지만, 친정은 여기서 걸어 5분 거리에 있어요. 토요일 밤에 딸아이가 전화를 건 모양이에요. 그리고 둘이 조잔케이에 가기로 했다고 하더군요."

구사나기는 수첩을 보면서 고개를 주억거렸다. 그 친구의 이름이 모토오카 사키코란 것은 마미야가 아야네에게 들은 사항이었다. 조잔케이 온천에 간 우쓰미 가오루가 돌아오는 길에 그 여자의 집에 들르기로 되어 있다.

"결혼하고 처음 친정에 왔는데, 아야네 씨가 사위에 대해서 무슨 말 안 하던가요?"

"여전히 일 때문에 바쁘다느니, 그러면서 골프는 치러 다닌 다느니, 그런 얘기를 했어요."

"집에 무슨 일이 있었다는 얘기는 없었군요."

"네, 없었어요. 제 얘기보다는 우리 얘기를 더 많이 물었습니다. 아버지 건강은 어떠냐, 동생은 어떻게 지내느냐. 남동생이 하나 있어요. 지금 미국에서 해외 근무를 하고 있죠."

"아야네 씨가 친정에 한 번도 온 적이 없다는 것은 사위와도 만난 적이 별로 없다는 뜻인가요?"

"네. 결혼하기 얼마 전에 사위의 집에 갔었는데, 서로가 여유 있게 얘기한 것은 그때가 마지막이에요. 사위는 언제든 놀러 오라고 했지만, 이 양반 건강도 안 좋고 해서 결국 그 후로는 한 번도 못 갔어요."

"네 번 정도밖에 못 봤지, 아마."

가즈노리가 옆에서 거들었다.

"결혼을 서둘렀던 모양입니다."

"네. 딸아이 나이가 나이인지라 하루빨리 좋은 사람을 만났으면 하고 조급증이 나 있었는데, 어느 날 느닷없이 전화해서는 결혼을 한다고 했어요."

도키코가 입술을 뾰족 내밀고 말했다.

부부의 말에 따르면, 아야네가 상경한 것은 8년 전쯤인 듯했다. 하지만 그 전까지 삿포로에 죽 있었던 것은 아니고 2년제 단기 대학을 졸업한 후 영국으로 유학을 갔다고 한다. 퀼트는 고등학교 시절부터 취미 삼아 하던 것인데, 그 무렵에도 몇 몇 대회에서 평가가 좋았던 것 같았다. 영국에서 돌아와 책 한 권을 출판했는데, 마니아들 사이에서 평판이 좋아 지명도가 단숨에 올라갔다고 한다.

"일에 푹 빠져서, 언제 결혼할 작정이냐고 물어도 남의 부인 노릇할 시간이 없다, 내게 부인이 있었으면 좋을 정도다, 하는 소리나 하더니."

"그래요?"

구사나기는 도키코의 얘기를 들으면서 다소 의외라는 생각이 들었다.

"집안일을 아주 잘하는 것처럼 보였는데요."

그러자 가즈노리가 아랫입술을 쑥 내밀면서 손을 휘휘 저었다.

"수예를 잘한다고 해서 집안일도 잘하는 것은 아니지요. 여기 살았을 때는 집안일에 손 하나 까딱하지 않았습니다. 도쿄에서 혼자 살 때도 끼니를 만들어 먹은 적이 별로 없다고 했어요."

"정말입니까?"

"맞아요."

도키코가 맞장구를 쳤다.

"그 아이 사는 방에 몇 번 간 적이 있는데, 제 손으로 뭘 만들어 먹는 것 같지 않았어요. 외식을 하거나 편의점에서 파는 도시락으로 대충 때우는 듯 보였습니다."

"마시바 씨 친구 얘기로는, 홈 파티를 자주 했다던데요. 아야네 씨가 요리를 해서……."

"그렇다면서요. 딸아이에게서 들었습니다. 결혼하기 전에
요리 학원에 다니면서 많이 배우고 익혔나 보더군요. 역시 좋
아하는 사람에게 맛있는 것을 먹이고 싶은 마음이 있으면 딸
아이 같은 여자도 팔을 걷어붙이나 보다 하고 우리 둘이서 얘
기하곤 했어요."

"그런데 그 사람이 그런 일을 당했으니, 얼마나 상심이 클
꼬."

딸의 심경이 새삼 염려되는지 가즈노리는 괴로운 듯 눈을
내리깔았다.

"저, 우리가 딸아이를 만나러 가도 될까요? 장례식 준비도
거들고 싶은데."

"되고말고요. 다만 시신을 언제 돌려드릴 수 있을지 아직
알 수 없어서."

"그렇군요."

"나중에 아야네에게 연락해 보라고."

가즈노리가 아내에게 말했다.

목적을 대략 달성한 것 같아 구사나기는 그만 물러가기로
했다. 현관에서 신발을 신는데 옷걸이에 퀼트로 만든 윗도리
가 걸려 있는 게 눈에 띄었다. 꽤 길어서 보통 키의 어른이 입
으면 무릎을 덮을 듯했다.

"몇 년 전에 딸아이가 만들어 준 거예요."

도키코가 말했다.

"아버지더러 겨울에 신문이나 우편물을 가지러 나갈 때 걸치라면서요."

"이렇게 알록달록하지 않아도 되는데 말이지요."

말은 그렇게 하면서도 가즈노리는 흐뭇한 표정이었다.

"이 양반 어머니가 겨울에 밖에 나갔다가 발을 헛디뎌 넘어졌어요. 그래서 허리뼈를 다쳤죠. 딸아이가 그걸 기억하고 있었는지 허리에 솜이 둘려 있어요."

도키코가 윗도리 안쪽을 보여 주면서 말했다.

그녀다운 배려라고 구사나기는 생각했다.

미타가에서 나온 그는 '복 초밥'에 들렀다. 준비 중이라는 팻말이 걸려 있었지만, 안에서는 요리사가 열심히 음식 준비를 하고 있었다. 양옆을 올려쳐 머리가 각이 진 오십 줄의 남자 요리사는 아야네 식구를 기억하고 있었다.

"아야네 씨 얼굴을 하도 오랜만에 보는 것이라 나도 온갖 솜씨를 다 부렸죠. 한 10시쯤 돌아갔나. 그런데, 그게 왜요? 무슨 일 있었습니까?"

자세한 설명을 할 수 없어 구사나기는 적당히 얼버무리고 가게를 떠났다.

우쓰미 가오루와는 삿포로 역 옆에 있는 호텔의 라운지에서 만나기로 했다. 구사나기가 약속 장소에 도착하니, 그녀는 열심히 뭔가를 쓰고 있었다.

"수확이 있었어?"

마주 앉으면서 구사나기가 물었다.

"아야네 씨가 조잔케이 여관에 묵은 것은 맞아요. 여관 직원에게 얘기를 들어 봤는데, 친구와 즐겁게 지냈다던데요."

"친구라는 모토오카 사키코 씨는……."

"만났어요."

"부인의 진술과 다른 점 없었어?"

우쓰미 가오루는 살짝 눈을 내리깔고서 고개를 저었다.

"없었어요. 아야네 씨가 말한 것과 거의 비슷해요."

"그렇겠지. 나도 마찬가지야. 그녀가 도쿄까지 오갈 시간적 여유는 없었어."

"모토오카 씨는 일요일 점심때부터 아야네 씨와 함께 있었대요. 아야네 씨가 전화가 왔다는 것을 밤늦게야 안 것도 사실인 듯하고요."

"그럼 완벽하군."

구사나기는 의자에 기대어 후배 여형사의 얼굴을 보았다.

"마시바 아야네는 범인이 아니야. 아니 범인일 수가 없지. 불만이 있더라도 객관적인 사실을 중시하라고."

우쓰미 가오루는 잠시 한숨을 돌리듯 시선을 돌리고는 다시 눈을 크게 뜨고 구사나기를 쳐다보았다.

"모토오카 씨에게 들은 얘기 중에 몇 가지 마음에 걸리는 것이……."

"뭐지?"

"모토오카 씨와 아야네 씨는 아주 오랜만에 만난 것 같았어요. 결혼한 후로는 한 번도 못 만났다고 했습니다."

"부모님도 그렇게 말하던데, 뭐가 잘못됐어?"

"인상이 달라졌다고 하더라고요. 전에는 활달했는데, 정말 얌전해졌다고요. 기운도 없어 보였다는데요."

"그러니까 하고 싶은 말이 뭐냐고? 마시바 씨 부인이 남편의 불륜을 눈치 챘을 가능성이 높기는 해. 이번에 친정에 간 것도 그 상처 때문인지도 모르지. 그래서 어쨌다는 거야? 계장님도 말했잖아. 우리는 그녀 알리바이의 진위를 확인하기 위해 온 거야. 그리고 알리바이는 완벽했어. 그럼 된 거 아닌가?"

"그리고 또 한 가지."

우쓰미 가오루는 표정 하나 변하지 않고 말했다.

"부인이 휴대 전화의 전원을 몇 번이나 켰다 껐다 했답니다. 전원을 켜고 문자나 부재중 전화가 오지 않았는지 확인했다고요. 확인한 후에는 바로 전원을 껐답니다."

"배터리를 절약하기 위해서였겠지. 흔히 있는 일이잖아."

"과연 그럴까요?"

"아니면 뭐지?"

"어디서든 연락이 올 거라는 걸 알고 있었던 것 아닐까요? 그런데 전화를 직접 받는 것은 피하고 싶었다. 그래서 부재중 전화를 통해 미리 상황을 파악한 후에 자기 쪽에서 전화를 걸고 싶어서 전원을 끈 건 아닐까요?"

구사나기는 고개를 저었다. 이 젊은 여형사는 머리는 잘 돌아가지만 황소고집이라고 생각했다.

그는 손목시계를 들여다보고는 자리에서 일어섰다.

"가자고. 비행기 놓치겠어."

9

건물에 들어서니 발치가 써늘했다. 스니커를 신고 있는데도 발소리가 유난히 크게 느껴졌다. 어느 방에도 사람은 없는 것 같았다.

계단을 올라가는 도중에 겨우 사람과 스쳤다. 안경을 낀 젊은이였다. 그는 우쓰미 가오루를 보고서 조금 의외라는 표정을 지었다. 이 건물에 낯선 여자가 들어오는 일이 흔치 않은지도 모르겠다.

이 건물에는 몇 달 전에도 한 번 왔었다. 수사 1과에 갓 배치되었을 무렵이었다. 어떤 사건을 수사하다가 물리적인 트릭에 막혀 조언을 구하러 왔던 것이다. 그때 기억을 되새기면서 가오루는 가려는 방을 찾았다.

제13연구실은 가오루가 기억하는 위치에 있었다. 전에 왔을 때처럼 문에 각 연구원의 소재지 표시판이 달려 있었다. 이 표시판을 보면 이 방 사람들이 현재 어디에 있는지 알 수 있다. 유가와라 적힌 옆에 재실을 뜻하는 빨간 자석이 붙어 있었다. 그것을 본 그녀는 안도했다. 상대가 그녀를 바람맞힐 마음은 없는 듯했다. 조수와 학생들은 모두 강의에 들어간 모양이었다. 그 사실도 그녀를 안심시켰다. 가능하면 단둘이 얘기하고 싶었다.

문을 노크하자, "네." 하는 소리가 들렸다. 그래서 기다렸는데, 한참이 지나도 문이 열리지 않았다.

"안타깝게도 자동문이 아니라서 말이야."

안에서 그런 말소리가 들렸다.

가오루가 제 손으로 문을 열자 검은 반소매를 입은 남자의 등이 보였다. 그 너머에는 대형 컴퓨터 모니터가 있고, 화면에는 크고 작은 공을 끼워 맞춰 놓은 듯한 무늬가 떠 있었다.

"미안하지만 싱크대 옆에 있는 커피 메이커 스위치 좀 눌러 주겠나? 물과 커피는 담아 놓았으니까."

등의 주인이 말했다.

싱크대는 들어서자 바로 오른쪽에 있고 그 옆에는 아직 새 것으로 보이는 커피 메이커가 놓여 있었다. 가오루가 스위치를 누르자 잠시 후 쉭쉭, 증기가 오르는 소리가 났다.

"인스턴트커피를 좋아하신다고 들었는데요."

가오루가 말했다.

"배드민턴 대회에서 우승을 했더니 상품으로 주더라고. 공짜로 생긴 건데 싶어 사용해 보았더니 꽤 편리하더군. 게다가 한 잔당 단가도 싸고."

"이렇게 좋은 걸 더 빨리 사용할 걸 그랬다, 그런 뜻입니까?"

"아니, 그렇지는 않아. 치명적인 결점이 있거든."

"그게 뭔데요?"

"인스턴트커피의 맛을 낼 수 없잖아."

그렇게 말하고 키보드를 타닥타닥 두드린 후, 이 연구실의 주인 유가와 마나부는 의자를 빙글 돌려 가오루 쪽을 향했다.

"수사 1과의 일에는 이제 적응이 됐나?"

"조금은요."

"그래. 다행이라고 해 두지. 형사직에 적응한다는 것은 인간성을 조금씩 잃는다는 뜻이라는 게 내 지론이지만."

"구사나기 선배에게도 똑같은 말을 했나요?"

"몇 번이나 했지. 듣고서도 꿈쩍 안 하지만."

유가와는 컴퓨터 화면으로 눈길을 돌리고 마우스를 잡았다.

"그게, 뭔가요?"

"이거? 페라이트의 결정 구조를 모델화한 거야."

"페라이트라면, 자석 말인가요?"

가오루의 반문에 물리학자는 안경 너머에 있는 눈을 번쩍 떴다.

"잘 아는군. 자성체란 표현이 좀 더 정확하지만, 자석이라고 해도 별 상관은 없지."

"어떤 책에서 봤어요. 자석 침대에도 사용된다던데."

"구사나기가 들었으면 좋겠군."

유가와는 모니터 스위치를 끄고 다시 가오루를 쳐다보았다.

"그건 그렇고, 우선은 내가 질문을 하지. 우쓰미 양이 여기온 걸 구사나기에게는 왜 비밀로 해야 하지?"

"그 얘기를 하려면 저도 사건 얘기부터 해야 하는데요."

가오루의 대답에 유가와는 천천히 고개를 저었다.

"우쓰미 양의 전화를 받고 난 일단 거절했어. 이제 경찰의 수사에는 관여하지 않는다고 말이야. 그런데도 만나기로 한 것은 우쓰미 양이 구사나기에게는 비밀이라고 했기 때문이야. 왜 그에게 숨겨야 하는지, 그게 궁금해서 이렇게 시간을 낸 거라고. 그러니까 우선은 내 질문에 대답해. 미리 말해 두는데 사건 얘기를 들을지 안 들을지는 그 후에 결정하겠어."

담담하게 말하는 유가와를 보면서 가오루는 대체 무슨 일이 있었기에, 하고 생각했다. 구사나기에게 듣기로 과거에는 수사에 협조적이었다고 한다. 그러다 어떤 사건을 계기로 구사나기와도 소원해진 듯한데, 그게 어떤 사건인지는 가오루도 모르고 있었다.

"사건 얘기를 하지 않고는 상황을 설명하기가 어려운데요."

"그럴 리가 있나. 당신들, 탐문 조사를 할 때 상대방에게 사건에 대해 자세히 설명을 하나? 핵심은 얼버무리고 자기들이 알아내려는 부분만 진술하도록 교묘하게 유도하잖아. 그 기술을 응용하라고. 자, 얼른 얘기해 봐. 우물쭈물하는 사이에 학생들이 돌아온다고."

빈정거리는 말투에 가오루는 저도 모르게 인상을 찌푸릴 뻔했다. 이 냉철한 학자를 다소나마 당혹스럽게 하고 싶은 욕구가 일었다.

"왜 그러고 있는 거야?"

그가 눈썹을 찡그렸다.

"얘기할 마음이 없는 건가?"

"아, 아닙니다."

"그럼 빨리빨리 하라고. 시간이 별로 없어."

알겠습니다, 하고서 가오루는 마음을 가다듬었다.

"구사나기 선배는……."

그녀는 유가와의 눈을 똑바로 쳐다보면서 말했다.

"사랑하고 있어요."

"뭐?"

유가와의 눈에서 냉철한 빛이 사라졌다. 길 잃은 소년처럼 초점이 흐려졌다. 그런 눈으로 그는 가오루를 보았다.

"뭐라고?"

"사랑하고 있다고요."

가오루가 다시 말했다.

"구사나기 선배는 사랑에 빠졌어요."

유가와는 턱을 아래로 잡아당기고 안경을 고쳐 썼다. 그리고 다시 가오루를 쳐다보는 눈에 경계심이 짙게 어려 있었다.

"누구를?"

그가 물었다.

"용의자요. 이번 사건의 용의자를 사랑하고 있어요. 때문에 저와는 전혀 다른 시각으로 사건을 보고 있습니다. 제가 여기에 온 것을 선배에게 알리고 싶지 않은 이유는 바로 그거예요."

"그러니까 구사나기는 내가 우쓰미 양에게 어떤 식으로든 조언하기를 원치 않을 거란 뜻인가?"

"네, 그렇습니다."

"내가 우쓰미 양을 너무 허술하게 보았군. 무슨 얘기를 하든 그냥 돌아가라고 할 작정이었는데, 그런 얘기가 튀어나올 줄이야……. 사랑이라니, 더구나 구사나기가."

"이제 사건에 대해서 얘기해도 될까요?"

승리감을 만끽하면서 가오루는 말했다.

"우선 커피부터 마시자고. 마음을 좀 가라앉혀야 얘기를 들어도 집중할 수 있지."

유가와는 자리에서 일어나 컵 두 개에 커피를 따랐다.

"마침 잘됐네요."

컵 하나를 받아 들면서 가오루가 말했다.

"잘됐다니?"

"커피를 마시면서 얘기하기에 딱 좋은 사건이거든요. 사건의 발단이 커피예요."

"커피 한 잔에서 꿈의 꽃이 필 수도 있다. 옛날에 그런 노래가 있었지, 아마. 자, 이제 얘기해 봐."

유가와가 의자에 걸터앉아 커피를 마셨다.

가오루는 마시바 요시다카 살인 사건에 대해 지금까지 밝혀진 사실을 순서대로 얘기했다. 수사 내용을 외부 사람에게 발설하는 것은 규칙 위반이지만, 그러지 않고는 유가와의 협력을 얻을 수 없다는 것을 구사나기에게 들어 알고 있었다. 게다가 무엇보다 가오루는 이 인물을 믿었다.

가오루가 얘기를 마치자 커피를 다 마신 유가와는 빈 컵을 들여다보았다.

"요컨대 이런 얘기로군. 우쓰미 양은 피살자의 부인에게 혐의를 두고 있는데, 구사나기는 그녀를 사랑하고 있기 때문에 공정한 판단을 하지 못한다."

"사실 사랑이란 표현은 좀 무리가 있어요. 교수님의 관심을 사기 위해 임팩트가 강한 표현을 사용한 거예요. 하지만 구사나기 선배가 특별한 감정을 품고 있는 것은 사실입니다. 적어도, 평소의 선배는 아니죠."

"왜 그렇게 단언할 수 있는지는 묻지 않기로 하지. 그런 일에 여자의 직감이 상당히 정확하다는 것을 나도 꽤 믿는 편이니까."

"감사합니다."

유가와가 미간을 찡그리고 커피 잔을 책상에 올려놓았다.

"하지만 우쓰미 양의 얘기만 들어서는 구사나기가 사건을 편협하게 보고 있다는 생각이 들지 않는데. 마시바 아야네, 라고 했나? 그녀의 알리바이도 완벽하고 말이야."

"칼이나 총 따위의 직접적인 흉기를 사용한 범행이라면 몰라도 이번 사건은 독살이에요. 사전에 어떤 장치를 해 뒀을 가능성도 있다고 생각하는데요."

"그래서, 내게 그 장치가 뭔지 생각해 달라는 건가?"

자신이 이곳에 온 목적이 바로 그것이었기에 가오루는 잠자코 있었다.

"역시……."

물리학자는 입술을 실쭉거렸다.

"우쓰미 양, 무슨 착각을 하고 있는 것 같은데, 물리는 마술이 아니야."

"하지만 교수님은 지금까지 마술 같은 트릭을 몇 번이나 해결하셨잖아요?"

"범죄의 트릭은 마술과는 달라. 그 차이를 아나?"

고개 젓는 가오루를 보고서 유가와는 다시 말을 이었다.

"당연한 일이지만, 양쪽 모두 근거는 있어. 다만 그것을 처리하는 방식이 전혀 다르지. 마술은 연기가 끝나는 동시에 관객이 근거를 파헤칠 기회도 없어져. 그런데 범죄의 트릭은 그 현장을 수사진이 납득할 수 있을 때까지 조사할 수 있어. 무슨 장치가 있다면 반드시 흔적이 남지. 흔적을 완벽하게 없애는 것이 범죄 트릭에서 가장 어려운 점이야."

"이번 범행 역시 그 흔적이 교묘하게 제거된 경우라고 볼 수는 없을까요?"

"우쓰미 양의 얘기로 볼 때, 그럴 가능성은 아주 낮아 보이는데. 이름이 뭐라고 했지, 그 애인이라는 여자."

"와카야마 히로미요."

"그 여자가 피살자와 함께 커피를 마셨다고 진술했다면서? 커피를 끓인 것도 그 여자고. 사전에 어떤 조작이 있었다면 왜 그때는 아무 일도 없었던 거지? 그 점이 가장 큰 수수께끼라고. 아까 한 얘기 중에 재미있는 발상이 있던데, 커피를 맛있게 하는 향신료라고 하면서 피살자에게 미리 독극물을 건네는 방법 말이야. 추리 드라마의 소재로는 그런대로 괜찮을지 모르지만, 범인이 범행을 위해 선택할 방법은 아니지."

"왜 그렇죠?"

"범인 입장에서 한번 생각해 보라고. 독극물을 향신료라고 하고서 건넸는데 그 사람이 다른 곳에서 그것을 사용한다면 어떻게 되겠어? 또 가령 다른 사람과 함께 있을 때, 아내가 준 거라면서 커피에 넣는다면 어떻게 되겠냐고?"

가오루는 입술을 깨물었다. 듣고 보니 맞는 말이었다. 사실 그녀는 이 추리를 줄곧 뿌리치지 못하고 있었다.

"부인을 범인이라고 추정하는 경우, 적어도 세 가지 난관을 해결하고서 장치를 마련했다고 봐야 해."

유가와는 손가락 세 개를 세워 보였다.

"첫 번째는 독극물을 사전에 투입했다는 것이 발각되지 않아야지. 그렇지 않으면 알리바이를 만든 의미가 없으니까. 두 번째는 독극물에 노출되는 사람이 반드시 요시다카 씨여야 한다는 섬이야. 설사 애인을 끌어들이는 한이 있어도 요시다카 씨가 죽지 않으면 의미가 없어. 그리고 세 번째는 단시간 내에 그 장치를 준비해야 한다는 거야. 홋카이도에 가기 전날 밤, 그 집에서 홈 파티를 했다면서? 그 시점에 어딘가에 독극물이 투입되어 있었다면, 누구든 피해를 입었을 위험성이 있지. 그러니 그 후에 모종의 장치를 마련했을 거야."

거침없이 그렇게 말하고서 그는 두 손을 번쩍 들었다.

"항복이야. 그런 트릭은 생각해 낼 수가 없어. 적어도 나는 말이지."

"그 난관이 그렇게 해결하기 어려운 것인가요?"

"내 생각은 그래. 특히 첫 번째 난관을 해결하기가 쉽지 않을 거야. 부인은 범인이 아니라고 생각하는 것이 합리적일 듯한데."

가오루는 한숨을 쉬었다. 이 사람이 이렇듯 단언하는 것을 보면 역시 자신의 추리가 억지인지도 모르겠다는 생각이 들었다.

그때 가오루의 휴대 전화가 울렸다. 유가와가 커피를 한 잔 더 따르려고 일어서는 것을 보면서 전화를 받았다.

"어디 있는 거야?"

구사나기의 목소리가 들렸다. 말투가 약간 거칠었다.

"약국에서 탐문 조사를 하고 있어요. 아비산의 입수 경로를 조사해 오라고 해서요. 무슨 일 있나요?"

"감식반이 건수를 올렸어. 다른 곳에서도 독극물이 검출되었어."

가오루는 전화기를 고쳐 쥐었다.

"어디에서 나왔는데요?"

"주전자야. 물을 끓였던 주전자."

"어떻게 그런 데서?"

"아주 적은 양이지만 틀림없는 것 같아. 이제 와카야마 히로미에게 임의 동행을 요구하게 될 거야."

"그녀에게요?"

"주전자에서 그녀의 지문이 나왔어."

"그야 당연하죠. 일요일 아침에 커피를 끓였으니까."

"알아. 그러니까 그녀는 독을 섞을 기회가 있었던 거라고."

"그녀의 지문만 나왔나요?"

"물론 피살자의 지문도 나왔지."

"부인은요? 부인 지문은 없었나요?"

구사나기가 한숨을 쉬는 소리가 후, 하고 들렸다.

"그 집 주부인데 지문 한두 개 있는 거야 당연하지. 하지만 마지막으로 주전자에 손을 댄 사람은 부인이 아니었어. 겹친 지문의 시간차로 판명된 사실이야. 그리고 장갑을 끼고 손댄 흔적도 없다나 봐."

"장갑의 흔적이 반드시 남는 것은 아니라고 배웠는데요."

"그건 나도 알아. 아무튼 상황으로 봐서 와카야마 히로미 말고는 독을 섞을 수 있는 사람이 없다고. 본청에서 취조가 있을 테니까, 자네도 빨리 돌아와."

알겠다고 대답하기도 전에 전화가 끊겼다.

"진전이 있는 모양이군."

그렇게 말하고 유가와는 선 채로 커피를 마셨다.

가오루는 전화의 내용을 전했다. 그는 커피를 마시면서 잠자코 듣고 있었다.

"주전자에서 검출되었다. 그것 참 뜻밖이로군."

"역시 제가 억측을 했는지도 모르겠군요. 일요일 아침에 와카야마 히로미는 그 주전자로 물을 끓여 커피를 내리고 피살자와 함께 마셨습니다. 즉 그 시점에서 주전자에는 아무 문제가 없었다는 것이죠. 마시바 아야네가 범행을 저질렀을 가능성은 없군요."

"덧붙여 주전자에 독을 넣는 방법은 부인에게는 아무런 이득이 없어. 트릭이 될 수 없지."

무슨 뜻인지 몰라 가오루는 고개를 갸웃거렸다.

"우쓰미 양은 지금, 부인이 범행을 저질렀을 가능성이 없다고 단언했는데, 그건 사건 발생 직전에 주전자를 사용한 사람이 있기 때문이지. 만약 아무도 사용하지 않았다면 어땠을까? 경찰은 부인에게도 독을 섞을 기회가 있었다고 여기지 않을까? 그러니 그녀로서는 굳이 알리바이를 만들 이유가 없다는 거야."

"아……, 그렇군요."

가오루는 팔짱을 끼고 고개를 푹 숙였다.

"어찌 되었든 마시바 아야네는 용의선상에서 제외되겠군요."

그 물음에는 대답하지 않은 채 유가와는 가오루를 빤히 쳐다보았다.

"그러면 이제 어떤 식으로 방향 전환을 할 거지? 부인이 범인이 아니라면 구사나기처럼 이번에는 애인에게 혐의를 둘 건가?"

가오루는 고개를 저었다.

"그런 일은 없을 거예요."

"자신만만하군. 그 근거를 말해 줄 수 있겠나? 설마 사랑하는 남자를 죽일 리 없다, 그런 이유는 아니겠지?"

유가와는 의자에 걸터앉아 다리를 꼬았다.

가오루는 내심 초조했다. 아닌 게 아니라 바로 그렇게 대답하려 했기 때문이었다. 그 밖에 확실한 근거 따위는 없었다.

그런데 유가와의 얼굴을 보니, 그 역시 와카야마 히로미가 범인이 아니라고 생각하고 있으며 그 근거까지 이미 확보했는지도 모르겠다는 생각이 들었다. 그는 이번 사건에 관해 가오루에게 들은 것밖에 알지 못한다. 그런데 주전자에 독을 넣은 사람이 와카야마 히로미가 아니라는 확신을 어떤 힌트에서 얻었을까.

앗, 하며 가오루가 고개를 들었다.

"왜?"

"주전자를 씻었겠죠."

"뭐라고?"

"만약 그녀가 주전자에 독을 넣었다면, 경찰이 오기 전에 주전자를 씻었을 거라고요. 시신을 발견한 것은 그녀입니다. 그러니 시간은 얼마든지 있었겠죠."

유가와는 만족스럽게 고개를 끄덕였다.

"바로 그거야. 덧붙여서 만약 그 여자가 범인이라면 주전자를 씻는 것은 물론 커피 찌꺼기와 종이 필터까지 다 처분했겠지. 그리고 시신 옆에 독극물을 담았던 종이봉투나 그런 것을 놔뒀겠지. 자살로 위장하기 위해서 말이야."

"고맙습니다."

가오루는 고개 숙여 인사했다.

"오길 잘했어요. 실례가 많았습니다."

돌아서서 문 쪽으로 가려는 그녀를 유가와가 불러 세웠다.

"잠깐. 내가 현장을 보러 가기는 어려울 테니까, 사진이 있으면 좋겠는데."

"어떤 사진요?"

"독이 든 커피를 끓였던 부엌 사진. 그리고 수거한 식기와 주전자 사진도 보고 싶은데."

가오루는 눈을 번쩍 떴다.

"협조해 주시는 건가요?"

유가와는 얼굴을 찡그리고 머리를 긁적거렸다.

"틈이 나면 생각해 보지. 홋카이도에 있는 인간이 도쿄에 있는 인간을 독살하는 게 가능한지 어떤지."

가오루는 자신도 모르게 히죽 웃었다. 그리고 숄더백을 열고 안에서 파일을 꺼냈다.

"여기요."

"뭐지?"

"주문하신 물건요. 오늘 아침에 제가 찍었어요."

파일을 펼쳐 본 유가와는 놀란 듯 슬쩍 몸을 뒤로 젖혔다.

"수수께끼가 풀리면 그 트릭을 사용해서 자네 손톱 때를 끓여 먹게 하고 싶군."

그가 장난스러운 표정으로 말했다.

"물론 구사나기에게 말이지."

10

와카야마 히로미에게 전화를 걸었더니 지금 다이칸야마에 있다고 했다. 마시바 아야네의 퀼트 학원이 다이칸야마에 있는 모양이었다.

구사나기는 기시타니가 운전하는 차를 타고 다이칸야마로 향했다. 세련된 건물이 줄줄이 늘어선 거리에 외벽에 하얀 타일을 붙인 아파트가 있었다. 요즘 시절에 드문, 자동 잠금장치 없는 현관이었다. 둘은 엘리베이터를 타고 3층에서 내렸다. 305호 문에 '앤즈 하우스'라는 팻말이 붙어 있었다.

인터폰을 누르자 바로 문이 열리면서 와카야마 히로미가 불안으로 가득한 얼굴을 내밀었다.

"바쁘실 텐데 죄송합니다."

구사나기가 안으로 발을 들이밀었다. 실은, 하고 찾아온 용건을 말하려다 말을 삼켰다. 방 안에 마시바 아야네의 모습이 보였기 때문이다.

"여기 계셨군요."

"앞으로의 일을 의논하려고요. 그보다 히로미에게 무슨 볼일이 있나요? 그녀에게 더는 물을 게 없는 줄 알았는데요."

낮고 차분한 목소리였지만, 구사나기를 비난하는 울림이 노골적으로 묻어났다. 상심에 찬 눈으로 쏘아보아 그는 몸이 오그라드는 것 같았다.

"상황이 약간 진전되어서요."

구사나기는 와카야마 히로미 쪽을 보고서 말했다.

"경시청에 동행해 주셔야겠습니다."

와카야마 히로미가 부릅뜬 눈을 여러 번 깜박거렸다.

"무슨 일이죠?"

그렇게 물은 쪽은 마시바 아야네였다.

"왜 히로미가 경시청에 가야 하는 거죠?"

"그건 지금 여기서 말씀드릴 수 없습니다. 와카야마 씨, 동행해 줄 거죠? 괜찮습니다. 경찰차로 가는 게 아니니까요."

와카야마 히로미는 겁먹은 눈빛으로 아야네를 보고는 구사나기 쪽을 돌아보며 고개를 끄덕였다.

"알겠어요. 하지만 바로 돌려보내 주실 거죠?"

"용건이 끝나면요."

"준비하고 나올게요."

와카야마 히로미는 안쪽으로 사라졌다가 잠시 후 윗도리와 핸드백을 들고 돌아왔다. 그동안 구사나기는 아야네가 여전히 쏘아보고 있는 느낌이 들어 그쪽을 쳐다볼 수가 없었다.

와카야마 히로미는 기시타니에게 떠밀리듯 밖으로 나갔다. 구사나기도 뒤따라 나가려는데 "잠깐만요." 하면서 아야네가 팔을 잡았다. 의외로 힘이 강했다.

"히로미를 의심하고 있나요? 설마, 그렇지는 않겠죠?"

구사나기는 난감했다. 문밖에서는 기시타니가 기다리고 있었다.

"먼저 나가 있어."

그렇게 말하고서 구사나기는 일단 문을 닫고 아야네 쪽을 돌아보았다.

"아, 미안해요."

그녀는 구사나기의 팔을 잡은 손을 내렸다.

"그녀는 절대 범인이 아니에요. 만약 그녀를 의심하고 있다면, 그건 말도 안 되는 실수예요."

"우리는 모든 가능성을 검토해야 합니다."

아야네는 힘주어 고개를 저었다.

"그럴 가능성은 전혀 없어요. 그녀가 남편을 죽일 리 없죠. 경찰도 그 정도는 알고 있을 텐데요."

"어째서죠?"

"형사님도 알잖아요? 히로미와 남편의 관계에 대해서."

구사나기는 뒤통수를 얻어맞은 기분이었다.

"역시 알고 있었나요?"

"지난번에 만났을 때, 그 일로 히로미와 얘기를 나눴어요. 제가 남편과의 관계를 추궁했더니, 솔직하게 인정하더군요."

그때 둘 사이에 오간 대화를 아야네는 자세하게 재현했다.

그 내용을 듣고서 구사나기는 숨이 턱 막히는 기분이었지만, 그보다 더 놀라운 것은 그런 일이 있었음에도 오늘 이 방에서 두 여자가 일 얘기를 하고 있었다는 사실이었다. 구사나기는 그녀들의 심리를 이해할 수 없었다.

"내가 친정에 간 것은 헤어지자는데 그 집에 계속 있기가 괴로워서였어요. 거짓말을 해서 죄송합니다."

아야네는 머리를 숙였다.

"일이 그렇게 된 것이니 히로미가 남편을 죽일 이유가 없죠. 부디 그녀를 의심하지 말아 주세요."

그녀가 그렇게 애원하자 구사나기는 당혹스러웠다. 남편을 빼앗은 여자를 과연 이렇게까지 비호할 수 있는 것인가.

"무슨 말씀을 하는지는 알겠습니다. 하지만 우리는 심증만 가지고 판단할 수 없어요. 물적 증거에 기초해서 객관적으로 임해야만 합니다."

"물적 증거? 히로미가 범인이라는 증거가 있나요?"

아야네의 눈초리가 험악해졌다.

구사나기는 한숨을 쉬고서 잠시 생각했다. 와카야마 히로미를 의심하는 근거를 말한다고 해서 앞으로의 수사에 지장이 있을 것 같지는 않았다.

"독극물을 투입한 경로가 밝혀졌습니다."

구사나기는 마시바의 집 주전자에서 독극물이 검출되었으

며 와카야마 히로미 말고 사건 발생 당일 마시바의 집을 방문한 것으로 확인된 사람은 없다고 설명했다.

"그 주전자에서……. 그렇군요."

"결정적인 증거는 아닙니다. 하지만 투입할 수 있는 사람이 와카야마 씨밖에 없는 이상, 그녀를 의심하지 않을 수 없는 거지요."

"그렇지만……."

아야네는 뒷말을 잇지 못했다.

"서둘러야 하니, 그럼 이만."

구사나기는 머리를 숙이고서 방을 나왔다.

와카야마 히로미를 데리고 오자마자 마미야는 취조실에서 그녀를 심문했다. 심문은 수사본부가 설치된 메구로 서에서 하는 것이 보통인데, 마미야가 경시청에서 하겠다고 자청한 것이었다. 아무래도 그는 와카야마 히로미가 자백할 가능성이 크다고 점치는 듯했다. 범행을 자백할 경우, 그 자리에서 영장을 발부받아 메구로 서로 연행하려는 것이다. 그러면 범인을 체포해서 연행하는 장면을 매스컴에 제공할 수 있기 때문이다.

구사나기가 자리에 앉아 심문 결과를 기다리고 있는데 우쓰미 가오루가 돌아왔다. 그녀는 입을 열자마자 와카야마 히로미는 범인이 아니라고 했다.

그 근거를 듣고서 구사나기는 맥이 쭉 빠졌다. 들을 가치조차 없는 얘기여서가 아니었다. 오히려 그 반대였다. 와카야마 히로미가 독을 섞었다면 시신을 발견한 후에 주전자를 씻지 않았을 리 없다는 추론은 매우 설득력이 있었다.

"그럼 그녀 말고 누가 주전자에 독을 넣었다는 거지? 미리 말하는데, 마시바 아야네는 그럴 수 없었다고."

"누군지는 모릅니다. 일요일 아침, 와카야마 히로미가 나간 후에 마시바 씨 집에 들어간 사람이라고 할 수밖에 없군요."

구사나기는 고개를 저었다.

"그런 사람이 어디 있다는 거야. 그날 마시바 요시다카는 줄곧 혼자였다고."

"우리가 찾아내지 못하는 것인지도 모르죠. 아무튼 와카야마 히로미는 심문해 봐야 의미가 없습니다. 의미가 없을 뿐만 아니라 여차하면 인권 침해가 될 수도 있어요."

평소와는 다른 강경한 말투에 구사나기는 움찔했다. 그때 그의 가슴 주머니에서 휴대 전화가 울렸다.

위기의 순간에 마침 잘되었다는 심정으로 전화기를 보다가 화들짝 놀라고 말았다. 마시바 아야네에게서 온 전화였다.

"일하시는 중일 텐데 죄송해요. 꼭 해야 할 말이 있어서……."

"뭐죠?"

구사나기는 전화기를 꽉 쥐었다.

"주전자에서 독이 검출되었다는 거 말이에요. 누가 주전자에 독을 넣었다고만은 할 수 없지 않을까요?"

와카야마 히로미를 빨리 돌려보내 달라는 부탁 전화일 줄 알았던 구사나기는 당황했다.

"왜죠?"

"더 빨리 말씀드려야 했는지도 모르겠지만, 남편은 건강에 무척 신경을 쓰는 사람이었어요. 수돗물도 거의 마시지 않기 때문에, 음식을 할 때도 늘 정수기 물을 사용했어요. 그대로 마시는 것은 생수뿐이었지요. 그이는 커피를 끓일 때도 꼭 생수를 사용하라고 했어요. 그러니까 자기 손으로 커피를 끓일 때도 틀림없이 생수를 썼을 거예요."

그녀가 무슨 말을 하고 싶어 하는지 알 것 같았다.

"그럼 생수병에 독이 들어 있었다는 겁니까?"

구사나기의 목소리가 들렸는지, 옆에서 우쓰미 가오루가 한쪽 눈썹을 움찔했다.

"그럴 수도 있다는 거죠. 그러니까 히로미 씨만 의심하는 것은 이상해요. 생수병에 독을 넣었다면 다른 사람에게도 기회가 있었을 테니까요."

"그건 그렇지만……."

"예를 들어……."

마시바 아야네가 다시 말을 이었다.

"저라도 가능하죠."

11

와카야마 히로미를 집에 데려다 주기 위해 가오루가 차를 몰고 경시청을 나선 것은 밤 8시가 조금 지나서였다. 히로미가 취조실에 머무른 것은 약 2시간. 심문에 임했던 마미야로서는 예상보다 짧은 시간이었을 것이다.

그렇게 일찍 끝낸 데는 역시 마시바 아야네가 건 전화의 영향이 컸다. 아야네는 남편 마시바 요시다카가 커피를 끓일 때 반드시 생수를 사용하라고 지시했노라고 했다. 그 얘기가 사실이라면 독을 넣을 수 있는 사람이 와카야마 히로미만은 아니라는 뜻이 된다. 사전에 물에 섞어 놓으면 그만이니까.

마미야도, 울면서 자신은 아니라고만 하는 히로미를 추궁할 적절한 방법이 생각나지 않았는지 오늘은 그만 돌려보내는 게 어떻겠느냐는 가오루의 제안을 탐탁지 않아 하면서도 받아들였다.

조수석에 앉은 히로미는 가는 내내 아무 말이 없었다. 그녀가 정신적으로 매우 지쳐 있다는 것은 가오루도 충분히 짐작할 수 있었다. 험상궂게 생긴 형사가 조목조목 따지고 들면 남자라도 공포와 불안 때문에 혼란스러워한다. 울 정도로 흥분했던 감정이 잦아들려면 시간이 좀 더 필요할지도 몰랐다. 그러나 가령 마음이 가라앉았다 한들 그녀가 먼저 말을 건네는 일은 없을 것이라고 가오루는 생각했다. 경찰이 자신을 의심하고 있다는 것을 아는데, 집에 데려다 주는 여형사에게 좋은 감정을 품고 있을 리 없었다.

히로미가 갑자기 휴대 전화를 꺼냈다. 전화가 온 모양이었다.

"……방금 전에 끝났어요. 지금 돌아가는 중이에요. 아니요……여형사님 차 타고 가고 있어요. ……메구로 서가 아니라 경시청에서 가는 것이라 조금 더 걸릴 거예요. ……네, 고맙습니다."

기운 없는 목소리로 통화하고서 히로미는 전화를 끊었다.

가오루는 숨을 가다듬고 입을 열었다.

"마시바 아야네 씨인가요?"

순간적으로 히로미가 긴장하는 기척이 느껴졌다.

"그런데요, 왜요?"

"아까 구사나기 선배에게도 전화가 왔었어요. 히로미 씨 걱정을 많이 하고 있다던데요."

"그래요?"

"마시바 요시다카 씨와의 관계를 두 분이서 얘기했다면서
요?"

"어떻게 그걸?"

"선배가 아야네 씨에게 들었답니다. 히로미 씨를 경시청에
데리고 가기 전에."

아무 반응이 없어 가오루는 슬쩍 옆을 바라보았다. 그녀는
초연한 표정으로 눈을 내리깔고 있었다. 그 사실을 아는 사람
이 생겼다고 좋아할 일은 아닐 것이다.

"이런 말은 실례가 될지도 모르겠는데, 정말 이상합니다.
으르렁대고 싸워야 마땅한 상황인데, 두 분은 예전과 다름없
이 서로를 대하고 있잖아요."

"그건……마시바 씨가 죽었기 때문이겠죠."

"그렇긴 하겠지만, 아무튼 내 솔직한 느낌이에요."

잠시 후 히로미는 "그렇겠죠."라고 말했다. 현재의 미묘한
관계에 대해서는 그녀도 뭐라 설명할 수 없다는 듯이 들렸다.

"두세 가지 묻고 싶은 게 있는데, 괜찮을까요?"

히로미가 한숨을 쉬는 소리가 들렸다.

"아직도 남은 게 있나요?"

넌더리가 난다는 말투였다.

"피곤할 텐데 미안합니다. 간단한 질문이에요. 히로미 씨에
게 상처를 주지는 않을 겁니다."

"뭐죠?"

"일요일 아침에 마시바 씨와 커피를 마셨다고 했죠. 그때 커피는 히로미 씨가 끓였다고 했고요."

"또 그 얘기인가요?"

히로미는 울먹거리며 되물었다.

"난, 아무 짓도 하지 않았어요. 독 같은 것은, 알지도 못해요."

"그게 아니라, 커피를 어떻게 끓였는지 물으려는 겁니다. 그때 당신이 어떤 물을 사용했는지."

"물요?"

"생수를 사용했는지 수돗물을 사용했는지 묻는 겁니다."

아아, 하고 그녀가 탈진한 듯한 소리를 내었다.

"그때는 수돗물을 사용했어요."

"틀림없나요?"

"네. 그게 왜요?"

"왜 수돗물을 사용했죠?"

"왜냐고요? 특별한 이유는 없어요. 온수를 받아서 끓이는 게 빠르잖아요."

"그 자리에 마시바 씨가 있었습니까?"

"있었어요. 몇 번이나 말했잖아요. 그에게 커피 끓이는 법을 가르쳐 주었다고."

울먹거리는 소리에 짜증이 섞여 나왔다.

"잘 기억해 보세요. 커피를 내릴 때가 아니라 당신이 주전자에 온수를 받을 때 마시바 씨가 정말 옆에 있었나요?"

히로미가 침묵했다. 마미야에게서 여러 가지 질문을 받았겠지만, 이런 질문은 없었을 것이다.

"아, 그러네⋯⋯."

그녀가 중얼거렸다.

"맞아요. 그때는 없었어요. 주전자를 불에 올려놓고 있는데 부엌에 들어와서 커피 내리는 걸 보여 달라고 했어요."

"틀림없나요?"

"네, 지금 생각났어요."

가오루는 차를 도로 옆에 세웠다. 깜빡이를 켜고 몸을 조수석 쪽으로 튼 후에 히로미의 얼굴을 똑바로 쳐다보았다.

"왜 그러죠?"

히로미가 겁을 먹은 듯 몸을 뒤로 뺐다.

"전에 커피 끓이는 법을 아야네 씨에게 배웠다고 했었죠?"

네, 하면서 히로미는 고개를 끄덕였다.

"마시바 아야네 씨가 구사나기 선배에게 이렇게 말했답니다. 마시바 요시다카 씨는 건강에 무척 신경을 쓰는 사람이라서 수돗물은 마시지 않았다, 음식을 할 때는 정수기 물을, 커피를 끓일 때는 생수를 사용하라고 지시했다고요. 알고 있었나요?"

히로미는 눈을 크게 뜬 후에 몇 번을 깜박거렸다.

"그러고 보니, 전에 선생님이 그런 얘기를 한 적이 있었어요. 하지만 굳이 신경 쓸 거 없다고 했어요."

"그랬어요?"

"네. 생수는 비경제적이고 끓이는 데도 시간이 걸린다면서요. 그리고 마시바 씨가 물으면 생수를 썼다고 하면 된다고 했어요."

히로미는 자신의 볼에 손을 대며 말했다.

"까맣게 잊고 있었네……."

"그러니까 아야네 씨도 사실은 수돗물을 사용했던 거네요?"

"네. 그래서 그날 아침에 물을 끓일 때도 별다른 생각 없이 수돗물을 받았어요."

가오루의 눈을 쳐다보면서 히로미는 말했다.

고개를 끄덕이는 가오루의 입가에 미소가 번졌다.

"잘 알겠어요. 고마워요."

가오루는 깜빡이를 끄고 사이드 브레이크를 풀었다.

"저, 그게 문제가 되나요? 내가 수돗물을 사용한 게 무슨 문제라도 되나요?"

"문제가 되는 것은 아니에요. 아시다시피 이번 사건에는 독극물에 의한 타살의 의혹이 있습니다. 그래서 마시바 씨가 먹거나 마신 모든 것을 꼼꼼하게 조사할 필요가 있는 거죠."

"그렇군요. 우쓰미 씨, 믿어 주세요. 난 정말 아무 짓도 안 했어요."

앞을 향한 채 가오루는 침을 꿀꺽 삼켰다. 믿어요, 란 말이 입에서 튀어나올 것만 같아서였다. 하지만 형사에게 그 말은 금기다.

"경찰은 히로미 씨만 의심하는 게 아닙니다. 이 세상 모든 인간을 의심한다고 할 수 있죠. 참 짜증나는 직업입니다."

기대했던 대답과는 전혀 달라서인지 히로미는 또 침묵했다.

가쿠게이 대학 역 옆에 있는 아파트 앞에서 차를 세웠다. 차에서 내려 현관을 향해 걸어가는 히로미의 뒷모습을 보고 있던 가오루는 문득 그 너머를 보았다가 서둘러 시동을 껐다. 유리문 안에 마시바 아야네가 서 있었기 때문이다.

히로미도 아야네를 보고서 다소 놀란 듯했다. 그런 그녀를 아야네는 위로하는 눈길로 쳐다보다가 가오루가 뛰어오는 것을 알아차리자 눈초리가 매서워졌다. 히로미도 뒤돌아보며 난감한 표정을 지었다.

"아직도 뭐가 남았나요?"

그렇게 물은 사람은 히로미였다.

"아야네 씨의 모습이 보여서 인사라도 할까 하고."

가오루는 그렇게 대답하고서 아야네 쪽을 향해 고개를 숙이면서 말했다.

"늦은 시간까지 히로미 씨를 놔드리지 않아 죄송합니다."

"히로미 씨에 대한 의혹은 풀렸겠죠?"

"여러 가지 얘기를 들었습니다. 아야네 씨도 구사나기 선배에게 귀중한 정보를 주셨다고요. 감사합니다."

"도움이 되었다니 다행이로군요. 하지만 이제 이쯤 해 두세요. 히로미 씨는 죄가 없어요. 그녀를 추궁하는 건, 아무런 의미가 없어요."

"의미가 있는지 없는지는 우리 쪽에서 판단할 일이죠. 앞으로도 협조 부탁드립니다."

"물론 나는 협조할 거예요. 하지만 히로미 씨는 데려가지 마세요."

지금까지 아야네에게 품고 있던 이미지와는 다른 매몰찬 말투였다. 가오루는 놀라 그녀를 보았다.

아야네는 히로미 쪽을 향해 있었다.

"히로미, 사실을 있는 그대로 말해야 돼. 말 않고 가만히 있으면 아무도 널 지켜 줄 수 없으니까. 내가 무슨 말 하는지 알지? 그리고 경찰서에 가서 그렇게 몇 시간이나 있으면 몸에도 안 좋잖아."

그 말에 히로미의 표정이 싸늘하게 굳었다. 숨기고 있는 무언가를 들춰내 당황한 기색이었다. 그 표정을 본 가오루의 뇌리에 번뜩 스치는 것이 있었다.

"혹시 히로미 씨……."

"지금 여기서 털어놓는 게 어떻겠어? 다행히 여형사고, 나도 다 아는 일이니까."

아야네가 말했다.

"선생님은…… 요시다카 씨에게서 들었나요?"

"아니. 하지만 알 수 있지. 나도 여자니까."

그녀들이 무슨 얘기를 하는지, 가오루도 충분히 알 수 있었다. 그래도 확인을 해야 했다.

"히로미 씨, 혹시 임신한 건가요?"

단도직입적으로 물었다.

히로미는 잠시 주저하더니, 힘없이 고개를 끄덕였다.

"2개월이에요."

가오루의 시야 끝에 움찔하는 아야네의 움직임이 보였다. 가오루는 그녀가 마시바 요시다카를 통해 알게 된 것이 아님을 확신했다. 본인도 그렇게 말했지만, 여자 특유의 직감으로 알아차렸던 것이다. 히로미의 대답으로 그 직감이 맞았다는 것을 알자, 각오는 하고 있었지만 그래도 약간은 충격을 받은 것이리라.

하지만 그 다음 순간 아야네는 의연한 표정으로 가오루를 처다보며 말했다.

"이제 알겠어요? 히로미 씨는 지금 자신의 몸을 가장 소중히 해야 할 시기라고요. 당신도 여자니까 알겠지요? 이런 몸으로 경찰에서 몇 시간이나 취조를 당하다니, 말도 안 돼요."

가오루는 고개를 끄덕이는 수밖에 없었다. 실제로 임신한 여자를 취조하는 경우에는 지켜야 할 갖가지 주의 사항이 있다.

"상부에 보고를 하죠. 앞으로는 배려하도록 하겠습니다."

"꼭 부탁해요."

아야네는 히로미를 돌아보며 말했다.

"이제 됐어. 숨기기만 하면 병원에도 갈 수 없잖아."

히로미는 금방이라도 울음을 터뜨릴 듯한 얼굴로 아야네를 보고서 입술을 달싹거렸다. 가오루에게 목소리는 들리지 않았지만, '죄송해요.' 하고 말한 것 같았다.

"한 가지 더 말해 둘 게 있어요. 그녀 배 속에 있는 아이의 아빠는 마시바 요시다카입니다. 그렇기 때문에 더욱이 그이는 그녀를 선택하고 나와 헤어질 결심을 한 거예요. 그런 그이를, 배 속 아이의 아빠를 그녀가 살해할 리 없잖아요."

가오루도 같은 생각이었지만 아무 말 하지 않았다. 아야네는 그 태도를 어떻게 해석했는지, 고개를 저으며 말을 이었다.

"경찰들은 대체 무슨 생각을 하는 건지 모르겠어요. 그녀에게는 동기가 없나고요. 있다면 오히려 내게 있죠."

가오루가 경시청에 돌아와 보니 구사나기와 마미야는 그때까지 남아 자판기 커피를 마시고 있었다. 둘 다 얼굴이 밝지 않았다.

"와카야마 히로미가 물에 대해 뭐라고 말해?"

가오루를 보자마자 구사나기가 물었다.

"마시바 요시다카에게 커피를 끓여 줬을 때 말이야. 당연히 물어봤겠지?"

"네. 수돗물을 사용했답니다."

가오루는 히로미에게 들은 얘기를 둘에게 전했다.

마미야가 끙, 신음했다.

"그래서 그때는 커피를 마셨어도 아무 이상이 없었다는 말이군. 그때 이미 생수병에 독이 들어 있었다고 해도 앞뒤가 맞는 얘기야."

"와카야마 히로미가 사실 그대로 진술했다고만은 볼 수 없죠."

구사나기가 말했다.

"그건 그렇지만, 모순이 없는 이상은 추궁할 만한 거리가 안 되지. 감식반에서 좀 더 확실한 대답을 해 줄 때까지 기다리는 수밖에 없겠군."

"생수에 대해서도 감식반에 확인해 봤나요?"

가오루가 물었다.

구사나기가 책상 위에 있던 서류를 집어 들었다.

"냉장고에는 생수가 한 병 들어 있었다는군. 그것도 이미 뚜껑이 열린 것이었대. 물론 물도 조사를 했다는데, 아비산은 검출되지 않았어."

"그래요? 하지만 계장님은 감식반에서 아직 확실한 대답을 하지 않았다고 했잖아요."

"그게, 간단하지가 않아."

그렇게 말하고 마미야는 입을 꾹 다물었다.

"어째서요?"

"냉장고에 있던 생수는 1리터짜리였어."

서류에 눈길을 떨어뜨리고 구사나기가 말했다.

"남아 있는 물의 양은 약 900밀리리터. 무슨 소리인지 알겠지? 갓 땄다는 거지. 줄어든 물의 양은 약 100밀리리터. 커피 한 잔을 끓이기에는 부족한 양이야. 그런데 드리퍼에 남아 있던 커피 찌꺼기는 어느 모로 보나 두 사람분이었어."

구사나기가 무슨 말을 하고 싶은지는 가오루도 이해할 수 있었다.

"그러니까 생수가 한 병 더 있었다는 말이로군요. 그 물을 다 썼기 때문에 새 병을 땄고, 그것이 냉장고에 남아 있던 것이다."

"그래."

구사나기가 고개를 끄덕였다.

"그렇다면 그 생수에 독이 들어 있었을지도 모르겠군요."

"범인으로서는 그럴 수밖에 없었겠지."

마미야가 말했다.

"독을 섞을 목적으로 냉장고 문을 열었는데, 안에 생수 두 병이 들어 있었다. 그중 한 병은 새거였다. 새 병에 독을 넣으려면 병을 따야 하지. 하지만 그렇게 되면 피살자가 눈치 챌 우려가 있다. 그래서 이미 열려 있는 쪽에 넣는다."

"그럼 빈 생수병을 조사하면 되잖아요?"

"물론 그렇지."

구사나기가 서류를 팔락팔락 흔들었다.

"감식반에서 일단은 조사를 했어, 일단은."

"그런데요?"

"대답은 이래. 마시바가에서 발견된 빈 생수병 모두를 검사했지만 아비산은 검출되지 않았다. 그렇다고 범행에 사용되지 않았다는 증거는 못 된다는 거야."

"대체 무슨 소립니까?"

"요컨대, 아직은 알 수 없다는 거지."

옆에서 마미야가 말했다.

"빈 생수병에서 채취할 수 있는 잔류물의 양이 너무 적다는 군. 하기야 빈 용기니까 당연한 일이지. 과학 수사 연구소에

회부하면 좀 더 정밀한 분석이 가능하다니까, 그 결과를 기다려 보자는 거야."

가오루는 그제야 전후 사정을 파악할 수 있었다. 두 사람의 표정이 밝지 않은 이유도 알 것 같았다.

"하지만 가령 생수병에서 뭐가 검출된다 해도 상황에는 큰 변화가 없지 싶은데요."

서류를 다시 책상에 올려놓으면서 구사나기가 말했다.

"글쎄, 그럴까요? 용의자의 폭은 넓어지지 않겠어요?"

그렇게 반론하는 가오루를 구사나기는 못마땅한 얼굴로 내려다보았다.

"계장님 말을 어디로 들은 거야. 만약 범인이 생수병에 독을 넣었다면, 이미 뚜껑이 열려 있는 쪽이었을 거라고. 그리고 피살자는 커피를 끓이기 전까지는 그 물을 마시지 않았어. 그러니까 독극물을 투여한 후 피살자가 사망하기까지 그리 오랜 시간이 걸리지 않았다는 뜻이야."

"피살자가 물을 마시지 않았다고 해서, 반드시 시간 간격이 크지 않다고는 할 수 없죠. 목이 마르면 다른 음료도 얼마든지 마실 수 있으니까요."

가오루가 또 반론을 펼치자 구사나기는 헛소리 말라는 듯 코를 킁킁거렸다.

"까맣게 잊은 것 같은데, 마시바 씨는 일요일 밤에만 커피를 끓인 게 아니야. 토요일 밤에도 제 손으로 끓였다고. 와카야마 히로미가 그랬잖아. 그때 커피가 너무 써서 다음 날 아침에 마시바 씨 보는 앞에서 그녀가 커피를 내렸다고. 그러니까 토요일 그 시점에는 생수에 독이 들어 있지 않았다는 뜻이라고."

"토요일 밤에 마시바 씨가 생수를 사용했는지는 알 수 없죠."

가오루가 또 그렇게 말하자, 구사나기는 몸을 뒤로 휙 젖히며 양팔을 옆으로 좍 펼쳤다.

"대전제를 뒤집을 셈이야? 마시바 씨가 제 손으로 커피를 끓일 때는 반드시 생수를 사용한다고 부인이 말했기 때문에 이런 토론을 하는 거잖아."

"반드시라는 말에 얽매이면 곤란하죠."

가오루는 담담한 어투로 말을 이었다.

"마시바 씨 본인이 얼마나 철저하게 그것을 지켰는지는 확인할 수 없잖아요. 그런 습관이 있었던 정도인지도 모르죠. 부인도 마시바 씨의 지시를 충실하게 지키지는 않았어요. 그리고 마시바 씨가 제 손으로 커피를 끓인 것은 아주 오랜만이었어요. 무심코 수돗물을 사용할 수도 있죠. 그리고 그 집 정수기는 수도에 연결되어 있으니까, 정수기 물을 사용했을지도 모르고요."

구사나기가 혀를 끌끌 찼다.

"자신의 논리를 관철하려고 너무 이리저리 갖다 붙이는 거 아냐?"

"저는 객관적인 사실을 바탕으로 판단해야 한다고 말하고 있을 뿐입니다."

그녀는 선배 형사에게서 상사 쪽으로 시선을 돌리고 말했다.

"마시바 씨 집에 있는 생수병의 물을 언제 누가 마셨는지 확실히 밝혀지지 않는 한 독극물의 투입 시간은 특정할 수 없습니다."

마미야는 히죽히죽 웃으면서 턱을 만지작거렸다.

"토론이란 아주 중요한 것이로군. 나도 처음에는 구사나기 와 같은 의견이었는데, 둘이 옥신각신하는 것을 듣다 보니 가 오루 쪽에 붙고 싶어졌어."

"계장님!"

"그런데 말이야."

마미야가 다시 정색하고서 가오루의 눈을 쳐다보며 말했다.

"시간은 어느 정도 추측할 수 있어. 금요일 밤에 마시바가 에서 무슨 일이 있었는지는 알지?"

"네, 홈 파티가 있었죠. 아마도 그때 누구든 생수를 마셨겠 지요."

"즉 독극물을 투입했다면, 그 다음일 거야."

마미야가 집게손가락을 세웠다.

"저 역시 그렇게 생각합니다. 하지만 이카이 부부에게는 그럴 기회가 없었을 거예요. 그들이 아무도 모르게 부엌에 들어간다는 것은 불가능하니까요."

"그렇게 되면 의심이 가는 것은 남은 두 사람이로군."

"아니죠."

구사나기가 당황한 기색으로 끼어들었다.

"와카야마 히로미라면 몰라도 마시바 부인을 의심하는 것은 무리입니다. 피살자가 커피를 끓일 때 생수를 사용한다는 정보는 그녀가 준 것입니다. 왜 범인이 자신에게 불리한 진술을 굳이 하겠습니까?"

"어차피 밝혀질 테니까 그런 거 아닐까요?"

가오루가 말했다.

"빈 생수병에서 독극물이 검출될 것이라고 예상했다면 자신이 먼저 말하는 편이 혐의를 벗기 쉽다고 판단했을 가능성도 있어요."

구사나기는 짜증스럽다는 듯이 입술을 비틀었다.

"자네 얘기를 듣다 보면 머리가 좀 이상해지는 것 같아. 무슨 일이 있어도 부인을 범인으로 몰고 싶은 모양이로군."

"아니지, 상당히 논리적인걸."

마미야가 나섰다.

"객관적인 의견이야. 독극물이 남아 있는 주전자를 처리하지 않은 점도 그렇고, 와카야마 히로미를 범인으로 가정하기에는 모순이 많아. 동기를 봐서도 역시 마시바 아야네가 가장 의심스럽군."

하지만, 하고 구사나기가 반론하려는데, "그 동기 말이죠." 하고 가오루가 먼저 말을 꺼냈다.

"부인의 동기를 뒷받침하는 얘기를 방금 전에 들었어요."

"누구에게 들었다는 거지?"

마미야가 물었다.

"와카야마 히로미요."

가오루는 그런 일은 상상도 못하고 있을 두 남자에게 히로미의 배 속 아이에 대해 설명했다.

12

이카이 다쓰히코는 왼손에 휴대 전화를 쥐고 서 있었다. 그 전화로 통화하다가 다른 한 손에 든 수화기에 대고 말하는 듯했다.

"그러니까 그런 일처리는 그쪽에서 하시라는 말입니다. 계약서 제2항에 그렇게 명기되어 있을 겁니다. ……네, 물론 그 점에 관해서는 이쪽에서 조처하지요. ……알겠습니다. 그럼 그렇게 부탁합니다."

수화기를 내려놓은 후, 이번에는 왼손에 쥔 휴대 전화를 귀에 대었다.

"미안하군. 아까 하던 얘기 말인데, 지금 그쪽과 매듭을 지었어. ……응, 그럼 전에 약속한 대로 부탁해. ……음, 알았어."

통화를 끝낸 이카이는 자리에 앉지 않은 채 책상에서 무언가를 메모하기 시작했다. 사장용 책상. 얼마 전까지 마시바 요시다카가 사용했던 책상이다.

메모지를 주머니에 넣은 후, 이카이는 고개를 들어 구사나기 쪽을 보았다.

"오래 기다리셨습니다."

"바쁘신가 보군요."

"잡다한 일입니다. 갑자기 사장 자리가 비는 바람에 각 분야의 지휘관이 우왕좌왕하고 있어요. 오래전부터 마시바 일인 체제가 불안했는데, 좀 더 일찍 개선책을 강구했으면 좋았을 것을."

그렇게 투덜거리면서 이카이는 구사나기와 마주 앉았다.

"당분간 이카이 씨가 사장 대리로?"

구사나기의 물음에 이카이는 "당치 않습니다." 하면서 손을 저었다.

"난 경영자 체질이 아닙니다. 인간에게는 적성이라는 게 있 잖습니까. 난 참모 역할이 맞아요. 언젠가는 다른 사람에게 맡길 생각입니다. 그러니까 내가 회사를 갈취할 목적으로 마 시바를 살해했다는 추측은 성립하지 않습니다."

구사나기가 눈을 번쩍 뜨는 것을 보고서 그는 쓴웃음을 지 었다.

"아, 농담입니다. 그것도 악질적인 농담이죠. 친구가 죽었 는데, 실감하고 슬퍼할 틈도 없이 일에만 쫓기다 보니 신경이 날카로워졌다는 것을 나도 압니다."

"그런 와중에 시간을 빼앗아 죄송할 따름입니다."

"아닙니다. 수사에 진척이 있는지 나도 궁금해요. 무슨 진 전이 있었습니까?"

"서서히 밝혀지고 있는 부분도 있습니다. 예를 들어 독극물 을 투입한 경로라든지."

"흥미롭군요."

"마시바 씨는 건강에 관심이 많아 수돗물을 마시지 않았다 는데, 아십니까?"

구사나기의 질문에 이카이는 고개를 갸우뚱했다.

"그런 걸 건강에 관심이 많다고 하나요. 나도 그런데요. 그 냥 물은 지난 몇 년 동안 마신 일이 없어요."

넌지시 하는 말에 구사나기는 맥이 빠졌다. 부자에게는 당연한 일인 듯했다.

"그런가요?"

"언제 그렇게 되었는지 나도 좀 의아하지만요. 딱히 수돗물을 맛없다 여기지는 않는데 말입니다. 메이커의 광고에 놀아나는 것인지도 모르죠. 아무튼 습관이죠, 습관."

그리고 이카이는 퍼뜩 무언가가 스친 듯한 표정으로 턱을 들었다.

"혹시 물에 독이?"

"아직 확인된 것은 아니지만, 그럴 가능성이 있습니다. 홈파티 때, 혹시 생수를 마셨습니까?"

"물론 마셨습니다. 몇 번이나 마셨죠. 흐음, 물이라."

"마시바 씨는 커피를 끓일 때도 생수를 사용한다는 정보를 입수했는데, 알고 계셨습니까?"

"그런 얘기는 들은 적이 있어요."

이카이는 고개를 끄덕이며 말했다.

"아하, 그래서 커피 찌꺼기에서 독극물이 검출된 건가."

"문제는 범인이 언제 독을 넣었느냐는 것입니다. 그래서 휴일에 마시바 씨 댁을 은밀하게 드나들 만한 사람을 혹 아시나하고요."

이카이가 힐금 구사나기를 보았다. 말에 담긴 뉘앙스를 감지한 표정이었다.

"은밀하게 말입니까?"

"네. 지금까지 휴일에 그 집을 방문한 사람은 확인되지 않았습니다. 하지만 아무도 모르게 방문하는 게 불가능하지는 않죠. 마시바 씨가 도와주면요."

"그러니까 부인이 집을 비운 틈에 다른 여자를 끌어들였다?"

"그런 가능성도 포함해서 묻는 겁니다."

이카이는 꼬고 있던 다리를 풀고 몸을 앞으로 약간 숙였다.

"우리 툭 터놓고 얘기합시다. 수사 중이니까 지켜야 할 비밀도 있겠지만, 나도 초짜는 아니니 함부로 발설하지 않겠습니다. 대신 나도 숨김없이 얘기하죠."

무슨 소리인지 몰라 구사나기가 잠자코 있자니, 이카이는 다시 소파에 몸을 기댔다.

"마시바에게 애인이 있다는 것은 밝혀냈을 텐데요."

구사나기는 당황했다. 이카이의 입에서 그런 말이 나올 줄은 미처 예상치 못했다.

"이카이 씨는 어디까지 알고 계시는 거죠?"

구사나기는 조심스럽게 이카이의 심중을 타진했다.

"한 달 전쯤에 마시바가 이런 말을 털어놓더군요. 슬슬 상대를 바꿀까 한다고요. 그때 난 이미 여자가 생겼나 보다고 짐작했는데요."

이카이가 눈을 희번덕거렸다.

"경찰이 그 정도 일을 밝혀내지 못할 리 없죠. 이미 조사를 끝내고서 나를 찾아온 것 아닙니까?"

구사나기는 눈썹 위를 긁적거렸다. 쓴웃음이 나왔다.

"맞습니다. 마시바 씨에게는 특별한 여자가 있었어요."

"그 여자가 누구인지는 묻지 않겠습니다. 짐작 가는 사람이 있으니까."

"벌써 알고 있다는 뜻인가요?"

"소거법입니다. 마시바는 호스티스에게는 손을 대지 않아요. 회사나 일에 관계된 여자도 마찬가지고요. 그럼 그 사람 주위에 딱 한 여자가 남죠."

그렇게 말하고서 이카이는 한숨을 쉬었다.

"역시 그랬어. 마누라에게는 하지 못할 얘기로군."

"사건이 발생했던 주말에 그 여자가 마시바 씨 댁을 방문했다는 것은 본인의 진술로 확인되었습니다. 우리가 알고 싶은 것은 그 여자 외에도 비슷한 관계에 있는 다른 상대가 없었는가 하는 것입니다."

"부인이 집을 비운 사이에 두 여자를 집에 끌어들인다? 그것 참 호방한 얘기로군요."

이카이는 몸을 흔들며 너털거렸다.

"하지만 그건 있을 수 없는 일입니다. 마시바는 바람둥이지만 양다리를 걸치는 타입은 아니었습니다."

"무슨 뜻이죠?"

"상대를 잇따라 바꾸기는 해도 동시에 두 사람을 사귀는 일은 없었다는 뜻입니다. 애인이 생긴 후로는 아마 부부 관계도 하지 않았지 싶은데요. 욕구를 해소하기 위한 섹스는 좀 더 나이가 든 후에 하겠노라고 했으니까."

"그렇다면 아이가 목적이었다는 말씀입니까?"

"어느 정도는 맞는 말입니다."

이카이가 입가를 실룩거리며 대답했다.

구사나기는 와카야마 히로미가 임신 중이라는 사실이 떠올랐다.

"부인과의 결혼도 아이를 낳는 것이 가장 큰 목적이었다는 듯이 들리는데요."

구사나기가 그렇게 말하자, 이카이는 몸을 뒤로 휙 젖히는 포즈를 취하고는 그대로 소파에 기댔다.

"가장 큰 목적이 아니라 유일한 목적이었죠. 그는 혼자 살 때부터 하루빨리 아이가 있었으면 좋겠다는 말을 자주 했어요. 그러기 위해 파트너를 찾는 데도 열을 올렸죠. 여자를 수시로 바꿔 가며 사귄 탓에 세상은 그를 바람둥이라 여겼을지 모르겠지만, 실제로는 자신의 목적에 맞는 여자를 신중하게 찾았던 겁니다. 자기 아이의 엄마로 적합한 여자를 말이죠."

"자신의 아내로 적합한지는 문제 삼지 않았다는 말인가요?"

이카이가 어깨를 으쓱했다.

"마시바는 아내를 원한 게 아니었어요. 방금 제가 슬슬 상대를 바꿔야겠다고 그가 털어놓았다는 말을 했는데, 그때 이런 말도 했습니다. 새 가정부나 고가의 장식품이 필요한 게 아니라 아이를 낳아 줄 여자가 필요하다고 말이죠."

구사나기는 자기도 모르게 눈을 부릅떴다.

"세상 여자들이 들으면 총공격을 퍼붓겠군요. 가정부는 그렇다 치고 장식품이라는 건 좀……."

"그건 내가 헌신하는 아야네 씨의 모습을 칭찬했더니 한 말입니다. 그녀는 완벽한 주부였어요. 결혼 전에 하던 일을 전부 그만두고 집안일에만 전념했죠. 마시바가 집에 있을 때는 거실 소파에 앉아 퀼트를 하면서 대기했습니다. 언제든 남편 시중을 들 수 있게 말이죠. 그런데 마시바는 그런 점을 평가하지 않았어요. 아이를 낳지 못하는 여자가 소파에 앉아 있어 봐야 장식품처럼 거치적거릴 뿐이라고 생각했던 것 같습니다."

"말이 심하군요. 왜 그렇게 아이를 원했던 겁니까?"

"글쎄요. 나 역시 아이를 원했지만 그 정도는 아니었어요.

하하, 막상 태어나고 보니 귀여워 어쩔 줄 모르겠지만요."

최근에 아빠가 된 이카이는 팔불출처럼 벙실거리고는 잠시 후 다시 말을 이었다.

"환경의 영향이 컸겠지요."

"무슨 뜻입니까?"

"마시바에게 친척이나 가족이 없다는 것은, 경찰에서도 알고 있겠죠?"

"네, 그렇게 들었습니다."

"부모님이 그가 어렸을 때 이혼했다더군요. 게다가 그를 맡게 된 아버지는 일벌레라서 거의 집에 들어오지 않았다고 합니다. 그래서 할아버지 할머니 손에 자란 모양이에요. 그런데 그 할아버지와 할머니가 잇따라 돌아가시고 아버지마저 그가 이십 대에 뇌졸중으로 갑작스럽게 돌아가셨어요. 일찍이 천애고아의 신세가 된 것이죠. 할아버지와 아버지가 남기고 간 재산 덕분에 생활에는 아무 불편이 없었고 제 손으로 사업도 크게 벌였지만, 가족애라는 것과는 인연이 없었던 겁니다."

"그래서 그렇게 아이를……."

"핏줄이 그리웠던 거겠죠. 아무리 사랑해도 애인이나 아내는 어차피 남이니까요."

그렇게 말하는 이카이의 말투가 싸늘했다. 어쩌면 그 자신 비슷한 생각을 갖고 있는지도 몰랐다. 그 때문인지 구사나기의 귀에는 그 말이 설득력 있게 들렸다.

"마시바 씨가 아야네 씨를 처음 만난 자리에 이카이 씨도 함께 있었다고 했는데, 무슨 파티라도 있었던 겁니까?"

"그렇습니다. 명목상으로는 각종 업계 사람들이 모이는 사교 파티였지만 실은 나름의 직함을 지닌 사람들이 상대를 찾기 위해 선을 보는 자리였습니다. 나는 이미 결혼한 몸이었지만, 마시바와 동행했습니다. 그는 고객에 대한 의리 때문에 참석하지 않을 수 없다고 했지만 결과적으로는 그곳에서 만난 여자와 결혼했으니, 인생이란 참 알 수 없는 것이죠. 타이밍도 좋았다고 해야겠지만."

"무슨 타이밍이죠?"

구사나기가 묻자, 이카이는 약간 거북한 기색을 드러냈다. 괜한 소리를 했나 하는 표정이었다.

"그 사람, 아야네 씨 만나기 전에 사귀던 여자가 있었어요. 그 여자와 헤어진 직후에 지금 말한 파티가 있었죠. 전에 사귀던 여자와 잘 안 풀리는 바람에 마시바가 좀 초조했던 것 아닐까 하고 나는 생각합니다만."

그리고 이카이는 집게손가락을 자신의 입술에 대었다.

"이 얘기를 아야네 씨에게는 하지 마십시오. 마시바가 내게 말하지 말라고 했던 일이니까."

"그 여자와는 무엇 때문에 헤어졌을까요?"

글쎄요, 하면서 이카이는 고개를 갸우뚱했다.

"그런 일에는 관여하지 않는 게 우리 사이의 룰이었습니다. 아이가 안 생겨서 그러지 않았을까 짐작하긴 하지만."

"결혼도 하지 않았는데, 말입니까?"

"몇 번이나 말하지만, 그에게는 그게 가장 중요한 일이었어요. 세상에서 흔히 혼전 임신이라고 하는 거, 그게 그의 이상이었는지도 모르죠."

그래서 와카야마 히로미를 선택하기로 한 것인가.

세상에는 각기 다른 다양한 남자가 있다. 구사나기도 그 점은 익히 알고 있다. 그런데도 마시바 요시다카의 심리는 이해할 수 없었다. 아이가 없어도 아야네 같은 여자와 평생을 함께할 수 있다면 그 또한 행복한 인생이 아닐까.

"마시바 씨가 전에 사귀었던 여자는, 어떤 사람이었습니까?"

이카이가 고개를 저었다.

"나는 잘 모릅니다. 그런 여자가 있다는 소리만 했지, 소개해 주지는 않았거든요. 그 사람, 비밀스러운 면이 있어서 결혼을 결심하기 전에는 공표하지 않기로 했었는지도 모르죠."

"그 여자와는 원만하게 헤어졌을까요?"

"아마 그랬을 겁니다. 그 점에 대해선 충분히 얘기한 적이 없어 놔서."

그렇게 말하고서 이카이는 퍼뜩 무언가를 깨우친 듯 구사나기를 쳐다보았다.

"혹시 그 여자가 사건에 연루되었다고 생각하는 겁니까?"

"그런 것은 아니지만, 피살자에 대해서 최대한 자세하게 조사해야 해서."

이카이는 피식 웃음을 머금고 손을 저었다.

"마시바가 그 여자를 집으로 불렀을지도 모른다고 생각한다면, 그건 큰 오산입니다. 그 사람은 그런 일은 절대 하지 않아요. 이건 단언할 수 있습니다."

"마시바 씨가 양다리를 걸치는 사람이 아니라서, 입니까?"

"그래요."

"알겠습니다. 참고하죠."

구사나기는 손목시계를 보고 일어섰다.

"바쁘실 텐데, 고마웠습니다."

구사나기가 문 쪽으로 걸어가자, 이카이가 얼른 뒤쫓아 와 문을 열어 주었다.

"아 이거, 고맙습니다."

"구사나기 씨, 수사 방식에 참견할 마음은 없습니다만, 한 가지 부탁하고 싶은 일이 있습니다."

그렇게 말하는 이카이의 눈빛이 진지했다.

"뭐죠?"

"마시바가 성인군자처럼 산 것은 아니었으니, 털면 여러 가지로 나올 겁니다. 하지만 이번 사건이 그의 과거와 어떤 관련이 있다고는 생각지 않아요. 그러니 아무쪼록 필요 이상 들춰내지 않기를 바랍니다. 회사에는 지금이 상당히 중요한 시기입니다."

회사의 이미지가 추락할까 봐 걱정하는 듯했다.

"나오는 게 있어도 매스컴에는 흘리지 않을 테니 걱정 마십시오."

그렇게 말하고서 구사나기는 방을 나왔다.

마시바 요시다카라는 인물이 불쾌했다. 여자를 아이 낳는 도구로밖에 여기지 않는 그 태도에 내심 화가 났다. 보나마나 다른 일에도 왜곡된 인간관을 보였을 것이다. 사원은 회사를 움직이는 부품 정도로 여겼을 테고, 소비자는 착취의 대상으로나 여기지 않았을까.

그런 사고방식이 지금까지 여러 사람에게 상처를 주었을 것이다. 그렇다면 그를 죽이고 싶어 할 만큼 증오한 인간이 한두 명 있다 해도 이상할 게 없다.

와카야마 히로미만 해도 아직 혐의가 풀린 것은 아니다. 배 속 아이의 아빠를 죽일 리 없다는 것이 우쓰미 가오루의 의견이지만, 이카이의 얘기를 듣고 보니 속단이라는 느낌이 들었다. 마시바 요시다카는 아야네와 헤어지고 상대를 와카야마 히로미로 바꿀 생각이었지만, 그것은 그녀가 임신했기 때문이지 사랑해서가 아니었다. 따라서 어떤 이기적인 제안을 했을 수도 있고, 때문에 그녀의 원한을 샀을 가능성도 충분히 생각할 수 있다.

하지만 첫 발견자이면서 독극물의 흔적을 없애지 않은 것은 부자연스럽다는 우쓰미 가오루의 지적에는 구사나기도 반론의 여지가 없었다. 깜박 잊었을 수도 있지 않느냐고 하는 것은 억지다.

아무튼 마시바 요시다카가 아야네를 만나기 전에 사귀었던 여자를 추적해 보기로 하고, 그 순서를 생각하면서 구사나기는 마시바의 회사를 뒤로했다.

마시바 아야네가 뒤통수라도 얻어맞은 듯 눈을 부릅떴다. 검은 눈자위가 파르르 떨렸다. 역시 동요하는 듯했다.

"남편의 전 애인……이라고요?"

"유쾌하지 않은 질문이라, 정말 죄송합니다."

구사나기는 앉은 채로 고개를 숙였다.

두 사람은 아야네가 묵고 있는 호텔 라운지에 마주 앉아 있었다. 구사나기가 전화를 걸어 물어볼 게 있으니 만나고 싶다고 부탁했다.

"그게 사건과 무슨 관련이 있는 건가요?"

그녀의 반문에 구사나기는 고개를 저었다.

"아직은 모릅니다. 남편께서 누군가에게 살해당했을 가능성이 큰 이상, 동기가 있는 사람을 찾아내야지요. 그래서 과거를 조사해 보는 것뿐입니다."

아야네는 입술을 살짝 벌리고 구사나기를 쳐다보았다. 적막한 미소였다.

"사람이 그 모양이니 깔끔하게 헤어지지 않았을 거라고 생각하는 거겠죠. 내 경우처럼."

"아니…… 그런."

게 아니라고 말하려다 그는 일단 입을 다물고 새삼 그녀를 보면서 말했다.

"남편이 자신의 아이를 낳아 줄 여자를 찾고 있었다는 정보를 입수했습니다. 그런 사고를 지닌 남자는 도가 지나치면 상대의 마음에 상처를 줄 우려가 있죠. 그래서 상처 입은 상대가 그 남자를 증오하게 되는 경우도 있을 수 있으니까요."

"나처럼, 말인가요?"

"아니, 아야네 씨는."

"상관없어요."

그녀가 고개를 끄덕였다.

"우쓰미 씨라고 했던가요. 그 여형사에게 들었겠죠. 히로미는 마침내 그이의 소원을 이루어 주었어요. 그래서 그이가 그녀를 선택한 겁니다. 그래서 나를 버린 거고요. 그러니까 내가 그를 조금도 원망하지 않는다고 하면 거짓말이겠죠."

"당신이 범행을 저지른다는 것은 불가능합니다."

"과연 그럴까요."

"현재까지 생수병에서는 아무것도 검출되지 않았습니다. 그러니 역시 주전자에 독을 탔다고 보는 것이 가장 타당합니다. 당신은 그럴 수 없었어요."

구사나기는 단숨에 거기까지 말하고서, 숨 한 번 돌리고는 다시 입을 열었다.

"일요일에 누군가 마시바 씨의 집에 찾아가 독을 탔다고밖에 생각할 수 없습니다. 무단으로 침입했을 리는 없으니까, 남편이 불러들였겠죠. 그런데 일에 관계된 사람 중에는 그럴 만한 인물이 없어요. 아주 개인적인 사이이고 부인이 집을 비운 사이에 은밀하게 불러들였다면, 어떤 사람일지 그 범위가 극히 제한될 듯한데요."

"그러니 애인이거나 전 애인일 거라는 말인가요?"

그녀가 앞머리를 쓸어 올리며 말했다.

"참 난감하군요. 그런 얘기는 전혀 들은 바 없어요."

"사소한 일이라도 괜찮습니다. 대화하는 중에 얼핏 흘려들은 거라도 없습니까?"

"글쎄요. 옛날 일은 거의 얘기하지 않는 사람이었어요. 그런 면에서는 아주 신중했다고 할 수 있죠. 레스토랑이나 바도, 과거에 헤어진 사람과 갔던 장소에는 두 번 다시 가지 않는 것 같았어요."

"그렇군요."

구사나기는 낙담했다. 데이트를 하면서 거쳐 갔던 장소를 조사해 볼 생각이었기 때문이다.

마시바 요시다카가 신중한 사람이었다는 것은 사실인지도 모른다. 집이나 사무실 집기에도 와카야마 히로미가 아닌 여자의 존재를 알리는 것은 전혀 없었다. 휴대 전화에 저장된 전화번호도 일에 관계된 사람을 제외하면 모두 남자였다. 와카야마 히로미의 번호는 저장조차 되어 있지 않았다.

"죄송하네요. 도움이 못 돼서."

"아닙니다. 아야네씨가 사과할 일은 아니죠."

하지만, 하고 아야네가 말하려는데 옆에 있는 가방에서 벨소리가 울렸다. 그녀는 허둥대며 휴대 전화를 꺼내고는 "받아도 될까요?"라고 물었다. 구사나기는 "물론."이라고 대답했다.

"네, 여보세요."

차분한 말투로 전화를 받던 아야네가 그 다음 순간 파르르 속눈썹을 떨었다. 그리고 다소 긴장한 표정으로 구사나기를 쳐다보았다.

"네, 그건 괜찮은데, 아직도 뭐가……. 아, 그래요? 네, 알 있어요. 잘 부탁해요."

그녀는 전화를 끊고서, 실수를 했다는 듯이 손바닥으로 입술을 눌렀다.

"구사나기 씨가 여기 있다는 거, 말할 걸 그랬나요?"

"어디서 온 전화였는데요?"

"우쓰미 씨였어요."

"뭐라고 하던가요?"

"부엌을 재검증하고 싶은데, 지금 집 안에 들어가도 괜찮겠느냐고 물었어요. 대수로운 일은 아니라면서요."

"재검증? 대체 무슨 속셈이야."

구사나기는 아래턱을 만지작거리면서 비스듬하게 시선을 떨어뜨렸다.

"독극물을 어떤 식으로 투입했는지 조사하는 거겠죠?"

"그야 물론 그렇겠지만……."

구사나기는 손목시계를 본 후에 테이블에 놓인 계산서를 집었다.

"저도 가 봐야겠습니다. 괜찮겠지요?"

"물론입니다."

아야네는 고개를 끄덕이더니, 뭔가 생각났다는 표정을 지었다.

"저, 부탁이 있는데요."

"말씀하시죠."

"이런 일을 부탁하자니 염치가 없네요."

"뭡니까? 사양 말고 말하세요."

실은, 하고 그녀가 얼굴을 들었다.

"꽃에 물을 줘야 할 것 같아요. 처음에는 호텔에서 하루 이틀 지내면 될 줄 알았는데……."

아아, 구사나기는 무슨 소린지 이해하고 고개를 끄덕였다.

"불편을 끼쳐 드려서 저희야말로 죄송합니다. 하지만 이제 댁으로 돌아가셔도 무방할 겁니다. 감식 작업은 다 끝났으니까요. 재검증이 끝나면 바로 연락하겠습니다."

"아니, 그건 상관없어요. 당분간 여기 있기로 한 것은 내 뜻이에요. 그 넓은 집에 혼자 있는다는 건 상상만 해도 괴롭고 힘들어서요."

"그럴지도 모르겠군요."

"그렇다고 언제까지 피할 수는 없겠지만, 그이의 장례 일정이 정해질 때까지는 여기 있으려고 해요."

"유해는 머지않아 돌려드릴 수 있을 겁니다."

"그래요? 그렇다면 준비를 해야 할 텐데……."

그렇게 말하고서 아야네는 눈을 깜박거렸다.

"그리고 꽃 말인데요, 내일쯤 짐을 가지러 간 참에 물을 주려고 했는데, 사실 더 빨리 주고 싶어요. 계속 마음에 걸려서."

그녀가 무슨 말을 하고 싶어 하는지 이내 알아챈 구사나기는 자신의 가슴을 툭툭 쳤다.

"알겠습니다. 그런 정도는 제가 알아서 해 드리죠. 정원과 베란다에 있는 꽃에 물을 주면 되는 거죠?"

"괜찮으시겠어요? 번거로운 부탁을 드려서 정말 미안해요."

"이렇게 수사에 협조해 주시는데, 당연하죠. 걱정 마십시오."

구사나기가 자리에서 일어나자 아야네도 일어섰다. 그리고 똑바로 그의 얼굴을 쳐다보면서 말했다.

"그 집에 있는 꽃들, 말라 죽게 하고 싶지 않아요."

절실함이 담긴 말투였다.

"소중히 여기시는군요."

삿포로에서 돌아온 날, 꽃에 물을 주던 그녀가 떠올랐다.

"베란다에 있는 꽃은 제가 독신 시절부터 키우던 거예요. 꽃 하나하나에 갖가지 추억이 있죠. 그런데 이번 일로 그 추억마저 잃고 싶지는 않네요."

잠시 먼 곳을 바라보던 아야네의 눈동자가 천천히 구사나기를 향했다. 마음이 빨려 들어갈 것 같아, 구사나기는 그 눈빛을 똑바로 쳐다볼 수가 없었다.

"걱정 마세요. 꼭 물을 주겠습니다."

구사나기는 그렇게 말하고 계산대로 걸어갔다.

호텔 앞에서 택시를 잡아타고 마시바의 집으로 향했다. 헤어질 때 아야네가 보였던 표정이 뇌리에 깊이 새겨져 떠나지 않았다.

멍하니 차창 밖을 바라보고 있던 구사나기의 눈에 한 건물의 간판이 들어왔다. 할인 매장 간판이었다. 문득 떠오른 아이디어가 있었다.

"미안하지만 여기서 세워 주십시오."

그는 얼른 운전사에게 말했다.

할인 매장에서 급하게 물건을 산 후 다시 택시를 잡았다. 원하는 것을 샀다는 뿌듯함에 왠지 가슴이 설레었다.

저만치 마시바의 집 앞에 경찰차가 서 있었다. 거참 삼엄하군, 하고 구사나기는 생각했다. 사건이 이대로 미궁에 빠지면 저 집은 언제까지나 세상 사람들의 이목에서 벗어날 수 없을 것이다.

문 옆에 제복 경찰 한 명이 서 있었다. 사건 발생 직후에도 경비를 섰던 경찰이었다. 그쪽에서도 기억하는지, 구사나기를 보자 말없이 고개를 꾸벅 숙였다.

현관을 들어서니 신발 세 켤레가 나란히 놓여 있었다. 우쓰미 가오루의 스니커는 늘 보던 것이었다. 나머지 두 켤레는 남자 구두인데, 한쪽은 다 낡은 싸구려고 다른 한쪽은 아르마니 로고가 찍혀 있는 새것이었다.

구사나기는 거실을 향해 복도를 걸어갔다. 문이 열려 있어 그대로 안에 들어갔다. 사람은 아무도 안 보이는데 부엌 쪽에서 남자 목소리가 들렸다.

"정말 손을 댄 흔적이 없는데."

"그렇죠? 감식반도 최소 1년 이상은 손을 대지 않은 것 같다고 하더라고요."

알 수 없는 남자와 우쓰미 가오루의 목소리였다.

구사나기는 부엌을 기웃거렸다. 싱크대 앞에 우쓰미 가오루와 한 남자가 쭈그리고 있었다. 싱크대 밑에 달린 문이 열려 있고 남자의 얼굴은 보이지 않았다. 두 사람 옆에는 기시타니가 서 있었다.

"아, 구사나기 선배."

기시타니가 그렇게 말하자, 우쓰미 가오루도 돌아보았다. 난색을 하고 있었다.

"대체 뭐 하는 거야?"

그녀가 눈을 깜박거렸다.

"선배가 어떻게 여길⋯⋯."

"여기서 뭐 하는 거냐고 묻잖아."

"열심히 일하는 후배에게 그런 식으로 말하면 안 되지."

싱크대 밑을 들여다보던 남자가 문짝 위로 고개를 내밀었다.

그 순간, 구사나기는 놀라고 당황했다. 그가 잘 아는 남자였다.

"유가와, 자네가 어떻게?"

그렇게 묻고서 우쓰미 가오루에게 눈길을 돌렸다.

"내게는 아무 말 않고 이 녀석과 의논한 거야?"

그녀가 잠자코 입술을 깨물었다.

"말이 좀 이상하네. 우쓰미 가오루가 누구를 만나든, 일일이 자네 승낙을 얻어야 하는 건 아니잖아."

유가와가 일어나 구사나기를 보면서 빙긋 웃었다.

"오랜만이야. 좋아 보이는데."

"경찰 수사에는 협조하지 않는 걸로 알고 있는데."

"그 기본 방침에는 변함이 없어. 다만, 경우에 따라 예외가 있을 수는 있지. 과학자의 호기심을 자극하는 수수께끼가 발생했다든가 하면 말이야. 하기야 이번 경우에는 다른 이유도 있지만, 그걸 자네에게 말할 필요는 없겠지."

유가와가 의미심장한 눈길로 우쓰미 가오루를 쳐다보았다.

구사나기도 그녀 쪽을 보았다.

"재검증을 한다고 하더니, 이런 거였나?"

우쓰미 가오루는 퍼뜩 놀란 듯 입을 절반쯤 벌렸다.

"부인께 들었나요?"

"부인과 얘기하고 있는데 자네 전화가 왔어. 아차, 그렇지. 중요한 걸 깜박했군. 기시타니, 자네 지금 할 일 없지?"

갑자기 이름을 불린 후배 형사는 등을 쭉 폈다.

"유가와 교수님이 검증하는 자리에 함께 있으라고 했는데요. 우쓰미 혼자 있다가는 들은 얘기를 빠뜨릴 수도 있다고요."

"그건 내가 대신 들을 테니까 자넨 가서 정원에 물 좀 줘."

기시타니가 눈을 몇 번 껌벅거렸다.

"물을, 주라고요?"

"부인이 호의를 베풀어서 집을 비워 준 덕분에 수사하기가 쉬워진 거라고. 그러니 물 정도는 줘도 되지 않겠어? 정원만 주면 돼. 2층 베란다는 내가 줄 테니까."

기시타니는 불만스러운 듯 미간을 약간 찡그리더니 "알겠습니다." 하고는 부엌에서 나갔다.

"자 이제, 미안하지만 재검증 내용을 처음부터 얘기해 줘."

구사나기는 들고 있던 종이봉투를 바닥에 내려놓으며 말했다.

"그게, 뭐죠?"

우쓰미 가오루가 물었다.

"사건과 관계없는 거니까 신경 쓰지 마. 그보다, 어서 설명해 보라고."

유가와를 쳐다보면서 구사나기는 팔짱을 꼈다.

유가와는 역시 아르마니로 보이는 바지 양쪽 주머니에 엄지손가락을 걸치고 싱크대에 기대어 섰다. 두 손에 장갑을 끼고 있었다.

"이 젊은 여형사가 내게 제기한 문제는 이런 거였어. 멀리 떨어진 장소에 있으면서 다른 곳에 있는 어떤 특정한 인물이 마실 물이나 음료에 독극물을 투입하는 것이 과연 가능한가. 게다가 미리 준비해 둔 장치에는 그 흔적이 절대 남으면 안 된다. 아, 이만큼 어려운 문제는 물리학의 세계에도 좀처럼 없는데 말이야."

그가 어깨를 으쓱했다.

"떨어진 장소에 있으면서……라고?"

구사나기가 우쓰미 가오루를 노려보았다.

"아직도 부인을 의심하고 있군. 부인을 범인으로 단정해 놓고, 어떤 마법을 사용하면 증거를 댈 수 있을지 이 사람과 의논한 거였나?"

"부인만 의심하는 게 아닙니다. 토요일과 일요일의 알리바이가 있는 사람이 범행을 저지를 수 있는지 확인하고 싶었을 뿐이에요."

"마찬가지잖아. 그래 봐야 표적은 부인 아니냐고?"

구사나기는 다시 유가와를 쳐다보았다.

"그래서, 싱크대 밑은 왜 들여다본 거야?"

"우쓰미 양에게 듣자 하니 문제의 독극물이 세 군데에서 검출되었다더군."

유가와는 장갑을 낀 채로 손가락 세 개를 세워 보였다.

"우선은 피살자가 마셨던 커피. 그 다음은 커피를 끓이는 데 사용했던 원두커피와 종이 필터. 그리고 물을 끓일 때 사용했던 주전자. 그런데 그 다음을 모르겠단 말이야. 가능성은 두 가지지. 주전자에 직접 독을 넣었든지 아니면 물에 섞었든지. 가령 물이라면, 어떤 물일까? 여기서도 가능성은 두 가지. 생수냐, 수돗물이냐."

"수돗물? 그럼 수도관에 무슨 트릭이 있었다는 말이야?"

구사나기는 홍 콧방귀를 뀌었다.

"가능성이 두 가지 이상 있을 경우 소거법을 사용하는 게 가장 합리적이지. 감식반에서 수도나 정수기에 이상이 없다는 것은 확인한 모양인데, 내 눈으로 직접 보지 않고는 믿지 못하는 성격이라서 말이야. 그래서 싱크대 밑을 조사한 거야. 수도에 어떤 트릭이 있다면 여기밖에 없을 테니."

"그래서, 결과는?"

유가와는 고개를 천천히 옆으로 저었다.

"수도관, 정수기 파이프, 필터 모두 손을 댄 흔적이 없어. 부품을 전부 해체해서 조사해 볼 수도 있겠지만, 아마 아무것도 나오지 않을 거야. 그러니 물에 독이 들어 있었다면, 생수병에 있었던 물이라고 결론지어야겠지."

"생수병에서는 독극물이 검출되지 않았어."

"과학 수사 연구소에서 아직 보고가 없었는데요."

우쓰미 가오루가 말했다.

"소득이 없을 거야. 우리 감식반도 바보가 아니라고."

구사나기는 팔짱을 꼈던 팔을 내려 허리에 대고서 유가와를 보았다.

"그게 자네의 결론이야? 기껏 이렇게 납시었는데, 내용이 보잘것없군."

"물에 대해서는 그뿐이야. 주전자에 대한 검증은 이제 해야 하고. 아까도 말했지만, 독을 주전자에 직접 넣었을 가능성도 배제할 수 없어."

"그건 내가 주장하는 바야. 그리고 다시 한번 말하는데, 일요일 아침까지 아무런 이상이 없었어. 물론 와카야마 히로미가 한 말을 그대로 믿는다는 전제하에."

유가와는 그 말에는 대꾸하지 않고 싱크대 옆에 놓여 있는 주전자를 들었다.

"그건?"

"이번 사건에 사용된 것과 똑같은 주전자야. 우쓰미 양이 준비해 주었지."

유가와는 수도꼭지를 틀어 주전자에 온수를 받았다. 그러고는 받은 물을 싱크대에 다시 버렸다.

"자, 아무런 트릭이 없는 깨끗한 주전자야."

유가와는 또 주전자에 물을 받아 이번에는 옆에 있는 가스 레인지를 켜고 올려놓았다.

"대체 뭘 하려는 건데?"

"지켜보라고. 그럼 알게 돼."

그리고 유가와는 다시 싱크대에 기댔다.

"자네는 범인이 일요일에 이 집에 찾아와 주전자에 독을 넣었다고 생각하는 건가?"

"그 가능성밖에 없잖아."

"만약 그렇다면 범인은 아주 위험한 방법을 택한 꼴이 되지. 마시바 씨가 말이야, 범인이 왔었다는 것을 누군가에게 얼핏 말할 수도 있는데, 그 생각은 하지 않았어? 아니면 마시바 씨가 잠시 외출한 틈에 몰래 숨어 들어왔다고 생각하는 거야?"

"침입했다고 보기는 어려워. 범인은, 마시바 씨가 그런 사람이 왔었다는 것을 다른 사람에게는 얘기할 수 없는 인물이라고 나는 추측하고 있어."

"음, 그렇군. 다른 사람에게는 알리고 싶지 않은 상대라."

유가와는 고개를 끄덕이고는 우쓰미 가오루 쪽을 보았다.

"자네 선배가 아직은 이성적이로군. 다행이야."

"그건 또 무슨 소린데."

구사나기는 우쓰미 가오루와 유가와를 번갈아 보며 물었다.

"별 의미는 없어. 서로가 이성적이라면 의견이 대립된다 한들 나쁜 일은 아니지."

구사나기는 여전히 사람을 무시하는 투로 말하는 유가와를 노려보았다. 하지만 유가와는 그런 시선 따위는 조금도 개의치 않는다는 듯이 히죽거리고 있었다.

이윽고 주전자의 물이 끓기 시작했다. 유가와는 불을 끄고 주전자 뚜껑을 열고 안을 들여다보았다.

"음, 꽤 괜찮은 결과가 나온 것 같군."

그는 개수대 위에서 주전자를 기울였다.

주전자 주둥이에서 흘러나온 액체를 본 구사나기는 움찔 놀랐다. 틀림없이 그냥 온수를 받았는데, 뻘겋게 물들어 있었다.

"어떻게 된 거지?"

유가와는 싱크대에 주전자를 내려놓고 웃는 얼굴로 구사나기를 보았다.

"아무런 트릭이 없다는 건 거짓말이었어. 실은 빨간 가루를 젤라틴에 싸서 주전자 안쪽에 붙여 놓았지. 물이 뜨거워지면서 젤라틴이 서서히 녹아 결국 가루가 물에 섞이도록 한 거야."

그는 정색한 표정으로 우쓰미 가오루에게 고개를 끄덕여 보였다.

"이번 사건에서 피살자가 죽기 전에 적어도 두 번 주전자를 사용했다고 했지?"

"네. 토요일 밤과 일요일 아침에 사용했습니다."

우쓰미 가오루가 대답했다.

"젤라틴의 질이나 양에 따라서 두 번 정도로는 젤라틴이 다 녹지 않았을 수도 있지. 세 번째에 녹을 가능성도 있어. 감식반에서 이런 것도 확인했나? 주전자 안쪽 어디에 붙였을까도 고민할 필요가 있겠지. 또는 젤라틴이 아닌 재료도 검토해 봐야 할 거야."

알겠습니다, 하면서 그녀는 유가와의 지시를 수첩에 메모했다.

"왜 그래, 자네. 왜 그렇게 얼이 빠졌어?"

유가와가 조롱하듯 말했다.

"얼이 빠지기는. 그보다 그렇게 특수한 방법을 평범한 사람이 생각할 수 있겠어?"

"특수한 방법? 천만에. 젤라틴 사용에 능숙한 사람이라면 그리 어려운 일이 아니야. 가령, 요리를 잘하는 부인도 있고."

유가와의 그 말에 구사나기는 자신도 모르게 어금니를 악물었다. 이 물리학자는 마시바 아야네를 범인으로 추정하고 있다. 보나마나 우쓰미 가오루가 뭐라고 속닥거렸을 것이다.

그때 우쓰미 가오루의 휴대 전화가 울렸다. 전화를 받아 두세 마디 하던 그녀가 구사나기의 얼굴을 보며 말했다.

"과학 수사 연구소에서 연락이 왔다는데요. 역시 생수병에서는 아무것도 검출되지 않았답니다."

13

"함께 묵도합시다."

사회자의 지시에 따라 와카야마 히로미는 눈을 감았다. 곧바로 장내에 음악이 흐르기 시작했다. 그 선율을 듣고서 히로미는 화들짝 놀랐다. 비틀스의 〈더 롱 앤드 와인딩 로드〉였다. 번역하면 〈길고 구불구불한 길〉쯤 될까. 마시바 요시다카는 비틀스를 좋아해서, 차에 오르면 곧잘 CD를 틀었다. 그중에서도 특히 좋아했던 이 곡. 느릿한 리듬에 왠지 모르게 애달픈 울림. 그녀는 이 곡을 골랐을 아야네가 원망스러웠다. 곡이 지닌 분위기가 이 장소에 사뭇 잘 어울렸다. 요시다카와의 추억을 떠올리지 않을 수 없었다. 가슴이 북받치고, 이제 다말랐다고 생각했던 눈물이 감은 눈 사이로 흘러나올 듯했다.

물론 이 자리에서 울 수 없다는 것은 히로미도 알고 있었다.

고인과 별 관계 없는 여자가 눈물을 흘리면 주위 사람들이 이상하게 여길 것이다.

묵도가 끝나자 헌화가 시작되었다. 장례식에 참석한 사람들이 차례로 제단에 꽃을 바쳤다. 요시다카에게는 종교가 없었기 때문에 아야네가 이런 형식의 장례식을 선택한 모양이었다. 그녀는 지금 제단 옆에 서서 헌화를 마친 사람들에게 고개 숙여 인사하고 있다.

요시다카의 유해가 경찰에서 장례식장으로 옮겨진 것은 어제 일이다. 오늘의 헌화식은 이카이 다쓰히코가 준비한 듯하다. 내일은 좀 더 장중하게 회사장을 치를 예정이라고 한다.

히로미 차례가 왔다. 꽃 담당인 여자에게 꽃을 받아 들고 제단 앞에 섰다. 영정을 올려다보며 두 손을 모았다. 보기 좋게 볕에 그은 요시다카가 웃고 있는 사진이었다.

눈물을 참아야 한다고 생각한 직후였다. 속이 메슥거리면서 뭐가 올라왔다. 입덧이었다. 그녀는 마주 모았던 손으로 저도 모르게 입을 눌렀다.

메슥거림을 참으면서 몸을 돌렸다. 고개를 드는 순간 움찔했다. 바로 앞에서 아야네가 기다리고 있었다. 그녀는 감정을 억누른 표정으로 히로미를 빤히 쳐다보고 있었다.

히로미는 고개만 살짝 숙이고 지나치려 했다.

"히로미."

아야네가 불렀다.

"괜찮아?"

"네, 괜찮아요."

그래, 하고서 아야네는 다시 제단 쪽으로 얼굴을 돌렸다.

히로미는 그길로 장례식장에서 나왔다. 한시라도 빨리 이
자리를 떠나고 싶었다.

출구로 걸어 나가는데, 뒤에서 누가 어깨를 툭 쳤다. 돌아보
니, 이카이 유키코가 서 있었다.

"아, 안녕하세요."

당황했지만, 인사를 했다.

"히로미 씨, 힘들었겠어요. 경찰이 여러 가지로 귀찮게 굴
었을 텐데."

측은하다는 표정이었지만, 그 눈에는 호기심의 빛이 번득
였다.

"아니에요."

"경찰은 대체 뭘 하나 몰라. 누가 범인인지, 실마리조차 못
찾고 있다면서요?"

"그런가 봐요."

"빨리 해결이 나야지, 안 그러면 회사에도 큰 영향이 미친
다고 애 아빠가 그러던데. 아야네 씨도 진상이 밝혀질 때까지
는 집에 들어가지 않겠다는데, 그럴 만도 하지. 불길해서 어

떻게 있겠어."

그렇겠죠, 하고 히로미는 애매하게 수긍하는 도리밖에 없었다.

그때, "여보." 하는 소리가 들렸다. 이카이 다쓰히코가 다가오고 있었다.

"여기서 뭐 하는 거야. 옆방에 식사와 음료가 준비되어 있다는데."

"어머, 그래요. 히로미 씨도 같이 가요."

"아니, 저는 됐어요."

"왜, 아야네 씨 기다리는 거 아니에요? 사람이 그렇게 많으니, 끝나려면 한참 걸릴 텐데."

"아니요, 오늘은 그만 돌아가기로 했어요."

"어머, 그래요? 그러지 말고 잠깐이라도 같이 있다 가요."

여보, 하고 이카이가 인상을 찡그렸다.

"그렇게 귀찮게 굴면 안 되지. 히로미 씨도 사정이 있어서 그럴 텐데."

그 말투에 히로미는 가슴이 철렁했다. 이카이를 보니, 그는 싸늘한 눈빛을 저쪽으로 휙 돌렸다.

"죄송합니다. 다음에 다시……. 그럼 이만."

히로미는 부부를 향해 인사하고서 고개 숙인 채 그 자리를 떠났다.

이카이 다쓰히코는 요시다카와 히로미의 관계를 이미 알고 있는 게 틀림없었다. 아야네가 얘기하지는 않았을 테니까 경찰에게 들었는지도 모르겠다. 유키코에게는 전하지 않은 듯하지만, 히로미를 탐탁하게 여길 리 없었다.

나는 어떻게 되는 걸까. 히로미는 새삼 밀려오는 불안감에 떨었다. 요시다카와의 관계는 어차피 주위 사람들에게 알려질 것이다. 그렇게 되면 아야네 옆에 있기가 힘들어진다.

히로미 자신도 이제 더는 마시바가에 접근하지 않는 게 좋겠다는 생각이 들었다. 아야네가 진심으로 자신을 용서하고 받아들였다고는 여겨지지 않았다.

장례식장에서 봤던 아야네의 눈이 뇌리에 강렬하게 새겨져 있다. 헌화를 하다가 입을 막은 것도 후회스러웠다. 그녀는 입덧 때문이라는 것을 한눈에 알아보았고, 그래서 괜찮냐고 물었던 것이다.

단지 죽은 남편이 바람을 피웠던 상대였다면 훌훌 털어 버릴 수도 있다. 그런데 그 여자가 임신을 했다면 과연.

아야네는 히로미가 임신했다는 것을 전부터 눈치 챘던 것 같다. 하지만 눈치 챈 것과 사실로 수용하는 것은 다른 얘기다.

우쓰미라는 여형사에게 임신 사실을 털어놓은 것이 며칠 전이다. 그 후 아야네는 임신에 대해 히로미에게 단 한 번도 묻지 않았다. 히로미도 물론 말하지 않았다. 그러니 지금 아야네가 무슨 생각을 하고 있는지 히로미는 알 도리가 없다.

어떻게 하면 좋지. 그 생각만 하면 눈앞이 캄캄해졌다.

마땅히 중절해야 한다는 것은 알고 있다. 아이를 낳는다고 해서 행복하게 키울 자신이 없었다. 아이의 아빠는 이미 죽었다. 뿐만 아니라 히로미 자신이 직장을 잃을 위기에 놓여 있다. 아야네가 일감을 준다 해도 받을 수는 없다.

아무리 생각해 봐도 선택의 여지가 없었다. 그럼에도 히로미는 결단을 내리지 못했다. 요시다카에 대한 애정이 남아 있어 그의 유일한 유산을 없애고 싶지 않은 것인지, 그저 아이를 낳고 싶은 여자의 본능인지, 그녀 자신도 알 수 없었다.

어차피 시간은 얼마 남지 않았다. 늦어도 2주일 내에는 마음을 굳혀야 한다고 생각했다.

장례식장에서 나와 택시를 잡으려 할 때였다. "히로미 씨." 하고 부르는 소리가 들렸다.

상대를 보고서 히로미는 기분이 한층 우울해졌다. 구사나기 형사가 뛰어오고 있었다.

"어디 있는지 찾고 있었습니다. 가는 겁니까?"

"네, 좀 피곤해서."

이 형사 역시 히로미의 임신 사실을 알고 있을 것이다. 그렇다면 몸에 부담을 주고 싶지 않다는 의사 표시를 하는 것이 좋겠다고 그녀는 생각했다.

"피곤하실 텐데 죄송합니다만, 잠시 얘기를 나눌 수 있을까요? 잠깐이면 됩니다."

히로미는 이제 더는 불쾌함을 얼굴에 드러내지 않으려 애쓰지 않기로 했다.

"지금 말인가요?"

"죄송합니다. 부탁해요."

"경찰서로 가야 하나요?"

"아닙니다. 조용한 장소로 가죠."

구사나기는 히로미의 대답을 기다리지 않고서 손을 들어 택시를 잡았다.

구사나기가 운전사에게 전한 행선지는 히로미의 아파트 근처였다. 정말 금방 끝내려나 보다 싶어 그녀는 안도했다.

패밀리 레스토랑 앞에서 택시를 세웠다. 가게는 텅 비어 있었다. 두 사람은 제일 안쪽 테이블에 마주 앉았다.

히로미는 우유를 주문했다. 홍차와 커피는 셀프서비스 메뉴이기 때문이었다. 구사나기가 코코아를 주문한 것도 같은 이유인 듯했다.

"요즘 이런 곳은 대부분 금연이더군요. 히로미 씨 같은 분에게는 오히려 좋은 환경이라고 할 수 있겠죠."

구사나기가 실쭉 웃으면서 말했다.

딩신이 임신 중이라는 것을 안다는 뜻으로 그렇게 말했을 테지만, 아직 수술을 고민하고 있는 히로미에게는 천연덕스럽게만 들렸다.

"저, 할 말이란 게?"

히로미는 고개 숙인 채 물었다.

"아, 피곤하다고 하셨죠. 미안합니다. 사족은 생략하죠."

구사나기가 몸을 앞으로 내밀었다.

"다른 얘기가 아니라, 마시바 요시다카 씨의 여자관계에 대해서 아시는 게 있나 해서."

히로미는 얼떨결에 고개를 들었다.

"그게 무슨 뜻이죠?"

"말 그대로입니다. 마시바 씨에게 당신 외에도 혹 사귀는 여자가 있지 않았느냐는 뜻입니다."

히로미는 등을 펴고 눈을 깜박거렸다. 약간 혼란스러웠다. 전혀 예상치 못한 질문이었다.

"왜 그런 걸 묻죠?"

"그게……."

"그런 여자가 있었다는 얘기가 나왔나요?"

히로미의 목소리가 날카로워졌다.

"근거가 있는 것은 아닙니다. 다만, 그랬을 가능성도 있지 않을까 해서 이렇게 묻는 겁니다."

"난 몰라요. 왜 그랬을 가능성이 있다는 거죠?"

히로미가 그렇게 묻자 구사나기는 표정을 싹 지우고 테이블 위에서 두 손을 마주 잡았다.

"당신도 아시다시피 마시바 씨는 독살당했습니다. 상황으로 봐서 당일 마시바 씨의 집에 들어간 사람이 아니면 그런 짓을 할 수 없죠. 그래서 당신을 가장 먼저 의심한 겁니다."

"나는 아무것도……."

"무슨 말을 하려는지 압니다. 그렇다면, 당신이 범인이 아니라면 대체 누가 그 집에 들어갔을까. 현재까지 일에 관계된 사람이든 개인적인 관계에서든, 그럴 만한 인물을 찾지 못했습니다. 그래서 마시바 씨가 관계를 비밀에 부친 사람이 아닐까 추측하는 것이죠."

히로미는 그제야 형사가 무슨 말을 하는지 이해했다. 하지만 수긍할 마음은 없었다. 당치 않은 추측이었기 때문이다.

"형사님은 그분을 오해하고 있어요. 행동거지가 화려하고 나 같은 여자와 교제를 했으니 그렇게 생각하는 것이 당연하겠지만, 그 사람은 절대 난봉꾼이 아니에요. 나를 사귄 것도 장난이 아니었다고요."

상당히 강경하게 말했다고 여겼는데, 구사나기의 표정에는 조금도 변화가 없었다.

"다른 여자가 있는 눈치는 전혀 없었다는 말이군요."

"네, 그래요."

"그럼 과거의 여자에 대해서는 어떤가요? 뭐라도 아는 것 없습니까?"

"과거라니, 그 사람이 과거에 사귄 여자를 말하는 건가요? 그야 몇 명 있는 듯했지만, 자세한 얘기는 한 적이 없어요."

"사소한 일이라도 괜찮습니다. 기억나는 거 없습니까? 직업 이든, 만난 장소든."

히로미는 할 수 없이 기억을 더듬어 보았다. 요시다카가 과거에 사귄 여자 얘기를 언뜻 비친 적이 있었다. 그 가운데 몇 마디는 인상에 남아 있다.

"출판 관계 여자를 사귀었다는 얘기는 들은 적이 있어요."

"출판 관계요? 편집자 같은 사람 말인가요?"

"그게 아니라, 아마 쓰는 쪽일 거예요."

"그럼, 소설가?"

히로미는 고개를 갸우뚱 기울였다.

"모르겠어요. 그 여자가 책을 내면 감상을 말해 줘야 하기 때문에 귀찮았다는 얘기를 들은 기억이 나요. 어떤 책이냐고 물어보았지만, 확실하게 대답하지 않았어요. 그리고 과거 여자에 대해 꼬치꼬치 묻는 것을 싫어하는 사람이라서, 더는 묻지 않았어요."

"그 밖에는 없습니까?"

"물상사하는 여자나 연예인에게는 관심이 없다고 했어요.

맞선 파티에 참석한 적도 있는데, 주최 측에서 모델을 여러 명 투입하는 바람에 정나미가 떨어졌다고 한 적도 있고요."

"하지만 아야네 부인과는 맞선 파티에서 만났다고 들었는데요."

"그랬다더군요."

히로미는 눈을 내리깔았다.

"마시바 씨가 옛날에 사귀었던 여자와 연락을 주고받는 기미는 없었습니까?"

"내가 아는 한 없었어요."

그리고 히로미는 눈을 치켜뜨고 형사를 보았다.

"그런 여자가 그 사람을 살해했다고 생각하는 건가요?"

"가능성이 충분하다고 생각합니다. 그러니 당신도 기억을 좀 더 되살려 보세요. 남자는 연애에 관해서는 여자보다 허점이 많아서, 무심결에 옛날에 사귀던 여자 얘기를 흘리기도 하니까요."

"글쎄요……."

히로미는 우유 잔을 잡아당겨 한 모금 마시고서, 역시 홍차로 할 걸 그랬다고 후회했다. 입가에 하얗게 우유가 묻을까봐 조심스러워서였다.

그때 불현듯 떠오른 기억이 있어 고개를 들었다.

"그 사람은 커피 마니아였지만, 홍차에 대해서도 잘 알고 있었어요. 그래서 물어봤더니, 전에 사귀었던 여자의 영향이라면서, 그 여자가 홍차를 무척 좋아해서 차를 살 때도 늘 한곳에서 샀다고 했어요. 그게 니혼바시에 있는 홍차 전문점이라고 했던 것 같은데."

구사나기는 메모할 준비를 하고서 물었다.

"가게 이름이 뭐죠?"

"미안하지만 그건 기억이 안 나요. 어쩌면 가게 이름까지는 말하지 않았는지도 모르죠."

"홍차 전문점이라고요."

구사나기는 수첩을 덮고 입을 꾹 다물었다.

"기억나는 건 그 정도입니다. 미안해요, 도움이 못 돼서."

"아닙니다. 이 정도도 큰 수확입니다. 실은 부인에게도 같은 질문을 했는데, 마시바 씨가 그런 종류의 얘기는 단 한 번도 한 적이 없다고 하더군요. 마시바 씨가 혹시 부인보다 당신을 더 편하게 여기지 않았나 모르겠습니다."

형사의 그 말에 히로미는 조금 짜증이 났다. 위로 삼아 하는 말인지 그저 듣기 좋으라고 하는 말인지 모르겠지만, 그런 말한마디에 다소나마 기분이 좋아질 거라 여겼다면 오산이다.

"저, 이제 됐나요? 그만 가 보고 싶은데."

"아, 피곤할 텐데 정말 고맙습니다. 만약 나중에라도 생각나는 게 있으면 꼭 연락해 주셨으면 합니다."

"알겠어요. 그때 가서 전화 드리죠."

"집까지 바래다 드리겠습니다."

"아니에요. 걸어갈 수 있는 거리니까."

히로미는 계산서를 테이블에 그대로 두고 일어섰다. 잘 마셨다고 인사할 기분이 아니었다.

14

쉭쉭, 주전자 주둥이에서 수증기가 뿜어 나왔다. 유가와는 무겁게 침묵한 채 주전자를 들어 뜨거운 물을 개수대에 버렸다. 그리고 안경을 벗고 주전자 뚜껑을 연 후 안을 들여다보았다. 안경을 낀 채로 들여다보면 렌즈에 김이 서리기 때문일 것이다.

"어때요?"

가오루가 물었다.

유가와는 주전자를 도로 내려놓고 천천히 고개를 저었다.

"틀렸어. 아까와 똑같아."

"역시 젤라틴이⋯⋯."

"음, 남아 있군."

유가와는 옆에 있는 파이프 의자를 잡아당겨 털썩 앉더니 깍지 긴 두 손을 뒤통수에 대고 천장을 올려다보았다. 오늘 그는 하얀 가운 대신 검은색 반소매 니트 차림이다. 몸은 호리호리한데 두 팔의 근육은 제법 우람하다.

가오루는 지금 유가와의 연구실에 와 있다. 며칠 전에 그가 생각해 낸, 주전자에 독극물을 투입하는 트릭을 직접 실험으로 확인하겠노라고 했기 때문이다

그러나 결과는 그리 신통치 않았다. 트릭이 성립하기 위해서는 주전자를 두 번 사용한 상태에서도 젤라틴이 다 녹지 않아 안에 든 독극물이 물에 섞이지 않아야 한다. 즉 상당히 두꺼운 젤라틴을 써야 한다는 것이다. 그런데 그렇게 두꺼운 젤라틴을 사용했을 경우, 미처 다 녹지 못해 주전자에 남을 우려가 있다. 감식반의 보고에 따르면 주전자에서 그런 물질은 검출되지 않았다.

"역시 젤라틴 가지고는 힘들겠군."

유가와가 두 손으로 머리를 긁적거렸다.

"감식반도 같은 견해입니다. 가령 젤라틴이 완전히 녹았다 해도 안쪽에 조금은 남지 않겠느냐고 하더군요. 게다가 조금 전에도 말했지만, 커피 찌꺼기에서도 젤라틴은 발견되지 않았다고 합니다. 아이디어가 흥미로워 감식반에서도 다른 재료를 사용해 여러 가지로 실험해 보았다는군요."

"오블라토(oblato. 녹말액을 펴서 말려 얇은 막처럼 만든 것—옮긴

이)로도 실험해 봤다면서?"

"네. 전분이 커피 찌꺼기에 남았답니다."

"그럼 그것도 아니군."

유가와는 무릎을 탁 치면서 일어났다.

"아쉽지만, 이 아이디어는 버리는 게 좋겠어."

"멋진 발상이라고 생각했는데."

"구사나기 형사가 약간 긴장하기는 했지."

유가와는 의자 등받이에 걸쳐 둔 하얀 가운을 입었다.

"그 사람은 지금 뭐 하고 있어?"

"마시바 씨의 과거를 조사하고 있어요. 특히 여자관계요."

"흐음. 나름대로 자신의 신념을 관철하고 있다, 이 얘기로
군. 주전자 트릭도 실패했으니 이제 그 사람의 손을 들어 주
는 게 옳을지도 몰라."

"과거의 애인이 마시바 씨를 살해했다는 건가요?"

"애인인지 뭔지는 알 수 없지만, 일요일 아침에 와카야마
히로미가 집을 나간 후 어떤 방법을 써서 마시바 씨의 집에
잠입해 주전자에 독을 탄 사람이 범인이라고 하는 게 가장 합
리적이지 않을까."

"포기하시는 거예요?"

"이런 경우, 포기라고 하지 않아. 소거법에 준해서 그렇다
는 거야. 구사나기가 마시바 부인에게 특별한 감정을 품고 있

다고는 하지만, 그의 착안점이 빗나간 것은 절대 아니야. 실은 타당한 수사를 하고 있어."

유가와는 다시 의자에 앉아 다리를 꼬았다.

"독극물의 종류가 아비산이라고 했지. 유통 경로를 통해 범인을 찾아낼 수는 없을까?"

"그게 의외로 쉽지 않아요. 아비산을 사용한 농약은 50년 전에 이미 제조와 판매가 중지되었고, 현재는 그 밖에 여러 가지 용도로 사용되고 있더군요."

"예를 들어?"

가오루는 수첩을 펼쳤다.

"목재 방부 처리제, 해충 구제제, 치과 치료약, 반도체 재료, 이런 것예요."

"다양하게 쓰이고 있군, 치과에서도 쓰고 있다니."

"이의 신경을 죽이는 데 쓴답니다. 다만 이 약의 경우 페이스트 상태라 물에 녹기 어려운 데다 아비산 함유율이 40퍼센트밖에 되지 않습니다. 그래서 이번 범행에 사용되었을 가능성은 아주 낮습니다."

"그럼 좀 더 유력한 것은?"

"역시 해충 구제용입니다. 주로 흰개미 구제에 사용한다고 하는데요, 이 약은 구매하려면 주소와 이름을 기록으로 남겨야 하기 때문에, 지금 그것을 조사하고 있는 중입니다. 하지만 기록 보존 의무 기간이 5년이라서, 그 이전에 구입했다면 달리 조사할 방법이 없어요. 물론 합법적인 유통 경로로 입수하지 않은 경우에도 추적이 불가능하고요."

"이번 사건의 범인이 그런 일에서 허점을 드러낼 리 없겠지."

유가와는 고개를 저었다.

"구사나기 형사의 성과를 기대하는 게 좋을지도 모르겠어."

"하지만 저는 범인이 직접 주전자에 독을 넣었다고 생각하지 않습니다."

"어째서지? 부인이 그 방법을 사용할 수 없었기 때문인가? 우쓰미 양이 부인을 의심하는 건 좋은데, 그런 전제하에 추리를 계속하는 것은 합리적이라 할 수 없어."

"부인이 범인이라고 전제한 것은 아닙니다. 그날 제삼자가 마시바 씨 집을 찾았을 가능성이 없다고 생각할 뿐이죠. 흔적이 전혀 없으니까요. 가령 구사나기 선배의 생각대로 과거의 애인이 찾아왔다면, 마시바 씨가 커피 한 잔 정도는 대접하지 않았을까요?"

"대접하지 않는 인간도 있지. 상대가 환영할 수 없는 사람이라면 더욱이."

"그런 사람이 어떻게 주전자에 독을 넣을 수 있겠어요. 마시바 씨가 보고 있는데."

"화장실에 갔을 수도 있잖아. 그 틈을 노리는 것은 어렵지 않지."

"그렇다면 범인은 상당히 불확실한 계획을 세웠다는 얘기가 되죠. 마시바 씨가 화장실에 가지 않으면 어쩔 생각이었을까요?"

"또 다른 계획이 있었을 수도 있고, 기회가 없으면 계획을 포기하겠다고 생각했을 수도 있지. 계획을 포기한다고 범인에게 리스크가 있는 것은 아니니까."

"교수님은."

가오루는 턱을 아래로 잡아당기면서 물리학자의 얼굴을 쳐다보았다.

"대체 어느 쪽이세요?"

"이상한 질문을 다 하는군. 나는 어느 편도 들지 않아. 다만 정보를 분석하고, 필요하면 실험을 해서 가장 합리적인 해답을 찾아낼 뿐이지. 그런데 지금으로서는 우쓰미 양 쪽이 다소 불리해 보이는데."

"방금 전에 한 말 정정하겠습니다. 솔직히, 아야네 부인을 의심하고 있어요. 그녀가 마시바 씨의 죽음에 어떤 식으로든 관여했을 것이라고 확신합니다. 다들 괜한 오기를 부린다고 할지도 모르겠지만요."

"방향 전환인가? 우쓰미 양답지 않군."

유가와는 흥미롭다는 듯이 어깨를 으쓱했다.

"우쓰미 양이 부인을 의심하는 근거가 샴페인 잔이라고 했지. 샴페인 잔을 장식장의 제자리에 갖다 놓지 않은 게 이상하다고 말이야."

"그 외에도 있습니다. 마시바 부인은 사건 당일 밤에 경찰과 통화한 후에 사건을 알았습니다. 경찰이 휴대 전화에 메시지를 남겼죠. 전화를 건 장본인에게 통화 내용에 대해 물어보았는데요, 전화를 받지 않아 남편 일로 급히 알리고 싶은 것이 있으니 연락해 달라고 메시지를 남겼답니다. 그랬더니 밤 12시경에 부인이 전화를 걸었다는군요. 그래서 상황을 대충 설명했는데, 물론 살해되었을 가능성이 있다는 얘기까지는 하지 않았답니다."

"흐음, 그래서?"

"다음 날 아침, 부인은 첫 비행기로 도쿄에 돌아왔어요. 구사나기 선배와 내가 공항에 나갔죠. 돌아오는 차 속에서 부인은 와카야마 히로미에게 전화를 걸었습니다. 그리고 '히로미, 많이 놀랐지?'라고 말했어요."

가오루는 그 때 일을 머릿속에 떠올리면서 말을 이어 나갔다.

"그 순간, 좀 이상했어요."

"놀랐지, 라고 했다."

유가와는 손가락으로 무릎을 토닥토닥 두드렸다.

"그렇게 말한 것으로 봐서, 경찰에게 사건 얘기를 듣고 나서 도쿄에 올 때까지 와카야마 히로미와 통화를 하지 않은 모양이군."

"과연 교수님이로군요. 바로 그 점이에요, 제가 말하고 싶은 게."

유가와도 자신과 같은 의문을 품었으리라고 확신하면서 가오루는 빙긋 웃었다.

"마시바 부인은 와카야마 히로미에게 집 열쇠를 맡겼어요. 그 전에 그녀와 남편의 관계를 눈치 챘고요. 남편이 죽었는데 사인을 알 수 없다고 들었다면 곧바로 와카야먀 히로미에게 전화를 걸었어야 하지 않을까요. 그뿐이 아니에요. 친구인 이카이 부부에게도 연락을 하지 않았어요. 도무지 알 수 없는 일이죠."

"그 점에 관해서 우쓰미 양의 의견은?"

"부인이 와카야마 히로미나 이카이 부부에게 전화하지 않은 까닭은 그럴 필요가 없었기 때문이겠죠. 남편이 어떻게 죽었는지 알기 때문에 굳이 누구에게 물어 자세한 사정을 알 필요가 없었던 거예요."

유가와는 히죽 웃으면서 코 밑을 감작거렸다.

"그 추리를 다른 사람에게도 얘기했나?"

"계장님께는 말씀드렸어요."

"구사나기에게는 얘기하지 않았다?"

"얘기해 봐야 감각적인 추리라고 일축할 텐데요, 뭐."

유가와는 떨떠름한 표정을 짓고서 일어나 싱크대로 다가갔다.

"그렇게 단언할 수만은 없어. 이런 말 하기는 뭐하지만, 그 사람은 우수한 형사야. 용의자에게 다소 특별한 감정을 갖고 있다 해도 그 때문에 이성을 잃지는 않을 거야. 우쓰미 양의 추리를 들었다고 금방 생각을 바꾸지는 않겠지. 하지만 그 나름으로 생각할 거야. 그 후에 내린 결론이 자신이 원하는 방향이 아니라고 해서 외면하지는 않아."

"신뢰하고 계시군요."

"그렇지 않다면 수사에 몇 번이나 협력하지 않았겠지."

유가와는 하얀 이를 드러내 보이며 커피 메이커에 원두 가루를 담았다.

"교수님은 어떠세요? 제 추리가 이상한가요?"

"아니, 아주 논리적인 추론이라고 생각해. 남편이 죽었다는 소리를 들었으면 어떻게든 정보를 모으려고 하는 게 보통이지. 그런데 아무에게도 연락하지 않았다면, 부인의 태도가 부자연스러운 거 아니겠어."

"다행이네요."

"하지만 난 과학자야. 심리적으로 부자연스러운 설과 물리

239

적으로 불가능한 설 중에 어느 쪽을 택하겠느냐고 하면 다소 저항감이 있어도 전자를 택할 수밖에 없어. 주전자에 독을 넣은 수 있는 방법이 달리 있다면 얘기는 다르지만."

유가와는 수돗물을 받아 커피 메이커에 부었다.

"피살자는 커피를 끓일 때도 생수만 사용했다고 했지. 그 맛이 과연 얼마나 다를지 궁금한데."

"맛 때문이 아니라 건강을 생각해서였던 것 같아요. 실은 부인도 마시바 씨가 볼 때가 아니면 그냥 수돗물을 사용했다던데요. 전에 얘기했는지 모르겠는데, 와카야마 히로미 씨도 일요일 아침에 커피를 끓일 때는 수돗물을 사용했대요."

"그러니까 실제로 생수를 사용한 사람은 피살자뿐이었다는 얘기로군."

"그래서 생수병에 독을 넣었다는 설이 유력해진 거죠."

"하지만 과학 수사 연구소에서 아무것도 검출되지 않았다고 했으니, 그 설도 포기하는 도리밖에 없겠지."

"글쎄요. 검출되지 않았다고 해서 생수에 독이 들었을 가능성이 전혀 없는 것은 아니잖아요. 요즘은 생수병을 깨끗하게 씻어서 버리는 사람도 있어요. 과수연에서는 그럴 경우 검출되지 않을 수도 있다는 견해를 보였습니다."

"우롱차나 주스 병이라면 몰라도 생수병까지 씻어 버릴까?"

"사람에게는 습관이라는 게 있으니까요."

"하기야 그럴 수도 있겠지. 만일 그랬다면 범인에게는 상당한 행운이군. 피살자의 습관 덕분에 독극물이 투입된 경로를 알 수 없게 되었으니까."

"부인이 범인이라고 가정하면 그렇다는 얘기죠."

그렇게 말하고서 가오루는 유가와의 표정을 살폈다.

"이런 추리 방식이 마음에 들지 않으세요?"

유가와는 쓸쓸한 미소를 머금었다.

"아니, 뭐 꼭 그런 건 아니야. 우리도 늘 가설을 세우는데, 뭘. 그래 봐야 늘 뒤집히기 일쑤지만. 부인이 범인이라고 가정하면 좋은 점이라도 있나?"

"애당초 '마시바 씨가 생수밖에 사용하지 않는다'고 한 사람은 부인이었어요. 구사나기 선배는 그녀가 생수에 독을 넣었다면 굳이 그런 말을 하지 않았을 거라고 했지만, 저는 그 반대라고 생각합니다. 어차피 생수병에서 독이 검출될 테니까, 미리 얘기해서 조금이라도 혐의를 줄이려는 의도가 있지 않았을까 하고요. 그런데 독은 검출되지 않았죠. 솔직히 그 때문에 혼란스러웠어요. 그녀가 범인이고 어떤 방법으로든 주전자에 독을 섞었다면, 마시바 씨가 생수밖에 사용하지 않는다는 말을 굳이 경찰에 할 이유가 없으니까요. 그래서 이렇게 생각해 봤어요. 생수병에서 독이 검출되지 않은 것은 그녀가 예상치 못한 일이 아니었을까 하고요."

가오루가 얘기하는 동안 커피 메이커에서 새어 나오는 김을 빤히 쳐다보던 유가와의 얼굴이 점차 험악하게 일그러졌다.

"부인이 마시바 씨가 생수병을 씻을 줄은 몰랐다는 얘기인가?"

"제가 부인이라도 그런 생각은 못했을 것 같아요. 현장에서 독이 남아 있는 생수병이 발견될 것이라고 여기는 게 보통 아닐까요? 그런데 마시바 씨는 생수병이 비자 물이 끓기를 기다리는 동안 씻어 버렸던 거죠. 부인은 그런 예상을 전혀 하지 못했기 때문에 선수를 치기 위해 경찰에게 범인이 생수병에 독을 넣은 게 아닐까 하는 제언을 했다, 그렇게 생각하면 앞뒤가 맞아요."

유가와는 고개를 끄덕이면서 안경 한가운데를 손가락으로 밀어 올렸다.

"논리적으로는 성립하는군."

"부자연스러운 점이 많다는 것은 저도 압니다. 하지만 가능성이 있어요."

"흐음, 그래. 하지만 그 가설을 증명할 방법이 과연 있을까."

"없습니다, 아쉽지만."

가오루는 또 입술을 깨물었다.

유가와는 커피 메이커에서 유리 주전자를 꺼내 컵 두 개에 커피를 따르고 그중 하나를 가오루에게 내밀었다.

고맙습니다, 하며 그녀는 컵을 받아 들었다.

"자네들 혹시, 한통속은 아니겠지?"

"네?"

"나를 끌어들이기 위해 구사나기와 짠 것 아니냔 말이야."

"교수님을 끌어들여요? 왜요?"

"경찰에 협력하지 않겠다고 결심한 나의 지적 호기심을 이렇게 자극하고 있으니. 구사나기의 사랑의 행로라는 위험한 향내 나는 향신료까지 뿌려서 말이야."

유가와는 한쪽 볼로만 웃으며 맛있다는 듯 커피를 마셨다.

15

홍차 전문점 '쿠제'는 니혼바시 오덴마초의 오피스 빌딩 1층에 있었다. 근처에는 은행이 즐비한 스이텐구 거리가 있어, 점심시간이면 여사무원들로 북적거릴 것 같았다.

유리문을 열고 들어서자 바로 홍차를 파는 매장이었다. 홍차를 50종류나 갖추고 있다는 것은 사전에 조사해서 알고 있었다. 티 룸은 그 안쪽에 있었다. 오후 4시, 어중간한 시간인데도 여자 손님들이 드문드문 있고, 회사 유니폼 차림으로 잡지를 읽고 있는 손님도 있다. 남자 손님은 한 명도 없었다.

하얀 옷을 입은 자그마한 웨이트리스가 다가왔다.

"어서 오세요. 혼자세요?"

웃고는 있는데 어딘가 모르게 귀찮아하는 기색이었다. 홍차 전문점을 혼자서 찾을 타입으로는 보이지 않는지도 모르겠다.

그런데요, 하고 대답하자 그녀는 웃는 얼굴로 구사나기를 자리에 안내했다. 벽 쪽에 있는 자리였다.

메뉴판에는 어제까지는 듣도 보도 못했던 홍차의 이름이 주르르 나열돼 있었다. 하지만 지금 그는 그 가운데 몇 개 정도는 이름을 알고 마셔도 본 상태다. 이 가게에 오기 전에 벌써 세 군데를 거쳤기 때문이다.

아까 그 웨이트리스에게 손짓해 차이를 주문했다. 앞의 가게에서 차이는 아쌈 홍차와 우유를 함께 끓인 차라는 것을 알았다. 입맛에 맞아, 차이라면 한 잔 더 마실 수 있겠다고 생각한 것이다.

"그리고, 난 이런 사람인데."

구사나기는 명함을 내밀어 보이고는 몇 가지 물어볼 것이 있으니 점장을 불러 달라고 했다.

명함의 내용을 본 순간 웨이트리스의 얼굴에서 웃음이 싹

가셨다. 구사나기는 허둥지둥 손을 저었다.

"아, 대수로운 일이 아니니 걱정 말아요. 손님에 대해 알아보려는 것이니까."

"네에. 잠시만 기다리세요."

부탁한다고 말하고서, 담배를 피워도 되느냐고 물으려다 그만두었다. 벽에 붙어 있는 금연 표시가 눈에 띄었기 때문이다.

새삼스레 가게 안을 둘러보았다. 조용하고 분위기도 차분했다. 좌석의 배치도 널찍해서 연인끼리 들어와도 옆 자리의 손님을 의식할 필요가 없을 것 같았다. 마시바 요시다카가 충분히 다닐 만한 가게였다.

하지만 구사나기는 지나친 기대는 삼가기로 했다. 지금까지 조사한 세 군데 가게에서도 비슷한 인상을 받았기 때문이다.

잠시 후, 하얀 셔츠 위에 검은 조끼를 입은 여자가 구사나기 앞에 나타났다. 수더분한 얼굴에 화장기도 거의 없고 머리는 뒤로 묶은 모습이 삼십 대 중반쯤으로 보였다.

"무슨 일이세요?"

"점장이십니까?"

"네. 하마다라고 합니다."

"이거 일하시는 중에 죄송합니다. 앉으세요."

맞은편 자리를 권하고 안주머니에서 사진 한 장을 꺼냈다.

"어떤 사건을 수사 중에 있는데, 이 사람이 이 가게에 온 적이 있는지 알고 싶군요. 한 2년 전쯤일 겁니다."

하마다 점장은 마시바 요시다카가 찍힌 사진을 받아 들고 한참을 빤히 쳐다보다가 고개를 갸우뚱 기울였다.

"본 적이 있는 것 같기도 한데, 뭐라 확실한 말씀은 드릴 수가 없네요. 하루에도 많은 손님이 오시는 데다 얼굴을 힐끔거리는 것은 실례되는 일이라서……."

그녀는 다른 세 가게에서 들은 말과 거의 비슷한 대답을 했다.

"그런가요. 모르긴 해도, 둘이서 왔을 텐데요."

만약을 위해 그렇게 덧붙였지만 그녀는 미소지으며 고개를 갸웃거릴 뿐이었다.

"우리 가게에는 연인끼리 오시는 손님도 아주 많습니다."

하마다 점장은 사진을 테이블에 내려놓았다.

구사나기는 고개를 끄덕이고 희미한 미소로 답했다. 이런 반응을 미리 각오하고 있었기에 낙담한 정도는 아니었다. 하지만 헛수고를 하고 있다는 느낌이 커지는 것은 분명했다.

"하실 말씀은 그뿐인가요?"

"네. 이제 끝났습니다."

하마다 점장이 자리에서 일어서는데 웨이트리스가 홍차를 가져왔다. 그녀는 홍차 잔을 테이블에 내려놓으려다, 거기에 놓여 있는 사진을 보더니 움직임을 멈췄다.

"실례가 많았습니다."

구사나기가 사진을 집어 들고 말했다.

그런데도 그녀는 홍차 잔을 내려놓지 못한 채 그를 보면서 눈을 깜박거렸다.

무슨 할 말이, 하고 구사나기가 물었다.

"그 손님이 어떻게 되시기라도 했나요?"

그녀가 조심스럽게 물었다. 구사나기는 눈을 번쩍 뜨고 그녀 쪽을 향해 사진을 세워 들었다.

"이 사람을 알아요?"

"안다기보다, 저희 가게 손님인데요."

그녀의 목소리가 들렸는지, 하마다 점장이 다시 돌아왔다.

"정말이야?"

"네, 아마 틀림없을 거예요. 몇 번을 봤으니까."

맥없는 말투였지만 기억에는 자신이 있는 듯 보였다.

"이 아가씨에게 잠시 시간을 내줄 수 있을까요?"

구사나기는 하마다 점장에게 물었다.

"네, 그러세요."

마침 새 손님이 들어와 하마다 점장은 그쪽으로 향했다.

구사나기는 웨이트리스를 맞은편에 앉게 하고서 질문을 시작했다.

"언제쯤 본 겁니까?"

"맨 처음 본 것은 3년 전이에요. 내가 여기서 일하기 시작했을 때여서 홍차 이름도 잘 몰라 불편을 끼쳐 드렸어요. 그래서 기억하는 거예요."

"이 사람 혼자 왔습니까?"

"아니요, 늘 부인과 같이 왔어요."

"부인요? 어떤 여자였죠?"

"머리가 길고 아주 예뻤어요. 마치 혼혈처럼 생겼던데."

마시바 아야네는 아닌 듯하다고 구사나기는 생각했다. 아야네는 어느 모로 보나 고전적인 미인이다.

"나이는요?"

"삼십 대 전반이거나 아니면 좀 더 위거나……."

"두 사람이 부부라고 하던가요?"

"그건, 잘……."

웨이트리스는 주춤거리며 고개를 갸웃거렸다.

"제가 그렇게 생각했는지도 모르죠. 하지만 부부 같았어요. 사이도 아주 좋아 보였고, 쇼핑을 하고 돌아가는 길에 들른 것처럼 보일 때도 있었고."

"그 여자에 대해서 기억나는 건 또 없습니까? 사소한 거라도 괜찮은데."

웨이트리스의 눈에 곤혹스러운 빛이 어렸다. 아는 사람이라고 말한 것이 후회스러운가, 구사나기는 생각했다.

"어쩜 이것도 제 착각인지 모르겠는데."

그녀는 우물쭈물 얘기하기 시작했다.

"그림을 그리는 사람이 아닐까 생각했어요."

"그림을 그리는 사람? 그럼 화가라는 겁니까?"

그녀는 고개를 끄덕이고는 눈을 위로 치켜떴다.

"스케치북을 들고 오는 때도 있었고, 이 정도 크기의 네모나고 커다란 케이스를 들고 오는 일도 있었어요."

그녀는 두 팔을 60센티미터 정도 벌렸다.

"납작한 케이스였어요."

"그 케이스 안을 본 건 아니죠?"

"네."

구사나기는 와카야마 히로미에게 들은 얘기를 떠올렸다. 마시바 요시다카가 전에 사귀던 여자는 출판에 관련된 일을 했고, 책도 낸 적이 있다고 했다.

화가가 책을 출판했다면 화집을 냈다는 뜻일 것이다. 그런데 와카야마 히로미는 마시바 요시다카가 책에 대한 감상을 얘기해야 하는 상황을 귀찮아했다고 했다. 화집이라면 그리 귀찮지 않을 텐데 싶었다.

"또 인상에 남아 있는 것은 없습니까?"

웨이트리스는 고개를 갸우뚱하고서 구사나기의 눈치를 살피듯이 쳐다보았다.

"그 두 사람, 부부가 아니었나요?"

"아니었을 겁니다. 그건 왜 묻죠?"

"아니, 대수로운 것은 아닌데."

그녀가 자신의 볼에 손을 대었다.

"아이 얘기를 했던 것 같아요. 아이를 빨리 낳고 싶다고요. 다른 커플과 혼동했을지도 모르니까, 그 사람들이 맞는지 자신은 없지만."

여전히 자신 없는 말투였지만, 구사나기는 이 아가씨의 기억이 틀림없다고 확신했다. 그녀는 마시바 요시다카와 당시 그의 애인 얘기를 하고 있는 것이라고. 드디어 실마리를 찾았다. 그는 가벼운 흥분을 느꼈다.

고맙다고 인사하고서 웨이트리스를 보내 주었다. 그리고 차이가 담긴 잔으로 손을 뻗었다. 약간 식었지만 홍차 향과 우유의 달콤함이 절묘한 조화를 이루고 있었다.

차이를 절반 정도 마시고, 화가일지도 모를 여자의 신원을 어떻게 하면 밝혀낼 수 있을지 생각하려는데 휴대 전화가 울렸다. 화면을 보니 놀랍게도 유가와였다. 구사나기는 주변을 의식하면서 전화를 받았다.

"나, 유가와야. 지금 얘기할 수 있어?"

"큰 소리로 마음 놓고 얘기할 수는 없지만 괜찮아, 희한한 일도 다 있네. 자네가 먼저 전화를 걸다니. 그래, 무슨 일이야?"

"얘기하고 싶은 게 있어서 말이야. 오늘 시간 좀 내줄 수 있겠어?"

"중요한 일이라면 낼 수 있지. 무슨 얘기인데?"

"자세한 것은 만나서 얘기하고, 그쪽 일에 관한 것이라고만 해 두지."

구사나기는 한숨을 쉬었다.

"가오루와 둘이서 또 무슨 꿍꿍이를 벌이고 있는 거야?"

"꿍꿍이를 벌이고 싶지 않으니 이렇게 전화를 한 것 아냐. 만날 마음이 있는 거야 없는 거야?"

이 남자는 왜 이렇게 늘 거만스러운 것일까 생각하면서 구사나기는 씁쓸히 웃었다.

"알았어. 어디로 가면 돼?"

"장소는 자네가 정해. 단, 가능하면 금연 구역이면 좋겠어."

유가와는 천연덕스럽게 말했다.

결국 시나가와 역 옆에 있는 찻집에서 만나기로 했다. 아야네가 묵고 있는 호텔에서 가까운 곳이었다. 유가와와 얘기가 빨리 끝나면 그녀를 만나 여자 화가에 대해 물어볼 수도 있겠다고 생각했기 때문이다.

찻집에 들어서니 유가와는 벌써 와 있었다. 금연 구역인 제

일 안쪽 자리에서 잡지 비슷한 것을 읽고 있었다. 겨울이 머지않았는데 반소매 니트 차림이고, 옆 의자에 검은 가죽 재킷이 놓여 있었다.

다가가 마주 보고 섰다. 그런데도 유가와는 고개를 들려 하지 않았다.

"뭘 그렇게 열심히 읽는데?"

말을 걸면서 의자를 끌어당겼다.

유가와는 놀란 기색 하나 없이 읽고 있던 잡지를 가리켰다.

"공룡 기사. 화석을 CT로 스캔하는 기술이 소개되어 있어."

구사나기가 앞에 있다는 것을 알고는 있는 모양이었다.

"과학 잡지인가 보군. 공룡 뼈를 스캔해서 무슨 소득이 있는데?"

"뼈가 아니라 화석이야. 그리고 물론 조사를 위해서지."

유가와는 그제야 얼굴을 들고서 손가락으로 안경을 밀어 올렸다.

"같은 말 아니야? 공룡 화석이라면 다 뼈뿐이잖아."

유가와는 재미있다는 듯이 안경 속 눈을 찡그렸다.

"자네라는 남자는 정말 기대를 저버리지 않는군. 늘 내가 예상한 대로 대답을 하니 말이야."

"이거 나를 영 바보 취급하는데."

웨이터가 다가왔기에 구사나기는 토마토 주스를 주문했다.

"어쩐 일로 그런 걸 마시지? 건강 제일이라는 건가?"

"신경 쓸 거 없어. 홍차나 커피를 마시고 싶지 않을 뿐이야. 그보다 할 말이란 게 뭐야? 꾸물거리지 말고 본론부터 말해."

"난 화석 얘기를 좀 더 하고 싶은데, 아무튼."

유가와는 커피 잔을 들었다.

"독극물 투입의 트릭에 관한 감식반의 견해는 들었나?"

"들었지. 자네가 생각한 트릭은 반드시 흔적이 남아. 그러니 이번 사건에 사용되었을 가능성이 제로야. 갈릴레오도 실수를 범한다는 뜻이지."

"뭐가 반드시 어떻다든지 가능성이 제로라는 말은 과학적이지 않아. 정답이 아닌 가설을 세웠다고 해서 실수를 범했다고 단정하다니, 의외군. 하지만 자네는 과학자가 아니니 용서해 주지."

"자네, 지니까 괜히 분해서 그러는 거라면 좀 더 직접적인 표현을 쓰지 그래."

"내가 지다니, 난 그런 생각 전혀 없는데. 가설이 무너지는 것은 수확이야. 가능성이 좁혀지니까 말이지. 커피에 독이 섞일 수 있는 경로가 또 한 가지 막힌 셈이잖아."

토마토 주스가 나왔다. 구사나기는 입을 대고 꿀꺽 마셨다. 홍차만 계속 마신 탓에 혀끝에 신선한 자극이 느껴졌다.

"경로는 하나밖에 없어."

구사나기가 말했다.

"누가 주전자에 넣은 거야. 와카야마 히로미든지, 아니면 마시바 요시다카가 일요일에 집에 불러들인 인물."

"물에 섞였을 가능성은 부정하는건가?"

구사나기는 입을 실쭉거리며 말했다.

"나는 감식반과 과수연을 믿어. 그들이 생수병에서 독극물이 검출되지 않았다고 했다고. 즉 물에는 섞여 있지 않았다는 거지."

"우쓰미 양은 생수병을 씻었을지도 모른다고 하던데."

"알아. 피살자 본인이 씻었다고 했겠지. 하지만 내기를 해도 좋아. 빈 생수병을 씻는 사람은 없어."

"하지만 가능성이 제로는 아니지."

그 말에 구사나기는 흥, 콧방귀를 뀌었다.

"그 미미한 가능성에 걸겠다는 거야? 그렇다면 마음대로 하시지. 나는 순리의 길을 갈 테니까."

"그래, 자네가 가고 있는 길이 순리라는 것은 인정하지. 하지만 만사에는 예외라는 게 있어. 과학의 세계에서는 그 예외까지 파악해야 할 필요가 있고."

유가와는 진지한 눈길로 구사나기를 바라보았다.

"자네에게 부탁이 있어."

"뭔데?"

"마시바의 집을 다시 한번 보고 싶어. 들어가 볼 수 없을까? 자네가 그 집 열쇠를 갖고 있다는 거 알아."

구사나기는 괴짜 물리학자를 넌지시 바라보았다.

"뭘 다시 보겠다는 거야? 어제도 우쓰미를 앞세워 가 봐 놓고서."

"어제와는 관점이 달라졌어."

"관점?"

"아주 단순하게, 견해라고 해도 좋아. 자네 말대로 내가 실수를 했는지도 몰라. 그걸 확인하고 싶은 거야."

구사나기는 손가락으로 테이블을 톡톡 두드렸다.

"대체 무슨 소린지 제대로 말해 봐."

"집에 가서 실수가 확인되면 말하지. 그러는 편이 자네에게도 좋아."

구사나기는 의자에 기대어 한숨을 내쉬었다.

"대체 무슨 속셈이야? 우쓰미와 이번에는 또 무슨 거래를 한 거냐고?"

"거래? 그건 또 무슨 소리야?"

유가와는 키들키들 웃었다.

"넘겨짚지 마. 전에도 말했지만, 과학자로서 흥미로운 수수께끼라 한번 부딪쳐 보려는 것뿐이라고. 그러니 재미가 없어지면 당장에 손을 떼겠어. 그 최종 판단을 하고 싶어서 집을 보여 달라고 부탁하는 거야."

구사나기는 친구의 눈을 뚫어져라 쳐다보았다. 그런 그를 유가와는 정색한 얼굴로 바라보았다.

늘 그렇듯이 그가 무슨 생각을 하고 있는지 구사나기는 전혀 짐작이 안 갔다. 모르면서 그를 신뢰하고 몇 번이나 도움을 받았다.

"알았어. 부인에게 전화할 테니까, 잠시만 기다려."

구사나기는 휴대 전화를 꺼내면서 엉덩이를 들었다.

멀찌감치에서 전화를 걸었다. 아야네가 받자, 입을 손으로 가리고 지금 집에 가 봐도 괜찮겠느냐고 물었다.

"번번이 죄송합니다. 다시 한번 꼭 검증해야 할 것이 있어서요."

아야네가 숨을 내쉬는 소리가 조그맣게 들렸다.

"그렇게 어려워하실 것 없어요. 수사인데 당연하죠. 잘 부탁드립니다."

"네. 간 김에 꽃에 물도 주고 오겠습니다."

"고마워요."

구사나기가 통화를 끝내고 자리로 돌아오자 유가와는 관찰하는 표정으로 그를 올려다보았다.

"무슨 말을 하고 싶은 표정이군."

"전화를 거는데 왜 자리를 뜨지? 내가 들어서는 안 될 말이라도 했어?"

"그런 말이 어디 있다고. 허락을 구했을 뿐이야."

"흐음."

"뭐야. 아직도 뭐가 남았어?"

"아니, 아무것도 아니야. 다만 자네가 전화를 거는 모습이 주거래처 사람과 얘기하는 세일즈맨 같아서 말이야. 그렇게 신경을 써야 하는 상대야?"

"아무도 없는 집에 들어가야 하잖아. 신경을 쓰는 게 당연하지."

구사나기는 테이블에 놓인 계산서를 집어 들었다.

"가자고. 늦겠어."

역 앞에서 택시를 탔다. 유가와는 아까 보던 과학 잡지를 다시 펼쳤다.

"자네는 공룡 화석이라면 다 뼈라고 했지만, 그 착각에야말로 중대한 함정이 있는 거야. 그 때문에 수많은 고생물학자가 귀중한 자료를 헛것으로 만들었지."

또 그 얘기야, 하면서도 구사나기는 대화에 응했다.

"박물관에 전시된 공룡 화석은 전부 뼈뿐이던데."

"그래, 옛날에는 뼈밖에 남기지 않았지. 나머지는 다 버렸어."

"무슨 뜻이지?"

"땅을 파 내려갔더니 공룡 뼈가 나왔다고 쳐. 학자들은 기뻐 날뛰면서 뼈를 채취하겠지. 뼈에 묻은 흙을 싹 털어 내고 거대한 공룡 해골을 완성해. 그리고 티라노사우루스의 턱은 이렇게 생겼구나, 팔은 이렇게 짧았구나 하면서 연구를 시작하지. 그런데 그것이야말로 그들의 중대한 실수였던 거야. 2000년, 어느 연구 단체가 화석을 파냈는데, 흙을 털어 내지 않은 채 CT로 스캔해서 내부 구조를 3차원 영상으로 재구성하는 시도를 했대. 그랬더니 영상에 심장이 나타났다는 거야. 그전까지 아무 생각 없이 털어 버렸던 골격 내부의 흙이 공룡이 살아 있을 당시의 장기와 조직이었던 거지. 지금은 공룡 화석을 CT로 스캔하는 것이 고생물학자들 사이에서는 일반화된 기술이야."

구사나기는 시큰둥한 반응을 보였다.

"흥미로운 얘기군. 그런데 그게 이번 사건과 무슨 관계라도 있다는 거야? 아니면 단순한 잡담?"

"그 사실을 처음 알았을 때 난 그것이 수천만 년이란 시간이 만들어 낸 교묘한 트릭이라고 생각했어. 과거 공룡 뼈를 발견했을 때 내부의 흙을 털어 낸 학자들을 비난할 수는 없지. 당시만 해도 남아 있는 뼈만으로 연구하는 것이 일반적이었고, 깨끗한 뼈로 완벽한 표본을 만드는 것이 당연한 일이었으니까. 그런데 쓸모없다고 버렸던 흙에 보다 중요한 의미가 있었던 거야."

유가와는 잡지를 덮었다.

"내가 소거법 운운했는데, 가능성 없는 가설을 하나하나 제거하다 보면 단 하나의 진실을 밝혀낼 수 있지. 하지만 가설을 세운 방식에 근본적인 오류가 있었다면 아주 위험한 결과를 초래할 수도 있어. 공룡의 뼈에만 정신을 팔다 보면 때로 중요한 것을 놓칠 수도 있다는 얘기야."

사건과 전혀 무관한 얘기를 하고 있지는 않은 듯했다.

"독극물의 투입 경로를 생각하는 방식에 어떤 오류가 있다는 뜻인가?"

"그걸 확인하겠다는 거야. 범인은 어쩌면 대단한 과학자일 수도 있어."

유가와가 혼자 중얼거리듯 말했다.

마시바의 집은 적막감에 싸여 있었다. 구사나기는 주머니에서 열쇠를 꺼내 문을 열었다. 두 개인 열쇠를 아야네에게 돌려주려고 구사나기가 직접 호텔로 찾아갔을 때, 그녀는 앞으로도 경찰이 필요로 할지 모르고 자신은 당분간 집에 돌아가지 않을 거라며 하나는 받지 않았다.

"장례식은 끝났지? 집에는 위패를 모시지 않았나?"

구두를 벗으면서 유가와가 말했다.

"내가 말을 안 했나? 마시바 요시다카는 종교가 없어서 장례식에서도 헌화만 했어. 화장은 치렀는데, 초이레 같은 것은 하지 않는다더군."

"야, 그거 합리적이로군. 나도 죽을 때 그렇게 해 달라고 할까."

"그거 좋지. 내가 장례위원장을 맡아 그렇게 해 주지."

집 안에 들어서자마자 유가와는 복도를 성큼성큼 걸어갔다. 그 뒷모습을 보면서 구사나기는 계단을 올라가 부부의 침실로 들어갔다. 베란다로 나가는 유리문을 열고 바로 앞에 놓인 커다란 물뿌리개를 들었다. 며칠 전 꽃에 물을 뿌려 달라는 아야네의 부탁을 받았을 때 할인 매장에서 산 것이었다.

물뿌리개를 들고 1층으로 내려갔다. 거실에 들어가 부엌 쪽을 살피니 유가와는 싱크대 밑을 들여다보고 있었다.

"거기는 전에도 봤잖아?"

뒤에서 말을 건넸다.

"형사들 세계에도 현장은 백 번이라는 말이 있을 텐데."

유가와는 펜 라이트로 안을 비췄다. 일부러 가져온 듯했다.

"역시 손을 댄 흔적이 없군."

"대체 뭘 조사하는 건데?"

"원점으로 돌아가서 생각하는 거야. 공룡 화석을 발견했는데 자칫 흙을 털어 내면 안 되니까 말이야."

유가와는 구사나기를 돌아보고 이상하다는 눈빛을 보였다.

"그건 뭐지?"

"보면 몰라, 물뿌리개지."

"그러고 보니 전에도 기시타니 군이 물을 주던데. 앞으로는 경찰관도 서비스 정신에 투철하라는 지시라도 내렸나 보지?"

"자네가 무슨 말인들 못하겠어."

구사나기는 유가와를 무시하고 수도꼭지를 틀었다.

"무지막지하게 큰 물뿌리개로군. 정원에 호스가 없나?"

"이건 2층 베란다 꽃에 줄 물이야. 베란다에 화분이 잔뜩 있거든."

"거참, 수고가 많군."

유가와의 빈정거림을 뒤로하고 구사나기는 부엌을 나갔다. 2층으로 올라가 베란다 꽃에 물을 주었다. 꽃 이름은 몰라도 꽃들이 왠지 기운이 없다는 것은 알 수 있었다. 앞으로는 이틀에 한 번은 물을 주러 오는 게 좋겠어, 하고 생각했다. 베란다에 핀 꽃들만이라도 시들지 않게 하고 싶다던 아야네의 말이 떠올랐다.

꽃에 물을 다 주고는 유리문을 닫고 바로 침실에서 나왔다. 양해를 구하기는 했지만 그래도 남의 침실에 오래 있기가 다소 껄끄러웠다.

유가와는 아직도 부엌에 선 채로 팔짱을 끼고 싱크대를 뚫어져라 바라보고 있었다.

"이제 그만 하고 설명을 하지 그래. 무슨 생각이야? 대답하지 않으면 두 번 다시 이런 편의는 봐주지 않겠어."

"편의?"

유가와는 한쪽 눈썹을 찡긋 올렸다.

"무슨 섭섭한 말씀을. 자네 후배가 찾아오지 않았다면 나도 이렇게 성가신 일에 말려들지 않았을 거야."

구사나기는 허리에 손을 올리고 친구를 쳐다보았다.

"우쓰미가 자네와 무슨 의논을 했는지 모르겠지만, 나와는 관계없는 일이야. 오늘도 그렇지, 이 집을 다시 조사하고 싶으면 그 녀석에게 연락하지 왜 나를 찾았어?"

"토론이란 반대 의견을 가진 사람과 해야 의미가 있지 않겠어?"

"그렇다면 자네는 내 수사 방식에 반대한다는 말인가? 아까는 순리라고 하고서."

"자네가 순리의 길을 가는 것은 반대하지 않아. 순리가 아닌 길이라고 해서 무시하는 걸 납득할 수 없을 뿐이지. 조금이라도 가능성이 남아 있는 한 쉽게 소거해서는 안 돼. 몇 번이나 말했을 텐데, 공룡 뼈에 정신이 팔려 흙을 버리면 위험하다고 말이야."

답답한 나머지 구사나기는 고개를 옆으로 저었다.

"아까부터 흠, 흠 하는데, 대체 무슨 소리야?"

"물이야."

유가와가 그제야 대답했다.

"독극물은 물에 섞여 있었어. 나는 아직도 그렇게 생각해."

"피살자가 생수병을 씻었다는데도?"

"생수병은 관계없어. 그 밖에도 물은 있으니까."

유가와는 싱크대를 가리켰다.

"저 수도꼭지에서 얼마든지 쏟아져 나오거든."

구사나기는 고개를 삐딱하게 기울이고 유가와의 냉담한 눈을 쳐다보았다.

"제정신으로 하는 소리야?"

"가능성이 있어."

"수돗물에 이상이 없다는 것은 감식반에서 이미 확인했다고."

"그래, 물론 감식반은 수돗물의 성분을 분석했지. 하지만 그것은 주전자에 남아 있던 물이 수돗물인지 생수인지를 판별하기 위한 거였어. 그런데 판정이 나지 않았더군. 아쉽지만 오래 사용한 탓에 주전자 안에 수돗물 성분이 들러붙어 있어서였겠지."

"수돗물에 독극물이 섞여 있었다면 그때 알 수 있었을 것 아니야."

"수도관 어딘가에 독극물이 투입돼 있었을 수도 있지. 감식반이 조사했을 때는 이미 씻겨 내려간 후겠지만."

구사나기는 유가와가 싱크대 밑을 열심히 들여다보았던 이유를 이제야 알 것 같았다. 수도관에 독극물을 투입할 수 있는지를 알아보려고 그랬던 것이다.

"피살자는 커피를 끓일 때는 생수만 사용한다고 했어."

"그런 모양이더군. 하지만 그게 누가 한 말이지?"

"부인."

그렇게 대답한 후 구사나기는 입술을 지그시 깨물고는 유가와를 빤히 쳐다보았다.

"자네까지 그녀를 의심하는 건가? 만난 적도 없으면서. 우쓰미에게서 대체 무슨 소리를 들은 거야?"

"자네 후배가 나름의 의견을 갖고 있는 것은 분명해. 하지만 나는 객관적인 사실을 근거로 가설을 세우고 있다고."

"그 가설을 따르면 범인이 부인이라는 말인가?"

"왜 그녀가 자네에게 생수 얘기를 했을까, 그걸 생각해 봤어. 그러자니 두 가지로 나눠 생각할 필요가 있었지. 피살자는 생수밖에 사용하지 않는다, 이것이 사실일 경우와 그렇지 않을 경우. 사실이라면 아무 문제가 없어. 부인은 그저 수사에 협력했을 뿐이지. 우쓰미 양은 그래도 부인을 의심하는 쪽이지만, 나는 그 정도로 편협하지는 않아. 문제는 사실이 아

닐 경우지. 그런 거짓말을 했으니 부인이 범행에 관계했다고
보는 것이 당연한데, 그러자면 부인에게 거짓말을 해서 생기
는 이득이 있어야 하지. 그래서 생수에 관한 증언이 있은 후
에 수사가 어떻게 진행되었는지를 따져봤어."

유가와는 입술을 쓱 핥고는 다시 말을 이었다.

"경찰은 우선 생수병을 조사했어. 독극물은 검출되지 않았
지. 그러나 주전자에서는 검출되었어. 그래서 범인이 주전자
에 독을 넣었을 가능성이 많다는 판단을 내렸지. 덕분에 부인
에게는 완벽한 알리바이가 생겼어."

구사나기는 고개를 강하게 흔들었다.

"그 말은 좀 이상하군. 부인의 조언이 없었더라도 감식반은
수돗물과 생수병을 조사했을 거야. 그러니 생수밖에 사용하
지 않았다는 진술을 했기 때문에 오히려 부인의 알리바이는
성립하지 않게 되었다고 할 수 있지. 아직도 우쓰미는 생수병
에 독이 들어 있었을 거란 생각을 버리지 않고 있다고."

"바로 그 점이야. 우쓰미 양처럼 추정하는 사람은 절대 소
수가 아니야. 생수에 관한 증언은 그들을 함정에 빠뜨리기 위
한 트릭이 아닐까 하고 나는 생각하네."

"트릭?"

"부인을 의심하는 자들은 생수에 독이 들었을 거라는 가정
을 버리지 못해. 다른 방법이 없다고 생각하기 때문이지. 하

지만 완전히 다른 방법이 사용되었다면, 생수에 집착하는 한
은 영원히 진상을 알아낼 수 없어. 이것이 트릭이 아니고 뭐
겠어? 그래서 생각해 보았지. 생수를 사용한 것이 아니라면."

유가와가 갑자기 말을 끊었다. 놀란 듯 눈을 번쩍 뜨고서 구
사나기의 등 뒤로 시선을 날렸다.

구사나기도 돌아보았다. 그 역시 화들짝 놀랐다.

거실 입구에 아야네가 서 있었다.

16

무슨 말이든 해야겠다는 생각에 구사나기는 입을 열었다.

"아, 이거, 주인 없는 집에서……, 실례를 범하고 있습니
다."

그렇게 말해 놓고는 이상한 말을 했다고 후회했다.

"상황을 보러 오셨나요?"

"아니요, 갈아입을 옷을 가지러……. 저분은?"

아야네가 물었다.

"유가와라고 합니다. 데이도 대학에서 물리학을 가르치고
있죠."

유가와가 자신을 소개했다.

"교수님이세요?"

"네, 제 친구입니다. 과학 수사가 필요할 때 협조를 청하곤 하죠. 그래서 이번에도 우리를 도와주고 있습니다."

"아, 그렇군요."

구사나기가 그렇게 설명하자 아야네의 얼굴에 당혹한 빛이 어렸다. 하지만 유가와에 대해 더는 묻지 않았다.

"이제 아무것이나 만져도 되나요?"

"네, 괜찮습니다. 무엇이든 자유롭게 사용하십시오. 오래도록 폐가 많았습니다."

"아니에요."

아야네는 발길을 돌려 복도로 향했다. 그러다 걸음을 멈추고 다시 구사나기 쪽으로 몸을 돌렸다.

"이런 거 물어도 되는지 모르겠지만, 지금은 뭘 조사하시는 건데요?"

"아, 그건 말이죠."

구사나기가 입술을 핥고서 대답했다.

"독극물이 유입된 경로가 아직 명확하게 밝혀지지 않아서, 다시 검증하고 있는 겁니다. 번번이 정말 죄송합니다."

"아니, 불평하자는 게 아니에요. 신경 쓰지 마세요. 전 2층에 있을 테니까, 무슨 일이 있으면 부르세요."

"그러죠. 고맙습니다."

구사나기가 아야네를 향해 고개를 숙이는데, 옆에서 유가와가 불쑥 질문을 던졌다.

"한 가지 물어봐도 될까요?"

"뭐죠?"

"정수기가 수도에 연결되어 있군요. 필터를 정기적으로 교환해야 할 텐데, 최근에 언제 교환하셨습니까?"

"아, 정수기요."

아야네가 다시 이쪽으로 다가왔다. 그리고 싱크대 쪽을 한 번 쳐다보고는 난감한 표정을 지었다.

"그거, 한 번도 교환하지 않았어요."

"네? 한 번도요?"

유가와가 뜻밖이라는 듯 되물었다.

"이제 교환해야겠다고 생각은 하고 있었는데. 지금 있는 필터는 제가 이 집에 와서 바꾼 거니까 1년쯤 된 거예요. 업자도 1년에 한 번 정도 교환하면 된다고 했고."

"1년 전에 바꿨다……는 말이로군요."

"네. 그런데 그게?"

아닙니다, 하면서 유가와는 손을 저었다.

"그저 참고로 물어본 겁니다. 이참에 교환하는 게 좋겠군요. 오래된 필터는 오히려 유해하다는 실험 자료도 있고 하니까."

"그러죠. 하지만 그 전에 싱크대 밑을 청소해야 할 텐데. 몹시 더럽죠?"

"어느 집이나 다 이렇습니다. 우리 연구실 싱크대 밑은 바퀴벌레 천지니까요. 아, 이거 연구실에 비교하다니, 민망하군요. 그보다……."

유가와는 구사나기 쪽을 슬쩍 보고는 다시 말을 계속했다.

"그 업자의 연락처를 알려 주시면 이 친구가 당장 조치를 취할 텐데요. 이런 일은 빨리할수록 좋으니까."

그 말에 놀란 구사나기가 유가와의 얼굴을 쳐다보았다. 물리학자는 친구의 시선 따위는 싹 무시하듯 아야네만 보고서 말했다.

"어쩌시겠습니까?"

"지금, 바로요?"

"네. 실은 수사에 도움이 될 수도 있어서요. 빠를수록 좋지요."

"저야 별 상관은 없지만."

유가와는 빙그레 웃으면서 구사나기 쪽을 보았다.

"부인이 상관없다는데."

구사나기는 친구를 노려보았다. 하지만 이 학자가 충동적으로 그런 말을 할 리 없다는 것은 지금까지의 경험으로 잘 알고 있다. 틀림없이 나름의 계산이 있고, 수사에 큰 도움이 될 것이라는 확신도 있을 것이다.

구사나기는 아야네 쪽으로 몸을 돌렸다.

"업자의 연락처를 가르쳐 주실 수 있습니까?"

"네. 잠시 기다리세요."

아야네가 거실에서 나가는 것을 확인한 후 구사나기는 다시 한번 유가와를 노려보았다.

"일언반구 없이 불쑥 그런 말을 하면 어떻게 해."

"그럴 틈이 없었잖아. 그렇게 투덜거리기보다 자네가 해야 할 일이 있을 텐데."

"뭐지?"

"감식반을 불러. 업자 손에 증거가 훼손되는 건 원치 않겠지? 필터 교환을 감식반에 맡기는 게 좋을 거야."

"감식반이 필터를 가져가도록 하란 말이로군."

"그리고 호스도."

낮은 목소리로 말하는 유가와의 눈이 과학자다운 냉철한 빛을 띠고 있었다. 그 빛에 압도된 구사나기가 뭐라 대꾸를 못하고 있을 때, 아야네가 돌아왔다.

약 1시간 후, 감식반이 정수기에서 필터와 호스를 분리했다. 구사나기와 유가와는 그 광경을 나란히 서서 바라보았다. 분리된 필터와 호스에는 먼지가 소복하게 쌓여 있었다. 감시반은 조심조심 그것들을 아크릴 케이스에 담았다.

"이제 돌아가겠습니다."

감식반이 구사나기에게 말했다.

잘 부탁합니다, 하고 구사나기는 대답했다.

업자도 이미 도착해 있었다. 그가 새 필터와 호스로 교환하는 작업을 시작하자 구사나기는 소파로 돌아갔다. 아야네는 침통한 표정으로 소파에 앉아 있었다. 옆에 놓인 가방에는 침실에서 챙긴 갈아입을 옷가지가 들어 있다고 했다. 그녀는 당분간 이 집에서 생활하지 않을 모양이었다.

"죄송합니다, 일이 커져서."

구사나기는 사과했다.

"아니에요, 괜찮아요. 저야 필터를 교환해서 더 좋죠."

"비용에 관한 건 상부에 의논해 보겠습니다."

"그런 건 상관 마세요. 어차피 우리가 사용하는 거니까."

아야네는 미소를 머금고 그렇게 말했다가 이내 정색하고서 물었다.

"그런데 필터에 무슨 장치가 되어 있었나요?"

"아직은 모릅니다. 그럴 가능성도 있기 때문에 조사할 뿐이죠."

"만약 그렇다면, 어떻게 독을 넣었을까요?"

"글쎄요, 그건……."

구사나기는 어물거리며 유가와를 보았다. 그는 부엌 입구

271

에 서서 업자의 작업을 바라보고 있었다.

"유가와."

검은 니트를 입은 등이 움직였다. 유가와가 몸을 돌리면서 아야네에게 물었다.

"남편 분이 생수밖에 마시지 않았다고 하던데, 정말입니까?"

무슨 뜬금없는 질문이야, 하고 생각하면서 구사나기는 아야네를 보았다. 그녀는 고개를 끄덕였다.

"네. 그래서 냉장고에 늘 생수를 넣어 두었어요."

"커피를 끓일 때도 생수를 사용하라고 했다던데."

"네, 그래요."

"그런데 부인은 실제로는 사용하지 않았다면서요? 그렇게 들었습니다만."

유가와의 말에 구사나기는 눈을 희번덕거렸다. 그에게 수사상의 비밀을 누설한 것은 보나마나 우쓰미 가오루일 것이다. 그녀의 건방진 얼굴이 머릿속에 떠올랐다.

"비경제적이잖아요."

아야네는 희미하게 미소지으며 말했다.

"수돗물이 그 사람이 꺼려하는 것만큼 몸에 나쁘지는 않잖아요. 온수를 사용하면 물도 빨리 끓고요. 아마 그 사람은 몰랐을 거예요."

"제 생각도 같습니다. 수돗물을 사용하든 생수를 사용하든 커피 맛에 큰 차이가 있다고는 생각지 않아요."

진지한 표정으로 그렇게 말하는 유가와에게 구사나기는 야유에 찬 시선을 날렸다. 얼마 전까지 인스턴트커피만 마셨던 주제에, 하는 의미였다. 하지만 그런 시선을 전혀 느끼지 못하는지 아니면 알고서도 상대할 마음이 없는지 유가와는 표정 하나 바꾸지 않은 채 말을 이었다.

"일요일에 커피를 끓였다는 여자 분 이름이 뭐였더라. 조수라고 하던데……."

"와카야마 히로미 씨."

구사나기가 옆에서 거들었다.

"그렇지, 와카야마 씨. 그 사람도 부인처럼 수돗물을 사용했다더군요. 그런데 그때는 아무 일이 없었어요. 그래서 생수에 독이 들었을 것이라고 의심하게 되었는데, 실은 물이 한 가지 더 있죠. 정수기 물입니다. 어떤 이유로, 가령 생수를 절약하기 위해서라든지, 남편 분이 커피를 끓일 때 정수기 물을 사용했을 가능성도 있습니다. 그렇다면 정수기를 의심할 필요가 있지요."

"그 말씀은 알겠는데, 정수기에 독을 넣을 방법이 있을까요?"

"불가능하시는 않지요. 아무튼 간식반이 해답을 찾아 줄 겁니다."

"만약 그렇다면 범인은 언제 독을 넣었을까요?"

아야네는 진지한 눈빛으로 구사나기를 향해 물었다.

"몇 번이나 말씀드렸지만, 금요일에 여기서 홈 파티를 열었어요. 그때는 정수기에 아무 이상이 없었다고요."

"그런 모양이더군요. 즉 독을 넣었다면 파티가 끝난 후라는 얘기죠. 범인이 남편 분만 살해할 목적이었다면, 남편 분이 혼자 있을 시간을 노렸겠지요."

"제가 집을 나간 다음이겠군요. 물론 제가 범인이 아니라면 그렇다는 얘기예요."

"아직 정수기에 어떤 장치가 있었다고 결론을 내린 것은 아닙니다. 그러니 그런 생각은 하실 필요가 없습니다."

구사나기는 분위기를 수습하려는 듯 그렇게 말하고는, "잠깐 실례하겠습니다." 하고서 엉덩이를 들었다. 그리고 유가와에게 눈짓하며 거실을 나갔다.

현관홀에서 기다리고 있으려니 유가와가 나왔다.

"대체 무슨 생각이야?"

구사나기가 대뜸 비난조로 물었다.

"뭐가?"

"뭐가라니. 그런 식으로 말하면 부인을 의심하고 있다고 대놓고 말하는 거나 다름없잖아. 우쓰미가 수사에 협조를 요청했다고 해서 그 녀석 편을 드는 거야?"

유가와는 의외라는 듯 미간을 찡그렸다.

"괜한 트집 잡지 말라고. 내가 언제 우쓰미 편을 들었다고 그래? 난 논리적으로 얘기를 풀어 나가고 있을 뿐이야. 이성을 좀 찾으라고. 부인이 훨씬 침착하더군."

구사나기는 입술을 깨물었다. 뭐라고 대꾸하려고 입을 열었을 때 찰칵, 문이 열리는 소리가 났다. 필터 교환 작업을 끝낸 업자가 거실에서 나오는 참이었다. 뒤따라 아야네도 나왔다.

"교환 작업이 끝났대요."

아야네가 말했다.

"수고가 많았습니다. 출장비는……."

"제가 지불했으니까 걱정 마세요."

아야네의 말에 구사나기는 "그러세요." 하고 조그만 소리로 답했다.

업자가 나가는 것을 보고서 유가와도 구두를 신었다.

"저도 이만 가 보겠습니다. 자네는 어쩔 거야?"

"난 여기 조금 더 있겠어. 아야네 씨에게 물어보고 싶은 것도 있고."

"그래 그럼. 실례가 많았습니다."

유가와는 아야네를 향해 인사했다.

수고하셨어요, 하는 그녀의 목소리를 뒤로하고 유가와는

밖으로 나갔다. 그 뒷모습을 보면서 구사나기는 한숨을 훅 내쉬었다.

"불쾌하게 해서 죄송합니다. 나쁜 사람은 아닌데, 남 생각을 할 줄 몰라서 탈입니다. 좀 별난 사람이라서."

어머, 하고 아야네가 이상하다는 표정을 지었다.

"왜 사과하세요? 난 별로 불쾌하지 않은데."

"그렇다면 다행이고요."

"데이도 대학 교수님이라고 했죠. 학자 하면 차분하고 얌전한 사람을 상상하기 쉬운데 실제로는 그런 분위기가 아니네요."

"학자에도 여러 종류가 있죠. 좀 특별한 녀석입니다."

"특별한 녀석이라니……."

"아, 깜박했군요. 대학교 동창생입니다. 전공은 전혀 달랐지만."

구사나기는 아야네와 함께 거실로 돌아가, 유가와는 배드민턴 동아리에서 함께 활동했으며 몇몇 사건에서 협조를 구한 인연으로 지금까지 교류하고 있다는 얘기를 했다.

"그랬군요. 멋지네요. 일을 통해서 젊었을 때 친구와 지금도 교류할 수 있다니."

"악연이죠."

"무슨 말씀을요. 전 부러운데."

"아야네 씨도 친정에 가면 같이 온천에 갈 친구가 있잖습니까."

아아, 하고 아야네는 무슨 소리인지 알겠다는 표정으로 고개를 끄덕였다.

"구사나기 씨, 제 친정에 가셨었다면서요. 친정엄마에게 들었어요."

"아, 그건 말이죠, 무슨 수사에든 증거를 대야 하는 것이 경찰의 방식이라서 다녀온 것이지 다른 의미는 없습니다."

황급하게 변명하는 구사나기에게 아야네는 미소를 건넸다.

"알아요. 제가 정말 친정에 갔었는지 아닌지는 아주 중요한 점이니까요. 그걸 확인하는 것은 당연한 일이죠. 신경 쓰지 마세요."

"이해해 주시니 다행입니다."

"친정엄마가 아주 친절한 형사라고 하더군요. 저도 그래서 안심할 수 있다고 대답했어요."

"거참."

구사나기는 귀 뒤로 손을 가져갔다. 목덜미가 살짝 달아올랐다.

"그때 사키코도 만났죠?"

아야네가 물었다. 모토오카 사키코는 그녀가 함께 온천에 갔다는 친구다.

"모토오카 씨는 우쓰미가 만나러 갔습니다. 우쓰미 말로는, 모토오카 씨는 사건에 대해 알기 전부터 당신을 조금 걱정한 것 같다고 하더군요. 결혼 전에 비해 기운이 없어 보였다고 요."

짚이는 데가 있는지 아야네는 쓸쓸한 미소를 띠면서 한숨을 내쉬었다.

"역시 그렇게 말했나 보네요. 내 딴에는 연기를 제대로 했다고 생각했는데. 오래 사귄 친구다 보니 느끼는 모양이네요."

"남편이 이혼하자고 했다는 것에 대해 모토오카 씨와 의논할 생각은 없었습니까?"

그녀는 고개를 저었다.

"그럴 생각 없었어요. 나는 어떻게든 마음을 다잡으려고……. 게다가 의논할 만한 일도 아니죠. 아이가 안 생기면 헤어진다는 것은 결혼 전에 둘이서 이미 약속한 일이니까. 물론 부모님께는 비밀로 했지만."

"미시바씨가 아이를 원했고, 결혼 역시 그러기 위한 수단에 지나지 않았다는 얘기는 이카이 씨에게 들었습니다. 난 세상에 그런 남자도 있나 싶어 이상했지만."

"저도 아이를 가지려고 했고, 금방 생길 줄 알았어요. 그래서 그 약속에 대해 그리 깊게 생각하지 않았죠. 그런데 1년 가까이 되었는데도 안 생길 줄이야……. 하느님도 참 잔인하죠."

아야네는 잠시 고개 숙였다가 다시 들고서 말했다.

"구사나기 씨, 아이는?"

구사나기는 슬며시 웃으면서 아야네를 쳐다보았다.

"아직 독신입니다."

아, 하고 그녀가 조그맣게 입을 벌렸다.

"미안해요."

"아닙니다. 주위에서는 재촉을 해 대는데, 아직 상대가 없어서. 유가와 역시 독신입니다."

"그분은 독신이 아닐까 싶었어요. 가정적인 분위기가 전혀 느껴지지 않는 게."

"남편 분과 달리 그 녀석은 아이를 싫어합니다. 행동이 논리적이 아니라서 스트레스를 받는다나, 뭐 그런 요상한 이유로 말이죠."

"재미있는 사람이로군요."

"그렇게 전하죠. 그건 그렇고, 남편에 관해 한 가지 질문이 있는데요."

"뭐죠?"

"남편이 알고 지내던 사람 중에 혹시 그림을 그리는 분이 없었나요?"

"그림이라면, 화가를 말하나요?"

"네. 최근 일이 아니라도 괜찮습니다. 남편이 혹시 그런 사람 얘기를 한 적이 없는지?"

아야네는 잠깐 생각에 잠기더니, 잠시 후 뭔가 알아차렸다는 표정으로 구사나기를 보았다.

"그런 사람이 사건에 관계되어 있나요?"

"그건 아직 모릅니다. 며칠 전에도 말씀드렸지만, 남편 분이 전에 사귀던 여자들에 대해서도 조사를 하고 있습니다. 조사 중에 화가인 듯한 여자와 사귀었다는 것이 확인되어서."

"그래요. 미안하지만 난 아는 게 없어요. 언제 사귀었나요?"

"정확한 시기는 알 수 없지만, 아마 한 2, 3년 전일 겁니다."

아야네는 고개를 끄덕이고서 다시 옆으로 살짝 기울였다.

"미안해요. 그런 얘기는 들은 적이 없는 것 같아요."

"그렇군요. 어쩔 수 없죠, 뭐."

구사나기는 손목시계를 보고 일어섰다.

"장시간 폐 많이 끼쳤습니다. 이제 가 보겠습니다."

"나도 호텔로 돌아갈 거예요."

가방을 들면서 아야네도 일어났다.

둘은 마시바의 집에서 나왔다. 문은 아야네가 잠갔다.

"짐을 들어 드리죠. 택시 잡을 수 있는 데까지 걸어갑시다."

구사나기는 오른손을 내밀었다.

고마워요, 하면서 아야네는 가방을 내밀었다. 그리고 집을 돌아보면서 중얼거렸다.

"내가 이 집으로 돌아올 날이 올지 모르겠네."

구사나기는 뭐라 대꾸할 말이 생각나지 않아 그저 그녀 옆을 나란히 걸었다.

17

소재지 표시판을 보니 연구실에는 유가와만 있는 듯했다. 물론 운이 좋았던 게 아니라 그런 시간대를 노리고 온 것이다.

가오루는 문을 노크했다.

"들어와요."

퉁명스러운 목소리가 들렸다. 문을 여니 유가와는 마침 커피를 끓이고 있었다. 그것도 드리퍼와 필터를 사용해서.

"마침 잘 왔어."

유가와가 컵 두 개에 커피를 따랐다.

"웬일이세요. 커피 메이커는 이제 안 쓰나요?"

"커피 마니아 행세를 한번 해 보려고. 그래서 물도 생수를 사용했지."

유가와가 한쪽 컵을 내밀었다.

잘 마실게요, 하면서 가오루는 한 모금 마셨다. 늘 쓰는 원두를 사용한 듯했다.

"어때?"

유가와가 물었다.

"맛있는데요."

"전에 마셨던 것보다?"

가오루는 잠시 망설이다가 물었다.

"솔직하게 대답해도 되나요?"

유가와는 실망한 표정을 지으면서 컵을 든 채로 의자에 앉았다.

"됐어. 나와 감상이 비슷한 거겠지."

그렇게 말하고 유가와는 컵 속을 들여다보았다.

"실은 조금 전에 수돗물로 커피를 끓여 봤는데, 똑같은 맛이었어. 적어도 나는 그 차이를 느낄 수 없겠더군."

"보통은 모르지 않나요."

"하지만 요리를 아는 사람들은 맛이 다르다는 공통된 의견을 보이더군."

유가와는 책상에서 서류 한 장을 집어 들었다.

"물에는 경도라는 게 있는데, 물 1리터에 포함돼 있는 칼슘이온과 마그네슘 이온의 합을 탄산칼슘의 양으로 환산한 것인 듯해. 그 양이 적은 순서대로 연수, 중경수, 경수로 나눈다는군."

"들어 본 적이 있어요."

"일반적으로 음식에는 연수가 적합하다는데, 포인트는 칼슘 함유량이야. 밥을 지을 때 칼슘이 많은 물을 사용하면 쌀의 식물 섬유와 칼슘이 결합해서 푸석푸석한 밥이 된다는 거지."

가오루는 눈썹을 찡그렸다.

"그거 안 반갑네요."

"한편 쇠고기 국물을 낼 때는 경수가 좋다는 거야. 살과 뼈에 포함되어 있는 피가 칼슘과 결합해서 거품을 형성하기 때문에 밀어내기 쉽다는 거지. 콘소메 수프를 만들 때 참고가 되겠군."

"요리를, 하시나요?"

"가끔은."

유가와가 서류를 책상에 다시 내려놓으면서 대답했다.

가오루는 그가 부엌에 서 있는 모습을 상상했다. 미간을 잔뜩 찌푸리고 물의 양과 불의 세기를 조절하는 모습이 꼭 과학 실험을 하는 것처럼 보이겠다고 생각했다.

"그런데 그 사건은 어떻게 되었지?"

"감식반의 견해가 나와서, 오늘은 보고도 할 겸 왔어요."

가오루는 숄더백에서 파일을 꺼냈다.

"어디 한번 들어 볼까."

유가와는 커피를 마셨다.

"필터와 호스에서도 아비산은 검출되지 않았다고 합니다. 다만, 독극물이 투입되어 있었다 해도 몇 번 물을 흘려 버리면 검출이 가능하지 않다는 것도 확인되었어요. 하지만 문제는 지금부터예요."

가오루는 숨을 한 번 고르고서 다시 서류로 눈길을 떨어뜨렸다.

"필터와 호스에 먼지와 때가 많이 끼어 있었다는군요. 그런 상태로 보아 최근에 만졌을 가능성은 극히 적답니다. 그러니까 만약 어떤 목적으로든 분리했다면 반드시 흔적이 남을 거란 얘기죠. 그리고 이건 보충 자료인데요. 사건 발생 직후에 감식반이 싱크대 밑도 조사했답니다. 물론 독극물을 찾아내려는 목적에서였죠. 그때 필터 바로 앞에 있는 오래된 세제와 그릇들을 움직였다는데, 그것들이 놓여 있던 자리만 마룻바닥에 먼지가 쌓여 있지 않았다고 하네요."

"요컨대 누구든 한동안 필터는 물론이고 싱크대 밑에 손조차 대지 않았다는 얘기군."

"감식반의 견해는 그렇습니다."

"예상했던 대로야. 내가 그 집의 싱크대 밑을 처음 들여다보았을 때도 같은 느낌을 받았어. 그리고 확인해야 할 일이 한 가지 더 있었을 텐데."

"네, 압니다. 수도꼭지를 통해서 정수기에 독극물을 투입할 수는 없는가 하는 질문이죠?"

"그쪽이 더 중요해. 그래, 대답은?"

"이론적으로는 가능할지 몰라도 현실적으로는 불가능합니다."

커피를 한 모금 마신 유가와의 입가가 일그러졌다. 커피가 쓴 탓은 아닌 듯했다.

"교수님은 수도꼭지에 위내시경처럼 긴 튜브 같은 것을 집어넣어 정수기 호스까지 닿는다면 그 튜브를 통해 독극물을 투입할 수도 있다는 아이디어를 내셨는데, 여러모로 시도해보았지만 잘 안 되더랍니다. 끝이 움직이는 특수한 기구를 사용하면 가능할지도 모르겠지만."

"알았어. 이제 됐어."

유가와는 머리를 벅벅 긁었다.

"이번 사건의 범인이 그렇게 번거로운 일을 했을 리 없지. 정수기설은 포기하는 게 좋겠군. 그럴듯한 가설이라고 생각했는데. 다시 한번 발상의 전환을 꾀해야겠는걸. 어딘가에는 반드시 허점이 있을 거야."

유가와는 유리 주전자에 남은 커피를 자신의 컵에 따랐다.

그러다 잔이 미끄러졌는지 커피를 살짝 흘렸다. 그가 끌끌 혀를 차는 소리가 가오루의 귀에도 들렸다.

이 사람도 짜증을 낼 때가 있나 보군, 하고 그녀는 생각했다. 대체 독을 어디에 탄 것인지, 이렇게 간단한 수수께끼를 풀지 못하는 자신에게 화가 나는지도 모르겠다.

"명형사는 지금 뭘 하고 있지?"

유가와가 물었다.

"마시바 씨의 회사에 가셨어요. 탐문 조사를 한답니다."

"흐음."

"구사나기 선배가 뭘?"

아니, 하고 고개를 저으며 유가와는 커피를 마셨다.

"며칠 전에 구사나기와 함께 있다가 마시바 부인을 만났어."

"그랬다더군요. 들었습니다."

"잠시 얘기를 나눴는데, 아닌 게 아니라 미인에 매력적인 여자더군."

"교수님도 미인에 약하신가요?"

"객관적으로 평가해서 그렇다는 거야. 그건 그렇고 구사나기가 걱정스럽군."

"왜요, 무슨 일 있었나요?"

"그 친구가 학생 시절에 고양이를 주워 온 일이 있어. 갓 태어난 새끼 고양이 두 마리였지. 두 마리 다 비실거려서 누가 봐도 살리기가 쉽지 않다는 게 뻔했어. 그런데도 이 친구, 방으로 안고 들어와서는 강의를 빼먹어 가면서 보살폈지. 눈약용기에 우유를 담아 어떻게든 먹여 보려고 기를 썼어. 친구한 명이 그런 그에게, 그렇게 애써 봐야 어차피 죽을 거라고 말했지. 그때 그는 그래서 뭐, 하는 식으로 대답했어."

유가와는 눈을 깜박거리며 허공을 쳐다보았다.

"부인을 쳐다보는 구사나기의 눈빛이 고양이를 보살피던 그때와 똑같더군. 그는 부인에게서 무언가를 감지했어. 하지만 동시에 이렇게 생각하고 있지 않을까 싶군. 그래서 뭐, 하고 말이야."

18

구사나기는 안내 창구 앞에 놓인 소파에 앉아 벽에 걸린 그림을 쳐다보고 있었다. 어둠 속에 빨간 장미가 떠 있는 그림이었다. 저런 그림을 어디선가 본 적이 있는데, 하고 생각했다. 무슨 양주의 라벨이었을 것이다.

"뭘 그렇게 심각하게 봅니까?"

마주 앉은 기시타니가 물었다.

"저 그림은 아무 관계 없다고요. 보세요, 왼쪽 아래에 사인이 있잖아요. 외국 사람 이름입니다."

"그 정도는 나도 알아."

구사나기는 그림에서 눈을 떼고 말했다. 사실 사인이 있다는 것은 모르고 있었다.

기시타니가 고개를 비틀었다.

"그런데 옛날 애인이 그린 그림을 과연 보관하고 있겠습니까? 나 같으면 미련 없이 버렸을 텐데."

"네놈이니까 그렇지. 마시바 요시다카 씨는 다를 수도 있어."

"그래도 그렇지, 집에 걸어 둘 수 없다고 해서 사장실에 들고 오겠어요? 그런 그림 벽에 걸어 봐야 괜히 마음만 불편하다고요."

"벽에 건다고 하지 않았어."

"걸지도 않을 그림을 누가 들고 온답니까. 그것도 좀 부자연스럽죠. 사원들이 물으면 설명하는 것도 귀찮고."

"누가 줬다고 하면 되지."

"그렇게 대답하면 더 부자연스럽죠. 그림을 선물 받으면 벽에 거는 게 예의잖습니까. 선물한 손님이 언제 올지 모르는데."

"거참, 시끄럽군. 마시바 요시다카는 그런 타입의 남자가 아니었다고."

구사나기가 버럭 소리를 질렀을 때, 안내 창구 옆에 있는 출입구에서 하얀 투피스를 입은 여자가 나타났다. 짧은 머리에 테가 가는 안경을 끼고 있었다.

"오래 기다리셨죠. 구사나기 씨는……."

"접니다."

구사나기가 일어섰다.

"바쁘실 텐데 미안하군요."

"아니에요. 수고가 많으시네요."

그녀가 내민 명함에는 야마모토 게이코라고 씌어 있었다. 직함은 홍보실장이었다.

"전 사장님의 개인 물품을 보고 싶으시다고요?"

"네. 가능하겠습니까?"

"그렇게 하시죠. 이쪽으로 오세요."

야마모토 게이코가 안내한 곳은 소회의실이라는 명패가 붙어 있는 방이었다.

"사장실에 있는 게 아닙니까?"

"사장님이 새로 취임하셨어요. 지금 외출 중이시라 인사를 드릴 수 없어 죄송하네요."

"그럼 사장실도 새로 꾸몄겠군요."

"전 사장님의 장례를 치른 후에 정리했어요. 일에 관련된 것들은 그대로 있지만, 개인 물품은 모두 이 방으로 옮겼죠. 때를 봐서 자택으로 보내 드릴 거예요. 저희들이 마음대로 처분한 것은 없어요. 고문 변호사인 이카이 선생님과 의논해서 적절하게 처리했어요."

그렇게 말하는 동안 야마모토 게이코는 한 번도 웃지 않았다. 말투가 무언가를 경계하는 듯 딱딱했다. 구사나기의 귀에는 마시바 요시다카의 죽음은 회사와 전혀 무관하다, 증거를 인멸하지 않았을까 의심한다면 당치 않은 일이라고 말하는 듯이 들렸다.

소회의실 안에는 크고 작은 종이 상자가 열 개 정도 쌓여 있었다. 그 밖에 골프 클럽, 트로피, 발마사지기 등이 보였다. 죽 훑어보았지만, 그림류는 보이지 않았다.

"봐도 되겠죠?"

"물론이죠. 천천히 보세요. 마실 것을 갖다 드리려고 하는데, 좋아하는 음료가 있으세요?"

"아닙니다, 신경 쓰지 마십시오."

"그러세요. 알겠습니다."

야마모토 게이코는 여전히 싸늘하고 무표정한 얼굴로 방을 나갔다.

탁 닫히는 문을 쳐다보면서 기시타니가 어깨를 으쓱했다,

"그다지 환영하는 것 같지 않은데요."

"이 일 하면서 사람들에게 환영받은 적 있어? 요구를 들어준 것만 해도 고마워해야지."

"그래도 그렇지, 한시 빨리 사건이 해결되는 게 회사를 위해서도 좋잖습니까. 그러니 좀 더 친절하게 굴 수도 있잖아요. 저건 완전히 철가면 아니냐고요."

"회사로서는 사건이 바람에 날려가듯 잊히면 그만이야. 해결이 되든 말든 상관없다고. 형사들이 들락거리는 것 자체가 껄끄럽다는 거지. 사장이 바뀌면서 분위기도 쇄신되었는데, 또 형사가 들이닥쳤으니 반가울 리 없잖아. 그러니 어떻게 친절하게 웃을 수 있겠어. 쓸데없는 얘기 그만 하고, 시작하자고."

오늘 이곳에 온 목적은 마시바 요시다카의 전 애인을 추적하는 것이다. 실마리는 그 애인이 화가인 듯하다는 것뿐이다. 어떤 그림을 그렸는지조차 모른다.

"스케치북을 들고 다녔다고 해서 다 화가라고 할 수는 없잖습니까. 디자이너나 만화가도 그럴 수 있죠."

옆에 있는 종이 상자의 내용물을 조사하면서 기시타니가 말했다.

"그렇지."

구사나기는 두말 않고 인정했다.

"그러니 그런 점까지 염두에 두고 찾아보라고. 건축이나 가구에 관계된 사람일 수도 있으니까 유념해서 봐."

기시타니는 한숨 섞인 목소리로 알겠다고 대답했다.

"자네, 별로 할 마음이 없는 것 같군."

구사나기가 그렇게 말하자 후배 형사는 작업을 멈추고 시큰둥한 표정으로 입을 열었다.

"할 마음이 없는 게 아닙니다. 다만 뭔가 좀 석연치 않아서요. 지금까지의 수사에서 사건 당일 마시바의 집을 다녀간 사람의 흔적이 와카야마 히로미 말고는 나오지 않았습니다."

"그런 건 나도 알아. 그럼 자네, 아무도 드나들지 않았다고 단언할 수 있나?"

"그건……."

입을 다문 기시타니를 쏘아보면서 구사나기가 말을 이었다.

"뭐라 대답할 수 없겠지. 그럴 수밖에. 그 대단한 유가와도 손을 들었는데. 대답은 간단하고 명료해. 트릭이 아니라고. 범인은 마시바의 집에 들어가서 주전자에 독을 집어넣고 사라졌다, 그게 다야. 그런데 왜 아무리 수사를 해도 그럴 만한 인물이 드러나지 않는지에 대해서는 이미 설명했지."

"마시바 씨가 만난 것을 숨겨야 하는 상대라서……."

"잘 아는군. 남자가 숨기고 싶어 하는 인간관계가 있을 때는 주변의 여자를 조사해라, 이건 수사의 기본이야. 내 말이 뭐 잘못됐어?"

아니요, 하고 기시타니는 보일락 말락 하게 고개를 저었다.

"알았으면 이제 작업을 계속해. 시간이 많지 않으니까."

기시타니는 말없이 고개만 끄덕이고 다시 작업에 들어갔다. 그 모습을 보면서 구사나기는 한숨을 쉬었다.

뭘 그렇게 흥분하고 그래, 하고 자신에게 물었다. 후배의 의문에 짜증을 내서 어쩌겠다는 거야. 동시에 그는 자신이 왜 짜증을 내는지도 알고 있었다.

이 수사에 과연 의미가 있는지 없는지, 구사나기 자신도 반신반의하고 있었다. 옛 여자관계를 들춰낸다고 뭐가 나올 것인가 하는 의문이 머리에서 떠나지 않았다.

물론 수사란 그런 것이다. 아무런 소득 없이 끝날까 봐 두려워하다가는 형사 노릇을 할 수 없다. 하지만 그가 느끼는 불안은 차원이 좀 다른 것이었다.

만약 이 수사에서 아무것도 나오지 않으면 이번에야말로 의혹의 화살이 마시바 아야네에게 돌려지지 않을까 하는 두려움 때문에 불안한 것이다. 우쓰미 가오루나 유가와 때문만이 아니다. 구사나기는 이대로 가면 자신도 아야네를 의심할 날이 올 것이라는 예감이 들었다.

구사나기는 아야네를 만날 때마다 그녀가 스스로의 목에 칼을 들이대고 있는 듯한 긴박감을 느꼈다. 무언가를 각오하고 지금 이 순간만을 있는 힘을 다해 살려는 사람처럼 보이기도 했다. 그리고 그 절박함에 압도되어 마음이 끌리곤 했다.

하지만 그 정체가 무엇인지를 생각하면 어떤 상상이 떠오르면서 숨이 턱 막히는 불안이 엄습했다.

구사나기는 지금까지 형사로 일하면서 인간성은 훌륭한데 피치 못할 사정으로 사람을 죽인 용의자를 몇 명이나 봐 왔다. 그들에게서는 공통적으로 어떤 기운 같은 것이 느껴졌다. 모든 것을 달관하고 삶에 집착하지 않는 기운. 그것은 광기와 종이 한 장 차, 금단의 경지라 할 수 있는 것이었다.

구사나기는 그와 비슷한 기운을 아야네에게서도 느꼈다. 애써 부정하려고 하지만 형사의 직감은 잠시도 그것을 잊게 해 주지 않았다.

결국 그는 자신의 의혹을 해소하기 위해 수사하는 것이나 다름없었다. 하지만 그렇게 단정 짓고서 수사에 임하는 것은 옳지 않다. 그 점을 충분히 알기에 스스로도 답답하고 짜증스러운 것이다.

작업을 시작한 지 약 1시간이 지났다. 그러나 화가, 또는 스케치북을 사용할 만한 직업과 관련된 자료는 나오지 않았다. 종이 상자의 내용물 대부분이 답례품이거나 기념품이었다.

"선배, 이거 뭐 같습니까?"

기시타니가 조그만 봉제 인형을 손에 들고 물었다. 언뜻 보기에는 순무 같았다. 초록색 이파리도 달려 있었다.

"순무 아니야?"

"순무가 맞는데, 우주인이기도 합니다."

"우주인?"

"보세요, 이걸 이렇게 하면."

그렇게 말하면서 기시타니는 이파리를 아래로 내려 책상에 올려놓았다. 과연 하얀 머리에 눈 코 입이 그려져 있어 이파리를 다리라고 치면 만화에 흔히 등장하는 해파리 모양 우주인처럼 보이기도 했다.

"흠, 진짜 그런데."

"설명서를 보니까 순무성에서 온 순무군이란 캐릭터래요. 이 회사에서 만든 것 같은데요."

"알겠는데, 그래서 어쨌다는 거야?"

"이런 거 고안하는 디자이너도 스케치북을 사용하지 않을까요."

구사나기는 눈을 껌벅거리며 봉제 인형을 빤히 바라보았다.

"음, 그렇겠군."

"야마모토 씨를 불러오죠."

기시타니가 일어서며 말했다.

소회의실에 나타난 야마모토 게이코는 봉제 인형을 보고서 고개를 끄덕였다.

"맞아요, 우리 회사에서 만든 거. 인디넷 만화 영화의 캐릭터예요."

"인터넷 만화 영화?"

구사나기는 무슨 소린지 몰라 고개를 갸우뚱했다.

"3년 전쯤에 우리 회사 홈페이지에 연재했던 거예요. 보시겠어요?"

부탁합니다, 하면서 구사나기도 일어섰다.

사무실에 가자 야마모토 게이코가 컴퓨터 화면에 '순무군'이라는 화면을 띄웠다. 재생이란 글자를 클릭하니 1분 정도 만화 화면이 이어졌다. 봉제 인형과 똑같이 생긴 캐릭터가 등장해 이리저리 움직였다. 스토리 자체는 보잘것없었다.

"요즘은 올리지 않습니까?"

기시타니가 물었다.

"한때 화제가 되어 봉제 인형 같은 관련 상품을 제작하기도 했는데 기대한 만큼 매출이 오르지 않아 결국 중단되었어요."

"이 캐릭터는 사원이 디자인한 것입니까?"

구사나기가 야마모토 게이코에게 물었다.

"아니, 그렇지 않아요. 이 캐릭터는 원래 개인 블로그에 발표된 것이었어요. 그런데 네티즌들에게 인기를 끄는 바람에 우리 회사가 만화 영화를 만들기로 하고 계약을 따 낸 거죠."

"프로가 아니었단 말입니까?"

"네. 학교 선생님이에요. 그렇다고 미술 선생님은 아니고."

"그래요."

가능성이 있다고 구사나기는 생각했다. 마시바 요시다카는 사원이나 일과 관련이 있는 여자와는 사귀지 않았다고 들었다. 하지만 상대가 프로가 아니라면 얘기는 달라질 수도 있다.

"앗, 잘못 찍었는데요, 선배."

그때, 마우스를 움직이고 있던 기시타니가 말했다.

"이 사람은 아닙니다."

"뭐가 잘못 찍었다는 거야?"

"원작자의 프로필이 나와 있는데, 남자입니다. 남자 선생님이라고요."

"뭐라고?"

구사나기도 화면을 들여다보았다. 프로필에 틀림없이 그렇게 씌어 있었다.

"미리 물어볼 걸 그랬습니다. 디자인이 귀여워서 여자인 줄 알았죠."

"나도 마찬가지야. 미련했어."

그때 저, 하면서 야마모토 게이코가 끼어들었다.

"원작자가 남자면, 안 되는 일이라도 있나요?"

"아니, 우리끼리 얘깁니다. 사건 해결의 실마리를 쥐고 있을 만한 사람을 찾고 있는데, 첫째 조건이 여자라는 것이거든요."

"사건……이라면, 마시바 사장님이 살해된 사건을 말하는 거겠죠?"

"물론 그렇습니다."

"그 사건과 이 만화 영화가 무슨 관계가 있는 건가요?"

"죄송하지만 자세한 말씀은 드릴 수가 없군요. 만약 작자가 여자라면 어떤 가능성이 있다고 볼 뿐입니다."

구사나기는 한숨을 쉬고는 기시타니를 보았다.

"오늘은 이 정도 하고 끝내지."

"그래야겠군요."

기시타니의 어깨가 축 늘어졌다.

야마모토 게이코가 회사 현관에서 두 사람을 배웅했다. 구사나기는 그녀를 향해 고개를 숙였다.

"일하시는데 폐를 끼쳐서 죄송합니다. 수사와 관련해서 다시 찾아올 일이 있을지도 모르겠습니다. 아무쪼록 잘 부탁드립니다."

"네, 저희야 언제든……."

그녀의 표정이 어딘가 모르게 떨떠름했다. 처음 만났을 때의 냉담한 무표정과는 전혀 달랐다.

그럼, 하면서 둘이 발길을 돌리고 난 후였다.

"잠시만요."

그녀가 부르는 소리에 구사나기는 뒤돌아보았다.

"네, 하실 말씀이라도?"

그녀가 몇 걸음 뛰어와 작은 목소리로 말했다.

"이 빌딩 1층에 라운지가 있어요. 그곳에서 기다려 주세요. 드릴 말씀이 있어요."

"사건에 관한 것입니까?"

"그건 잘 모르겠어요. 아까 그 캐릭터에 관한 것인데, 캐릭터 작가에 대한……."

구사나기는 기시타니와 얼굴을 마주 본 후에 고개를 끄덕였다.

"알겠습니다."

나중에 다시 뵈요, 하고서 그녀는 회사로 돌아갔다.

1층 라운지는 오픈 스페이스였다. 금연 표시를 원망스럽게 쳐다보면서 구사나기는 커피를 마셨다.

"뭘까요, 할 얘기란 게."

"글쎄. 아마추어 디자이너 얘기는 안 들어도 되는데 말이야. 게다가 남자라니."

잠시 후 야마모토 게이코가 나타났다. 사방의 눈치를 살피는 기색이었다. 손에 A4 사이즈의 봉투를 들고 있었다.

"많이 기다리셨죠."

그렇게 말하면서 그녀는 맞은편 자리에 앉았다. 곧바로 웨이트리스가 다가왔지만 그녀는 손을 저어 사양했다. 오래 얘기할 마음은 없어 보였다.

"하실 말씀이라는 게?"

구사나기도 급하게 굴었다.

야마모토 게이코는 주위를 죽 둘러보고서 몸을 앞으로 약간 숙였다.

"이 일은 외부에는 공표하지 않았으면 해요. 어쩔 수 없이 공표한다 해도 제게 들었다는 얘기는 절대 비밀로 해 주셔야 합니다. 안 그러면 제가 곤란해요."

"아, 그렇군요."

구사나기는 눈을 치켜뜨고 있는 야마모토 게이코를 쳐다보면서 대답했다.

사실은 내용에 따라서 상황이 달라질 수 있다고 대답하고 싶었지만 그래서야 중요한 얘기를 들을 수 없다. 형사에게는 경우에 따라 약속을 무시할 수도 있는 대범함이 필요하다.

구사나기는 고개를 끄덕였다.

"알겠습니다. 약속하죠."

야마모토 게이코는 살짝 입술을 핥았다.

"아까 그 캐릭터 말인데요. 실은 작자가 여자예요."

"넷?"

구사나기가 눈을 번쩍 떴다.

"정말입니까?"

그렇다면 들을 만한 가치가 있다. 구사나기는 등을 쭉 폈다.

"네, 정말이에요. 제반 사정 때문에 남자로 하게 된 거예요."

기시타니도 메모할 준비를 하고서 고개를 끄덕이며 말했다.

"인터넷상의 인물은 익명에다 나이나 성별을 속이는 일도 많죠."

"그럼 선생이라는 것도 거짓입니까?"

구사나기가 물었다.

"아니요, 프로필에 있는 남자 선생님은 실존 인물이에요. 블로그를 운영하는 것도 그 사람이고요. 하지만 캐릭터를 만든 사람은 달라요. 그 선생님과는 전혀 무관한 여자입니다."

구사나기는 미간을 찡그리며 두 팔꿈치를 테이블에 올려놓았다.

"그게 대체 무슨 소립니까?"

야마모토 게이코는 망설이는 표정을 보이면서 입을 열었다.

"실은 모든 게 처음부터 계획된 것이었어요."

"계획요?"

"아까는 남자 선생님이 자신의 블로그에 발표한 캐릭터가 인기를 모으는 바람에 우리 회사가 만화 영화로 만들기로 했다고 했는데, 실제로는 그 반대였어요. 그 캐릭터를 사용한 인터넷 만화를 배포할 계획이 사전이 있었고, 그것을 판매할

전략으로 개인 블로그에 캐릭터를 등장시킨 거예요. 그 다음에는 그 블로그가 주목을 받도록 인터넷상에서 다양한 홍보를 했고요. 그렇게 해서 인기몰이를 시작할 무렵에 우리 회사와 만화 영화를 만들기로 계약했다고 한 것이죠."

구사나기는 팔짱을 끼고 웅얼거렸다.

"꽤나 번거로운 수순을 밟으셨군요."

"사장님은 그렇게 해야 네티즌들이 친근감을 느끼고 성원해 줄 것이라고 하셨어요."

기시타니가 구사나기 쪽을 향해 고개를 끄덕거렸다.

"있을 법한 얘기로군요. 네티즌들은 익명의 개인이 올린 정보가 점차 퍼져 나가는 것을 환영하니까요."

"그럼 그 캐릭터를 디자인한 사람은 역시 사원이었습니까?"

"아니에요. 이름 없는 만화가와 일러스트레이터 중에서 뽑았어요. 캐릭터에 대한 아이디어를 제출하라고 하고서, 그 가운데 상품이 될 만한 것을 뽑은 것이죠. 그 결과가 순무군이었어요. 캐릭터를 그린 사람과는 자신이 그렸다는 것을 극비에 부친다는 조건으로 계약을 했고요. 그 후에 남자 선생님의 블로그에 올릴 캐릭터를 그리게 했어요. 한 사람이 계속 그린 것은 아니고 도중에 다른 디자이너로 바뀌었지만요. 여기까지 말했으니 눈치 채셨겠지만, 그 남자 선생님도 회사에서 돈을 대 주어 블로그를 운영한 거였어요."

어이가 없군, 하는 소리가 구사나기의 입에서 절로 흘러나왔다.

"그야말로 처음부터 다 계획된 것이로군요."

"새로운 캐릭터를 세상에 알리려면 다양한 전략과 작전이 필요합니다."

야마모토 게이코는 씁쓸히 웃었다.

"계획한 대로 잘되지는 않았지만요."

"그 디자이너는 어떤 여자였습니까?"

"원래는 그림책 작가였어요. 책도 몇 권 냈고요."

그녀가 옆에 놓인 봉투를 무릎에 올려놓고 안에서 그림책 한 권을 꺼냈다.

잠깐 보여 주시죠, 하면서 구사나기는 그림책을 받아 들었다. "내일 비가 오면 좋겠어"라는 제목이었다. 죽 훑어보니 테루테루보즈(맑은 날씨를 불러온다는 속설을 지닌 일본 인형—옮긴이)가 활약하는 스토리인 듯했다. 작가의 이름은 고초 스미레였다.

"지금도 회사 일에 관계합니까?"

"아니요. 초기 일러스트를 그린 후에는 무관해졌어요. 캐릭터에 관한 권리는 전부 회사에서 소유하고 있었으니까요."

"혹시 그 여자를 만난 일이 있습니까?"

"없어요. 아까도 말씀드렸지만, 그녀의 존재는 극비 사항이었어요. 그래서 사장님을 비롯한 몇 분만 그녀를 만났죠. 계약도 사장님이 직접 하셨다고 들었어요."

"마시바 사장이 직접?"

"네. 순무 캐릭터를 가장 마음에 들어 한 사람이 사장님이었다고 해요."

그렇게 말하고서 야마모토 게이코는 구사나기를 빤히 쳐다보았다.

구사나기는 고개를 끄덕이면서 그림책에 눈길을 떨어뜨렸다. 작가 소개란이 있었지만 본명과 생년월일은 기입돼 있지 않았다.

하지만 그림책 작가라면 그림을 그리는 일을 하고 책을 낸 적도 있다는 조건에 맞는다.

"이거 며칠 빌려도 되겠습니까?"

"그러세요."

그녀가 손목시계를 보았다.

"이제 가 봐야겠어요. 제가 드릴 말씀은 이게 전부예요. 수사에 도움이 되었으면 좋겠군요."

"큰 도움이 되었습니다. 고맙습니다."

구사나기는 고개를 숙였다.

야마모토 게이코가 자리를 뜬 후 구사나기는 그림책을 기시타니에게 건넸다.

"이 출판사에 당장 문의해 봐."

"사람을 제대로 찾은 걸까요?"

"가능성이 높아. 적어도 이 작가와 마시바 요시다카 사이에 뭔가 있었다는 것은 분명해."

"자신만만하시군요."

"조금 전에 야마모토 게이코의 표정을 보고서 확신했어. 그녀는 오래전부터 두 사람 관계를 의심하고 있었을 거야."

"그렇다면 왜 지금까지 입을 다물고 있었을까요? 회사에 와서 탐문 수사를 한 다른 형사도 마시바 씨의 여자관계에 대해서 당연히 물었을 텐데요."

"확증이 없는 말을 해서는 안 된다고 생각했겠지. 우리도 확실하게 얘기한 건 아니잖아. 그 캐릭터 작가에게 관심을 보이니까 실은 남자가 아니라 여자라는 것만은 알려야겠다고 생각한 거겠지. 그 작가가 마시바에게 특별한 존재라는 것을 알고 있기 때문에 잠자코 지나갈 수가 없었던 거지."

"그렇군요. 철가면이라고 험담을 해서 미안하네요."

"그녀의 호의를 물거품으로 만들고 싶지 않으니, 어서 출판사에 전화해 봐."

기시타니는 휴대 전화를 꺼내더니 그림책을 들고 밖으로 나갔다. 전화 거는 그의 모습을 바라보면서 구사나기는 잔에 남은 싸늘한 커피를 마셨다.

기시타니가 돌아왔다. 그런데 안색이 좋지 않았다.

"담당자가 없었나?"

"아니요, 있었습니다. 고초 스미레라는 작가에 대해서도 알아봤고요."

"그런데 표정이 왜 그래?"

기시타니는 그 질문에는 대답하지 않은 채 수첩을 펼쳤다.

"본명은 쓰쿠이 준코라는군요. 이 책은 4년 전에 출판했는데 현재는 절판이랍니다."

"연락처는 알아냈어?"

"그게……."

기시타니는 수첩에서 얼굴을 들고 말했다.

"죽었답니다."

"뭐? 언제?"

"2년 전에요. 집에서 자살했다는군요."

19

가오루가 메구로 서 회의실에서 보고서를 작성하고 있는데 구사나기와 기시타니가 돌아왔다. 둘 다 벌레 씹은 표정이었다.

"대장은? 벌써 가셨나?"

구사나기가 퉁명스럽게 물었다.

"계장님은 형사실에 있을 텐데요."

구사나기는 대꾸도 않은 채 회의실에서 휭허케 나가 버렸다. 기시타니가 항복이라는 포즈를 취했다.

"기분이 안 좋아 보이네."

"찾아냈어, 드디어. 마시바 요시다카의 옛 여자를."

"와, 그래요? 그런데 왜……."

"예상치 못한 방향으로 틀어져서."

기시타니는 철제 의자에 앉았다.

그의 얘기를 들은 가오루도 놀랐다. 예전 애인이라고 주목한 여자가 이미 죽었다니.

"출판사에 가서 그 여자 사진을 빌려서, 마시바 요시다카와 데이트를 했다는 홍차 전문점 웨이트리스에게 보여 줬거든. 그랬더니 틀림없이 그 여자라는 거야. 그렇게 일단락 났지, 구사나기 선배의 전 애인 범행설이."

"그래서 기분이 안 좋은 거로구나."

"나도 맥이 쭉 빠지더라고. 하루 종일 이리저리 쫓아다녔는데, 결과가 이 모양이니 원. 아, 온몸이 쑤신다, 쑤셔."

기시타니가 두 팔을 쭉 뻗으며 기지개를 켜는데 가오루의 휴대 전화가 울렸다. 유가와였다. 그와는 점심때 만났다가 막 헤어졌다.

"네. 아까는 고마웠어요."

"지금 어디 있지?"

유가와가 다짜고짜 물었다.

"메구로 서에 있는데요."

"우쓰미 양이 돌아간 후에 여러모로 생각해 봤는데. 그래서 할 얘기가 있어. 지금 만날 수 있을까?"

"네? 저는 괜찮은데, 무슨 일이죠?"

"만나서 얘기하지. 장소를 말해 봐."

유가와의 목소리가 평소와 다르게 흥분한 듯 들렸다.

"그럼 제가 학교로……."

"학교에서 나왔어. 메구로 서로 가고 있다고. 빨리 장소나 말하지."

가오루가 근처에 있는 패밀리 레스토랑에서 만나자고 하자 유가와는 알았다며 바로 전화를 끊었다.

가오루는 쓰다 만 보고서를 가방에 쑤셔 넣고 윗도리를 걸쳤다.

"유가와 교수야?"

기시타니가 물었다.

"네. 할 얘기가 있다네."

"잘됐네. 교수가 독살 트릭을 해결해 주면 우리야 좋지. 애기 잘 듣고 오라고. 교수님 설명은 어려우니까 메모하는 것도 잊지 말고."

알아요, 하면서 가오루는 회의실을 나섰다.

만나기로 한 패밀리 레스토랑에서 홍차를 마시고 있자니 유가와가 금방 나타났다. 그는 가오루 앞에 앉자마자 웨이트리스에게 코코아를 주문했다.

"커피, 안 드세요?"

"응, 이제 질렸어. 좀 전에도 두 잔이나 마셨으니 말이지."

유가와가 입술을 찡그리며 말했다.

"갑자기 불러내서 미안하군."

"괜찮습니다. 그보다 하실 말씀이?"

음, 하면서 그는 눈을 내리깔았다가 다시 치켜세우고 가오루를 바라보았다.

"먼저 확인할 게 있는데, 마시바 부인을 의심하는 마음이 바뀐 건 아니겠지?"

"그건…… 네. 의심하고 있습니다, 아직."

"그래."

유가와는 윗도리 안주머니에서 접힌 종이를 꺼내 테이블에 올려놓았다.

"읽어 봐."

가오루는 즉시 종이를 집어 펼쳐 보았다. 씌어 있는 내용을 죽 읽고는 눈썹을 찡그렸다.

"이게 뭐죠?"

"조사를 좀 해 줬으면 하는 내용이야. 대충 하면 안 되고 아주 정확하게 해야 돼."

"이걸 조사하면 수수께끼가 풀리나요?"

그렇게 묻자 유가와는 눈을 깜박거리며 후 숨을 내쉬었다.

"아니, 아마 안 풀리겠지. 풀리지 않는다는 것을 확인하기 위한 조사니까. 자네들 용어로 하면 반증 조사라 할 수 있겠지."

"무슨 뜻이죠?"

"오늘 우쓰미 양이 돌아간 후에 여러 가지로 생각해 봤어. 마시바 부인이 어딘가에 독을 살포했을 거라는 가정하에, 과연 어떤 방법을 사용했을까 하고 말이야. 그런데 도저히 알 수가 없는 거야. 그래서 난 이 방정식에는 답이 없다는 결론을 내렸지. 단 한 가지 경우를 제외하고 말이야."

"단 한 가지요? 그럼 있다는 말이잖아요."

"그런데 그게 허수해야."

"허수해?"

"이론적으로는 가능하지만 현실적으로는 있을 수 없다는 의미지. 홋카이도에 있는 부인이 도쿄에 있는 남편을 독살할 수 있는 방법이 딱 한 가지 있기는 해. 하지만 그 방법을 실행

할 수 있는 가능성은 거의 제로에 가깝지. 무슨 소린지 알겠어? 트릭은 가능하지만 실행은 불가능하다는 거야."

가오루는 고개를 저었다.

"무슨 말씀인지 모르겠어요. 그렇다면 결국은 불가능하다는 얘기잖아요. 그걸 증명하기 위해 저더러 이런 조사를 하라는 건가요?"

"답이 없다는 것을 증명하는 것도 중요하니까."

"저는 답을 찾고 있어요. 이론 따위는 어떻든 상관없다고요. 사건의 진상을 알고 싶습니다. 그것이 제 일이기도 하고요."

유가와는 입을 꾹 다물었다. 마침 그때 주문한 코코아가 나왔다. 유가와는 천천히 코코아를 마셨다.

"그래, 그 말이 맞아."

그가 중얼거렸다.

"교수님……."

유가와는 손을 뻗어 테이블에 놓인 종이를 집었다.

"가령 허수해라 하더라도 답이 있으면 과학자들은 흥분하지. 그런데 자네들은 과학자가 아니야. 그러니 없는 존재를 증명하기 위해 귀중한 시간을 허비할 수 없겠지."

유가와는 종이를 반듯하게 접어 안주머니에 도로 집어넣고 입가에 미소를 띠었다.

"없었던 일로 하자고."

"교수님, 그 트릭에 대해서 얘기해 주세요. 그런 후에 제가 판단하겠습니다. 조사할 만한 가치가 있다고 여겨지면 조사하죠."

"그럴 수는 없지."

"왜죠?"

"트릭을 알면 선입견을 갖게 될 거야. 그럼 객관적인 조사를 할 수가 없지. 반대로 조사하지 않겠다면 그 트릭을 알 필요조차 없고. 아무튼 지금 여기서 얘기할 수는 없어."

유가와가 계산서를 집으려 했지만, 간발의 차로 가오루가 낚아챘다.

"제가 낼게요."

"헛걸음을 하게 했는데, 그럴 수야 없지."

가오루는 다른 손을 그에게 내밀었다.

"아까 그 종이 주세요. 조사해 보겠습니다."

"허수해인데도?"

"그래도 교수님이 찾아낸 단 한 가지 해답이 뭔지 알고 싶어요."

유가와는 한숨을 쉬고는 다시 종이를 꺼냈다. 그것을 받아든 가오루는 재차 내용을 확인하고 가방에 집어넣었다.

"만약 그 트릭이 교수님 말씀대로 허수해가 아니라면 수수께끼는 풀리겠죠?"

유가와는 고개를 끄덕이지 않았다. 그 대신 안경을 손가락으로 밀어 올리고 중얼거렸다.

"글쎄, 과연."

"아닌가요?"

"만약 허수해가 아니라면……."

그가 눈을 날카롭게 번뜩이며 말을 이었다.

"아마 자네들은 질 거야. 나 역시 이길 수 없겠지. 그렇게 되면 완전 범죄라고 할 수밖에."

20

와카야마 히로미는 벽에 걸린 태피스트리로 눈길을 돌렸다.

짙은 파랑과 회색 헝겊이 조각조각 이어져 긴 띠를 이루고 있었다. 그 띠는 중간에 구불구불 휘어 서로 얽히고 교차하면서 마지막에는 원점과 다시 이어진다. 요컨대 루프의 형상이다. 상당히 복잡한 구도인데 멀리서 보면 단순한 기하학적 모양으로 보인다. 마시바 요시다카는 DNA의 나선 모양 같다며 비아냥거렸지만 히로미는 이 작품이 무척 마음에 들었다. 긴자에서 아야네의 개인전이 열렸을 때에도 입구 바로 옆을 장식했다. 아야네도 찾아온 손님들에게 최고의 작품을 가장 먼저 선보이고 싶었을 것이다. 물론 디자인은 그녀가 했다. 하지만 실제로 제작한 사람은 히로미였다. 예술의 세계에서는 작가가 개인전에서 발표하는 작품 대다수가 실은 제자의 작품인 경우가 흔하다. 하물며 퀼트는 작품의 크기에 따라 한 점을 제작하는 데 몇 달이 걸리는 경우도 있다. 적당히 나눠 작업하지 않으면 개인전을 열 수 있을 만큼의 작품이 축적되지 않는다. 그래도 아야네는 제 손으로 많이 하는 편이다. 그 개인전에서 발표한 작품의 80퍼센트는 아야네가 직접 제작한 것이었다. 그럼에도 히로미가 제작한 작품으로 입구를 장식해 그녀를 감격케 했다. 히로미는 작품의 완성도를 인정받은 것 같아 기뻤다.

이 사람 밑에서 언제까지나 일하고 싶다, 그때는 그렇게 생각했다.

탁, 소리가 났다. 아야네가 머그컵을 작업대에 내려놓는 소리였다. 그들은 퀼트 학원 '앤즈 하우스'에 마주 앉아 있었다. 예전 같으면 학생 몇 명이 헝겊을 자르고 바느질을 하고 있을 시간이었다. 하지만 지금은 둘밖에 없다. 며칠째 학원 문을 열지 못하고 있다.

"그래."

아야네가 두 손으로 머그컵을 감싸며 말했다.

"그렇게 마음먹었다면 어쩔 수 없지."

"제 사정만 고집해서 죄송합니다."

히로미는 고개를 숙였다.

"사과하지 않아도 돼. 나도 앞으로는 일하기가 수월하지 않 겠다고 생각하고 있었어. 그러니 이럴 수밖에 없는지도 모르 지."

"모든 게 제 탓이에요. 정말 뭐라 말씀을 드려야 할지 모르 겠어요."

"이제 그만 해. 난, 히로미가 이렇게 사과하는 모습 더는 보 고 싶지 않아."

"네, 죄송합니다."

히로미는 고개를 푹 숙였다. 눈물이 쏟아질 것 같았지만 꾹 참았다. 울어 봐야 아야네가 더욱 불쾌해질 뿐이라고 생 각했다.

하고 싶은 얘기가 있으니 만났으면 한다고 전화를 건 쪽은 히로미였다. 아야네는 자세한 것을 묻지 않고 그럼 '앤즈 하 우스'에서 만나자고 했다. 굳이 학원에서 만나자고 한 것은 무슨 말이 나올지 미리 짐작했기 때문이 아닐까 하고 히로미 는 생각했다.

홍차를 끓이는 아야네를 기다렸다가 히로미는 말을 꺼냈 다. 학원을 그만두고 싶다고. 물론 그것은 아야네의 조수 일을 그만두겠다는 뜻이었다.

"그런데, 괜찮겠어?"

아야네가 물었다.

히로미가 고개를 들자, 아야네가 이어 물었다.

"앞으로 말이야. 생활비는 어떻게 하고? 다른 일을 찾기도 쉽지 않을 텐데. 아니면 집의 도움을 받을 수 있는 거야?"

"아직은 아무 생각 없어요. 부모님 신세는 지고 싶지 않은데, 그럴 수 있을지는 모르겠어요. 하지만 모아 둔 돈이 조금은 있으니까 가능하면 혼자 힘으로 살아가야죠."

"걱정이네. 그렇게 해서 어떻게 꾸려 가겠어."

아야네는 옆머리를 귀 뒤로 넘기는 몸짓을 계속했다. 답답할 때면 나오는 버릇이었다.

"하기야 내가 괜한 걱정을 하는 건지도 모르겠지만."

"걱정해 주셔서 고마워요, 저 같은 사람을."

"이제 그런 말은 하지 말라니까."

아야네의 엄한 말투에 히로미는 저도 모르게 몸을 바짝 긴장했다. 그리고 다시 고개를 푹 숙였다.

"미안해."

아야네가 조그만 소리로 말했다.

"나도 모르게 말이 거칠게 나왔네. 하지만 난 정말, 히로미가 그런 태도 보이는 거 원치 않아. 같이 일할 수 없는 것이야 어쩔 도리가 없지만, 난 히로미가 행복해지길 바라. 이건 진심이야."

자신의 심중을 어떻게든 전하려는 말투에 히로미는 조심조심 고개를 들었다. 아야네는 미소를 띠고 있었다. 적적한 미소였지만 가식적으로 보이지는 않았다.

"선생님."

히로미가 중얼거렸다.

"그리고 우리를 이렇게 만든 사람은 이미 이 세상에 없잖아. 그러니까 우리 이제 뒤돌아보지 말자."

부드럽게 건네는 말에 히로미는 고개를 끄덕일 수밖에 없었다. 하지만 속으로는 절대 불가능한 일이라고 생각했다. 마시바 요시다카와의 사랑, 그를 잃은 슬픔, 아야네를 배신한 죄책감, 그 모두가 가슴 깊이 각인돼 있었다.

"히로미, 우리 학원에 온 지 몇 년이나 됐더라?"

아야네가 밝은 목소리로 물었다.

"3년 조금 넘었어요."

"그렇구나, 벌써 3년이 넘었구나. 중고등학교 같았으면 졸업했겠어. 그럼 내 제자 생활 졸업하는 거라고 생각하면 되겠네."

그 말은 수긍할 수 없었다. 그렇게 안이한 말을 위로 삼을 만큼 멍청하지는 않다고 생각했다.

"히로미, 여기 열쇠 갖고 있지?"

"아, 네. 돌려드릴게요."

히로미는 옆에 놓인 가방을 들었다.

"괜찮아. 그냥 갖고 있어."

"하지만."

"이 방에는 히로미 물건이 아주 많잖아. 짐 정리하는 데 시간이 좀 걸리지 않을까? 그리고 갖고 싶은 것 있으면 사양 말고 가져가. 저 태피스트리도 갖고 싶겠지?"

그렇게 말하면서 아야네가 쳐다본 것은 방금 전까지 히로미가 보고 있던 것이었다.

"제가 가져도 될까요?"

"물론이지. 히로미가 제작한 거잖아. 저 작품, 개인전 때도 평이 좋았지. 어차피 히로미 주려고 했어. 그래서 팔지 않은 거야."

그때 일은 히로미도 기억하고 있다. 대부분의 작품에 가격표가 붙어 있었는데, 그 태피스트리는 비매품으로 되어 있었다.

"짐 정리하는 데 며칠이나 걸릴 것 같아?"

아야네가 물었다.

"오늘 내일 이틀이면 끝날 거예요."

"그래? 그럼 다 끝나면 전화해 줘 열쇠는…… 음, 우편힘에 넣어 두면 되겠다. 잊어버리고 두고 가는 것 없도록 해. 바로 업자에게 부탁해서 본격적으로 정리할 생각이니까."

그 의도를 알 수 없어 히로미가 눈을 깜박거리자 아야네가 입가에 미소를 머금었다.

"마냥 호텔에서 생활할 수는 없잖아. 불편하기도 하고, 비경제적이기도 하고. 그래서 살 곳이 정해질 때까지 여기서 지내려고 해."

"집에는 안 들어가세요?"

그렇게 묻자 아야네는 후, 숨을 내쉬면서 어깨를 늘어뜨렸다.

"그럴까도 생각했는데, 역시 안 되겠어. 즐거운 추억이 모두 괴로운 추억으로 변해 버렸잖아. 게다가 나 혼자 살기에는 너무 넓어. 그이 혼자서 용케 살았다 싶어."

"그럼 파실 건가요?"

"사건이 있었던 집이니 살 사람이 나설지 모르겠지만, 이카이 씨와 의논해 보려고 해. 그 사람이라면 무슨 수가 있을지도 모르니까."

히로미는 뭐라 할 말이 없어 작업대에 놓인 머그컵만 물끄러미 내려다보았다. 아야네가 끓여 준 홍차는 아마도 싸늘하게 식었으리라.

"그럼 난 가 볼게."

아야네가 자신이 마신 머그컵을 들고 일어섰다.

"그냥 두세요. 제가 씻을게요."

"그럴래? 미안하지만 부탁할게."

아야네는 머그컵을 다시 작업대에 내려놓고는 빤히 쳐다보았다.

"이 컵, 히로미가 가져온 거지? 친구 결혼식에서 받았다고 한 거 같은데."

"네. 세트로 받은 거였어요."

그런 머그컵 두 개가 작업대에 놓여 있었다. 둘이서 작업에 관해 의논할 때 늘 사용하던 것이다.

"그럼 이것도 가져가야겠네."

"네."

히로미는 작은 소리로 대답했다. 머그컵을 가져간다는 생각은 꿈에도 하지 않았다. 그런데 이런 사소한 것들이 있다는 것 자체가 어쩌면 아야네를 불쾌하게 만들지도 모르겠다는 생각을 하자 마음이 한층 어두워졌다.

아야네는 숄더백을 어깨에 메고 현관으로 걸어갔다. 히로미도 뒤따랐다.

구두를 신고서 아야네는 히로미 쪽을 돌아보았다.

"느낌이 참 이상하다. 학원을 그만두는 사람은 히로미인데, 내가 이곳을 나가다니."

"최대한 서둘러 짐 정리를 할게요. 오늘 중에라도."

"서두를 거 없어. 그런 뜻으로 한 말이 아니니까."

아야네는 히로미를 똑바로 쳐다보며 말했다.

"그럼, 잘 지내."

"선생님도 잘 계세요."

아야네는 고개를 끄덕이고는 문을 열고 밖으로 나가 싱긋 웃으며 문을 닫았다.

히로미는 그 자리에 주저앉았다. 깊은 한숨이 나왔다.

퀼트 학원을 그만두는 것도 괴롭고 수입이 끊기는 것도 불안했지만 이럴 수밖에 없다고 생각했다. 요시다카와의 관계를 고백해 놓고 지금까지 하던 대로 해 나가려 했던 것 자체가 잘못이었다. 아야네가 제 입으로 해고하지 않았다고 해서 그녀가 진심으로 자신을 용서했다고는 여겨지지 않았다.

게다가, 히로미는 자신의 배로 손을 가져갔다.

배 속에는 아이도 있다. 히로미는 아야네가 어쩔 작정이냐고 물을까 봐 두려웠다. 실은 아직 마음을 정하지 못해서였다.

아야네가 아이에 대해 묻지 않은 것은 당연히 수술할 것이라고 믿고 있기 때문인지도 몰랐다. 히로미에게 낳을 마음이 있을지도 모른다는 생각은 털끝만큼도 하지 못할 것이다.

하지만 히로미는 망설이고 있었다. 아니 마음속 깊은 곳에는 낳고 싶다는 생각밖에 없다. 그렇다는 것을 자신도 알고 있었다.

가령 낳는다면 그 다음에는 어떤 인생이 기다리고 있을까. 부모님 신세는 질 수 없다. 히로미의 부모님은 건재하지만 생활에 여유가 있는 것은 아니다. 게다가 둘 다 지극히 평범한 사람들이라 딸이 불륜 끝에 미혼모가 되었다는 것을 알면 혼란에 빠져 어쩔 줄 모를 것이다.

역시 수술하는 길밖에 없는 것일까. 이 문제를 생각할 때마다 늘 똑같은 벽에 부딪친다. 결론을 피하고 싶어 뾰족한 수가 없을까 하고 궁리하게 된다. 요시다카가 죽은 후에는 언제나 그 반복이었다.

고개를 설레설레 젓고 있는데 휴대 전화가 울렸다. 히로미는 천천히 일어나 작업대로 다가갔다. 의자에 놓인 가방에서 휴대 전화를 꺼냈다. 알고 있는 번호였다. 받지 말까 생각하다가 결국 통화 버튼을 누르고 말았다. 한 번 무시당했다고 해서 포기할 상대가 아니었다.

"네."

일부러 그런 것은 아닌데 목소리가 암울해지고 말았다.

"여보세요, 경시청의 우쓰미입니다. 지금 통화 괜찮은가요?"

"얘기하세요."

"미안하지만 몇 가지 묻고 싶은 게 또 생겼어요. 그래서 만나서 얘기하고 싶은데."

"언제요?"

"가능하면 빨리요. 미안합니다."

히로미는 긴 한숨을 내쉬었다. 상대에게 들려도 상관없었다.

"그럼 이쪽으로 오는 게 좋겠네요. 지금 학원에 있으니까."

"다이칸야마죠? 거기에 마시바 아야네 씨도 있나요?"

"나 혼자예요. 선생님은 다녀갔으니까 오늘 중에는 다시 오지 않을 거예요."

"알겠어요. 그럼 지금 바로 가죠."

히로미는 전화기를 가방에 집어넣고 이마에 손을 댔다.

퀼트 학원을 그만두는 정도로 끝나지 않을 것이라고 생각했다. 사건이 해결되기 전에는 경찰이 히로미를 놓아주지 않을 것이다. 그러니 남몰래 아이를 낳는 것은 도저히 불가능하다.

머그컵에 남은 홍차를 한 입 머금었다. 짐작했던 대로 싸늘하게 식어 있었다.

이곳에 다닌 3년 동안의 일이 머릿속에 떠올랐다. 그저 흉내만 낼 줄 알았던 기술이 겨우 석 달 만에 자신도 놀랄 만큼 향상되었다. 아야네가 조수로 일해 보지 않겠냐고 제안했을 때는 그 자리에서 수락했다. 용역 회사에서 던져 주는, 해 봐야 보람도 없는 일을 기계적으로 해치우는 나날이 지겨웠다.

히로미는 방 한구석에 놓여 있는 컴퓨터로 눈길을 돌렸다. 아야네와 둘이 디자인을 구상할 때면 그래픽 프로그램이 맹

활약을 했다. 배색을 정하는 데만 하룻밤이 걸린 적도 있다. 하지만 단 한 번도 힘들다고 여기지 않았다. 디자인이 정해지면 천을 구하러 다녔다. 몇 번을 의논해서 배색을 결정해 놓고도 가게에서 발견한 천의 색감에 둘이 홀딱 반해 그 자리에서 급히 디자인을 바꾼 일도 있다. 그런 때는 얼굴을 마주 보며 쓴웃음을 지었다.

더없이 충실한 하루하루였다. 그런데 어쩌다가 이렇게 되고 말았을까.

히로미는 고개를 절레절레 흔들었다. 그 이유는 익히 알고 있었다. 모든 것이 자신의 잘못이라고 생각했다. 남의 남자, 더구나 은혜를 입은 여자의 남편을 빼앗은 것이 원인이다.

히로미는 마시바 요시다카를 처음 만났을 때의 일을 선명하게 기억하고 있다. 이 교실에서 수업 준비를 하고 있는데 아야네에게서 남자가 찾아올 텐데 기다리라고 전해 달라는 연락이 왔다. 그 남자와 어떤 관계인지는 얘기해 주지 않았다.

그리고 잠시 후 남자가 나타났다. 히로미는 남자를 안으로 안내하고 녹차를 대접했다. 그는 흥미로운 듯 실내를 돌아보고는 이런저런 질문을 했다. 성숙한 남성의 점잖음과 호기심에 두리번거리는 소년 같은 분위기를 동시에 지닌 인물이었다. 몇 마디 대화만 나누었는데도 머리가 비상한 사람이란 것을 느낄 수 있었다.

그 후에 아야네가 돌아와 그를 소개해 주었다. 파티에서 알게 된 사이라고 해서 히로미는 의외다 싶었다. 아야네가 그런 모임에 나가는 줄은 전혀 몰랐기 때문이다.

지금 돌아보니, 그때 이미 히로미는 요시다카에게 호의를 품고 있었다. 아야네가 연인이라고 소개하는 순간 질투에 가까운 감정을 느꼈던 자신을 또렷하게 기억하고 있다.

만약 그렇게 만나지 않고 처음부터 아야네와 함께였다면 자신의 반응도 다르지 않았을까 생각한다. 상대가 어떤 사람인지 모르는 채 둘이서 지낸 그 잠깐 때문에 특별한 감정이 싹튼 것만 같다.

한번 마음에 움튼 감정은 어렴풋하기는 했어도 절대 사라지지 않았다. 아야네가 결혼해 히로미도 마시바의 집을 드나들게 되면서부터는 더욱 요시다카가 친근하게 느껴졌다. 그러다 보니 둘이서만 있는 일도 간혹 생겼다.

물론 히로미 쪽에서 먼저 자신의 속마음을 드러낸 적은 없다. 그래 봐야 요시다카에게 폐가 될 뿐이라고 생각했고, 그보다 특별한 관계가 되고 싶은 마음이 없었다. 가족처럼 대할 수만 있어도 만족이었다.

하지만 억누르고 숨겨도 은연중에 전해졌던 것이리라. 히로미를 대하는 요시다카의 태도가 조금씩 변해 갔다. 여동생을 보는 듯 자상한 눈길에 미묘한 무언가가 섞이기 시작했다.

그렇다는 것을 알아챘을 때 히로미는 가슴이 설레었다.

그러다 석 달 전쯤의 어느 밤, 이 방에서 밤늦게까지 일하고 있는데 요시다카에게서 전화가 왔다.

"아야네가 그러더군, 히로미 씨가 요즘 밤샘 작업을 하고 있다고. 학원 일이 많이 바쁜 모양이지?"

그렇게 말하고는 괜찮으면 같이 라면을 먹으러 가자고 했다. 요시다카도 야근을 하는 바람에 늦어진 듯했다. 오래전부터 가고 싶었던 라면집이 있다고 했다.

마침 배가 출출했던 때라 두말 않고 좋다고 했다. 요시다카는 곧장 데리러 왔다.

딱히 인상에 남을 만한 맛은 아니었다. 하지만 어쩌면 요시다카와 단둘이어서 맛을 못 느꼈는지도 모른다. 그가 젓가락질을 할 때마다 팔꿈치가 그녀의 몸에 닿았다. 그 감촉만 기억에 각인되었다.

라면을 먹고 난 후 요시다카는 히로미를 다시 학원까지 데려다 주었다. 차를 아파트 앞에 세워 놓고 그가 미소지으며 말했다.

"이렇게 가끔 라면 정도 같이 먹을 수 있을까?"

"좋아요, 언제든."

히로미는 그렇게 대답했다.

"고맙군. 히로미 씨와 있으면 마음이 푸근해져."

"정말요?"

"나도 여기와 여기가 많이 지쳐 있거든."

그는 자신의 가슴과 머리를 차례로 가리키고는 차분한 표정으로 히로미를 바라보았다.

"오늘 밤은 정말 고마웠어. 덕분에 즐거웠고."

"저도요."

히로미가 그렇게 대답하자마자 요시다카는 팔을 뻗어 그녀의 어깨를 껴안았다. 와락 끌어당기는 힘에 그대로 몸을 맡겼다. 아주 자연스럽게 키스까지 흘러갔다.

잘 자, 하고 그는 말했다. 그녀는 안녕히 주무세요, 라고 대답했다.

그 밤 히로미는 가슴이 두근거려 좀처럼 잠을 이룰 수 없었다. 하지만 큰 잘못을 저질렀다는 의식은 없었다. 둘만의 작은 비밀이 생겼다는 정도로만 여겼다.

그것이 착각이었다는 것을 깨닫는 데 그리 오랜 시간이 걸리지 않았다. 요시다카라는 존재는 히로미의 내면에 점차 크게 자리 잡아 갔다. 무슨 일을 해도 그가 머리에서 떠나지 않았다.

그래도 둘이 만나는 일이 없었다면 열병 같은 그런 상태는 오래가지 않았을지도 모른다. 그런데 요시다카는 그 후로 심심하면 히로미를 불러냈다. 그녀 역시 그의 전화를 기다리기 위해 별다른 일이 없는데도 학원에 남아 있는 경우가 많아졌다.

히로미의 마음은 실 끊어진 풍선처럼 통제가 어려울 만큼 제멋대로 날아올랐다. 끝내 남녀의 선을 넘었을 때에야 비로소 큰일을 저질렀다는 생각이 들었다. 하지만 그날 밤 요시다카가 속삭인 말은 히로미의 불안을 날려 보낼 만큼 충분한 힘을 갖고 있었다.

아야네와는 머지않아 헤어질 것이라고 한 것이다.

"내가 결혼하는 목적은 아이를 낳는 것이라고 했어. 1년 안에 아이가 생기지 않으면 부부 관계를 말소하기로 약속했고. 앞으로 석 달 남았지만, 아마 힘들 거야. 나는 알 수 있지."

사실은 냉정한 말이었는데 그때의 히로미에게는 듬직하게 들렸다. 그럴 정도로 제 기분에만 젖어 있었던 것이리라.

이런저런 일들을 되새기면서, 자신과 요시다카가 얼마나 몹쓸 짓을 했는지 히로미는 새삼 생각했다. 아야네에게 원망을 산다 해도 어쩔 수 없는 일이었다.

그래.

요시다카를 죽인 것은 아야네인지도 모른다. 히로미를 친절하게 대하는 것도 살의를 숨기기 위한 연막일 수 있다.

하지만 그녀에게는 알리바이가 있다. 경찰에게 그녀를 의심하는 기색은 없으니까 범행 자체가 불가능하다는 사실은 변함이 없을 것이다.

그렇다면 과연 누가 요시다카를 살해할 동기를 갖고 있었다는 말인가. 그런 생각을 하면서 히로미는 또 다른 우울함을 느꼈다. 아이를 낳고 싶지만, 아이 아빠에 대해 거의 아는 게 없다는 사실을 지금에야 깨달은 것이다.

우쓰미 가오루는 검은 투피스 차림으로 나타나, 30분 전까지 아야네가 앉아 있던 의자에 앉아 고개를 숙이며 말했다.

"무리한 부탁을 해서 미안하군요."

"이렇게 몇 번을 만난들 사건은 해결되지 않을 거예요. 마시바 씨에 대해서 잘 아는 것도 아니고."

"잘 알지도 못하면서 그런 관계가 되었나요?"

여형사의 말에 히로미는 입가에 힘을 주었다.

"인간성은 알고 있었다고 생각해요. 하지만 수사에 필요한 것은 그런 게 아니잖아요. 과거의 일이나 사업상의 문제에 대해서는 모른다는 뜻이에요."

"수사하는 쪽은 피살자의 인간성에 대해서도 반드시 알아야 합니다. 하지만 오늘은 그런 어려운 문제가 아니라 아주 일상적인 것을 묻기 위해서 왔어요."

"일상적인 거요?"

"마시바 부부의 일상 말입니다. 그 점에 대해서는 와카야마 씨가 가장 잘 알 테니까."

"그런 건 선생님에게 직접 물어보면 되잖아요?"

우쓰미 가오루는 고개를 들고 씩 웃었다.

"당사자의 입에서 객관적인 의견을 듣기가 쉽지 않을 것 같아서요."

"……궁금한 게 뭐죠?"

"와카야마 씨는 마시바 씨 부부가 결혼한 직후부터 그 집에 드나들게 되었죠? 얼마나 자주 갔었나요?"

"경우에 따라 달랐죠. 평균 한 달에 한두 번 정도였어요."

"요일은 정해져 있었나요?"

"딱히 정해져 있지는 않았어요. 하지만 아무래도 일요일이 많았죠, 학원 수업이 없으니까."

"그럼 마시바 요시다카 씨도 집에 있었겠군요?"

"네, 그래요."

"셋이 얘기하는 일도 있었나요?"

"그런 적이 있기는 했지만, 마시바 씨는 주로 서재에 있었어요. 휴일에도 집에서 일을 하는 것 같았어요. 그리고 내가 집에 간 것은 일 때문에 선생님과 의논하기 위해서였지 그저 수다나 떨 목적이 아니었으니까."

히로미는 항의하는 투로 말했다. 요시다카를 만나고 싶어 집까지 찾아간 것이라고 여겨지는 것이 싫었다.

"부인과는 어디서 얘기했나요?"

"거실요."

"늘 거실이었습니까?"

"네. 그게 무슨 상관이죠?"

"얘기를 나눌 때 홍차나 커피도 마셨습니까?"

"물론이죠. 늘 마셨어요."

"와카야마 씨가 차를 끓인 적도 있나요?"

"가끔 있었어요. 선생님이 다른 음식을 준비하느라 바쁠 때요."

"커피 끓이는 순서를 부인에게 배웠다고 했죠. 그래서 사건이 있었던 당일 아침에도 같은 순서로 끓였다고요."

"네. 또 커피 얘기인가요? 벌써 몇 번이나 말했잖아요."

히로미가 입을 비죽거렸다.

그러나 젊은 여형사는 탐문 수사 중인 상대가 불쾌함을 표하는 데 이미 익숙한지 표정이 조금도 변하지 않았다.

"이카이 씨 부부와 홈 파티를 할 때 말이죠, 냉장고를 연 적이 있나요?"

"냉장고요?"

"냉장고에 생수가 들어 있었을 텐데, 보았는지 알고 싶습니다."

"그야 봤죠. 한 번은 내가 물을 가지러 갔으니까요."

"그때 생수가 몇 병 있던가요?"

"그런 걸 어떻게 기억해요. 주르르 꽂혀 있었던 건 분명하지만."

"한두 병인가요?"

"기억 못한다잖아요. 죽 꽂혀 있었으니까 네다섯 병 아니겠어요?"

그만 히로미의 목소리가 커지고 말았다.

"알겠습니다."

여형사는 가면 같은 얼굴로 고개를 끄덕였다.

"사건 전날, 와카야마 씨는 마시바 씨가 불러서 그 집에 갔다고 했는데, 그런 일이 종종 있었나요?"

"없었어요. 그날이 처음이에요."

"왜 그날은 마시바 씨가 와카야마 씨를 집으로 불렀을까요?"

"그건…… 선생님이 친정에 갔기 때문이겠죠."

"그 전에는 그럴 기회가 없었다는 뜻인가요?"

"그렇기도 하지만, 선생님이 이혼에 응했다는 것을 한시 빨리 내게 전하고 싶어서가 아닐까요?"

"흠, 그렇군요. 취미에 대해서는 아는 게 없나요?"

"취미?"

히로미가 눈썹을 찡그렸다.

"마시바 씨 부부의 취미 말입니다. 어떤 스포츠를 좋아한다든지, 혹은 여행이나 드라이브를 즐겼다든지."

히로미가 고개를 갸우뚱했다.

"마시바 씨는 테니스와 골프를 했지만, 선생님은 딱히 없었어요. 퀼트와 요리 정도밖에는."

"휴일에는 부부가 어떻게 지냈나요?"

"그런 건 잘 몰라요."

"아는 범위 안에서 말해 주세요."

"선생님은 대개 작업을 하면서 지냈어요. 마시바 씨는 DVD를 보면서 지내는 일이 많은 것 같았고요."

"부인이 집에서 작업을 할 때, 어느 방에서 했죠?"

"거실이었을 거예요."

그렇게 대답은 했지만 히로미는 당혹스러웠다. 질문이 중구난방인 듯이 여겨졌다.

"두 분이 여행한 일은 있었나요?"

"결혼 직후에 파리와 런던에 다녀왔어요. 그 후에는 여행다운 여행을 하지 않았을 거예요. 마시바 씨는 사업상 여기저기 다니는 일이 많은 것 같았지만."

"쇼핑할 때는 어땠나요? 부인과 둘이 쇼핑하러 나가는 일은 없었습니까?"

"작업에 필요한 천을 사러 간 일은 있었어요."

"역시 일요일이었습니까?"

"아니요. 평일 수업이 시작되기 전에 다녀왔어요. 천의 양이 많아서 사면 곧바로 이리 가져왔어요."

우쓰미 가오루는 고개를 끄덕이고는 수첩에 뭐라고 적었다.

"질문은 이것으로 끝입니다. 바쁘실 텐데 고마웠어요."

"저, 지금 한 질문에 대체 어떤 의미가 있는 거죠? 전혀 의도를 모르겠어요."

"어떤 질문 말인가요?"

"전부요. 취미니 쇼핑이니, 사건과는 무관하잖아요."

순간적으로 우쓰미 가오루가 당황한 표정을 짓더니, 이내 미소를 건네며 대답했다.

"모르셔도 됩니다. 경찰에는 경찰 나름의 의도가 있으니까요."

"가르쳐 주면 안 되나요?"

"미안하군요. 규칙이라서요."

여형사는 얼른 자리에서 일어나더니 "그럼, 이만."이라고 인사하고는 재빨리 현관으로 걸어갔다.

21

"질문의 의도를 물을 때는 난감하더군요, 나 자신이 그 의도를 모르고 있으니. 더구나 탐문 수사를 할 때는 목적을 정확

하게 인식한 후에 질문하라는 주의를 늘 듣고 있는데 말이에
요."

커피 잔을 들면서 가오루가 말했다.

가오루는 며칠 전 유가와가 부탁한 조사의 결과를 들고 지
금 그의 연구실에 와 있다.

"그 말이 옳기는 하지만, 때와 경우에 따라 달라질 수도 있
지."

마주하고 앉은 유가와가 리포트 용지에서 고개를 들고 말
했다.

"지금 우리는 전례가 없는 아주 특수한 범죄인지 아닌지를
조사하고 있는 거야. 이렇게 존재의 유무를 확인하는 작업은
아주 고약해서 말이야. 그 작업을 진행한 사람의 선입견에 좌
우되는 경우도 적지 않아. 혹시 르네 블론로라는 물리학자
를…… 아니지, 알 리가 없지."

"들어 본 적도 없는데요."

"19세기 후반에 수많은 업적을 일군 프랑스의 학자야. 20
세기 벽두에 새로운 방사선을 발견했다고 발표했는데, N선이
라고 명명한 그 방사선에 전기 스파크의 빛을 더 밝게 하는
효과가 있다는 거였지. 당시 획기적인 발견이라고 물리학계
가 발칵 뒤집혔어. 그런데 결국 N선의 존재는 부정되고 말았
지. 다른 나라 과학자들이 몇 번을 실험해 보았지만, 진기 스

파크의 빛이 더 밝아지지는 않았거든."

"그럼 일종의 사기였나요?"

"사기와는 다르지. 블론로 본인은 N선의 존재를 믿고 있었으니까."

"어떻게 그럴 수 있죠?"

"애당초 블론로는 전기 스파크의 밝기를 자기 눈으로만 확인했어. 그것이 문제의 발단이었지. N선을 쪼이면 밝기가 더한다는 것은 그의 간절한 소망 때문에 빚어진 착각이라고 증명되었어."

"야, 위대한 물리학자도 그렇게 단순한 실수를 하는군요."

"선입견이란 그 정도로 위험하다는 뜻이야. 그러니 자네에게 예비 지식을 알려 줄 수 없었던 거지. 덕분에 이렇게 객관적인 정보를 얻게 된 것이고."

유가와는 다시 리포트 용지로 눈길을 떨어뜨렸다. 그것은 가오루가 쓴 보고서였다.

"결과는, 역시 허수해인가요?"

유가와는 대답하지 않은 채 리포트 용지만 뚫어지게 바라보았다. 그 미간에 깊은 주름이 생겼다.

"역시 냉장고에 생수가 몇 병이나 들어 있었군."

그가 혼자서 중얼거렸다.

"그 점에 대해서는 저도 이상했어요. 아야네 부인은 늘 생

수가 떨어지지 않도록 했다고 했거든요. 그런데 부인이 친정
으로 내려간 다음 날에는 딱 한 병밖에 남아 있지 않았어요.
어떻게 된 걸까요?"

유가와는 팔짱을 끼고서 눈을 감았다.

"교수님."

"있을 수 없는 일이야."

"네?"

"그런 일은 절대로 있을 수 없지. 그러나……."

유가와는 안경을 벗고 손가락 끝으로 양 눈두덩을 꾹 누른
채 움직이지 않았다.

22

이다바시 역에서 가구라자카 언덕길을 죽 걸어 올라가 젠코
쿠지(善國寺) 앞을 조금 지나서 왼쪽으로 돌았다. 경사가 심한
비탈길을 올라가니 오른쪽에 목적지인 빌딩이 보였다.

구사나기는 정면에 있는 현관으로 들어갔다. 왼쪽 벽에 사
무실 이름이 새겨진 팻말이 주르르 걸려 있었다. '도서출판
상수리나무'는 2층에 있었다.

엘리베이터가 있었지만 구사나기는 계단으로 올라갔다. 계

단에 종이 상자가 쌓여 있어서 올라가기가 몹시 불편했다. 소방법에 위반되는 사항이지만 오늘은 지적하지 않기로 했다.

사무실 문은 활짝 열려 있었다. 안을 들여다보니 사원 몇 명이 책상 앞에 앉아 있었다. 맨 앞에 있는 여사원이 구사나기를 보고서 다가와 물었다.

"무슨 일이세요?"

"사사오카 씨 계십니까? 아까 전화로 말씀을 드렸는데요."

"아, 오셨습니까."

옆에서 목소리가 들렸다. 땅딸막한 남자가 캐비닛 뒤에서 고개를 내밀었다.

"사사오카 씨입니까?"

"예. 여기……."

남자가 옆에 있는 책상 서랍을 열어 명함을 꺼냈다.

"수고가 많으십니다."

구사나기도 명함을 내밀고 서로 교환했다. 상대의 명함에는 '도서출판 상수리나무 대표 이사 사사오카 이쿠오'라고 씌어 있었다.

"경찰에게 명함을 받기는 처음입니다. 이거 기념이 되겠어요."

사사오카는 명함을 뒤집어 보고는 엇 하고 소리를 질렀다

"사사오카 씨에게, 라고 씌어 있군요. 오늘 날짜까지. 하하

하하, 도용 방지책이로군요."

"기분 나빠 하지 마십시오. 그저 버릇입니다."

"아닙니다, 그 정도 주의는 필요하겠죠. 음, 여기서 말씀하시겠습니까, 아니면 찻집이나 어디 다른 곳에서?"

"여기서 하죠."

"그래요."

사사오카는 사무실 구석에 마련된 간소한 접대 공간으로 구사나기를 안내했다.

"바쁘실 텐데 죄송합니다."

"괜찮습니다. 대형 출판사와 달라서 우리는 여유롭게 일하고 있으니까요."

사사오카는 큰 입을 벌리고 웃었다. 까다로운 인물은 아닌 듯했다.

"전화상으로도 말씀드렸지만 쓰쿠이 준코 씨에 대해서 몇 가지 묻고 싶습니다."

사사오카의 얼굴에서 웃음이 사라졌다.

"내가 직접 담당했던 작가였습니다. 재능이 많은 사람이었는데, 안타깝습니다."

"쓰쿠이 씨와 같이 일한 기간이 길었나요?"

"글쎄요, 길었다고 할 수 있을지, 2년 남짓이었으니까요. 우리 출판사에서 그림책 두 권을 출간했습니다."

사사오카가 일어나 자기 자리에서 그림책 두 권을 가져왔다.

"이겁니다."

어디 좀, 하면서 구사나기는 책을 집어 들었다. 『눈사람이 굴렀다』와 『아기 곰 타로의 모험』이었다.

"눈사람이니 고마이누(일본 신사의 문 양쪽에 서 있는 수호 동물 상―옮긴이)니 하는, 옛날부터 존재하는 캐릭터를 즐겨 주인공으로 등장시킨 작가였죠. 테루테루보즈를 활용한 작품도 있었습니다."

"그건 압니다. 『내일 비가 오면 좋겠어』죠."

바로 마시바 요시다카가 인터넷 만화의 캐릭터 제작자로 쓰쿠이 준코를 발탁하게 된 작품이다.

사사오카는 고개를 끄덕이면서 눈썹을 찡그렸다.

"쓰쿠이 준코 씨가 손을 대면 흔하디 흔한 캐릭터도 신선한 빛을 띠곤 했죠. 정말 아까운 사람입니다."

"쓰쿠이 씨의 사망 당시 일을 기억하고 계십니까?"

"물론 기억하고 있죠. 제 앞으로 쓴 편지가 있었으니까요."

"그렇습니까. 몇몇 사람에게 유서를 남겼다는 얘기는 가족에게서 들었습니다."

쓰쿠이 준코의 고향은 히로시마였다. 구사나기는 전화를 걸어 그 어머니와 얘기를 나누었다. 그녀 말로 쓰쿠이 준코는 자신의 방에서 수면제를 먹고 자살을 기도했으며, 현장에는 유서 세 통이 남아 있었다고 한다. 유서는 모두 일에 관계된 사람들에게 남긴 것이었다. 그중의 한 통이 사사오카에게 남긴 글인 듯했다.

"갑작스럽게 이런 식으로 일을 방기하게 되어 미안하다는 내용이었어요. 당시 다음 작품을 부탁한 상태였기 때문에 마음에 걸렸던 게지요."

그 무렵을 떠올리는지 사사오카는 괴로운 듯 얼굴을 찡그렸다.

"자살의 동기에 대해서는 뭐라고 씌어 있지 않았습니까?"

"네. 미안하다는 사과의 말뿐이었습니다."

쓰쿠이 준코는 그런 유서만 남긴 것이 아니었다. 자살하기 직전 어머니에게도 편지를 보냈다. 편지를 받은 어머니는 놀라서 딸에게 전화를 걸었다. 그런데 전화를 받지 않아 서둘러 경찰에 신고했다. 연락을 받은 관할 서의 경찰관이 그녀의 집으로 급히 달려가 시신을 발견한 것이다.

어머니에게 보낸 편지에도 자살의 동기에 관한 언급은 없었다. 그저 낳아 주고 키워 준 데 대한 고마움과 소중한 목숨을 이렇게 버리게 되어 미안하다는 사죄의 말밖에 없었다고 한다.

뭐가 어떻게 된 일인지 도통 알 수가 없어요, 하며 어머니는 울음을 삼켰다. 세월이 2년이나 지났지만 딸을 잃은 슬픔은 조금도 가시지 않은 듯했다.

"쓰쿠이 씨의 자살에 대해서 혹시라도 짚이는 것은 없는지요?"

구사나기의 질문에 사사오카는 입을 꾹 다물며 고개를 저었다.

"당시 경찰에게도 그런 질문을 받았지만 전혀 아는 바가 없습니다. 자살하기 2주일 전쯤에 만났는데, 그때도 그런 기색은 전혀 느끼지 못했어요. 제가 둔감한 건지는 모르겠습니다만."

사사오카가 둔감한 탓이라고는 생각되지 않았다. 구사나기는 유서를 받은 나머지 사람들도 만나 보았지만, 둘 다 비슷한 소리를 했다.

"쓰쿠이 씨가 어떤 남자를 사귀고 있었는데, 그건 알고 계셨나요?"

구사나기는 다른 질문을 던졌다.

"비슷한 얘기는 들은 적이 있습니다만 상대가 누군지는 몰랐습니다. 요즘 세상에 섣불리 그런 것을 물었다가 성희롱으로 고발당할 수도 있으니까."

사사오카는 진지한 표정으로 말했다.

"그럼 그냥 친하게 지낸 사람은 혹시 모릅니까? 알고 지내던 여자라든지 친구라도 괜찮습니다."

사사오카는 팔짱을 끼고서 고개를 휘휘 저었다.

"당시에도 그런 질문을 받았는데, 떠오르는 사람이 없었습니다. 고독을 사랑한 사람이었다고 해야 할지. 아무튼 자기 방에서 차분하게 그림 그리는 것을 행복하게 여기는 타입이었죠. 사람들과 교류하는 것을 그리 좋아하지 않았던 것 같습니다. 그래서 애인 비슷한 사람이 있다는 소리를 들었을 때는 뜻밖이었죠."

구사나기는 마시바 아야네와 똑같다고 생각했다. 아야네 역시 와카야마 히로미라는 조수와, 고향에 가면 같이 온천에 가는 어린 시절 친구 정도가 있을 뿐, 기본적으로 고독하게 살고 있다. 넓은 거실 소파에 앉아 종일 바느질을 하며 지내는 생활이다.

결국 마시바 요시다카가 그런 타입의 여자를 좋아했다는 뜻일까 하고 생각했다.

그러다 아니지, 다를지도 모르지 하고 생각을 바꿨다. 이카이 다쓰히코에게서 들은 얘기가 떠올랐기 때문이다.

'마시바는 그런 점을 평가하지 않았어요. 아이를 낳지 못하는 여자가 소파에 앉아 있어 봐야 장식품처럼 거치적거릴 뿐이라고 생각했던 것 같습니다.'

마시바 요시다카가 늘 고독한 여자를 선택했던 까닭은 상대를 아이 낳는 장치로밖에 여기지 않았기 때문이다. 그런 장치에 인간관계라는 성가신 부속물은 불필요하다고 생각했는지도 모른다.

저, 하고 사사오카가 조심스럽게 입을 열었다.

"왜 지금 와서 새삼스럽게 그녀의 자살에 대해 조사하는 겁니까? 동기는 불분명했지만 사건성은 없다고 수사다운 수사도 하지 않은 걸로 알고 있는데."

"자살에 문제가 생긴 것은 아닙니다. 다른 사건을 수사하는 과정에서 쓰쿠이 씨의 이름이 나왔기에 일단 확인하고 있을 뿐이죠."

"예, 그렇군요."

사사오카는 무슨 사건인지 궁금한 눈치였다. 구사나기는 그만 얘기를 끝내기로 했다.

"일하시는 중에 폐를 끼쳤습니다. 이만 가 보겠습니다."

"벌써 가십니까. 차를 대접한다는 게 깜박했습니다."

"아닙니다. 협조해 주셔서 감사합니다. 그보다 이 책을 빌릴 수 있을지."

"물론입니다. 드릴 테니 가져가세요."

"그래도 괜찮습니까?"

"네. 어차피 파지가 될 운명의 책입니다."

"그렇군요. 그럼."

구사나기는 일어나 출구로 향했다. 사사오카도 뒤를 따랐다.

"그때는 정말 놀랐습니다. 사망했다는 소식을 들었을 때만 해도 자살일 줄은 상상도 못했으니까요. 자살이란 것을 알고서 동료들 사이에서 이런저런 말들이 많았습니다. 살해당한 게 아닐까 하는 소리도 있었죠. 고인에게는 죄송한 말이지만, 그런 것을 먹고 죽었으니."

구사나기가 걸음을 멈추고 사사오카의 동그란 얼굴을 빤히 쳐다보았다.

"그런 것이라뇨?"

"독 말입니다."

"수면제가 아니었습니까?"

사사오카는 입술을 쑥 내밀며 손을 저었다.

"모르셨나 봅니다. 비소였어요."

"비소?"

구사나기가 움찔했다.

"왜 그 독 카레 사건에서 사용되었다는."

"아비산 말입니까?"

"맞아요. 그런 이름인 것 같습니다."

심장이 쿵쿵거렸다. 그럼 이만, 하고서 구사나기는 계단을 뛰어 내려갔다.

얼른 휴대 전화를 꺼내 기시타니에게 전화를 걸었다. 그리고 관할 서에 연락해 쓰쿠이 준코의 사살에 관한 자료를 급히 받아 볼 수 있도록 하라고 지시했다.

"대체 무슨 일입니까, 선배? 아직도 그 그림책 작가에게 집착하고 있는 겁니까?"

"계장님이 승낙한 일이야. 잔소리 말고 하라는 대로 해."

전화를 끊고서 지나가는 택시를 잡았다. 운전사에게 메구로 서로 가자고 했다.

사건이 발생한 지 며칠이 지났는데 수사에는 조금도 진전이 없었다. 독극물을 투입한 경로를 알 수 없는 탓이 크지만, 아무리 들쑤셔 보아도 마시바 요시다카를 살해할 만한 동기를 지닌 사람이 나타나지 않는 것도 한 원인이었다. 동기가 있는 유일한 사람은 아야네지만 그녀에게는 완벽한 알리바이가 있다.

구사나기는 사건 당일 마시바의 집을 찾은 사람이 틀림없이 있을 것이라고 마미야에게 확언했다. 그리고 마시바 요시다카의 전 애인 쓰쿠이 준코에 대한 조사를 허락해 달라고 요청했다.

"그 여자는 벌써 죽었잖아."

"그러니까 더 의혹이 간다는 겁니다. 만약 자살의 원인이 마시바 요시다카라면 쓰쿠이 준코 주변에 그에게 원한을 품은 사람이 있을 가능성이 충분하잖습니까."

"복수라는 말인가? 그래도 그렇지. 자살한 지 2년이 지났는데, 왜 지금까지 실행하지 않았느냐 말이야."

"그거야 알 수 없죠. 어쩌면 시간을 두어야 쓰쿠이 준코의 자살과 연관되지 않을 거라고 생각했는지도 모르죠."

"만약 자네 추리가 맞는 거라면, 범인은 상당히 집념이 강한 사람이겠군. 2년 동안이나 증오심을 간직하고 살아온 셈이니."

마미야는 반신반의하는 표정이었지만 쓰쿠이 준코에 대한 조사는 허락해 주었다.

그래서 어제부터 구사나기는 쓰쿠이 준코의 고향 집에 전화를 걸고 유서를 받은 사람들을 만나는 등 자세한 정보를 모으고 있는 것이다. 고향 집의 연락처는 예의 『내일 비가 왔으면 좋겠어』 담당자에게 물어 알아냈다.

하지만 지금까지 어느 누구의 입에서도 쓰쿠이 준코의 자살에 마시바 요시다카가 관여되었다는 말은 나오지 않았다. 말은커녕 그녀와 마시바가 사귀는 사이였다는 것조차 아는 사람이 없었다.

어머니의 말을 따르면 쓰쿠이 준코의 방에 남자가 드나든 흔적은 전혀 없었던 것 같다. 그래서 지금도 실연 때문에 자살한 것은 아니라고 생각한다는 것이다.

홍차 전문점에서 마시바와 쓰쿠이 준코의 모습이 처음 목격된 것은 약 3년 전이다. 그녀는 그로부터 1년 후에 자살했는데, 그때 이미 마시바와 헤어진 상태였다면 앞뒤가 맞는다.

가령 마시바와의 결별이 자살의 원인이었다 해도 그 사실을 아는 사람이 없으면 그를 원망할 존재도 없다는 뜻이 된다. 애써 마미야에게 허락을 얻어냈는데, 벌써부터 수사가 암초에 부딪치고 말았다.

그런 참에 우연치 않게 독극물 얘기를 들은 것이다.

쓰쿠이 준코의 자살 건을 처리한 경찰서에 자료를 요청했더라면 진즉에 알았을 일이다. 처음 고향 집에 전화했을 때, 어머니에게서 괜히 자세한 얘기를 듣는 바람에 기본적인 절차를 배제하고 말았다. 자살로 처리되었으니 관할 서에도 대수로운 정보는 없을 것이라고 속단한 것이다.

그건 그렇다 쳐도 아비산이라니.

물론 단순한 우연일 가능성도 있다. 와카야마 독극물 카레 사건을 계기로 아비산이 맹독성 물질이라는 것이 널리 알려졌다. 따라서 자살이나 타살에 사용할 수 있겠다고 생각하는 사람도 늘어났을 것이다.

그래도 전 애인이 자살에 사용했던 것과 똑같은 독극물로 살해당했다는 것은 우연치고는 지나치다. 어떤 자의 의도에 따른 행위라고 보는 편이 타당하지 않을까.

그런 생각을 하고 있는데 휴대 전화가 울렸다. 화면을 보니 유가와였다.

"웬일이야? 자네가 언제부터 여고생처럼 전화를 좋아하게 되었지?"

"하고 싶은 얘기가 있으니 어쩔 수 없지. 오늘 만날 수 있나?"

"만날 수는 있지만, 무슨 일인데? 독살 트릭이라도 알아냈어?"

"알아냈다는 표현은 정확하지 않은데. 입증되지 않았지만 가능성이 있는 방법을 찾아냈다고는 할 수 있지만."

여전히 말을 비비 꼬아 한다고 생각하면서도 구사나기는 전화기를 잡은 손에 힘을 주었다. 유가와가 이런 식으로 나오는 것은 대개 해답을 찾았을 때이다.

"우쓰미에게는 얘기했어?"

"아직. 아, 그리고 지금 시점에서는 자네에게도 얘기할 마음이 없어. 그러니 들을 거라고 기대하고 날 만난다면 실망하겠지."

"무슨 소리야. 대체 자네가 하고 싶다는 얘기가 뭔데?"

"향후의 수사에 대한 요청. 트릭이 성립할 수 있는 조건이 갖춰져 있는지 확인하고 싶어서 말이야."

"트릭의 내용은 가르쳐 주지 않으면서 정보만 얻겠다는 거야? 잘 알겠지만 수사에서 밝혀진 내용을 일반인에게 유포하는 건 규칙 위반이라고."

유가와는 몇 초간 뜸을 들이고서야 대꾸했다.

"자네 입에서 그런 말이 나올 줄은 몰랐는데. 새삼스러워. 그건 그렇고, 트릭에 대해서 말 못하는 건 다 이유가 있기 때문이야. 그 점에 관해서도 만나 얘기하자고."

"거참, 되게 빼시는군. 나는 일단 메구로 서에 가야 하니 그다음에 학교로 가지. 8시쯤에나 도착할 거야."

"알았어. 도착하면 전화해. 연구실에 없을지도 모르니까."

"그러지."

전화를 끊은 후 구사나기는 자신이 긴장하고 있다는 것을 느꼈다.

유가와는 과연 어떤 독살 트릭을 생각해 낸 것일까. 물론 그 내용을 자신이 지금 추리할 수 있으리라고는 생각하지 않는다. 다만 마음에 걸리는 것은 트릭이 해명되었을 때 아야네의 입장이다.

만약 그 트릭이 그녀의 완벽한 알리바이를 무너뜨리는 것이라면.

빠져나갈 구멍이 없어진다. 아야네가 그렇다는 것이 아니라 나 자신이 말이다. 그렇게 되면 이번에야말로 그녀를 의심해야 한다.

유가와는 과연 어떤 얘기를 꺼낼까. 전에는 설레는 기분으로 그때가 오기를 기다렸는데, 오늘은 다르다. 숨이 막힐 만큼 괴로움이 밀려왔다.

메구로 서 회의실에 도착해 보니 기시타니가 팩스 용지를 손에 쥐고 기다리고 있었다. 관할 서에서 쓰쿠이 준코에 관한 보고서를 보내 주었다고 한다. 옆에는 마미야도 있었다.

"선배가 뭘 노리는지 알았습니다. 독극물이죠?"

기시타니가 용지를 내밀면서 물었다.

구사나기는 보고서를 죽 훑어보았다. 쓰쿠이 준코는 자신의 집 침대에서 죽은 모양이었다. 옆에 있는 테이블에는 물이 절반쯤 남은 유리컵과 하얀 가루가 담긴 비닐 봉투가 놓여 있었다. 하얀 가루는 삼산화이비소, 즉 아비산이었다.

"입수 경로에 대해서는 뭐라 씌어 있지 않군. 알 수 없다는 뜻인가."

구사나기가 중얼거렸다.

"아마 거기까지 조사하지 않은 거겠지. 어느 모로 보나 사건성은 없어. 그리 입수하기 어려운 독극물도 아닌데 출처를 조사할 만큼 관할 서가 한가하지 않았던 거겠지."

마미야가 말했다.

"아무튼 전 애인이 아비산으로 자살을 꾀했다는 점은 이상하죠. 구사나기 선배, 한 건 올렸습니다."

"이때 사용한 아비산, 혹 경찰에서 보관하고 있지 않을까요?"

"그것도 확인해 보았네. 아쉽게도 남아 있지 않다는군. 2년 전 일이니 그럴 만도 하지만."

마미야가 아쉬운 표정으로 말했다.

남아 있다면 이번 사건에 사용된 아비산과 동일한 것인지 확인할 수 있을 것이다.

"유족에게 독극물에 대한 설명은 하지 않았나 봅니다."

구사나기가 고개를 들며 말했다.

"무슨 뜻인가?"

"쓰쿠이 준코의 어머니는 수면제를 먹고 자살했다고 했거든요."

"단순한 착각 아니겠나."

"그럴지도 모르죠."

하지만 딸이 아비산을 먹고 자살했다는데 과연 수면제였다고 착각할 수 있을까 하는 의문이 들었다.

"우쓰미도 그런 말을 했고, 이제야 조금씩 수사에 진전이 보이는군요."

기시타니의 말에 구사나기는 고개를 들었다.

"우쓰미가 뭐라고 했는데?"

"갈릴레오 교수가 지혜를 보태 준 모양이야. 마시바의 집 수도에 연결돼 있는 정수기를 다시 한번 철저하게 주사해 보라고 말이지. 뭐라고 했지, 그 시설?"

"스프링 8입니다."

기시타니가 대답했다.

"그래, 맞아. 유가와 교수가 그곳에 의뢰를 해서라도 조사하라고 했다는군. 우쓰미는 지금쯤 본청에서 절차를 밟느라고 분주할 거야."

스프링 8이란 효고 현에 있는 세계 최대의 방사광 시설이다. 극히 미미한 양의 물질도 성분을 분석할 수 있기 때문에 2000년 가을부터 범죄 수사에 활용되고 있다. 독극물 카레 사건 당시에도 감정에 사용되어 그 효율성이 주목을 받았다.

"그렇다면 유가와 교수는 정수기에 독이 들어 있었다고 생각하는 겁니까?"

"우쓰미 말로는 그렇다는군."

"하지만 그 방법까지는 아직 찾지 못했을 텐데……."

그렇게 말하고 나서야 퍼뜩 떠오르는 것이 있었다.

"왜 그러나?"

"실은 이따가 그 사람을 만나기로 했습니다. 트릭이 풀릴 것 같다는 소리를 하던데. 트릭이란 게 정수기에 독을 넣은 방법이 아닐까 싶어서."

마미야가 고개를 끄덕였다.

"우쓰미도 비슷한 소리를 하더군. 교수님이 트릭을 푼 것 같다고 말이야. 그런데 정작 내용은 가르쳐 주시 않은 모양이야. 늘 그렇지만 그 교수는 머리는 좋은데 괴팍스러워서 탈이라니까."

"내게도 트릭에 관한 얘기는 할 마음이 없는 듯합니다."

그 말을 듣고서 마미야는 씁쓸한 미소를 머금었다.

"어쩌겠나, 무상으로 협조해 주는데. 아무튼 부러 자네를 불렀으니 쓸모 있는 조언을 해 줄 요량이겠지. 얘기나 잘 듣고 오라고."

구사나기는 8시가 지나 대학에 도착했다. 유가와에게 전화를 걸었지만 받지 않았다. 다시 걸자 몇 번이나 벨이 울린 후에 "나야." 하는 목소리가 들렸다.

"미안해. 벨소리를 못 들었어."

"지금 어디 있어? 연구실이야?"

"아니, 체육관. 위치는 기억하고 있겠지?"

"당연하지."

전화를 끊고 체육관으로 향했다. 정문을 지나 왼쪽으로 가면 아치형 지붕의 회색 건물이 나온다. 학생 시절의 구사나기가 강의실보다 뻔질나게 드나들었던 장소다. 유가와도 그곳에서 처음 만났다. 그 무렵에는 둘 다 호리호리 말랐었는데, 유가와만 지금도 그 체형을 유지하고 있다 체육관 안으로 들어서자 마침 운동복 차림에 배드민턴 라켓을 든 젊은 남자가 나왔다. 그가 구사나기에게 가볍게 인사했다.

유가와는 앉은 채 윈드브레이커를 입고 있었다. 코트에는 네트가 팽팽하게 쳐져 있었다. 방금 전까지 연습했던 모양이다.

"대학교수 중에 어째 오래 사는 인간이 많다 했는데, 그 이유를 알겠군. 대학 시설을 거저 전용할 수 있기 때문이었어."

구사나기가 비아냥거리는데도 유가와의 안색은 조금도 바뀌지 않았다.

"전용이란 건 오해야. 난 미리 예약하고 사용한다고. 그리고 대학교수는 오래 산다는 고찰에도 문제가 있어. 교수가 되려면 많은 시간과 노력이 필요해. 즉 오래 살 수 있을 만큼 건강하지 않고는 교수가 될 수 없다는 얘기지. 자네는 결과와 원인을 뒤바꿔 생각하는 거야."

구사나기는 헛기침을 한 후에 팔짱을 끼고서 유가와를 내려다보았다.

"할 얘기란 게 뭐야?"

"그렇게 급하게 굴 것 없잖아. 어때, 한번 붙어 보자고."

유가와는 라켓 두 개를 들고서 다가와 하나를 구사나기에게 내밀었다.

"배드민턴이나 치러 온 게 아니라고."

"시간이 아깝다고 할 수 있을 정도로 자네가 오래 버텨 주면 대단하다고 해야겠지. 이전부터 말하려고 했는데, 지난 몇 년 사이에 자네 허리 사이즈가 아무리 좋게 봐도 3인치는 늘었을 거야. 탐문 수사를 하러 돌아다니는 것만으로는 감량 효과가 없다는 뜻이지."

"할 말 못할 말 다 하는군."

구사나기는 윗도리를 벗고 유가와가 내민 라켓을 쥐었다.

오랜만에 네트를 사이에 두고 유가와와 대치했다. 20년 전 감각이 되살아났다.

하지만 라켓으로 셔틀콕을 다루는 감각은 쉬 돌아와 주지 않았다. 게다가 체력마저 떨어졌다는 것을 통감하지 않을 수 없었다. 유가와 말대로 겨우 10분 만에 숨이 차고 발이 움직이지 않았다.

유가와가 힘껏 친 셔틀콕이 빈 공간에 내리꽂히는 것을 보고서 구사나기는 그 자리에 주저앉고 말았다.

"나도 나이를 먹은 모양이로군. 팔씨름이라면 젊은 사람에게도 지지 않을 자신이 있는데 말이야."

"팔씨름에 주로 사용되는 백색근은 나이를 먹으면 줄어들긴 해도 조금만 단련하면 바로 돌아와. 하지만 지구력에 필요한 적색근은 좀처럼 돌아오지 않지. 심폐 기능도 마찬가지야. 꾸준히 운동에 정진하지 않으면 안 된다고."

담담하게 그렇게 말하는 유가와는 전혀 헉헉거리지 않았다. 뭐야 이 인간, 하고 구사나기는 생각했다.

나란히 벽에 기대어 앉았다. 유가와가 물통을 꺼내 뚜껑에 액체를 따라 구사나기에게 건넸다. 마셔 보니 시원한 스포츠 음료였다.

"이렇게 있으니 학생 시절로 돌아간 기분인데. 실력은 형편없어졌지만."

"체력도 그렇지만 기술도 계속하지 않으면 쇠퇴하는 법이지. 나는 계속하고 있는데, 자네는 그렇지 않아. 그뿐이야."

"위로해 주는 거야?"

"아니. 내가 왜 자네를 위로해야 하는데?"

유가와가 이상하다는 표정을 지어 구사나기는 피식 웃음이 나왔다. 물통 뚜껑을 유가와에게 돌려주고 진지한 표정으로 돌아갔다.

"독극물이 정수기에 있었던 건가?"

음, 하고 유가와가 고개를 끄덕였다.

"아까 통화할 때도 말했지만 아직 입증은 하지 못했어. 하지만 아마 틀림없을 거야."

"그래서 우쓰미에게 정수기를 스프링 8에 의뢰해 조사해 보라고 한 거야?"

"그 정수기와 똑같은 것을 넉 대 입수해서 아비산을 투입한 후에 몇 번 물을 빼내고 성분이 검출되는지 실험해 보았어. 우리 대학에서 할 수 있는 분석법은 유도 결합 플라스마를 이용한 거야."

"유도 결합……뭐라고?"

"몰라도 괜찮아. 그냥 고도의 분석법이라고 생각하면 돼. 넉 대로 실험해 본 결과 두 대에서 아비산이 검출되었어. 나머지 두 대에서는 명확한 답이 나오지 않았고. 그 정수기 재료는 특수 코팅을 한 것이라서 미립자조차 잘 들러붙지 않아. 더구나 우쓰미에게 문의해 보라고 했더니, 정수기 감정에 원자 흡광 분석법을 사용했다더군. 그 방법은 내가 사용한 방법보다 정확도가 약간 떨어져. 그래서 스프링 8에 의뢰해 보라고 한 거야."

"그렇게까지 한 걸 보니, 자신이 있나 본데?"

"자신이 있는 건 아니야. 그 방법밖에 없을 거란 얘기지."

"대체 어떻게 독극물을 투입했다는 거야? 우쓰미 말로는, 절대 불가능하다고 포기했을 거라던데."

구사나기의 물음에 유가와는 두 손으로 수건을 꼭 쥔 채 아무 대답도 하지 않았다.

"그게 바로 트릭이란 말이지? 그래서 내게 말할 수 없다는 것이고."

"우쓰미에게도 말했지만, 자네들에게 선입견을 심어 줄 수는 없으니까."

"우리가 선입견을 갖든 말든 트릭 자체와는 무관하지 않아?"

"그게 그렇지가 않아."

유가와가 구사나기 쪽으로 몸을 돌렸다.

"만약 내가 생각하는 트릭이 실제로 사용되었다면 어딘가에 흔적이 남아 있을 가능성이 높아. 정수기를 스프링 8에 가져가라고 한 것도 그래서였어. 하지만 흔적을 발견하지 못한다 해도 그것이 그 트릭이 사용되지 않았다는 증거는 될 수 없어. 그런 특수한 트릭이야."

"그래서 어쨌다는 건가?"

"지금 내가 자네들에게 트릭의 내용을 얘기한다고 쳐 봐. 흔적이 발견되면 좋지만 발견되지 않으면 어떻게 될까? 그 경우에도 자네들 생각을 리셋할 수 있을까. 여전히 트릭에 얽매이지 않겠느냐 말이야."

"그야, 그럴지도 모르지. 트릭이 사용되지 않았다는 증거가 없으니."

"나로서는 거부감이 있는 일이야."

"그게 무슨 말이야?"

"증거도 없는데 특정한 인물에게 혐의가 집중되도록 하고 싶지 않다는 뜻이지. 이 트릭을 사용할 수 있는 사람은 이 세상에 딱 한 명뿐이니까."

구사나기는 안경 너머에 있는 유가와의 눈을 뚫어져라 쳐다보았다.

"마시바 부인인가?"

유가와는 천천히 눈을 깜박였다. 긍정인 듯했다.

구사나기는 후, 숨을 토했다.

"아무튼 난 정공법으로 내 수사를 계속하겠어. 간신히 실마리도 찾았으니."

"실마리?"

"마시바 요시다카의 전 애인을 찾았어. 게다가 이번 사건과 공통점도 있고."

구사나기는 쓰쿠이 준코가 음독자살했으며 음독한 것이 바로 아비산이었다는 얘기를 했다. 유가와가 섣불리 발설할 인간이 아니라고 믿어서였다.

"그렇군, 2년 전에 그런 일이……."

유가와는 먼 곳을 보듯 아득한 눈빛을 보였다.

"자네 그 트릭인지 뭔지 하는 것에 자신이 있는 모양인데, 나도 내가 가고 있는 방향이 틀렸다고 생각지 않아. 이번 사건은 남편의 불륜에 화가 난 부인이 복수를 했다는 식으로 단순히 처리하기에는 뭔가 훨씬 복잡한 게 얽혀 있다고 생각해."

구사나기가 그렇게 말하자 유가와는 그의 얼굴을 보고서 씩 미소를 띠었다.

"뭐야, 기분 나쁘게. 내가 엉뚱한 소리라도 한다는 건가?"

"아니야. 자네 생각이 그런 줄 알았으면 굳이 불러낼 것까지 없었다고 생각했을 뿐이지."

그 말의 의미를 몰라 구사나기가 미간을 찡그리자, 유가와는 고개를 끄덕인 후 말을 이었다.

"내가 하고 싶었던 말이 바로 그거였어. 이 사건의 뿌리는 의외로 아주 깊어. 사건 전후는 물론 먼 과거까지 거슬러 올라가 모든 것을 조사하는 게 좋을 거야. 그리고 자네가 지금 알려 준 사실, 매우 흥미로운데. 거기서 아비산이 등장하다니."

"무슨 소린지 도통 모르겠군. 자네는 마시바 부인을 의심하고 있잖아. 그런데 과거가 중요하다는 말인가?"

"중요하지, 아주."

유가와는 라켓과 스포츠 백을 들고 일어섰다.

"몸이 싸늘한데. 이제 그만 가자고."

둘이서 체육관을 나왔다. 정문 옆에서 유가와가 걸음을 멈췄다.

"난 연구실로 돌아갈 건데, 자네는 어떻게 할 거야? 커피라도 마시겠어?"

"아직 할 말이 남았나?"

"아니, 나는 없어."

"그렇다면 사양하지. 돌아가서 할 일이 있으니까."

"그래, 그럼."

유가와가 발길을 돌렸다.

"유가와."

구사나기가 유가와를 불러 세웠다.

"그녀는 퀼트로 만든 윗도리를 아버지에게 보냈어. 허리에 두툼하게 솜을 댄 거였지. 눈길에 미끄러져 허리를 다칠까 봐."

유가와가 돌아보았다.

"그래서?"

"그녀는 경솔한 짓을 할 사람이 아니야. 어떤 행동을 하기 전에, 해도 좋을지를 스스로 확인하는 타입이라고. 그런 사람이 남편에게 배신당한 정도로 살인을 저지를 리 없어."

"형사의 직감으로 하는 소린가?"

"인상이 그렇다는 거야. 하지만 자네도 우쓰미처럼 내가 마시바 부인에게 특별한 감정을 품고 있다 여기겠지."

유가와는 눈을 내리깔았다가 다시 구사나기를 보았다.

"특별한 감정을 품어서 안 될 거 없잖아. 나는 자네가 감정 때문에 형사로서의 신념을 굽힐 만큼 나약한 사람은 아니라고 믿고 있어. 그리고 또 한 가지."

유가와는 집게손가락을 세우고 말은 계속했다.

"자네 말이 아마 맞을 거야. 그녀는 어리석은 사람이 아니지."

"그녀를 의심하는 게 아니었어?"

유가와는 그 물음에는 대답하지 않은 채 한 손을 들고 몸을 틀어 걸음을 내디뎠다.

23

심호흡을 한 번 하고서 구사나기는 인터폰을 눌렀다. '앤즈 하우스'라고 씌어진 팻말을 바라보면서 왜 이렇게 긴장하는 거지, 하고 자문했다.

인터폰에서는 아무 대답이 없었는데 문이 쓱 열렸다. 그리고 아야네의 하얀 얼굴이 나타났다. 어머니가 아들을 지그시 바라보듯 자애로운 눈길이 구사나기를 향해 있었다.

"정확하게 오셨네요."

"아, 그런가요."

구사나기는 손목시계를 보았다. 오후 2시 정각이었다. 아까 미리 전화를 걸어 이 시간에 방문하고 싶다고 전했었다.

"들어오세요."

그녀는 문을 활짝 열고 그를 안으로 들였다.

구사나기가 전에 이 방을 찾은 것은 와카야마 히로미에게 임의 출두를 요청하기 위해서였다. 그때 꼼꼼하게 돌아본 것은 아니었지만, 오늘은 실내 풍경이 어째 미묘하게 달랐다. 작업대와 가구는 그대로인데 어딘가 모르게 화사함이 줄어든 듯했다.

아야네가 권한 의자에 앉아 사방을 돌아보고 있는데, 그녀가 홍차를 따르면서 쓸쓸하게 웃었다.

"살풍경하죠? 히로미의 물건이 의외로 많았다는 걸 새삼스레 느꼈어요."

구사나기는 잠자코 고개만 끄덕였다.

와카야미 히로미는 제 입으로 그만두겠다고 한 듯했다. 그런 얘기를 듣고서 구사나기는 당연하다고 생각했다. 보통 여자라면 마시바 요시다카와의 불륜이 드러난 시점에 이미 그렇게 했을 것이다.

아야네는 호텔에서 나와 어제부터 이곳에서 생활하고 있다고 했다. 집으로 돌아갈 마음은 없어 보였다. 그 심정은 구사나기도 이해할 수 있었다.

아야네가 찻잔을 구사나기 앞에 내려놓았다.

"고맙습니다."

"오늘 아침에 집에 다녀왔어요."

아야네가 그렇게 말하고서 구사나기와 마주 앉았다.

"꽃에 물을 주려고요. 아이들이 죄 시들었더라고요."

구사나기는 얼굴을 찡그렸다.

"죄송합니다. 열쇠는 갖고 있으면서, 물 주러 갈 틈이 없어서……."

아야네가 황망하게 손을 저었다.

"무슨 말씀이세요. 애당초 구사나기 씨에게 그런 부탁을 한 제가 염치없었죠. 트집 잡으려고 한 말이 아니니까 신경 쓰지 마세요."

"깜박했습니다. 앞으로 유념하죠."

"아니에요. 정말 괜찮아요. 앞으로는 매일 물 주러 갈 생각이니까."

"그렇군요. 도움을 못 드려 죄송합니다. 그럼 열쇠는 돌려 드리는 게 좋겠군요."

"그럼 이제 경찰이 우리 집을 조사하는 일은 없는 건가요?"

"아직 그 점에 대해서는 뭐라고……."

"그럼 그냥 갖고 계세요. 다시 조사할 때 제가 굳이 가지 않아도 되니까요."

"알겠습니다. 책임지고 맡아 두겠습니다."

구사나기는 왼쪽 가슴을 툭 치면서 말했다. 그쪽 안주머니에 마시바의 집 열쇠가 들어 있었다.

"아 참, 그 물뿌리개, 혹시 구사나기 씨가?"

찻잔을 입으로 가져가던 구사나기는 멋쩍은 듯 다른 손을 머리에 대면서 대답했다.

"전에 사용하던, 그 깡통에 구멍 뚫은 도구도 괜찮았지만 역시 물뿌리개가 효율적이지 않을까 싶어서……. 공연한 일을 했나 봅니다."

아야네는 미소지으며 고개를 저었다.

"그렇게 큰 물뿌리개가 있는 줄은 몰랐어요. 써 보니까 아주 편리하더군요. 좀 더 빨리 알았으면 좋았겠다 싶을 정도였어요. 고마워요."

"그렇게 말해 주시니 안심입니다. 그 깡통 물뿌리개에 애착을 갖고 계신 건 아닌지 걱정했거든요."

"애착 같은 것은 없어요. 그거, 처분하셨겠죠?"

"아…… 그러면 안 되는 거였습니까?"

"천만에요. 수고를 끼쳤네요."

아야네가 웃으면서 고개 숙였을 때, 선반에 놓인 전화가 울렸다. 그녀가 잠시 실례할게요, 하면서 일어나 수화기를 들었다.

"네, 앤즈 하우스입니다. ……아, 오타 씨. ……네? ……네. 아, 그러세요."

아야네는 여전히 웃는 얼굴이었지만 두 볼에 미묘한 긴장감이 흐르는 것을 구사나기도 알 수 있었다. 전화를 끊을 무렵에는 표정이 침울하게 변해 있었다.

죄송합니다, 하면서 아야네는 의자에 다시 앉았다.

"무슨 일입니까?"

아야네의 눈가에 아쉬움이 감돌았다.

"학생이에요. 집에 사정이 생겨 못 다니게 되었다네요. 3년 이상이나 계속한 사람인데."

"그렇군요. 주부가 뭔가를 배운다는 것이 좀처럼 쉽지는 않겠죠."

구사나기의 말에 아야네의 입가가 살며시 벌어졌다.

"어제부터 학원을 그만두겠다는 전화가 계속 오네요. 벌써 다섯 명째예요."

"사건 때문일까요?"

"그런 이유도 있겠지만, 히로미 씨가 그만둔 탓이 크지 않을까요. 지난 1년 동안은 거의 히로미 씨가 수업을 진행했으니까, 실제로는 그녀 제자나 다름없어요."

"요컨대 선생이 그만두었으니 학생도 그만둔다는 얘깁니까?"

"그만한 결속력은 없지만, 분위기가 나빠질 듯한 느낌이 들어서겠죠. 여자들은 그런 것에 민감하니까요."

"아하, 그렇군요."

대충 맞장구는 쳤지만 구사나기로서는 이해하기 어려운 일이었다. 아야네의 기술을 배우고 싶어서 학원에 나닌 것 아닌

가. 그런 아야네에게서 직접 배울 수 있게 되었으니 학생들은 오히려 반가워해야 마땅할 텐데.

구사나기는 우쓰미 가오루의 얼굴을 떠올리면서, 그 녀석이라면 이해할지도 모르겠군, 하고 생각했다.

"앞으로도 그만두겠다는 사람이 더 생기겠죠. 이런 일은 연쇄 반응을 일으키잖아요. 차라리 한동안 학원을 접는 게 좋을지도 모르겠어요."

아야네는 그렇게 말하고서 턱을 괴었다가, 퍼뜩 무슨 생각이 났는지 등을 쭉 폈다.

"미안해요. 구사나기 씨와는 관계없는 일인데."

그녀의 눈길에 구사나기는 자신도 모르게 시선을 떨어뜨리고 말았다.

"지금 상태로는 안정을 찾기 어렵겠군요. 전력을 다해서 한시라도 빨리 사건을 해결하겠습니다. 그 후에는 잠시 휴식을 취하시는 게 어떨지요?"

"그래요. 기분 전환 삼아 혼자 여행이라도 할까 싶네요."

"좋은 생각입니다."

"오래도록 여행다운 여행을 못했어요. 옛날에는 혼자서 외국에도 갔는데."

"그러고 보니 영국에서 유학한 일두 있다면서요?"

"우리 부모님께 들으셨나 보네요. 옛날 애기예요."

아야네는 고개를 숙였다가 이내 다시 들었다.

"참, 거들어 주셨으면 하는 일이 있는데, 부탁해도 될까요?"

"뭡니까?"

홍차를 마시던 구사나기는 찻잔을 테이블에 내려놓았다.

"이 벽, 좀 썰렁하죠?"

아야네가 옆 벽을 올려다보며 말했다. 아무 장식 없이 텅 빈 벽이었다. 며칠 전까지 뭐가 걸려 있던 자리인지 네모진 흔적이 남아 있었다.

"태피스트리가 걸려 있던 자리예요. 그런데 그게 히로미가 만든 거라서 그녀에게 주었어요. 그랬더니 이렇게 썰렁해져서 뭐라도 걸어야겠다 싶어요."

"그렇군요. 뭘 걸지는 정했습니까?"

"네, 오늘 집에서 가져왔어요."

아야네는 자리에서 일어나 구석에 놓인 쇼핑백을 가져왔다. 천 같은 것이 들어 있는지 불룩하게 배가 나와 있었다.

"그건?"

구사나기가 물었다.

"침실에 걸어 두었던 태피스트리예요. 이제 그 집에는 필요 없으니까."

"그렇군요."

구사나기는 엉덩이를 들고 일어났다.

"그럼 바로 걸죠."

네, 하고는 쇼핑백에서 내용물을 꺼내려던 아야네가 불현듯 동작을 멈췄다.

"구사나기 씨 용건부터 먼저 들어야죠. 그 때문에 오셨잖아요."

"이걸 건 후라도 상관없는데요."

아야네가 심각한 표정으로 고개를 저었다.

"그럴 수는 없죠. 구사나기 씨는 일 때문에 오신 건데, 그쪽이 우선이죠."

구사나기는 씩 웃으며 고개를 끄덕이고는 안주머니에서 수첩을 꺼냈다. 그 다음 고개를 들고 그녀를 보았을 때, 그는 입을 꾹 다물고 있었다.

"그럼 질문하겠습니다. 그리 유쾌한 내용이 아닙니다만 수사를 위한 것이니 양해 바랍니다."

"네."

"남편께서 부인을 만나기 전에 사귀었던 여자의 이름을 알았습니다. 쓰쿠이 준코라고 하는데, 혹시 이런 이름 들어 본 적 있습니까?"

"쓰쿠이……"

"쓰쿠이 준코입니다. 이런 한자를 쓰고요."

구사나기는 수첩에 씌어 있는 이름을 아야네에게 보여 주었다.

"처음 보는 이름이네요."

아야네는 구사나기를 똑바로 쳐다보면서 대답했다.

"남편에게서 그림책 작가 얘기를 들은 적은 없는지요? 사소한 일이라도 상관없습니다."

"그림책 작가요?"

그녀가 미간을 찌푸리고 고개를 갸웃거렸다.

"쓰쿠이 준코 씨는 그림책에 일러스트를 그리는 사람이었습니다. 그러니 남편께서 옛날 얘기를 하다가 지인 중에 그런 사람이 있다고 말했을 법도 한데요."

아야네는 시선을 비스듬히 아래로 떨어뜨리고 홍차를 한 모금 마셨다.

"미안하지만, 남편이 그림책이나 그림책 작가 얘기를 한 기억이 없네요. 만약 들었다면 조금이라도 인상이 남아 있을 텐데. 그 사람과는 아무런 인연이 없는 세계니까요."

"그러세요. 그렇다면 어쩔 수 없죠."

"저…… 그 사람이 사건과 무슨 관련이 있나요?"

이번에는 아야네 쪽에서 질문했다.

"그건 아직 모릅니다. 지금 조사 중이니까요."

"그렇군요."

아야네가 눈을 내리깔았다. 눈을 깜박거릴 때마다 긴 속눈썹이 파르르 움직였다.

"한 가지 더 물어도 될까요? 이건 부인에 대한 질문은 아니지만, 당사자들이 이미 저세상 사람들이라서."

"당사자들이요?"

그녀가 고개를 들었다.

"네. 실은 쓰쿠이 준코 씨도 이미 고인입니다. 2년 전에……."

어머, 하면서 아야네가 눈을 동그랗게 떴다.

"우리가 조사에 난항을 겪은 것으로도 알 수 있듯이, 남편께서는 쓰쿠이 씨와의 관계를 사람들에게 숨겼던 것 같습니다. 왜 그랬을까요? 남편은 부인과 교제하기 시작했을 때도 그 사실을 주위에 숨겼습니까?"

아야네는 두 손으로 찻잔을 감싸 쥐고 잠시 생각에 잠겼다. 그러더니 고개를 약간 기울인 채로 말문을 열었다.

"그이가 나와의 관계를 주위에 숨긴 적은 없어요. 처음 만났을 때 이미 그이와 가장 친하게 지내는 이카이 씨가 함께 있었으니까요."

"그랬군요."

"하지만 만약 이카이 씨가 그 자리에 없었더라면, 어쩌면 저의 존재를 주위 사람들에게 알리지 않았을지도 모르죠."

"그건 왜입니까?"

"아무도 모르면, 헤어질 때 주위 사람들에게 싫은 소리 들을 일이 없잖아요."

"그럼 언젠가 헤어질 것을 늘 가정하고 있었다는 말인가요?"

"그게 아니라, 상대 여자에게 아이가 생기지 않을 수도 있으리라고 가정했다는 편이 옳겠죠. 그 경우, 미련 없이 헤어지는 것이 그이의 방식이니까요. 그이는 결혼 전에 임신하는 것을 이상적으로 여긴 사람이었어요."

"역시 아이가 유일한 목적이라는 말이로군요. 그런데 부인의 결혼은 그런 형태가 아니었잖습니까."

구사나기가 그렇게 말하자 아야네는 의미심장하게 미소지었다. 그 눈에는 지금까지 드러내 보인 적 없는 어떤 음흉함이 어려 있었다.

"이유는 간단해요. 제가 거부했거든요. 정식으로 결혼할 때까지는 철저히 피임을 해 달라고 부탁했어요."

"아하, 그렇다면 쓰쿠이 준코 씨를 만날 때는 남편께서 피임을 하지 않았던 걸까요?"

노골적인 질문이었지만, 구사나기는 실례를 무릅썼다.

"아마 그랬겠죠. 그래서 잘렸을 거예요."

"잘렸다?"

"네. 그이는 그런 사람이었으니까."

마치 신나는 화제라도 입에 올리듯 그녀의 두 볼에 웃음이 번졌다.

구사나기는 수첩을 덮었다.

"알겠습니다. 고맙습니다."

"끝난 건가요?"

"네. 불쾌한 질문, 무례를 범했습니다."

"괜찮아요. 저 역시 남편 외에 사귀던 남자가 있었으니까요."

"그렇겠죠."

구사나기의 그 말은 진담이었다.

"이제 태피스트리를 걸어 드리죠."

네, 하면서 아야네가 쇼핑백에 손을 넣었다. 그러고는 갑자기 생각이 바뀌었는지 손만 빼냈다.

"다음에 걸어야겠어요. 생각해 보니 벽을 아직 닦지 않았네요. 벽부터 깨끗이 청소한 후에 제가 걸게요."

"그래요? 이 벽에 걸면 아주 잘 어울릴 겁니다. 도와줄 사람이 없으면 언제든지 말씀하세요."

고마워요, 하며 아야네가 고개를 숙였다.

'앤즈 하우스'에서 나온 구사나기는 자신이 한 질문을 머릿속으로 반추했다. 그리고 그녀가 한 대답에 대해 적절하게 대

응했는지도 거듭 확인했다.

'나는 자네가 감정 때문에 형사로서의 신념을 굽힐 만큼 나약한 사람은 아니라고 믿고 있어.'

유가와가 했던 말이 뇌리를 스쳤다.

24

잠시 후 히로시마 역에 도착한다는 안내 방송이 흘러나왔다. 가오루는 MP3에 연결된 헤드폰을 벗어 가방에 넣으면서 자리에서 일어났다.

플랫폼에 내려 수첩에 적은 주소를 확인했다. 쓰쿠이 준코의 고향 집은 동히로시마 시 다카야초에 있다. 가장 가까운 역은 니시다카야 역이다. 상대방에게는 오늘 방문하겠노라고 미리 알렸다. 전화를 받은 준코의 어머니 쓰쿠이 요코는 다소 당황하는 기색이었다. 준코의 자살에 관해 구사나기도 문의를 했기 때문일 것이다. 왜 지금 와서 새삼스럽게 경시청 형사들이 관심을 갖는지 보나마나 의아하게 여겼을 것이다.

히로시마 역에 내리자마자 매점에서 생수를 사 들고 다시 산인 본선으로 갈아탔다. 니시다카야까지는 아홉 정거장에 40분 정도 걸린다. 가오루는 MP3를 가방에서 다시 꺼냈다.

후쿠야마 마사하루의 노래를 들으면서 생수를 마셨다. 라벨을 보니 연수인 듯했다. 유가와에게서 연수는 어떤 음식을 만들 때 좋은지 들었는데, 내용은 까맣게 잊고 말았다.

물이라.

아무래도 유가와는 아비산이 투입된 곳은 정수기라고 확신하는 듯했다. 확신하면서도 트릭이 무엇인지에 대해서는 가오루나 구사나기에게 말하지 않았다. 구사나기 말로는 '그 트릭을 사용하지 않았다는 것을 증명할 수 없기 때문'이라고 한다. 유가와는 자신의 추리가 면죄로 이어질까 봐 우려하고 있는 것이다.

과연 그가 생각해 낸 트릭은 어떤 것일까. 가오루는 유가와가 지금까지 한 말 몇 가지를 곰곰이 되새겨 보았다.

이론적으로는 가능하지만 현실적으로는 있을 수 없다. 이것이 그가 처음 트릭을 생각해 냈을 때 한 말이었다. 그 후 그의 지시에 따라 조사한 내용을 전했을 때도 그는 이렇게 말했다. '그런 일은 절대로 있을 수 없지.'

말을 있는 그대로 받아들이면 유가와가 생각해 낸 트릭은 상당히 비현실적이란 뜻이 된다. 그런데도 그는 그 트릭이 실행되었을 가능성이 매우 높다고 생각하고 있다.

유가와는 가오루에게 트릭의 내용은 가르쳐 주지 않고 대신 몇 가지 지시를 내렸다. 우선 정수기를 다시 한번 철저하게 조사해 미심쩍은 점이 없는지 재확인하라고 했다. 독극물 검사에 관해서는 스프링 8에 직접 들고 가라고 했고, 더불어 정수기의 상품 번호를 살펴보라고 했다.

스프링 8에서는 아직 검사 결과가 오지 않았지만 다른 사항은 유가와에게 전달되었다. 감식반은 정수기에는 부자연스러운 점이 전혀 없다는 견해를 보였다. 교환한 지 약 1년이 지난 필터의 오염도는 그 기간에 상응하고, 손을 댔거나 개조한 흔적도 없다고 한다. 상품 번호 역시 정품의 고유 번호였다.

그 보고를 들은 유가와는 "알았어. 수고가 많았군."이라고만 대꾸하고 전화를 끊어 버렸다.

힌트 정도는 줄 수도 있잖아, 하고 생각했지만 그 물리학자를 상대로 그런 기대를 품는 것 자체가 허망한 일인 듯했다.

그보다 가오루는 구사나기가 유가와에게서 들었다는 얘기가 마음에 걸렸다. 유가와는 사건 전후는 물론 과거로 거슬러 올라가 모든 것을 조사해 보라고 구사나기에게 조언했다. 그는 특히 쓰쿠이 준코가 아비산을 먹고 자살했다는 사실에 큰 관심을 보였다고 한다.

무슨 속셈이지, 하고 가오루는 생각했다. 유가와는 마시바 아야네를 범인으로 주목하고 있지 않은가. 아야네가 범인이라면 사건 전후를 조사하는 것으로 충분하다. 과거에 어떤 갈등이 있었다 해도 유가와는 그런 것에 관심을 보일 사람이 아니다.

어느 틈에 후쿠야마 마사하루의 곡이 끝나고 다른 가수의 곡이 흐르고 있었다. 곡명을 떠올리려 애쓰는 사이에 전철이 니시다카야 역에 도착했다.

쓰쿠이 준코의 고향 집은 역에서 걸어 5분 거리의 비탈길에 있었다. 뒤로 숲이 울창한 2층짜리 서양식 집이었다. 가오루는 여자 혼자 살기에는 너무 넓지 않을까 생각했다. 통화를 하면서, 쓰쿠이 준코의 아버지는 이미 타계했고 맏아들은 결혼해서 히로시마 시내로 분가했다고 들었다.

인터폰을 누르자 통화할 때 들었던 목소리가 답해 주었다. 미리 방문 시각을 알려서인지 당황하는 기색은 없었다.

쓰쿠이 요코는 육십 대 중반쯤의 야윈 여자였다. 그녀는 가오루가 혼자 왔다는 것을 알고는 다소 안도한 표정을 지었다. 험상궂게 생긴 남자 형사와 같이 올 것이라고 상상했는지도 모른다.

집은 겉보기에는 서양식이었지만 안으로 들어가니 전형적인 일본식이었다. 요코가 안내한 공간도 한가운데에 커다란 교자상이 놓인 6평쯤 되는 다다미방이었다. 도코노마(다다미방 한쪽에 나무로 된 낮은 단을 깔고 단 위와 벽면에 도자기, 그림 등을 전시해 놓은 공간—옮긴이) 옆에는 불단이 있었다.

"먼 길 오느라 수고가 많았겠어요."

찻주전자에 뜨거운 물을 따르면서 요코가 말했다.

"아니에요. 저야말로 불쑥 찾아뵈어 죄송합니다. 2년이나 지났는데 준코 씨 일을 이것저것 물어 의아하게 여기시겠죠."

"그래요. 그 일은 나름대로 정리했다고 생각한 터라."

드세요, 하며 요코는 찻잔을 가오루 앞으로 밀어 주었다.

"당시 기록을 보니 자살의 원인은 특정할 수 없다고 되어 있던데, 그 점은 지금도 변함없나요?"

가오루의 질문에 요코는 희미하게 미소짓고서 얼굴을 갸웃했다.

"실마리가 될 만한 것조차 없었어요. 알고 지내던 사람들도 전혀 짚이는 게 없다고 했지요. 결국은, 외로웠던 게 아닐까 하고 생각해요, 지금은."

"외로웠다고요?"

"그림을 좋아해서 그림책 작가가 되겠다면서 도쿄로 올라갔는데, 원래가 말도 없고 얌전한 아이였습니다. 도시 생활에 적응하기도 쉽지 않았을 테고, 작가로 발돋움하는 것도 마음 같지 않았을 테니까, 많이 힘들었을 거예요. 나이도 서른넷이나 되었는데 앞날이 불투명하니, 불안하기도 했겠지요. 의논할 사람이 있었다면 일이 그렇게 되지는 않았을 거예요."

역시 요코는 딸에게 애인이 있었다는 것을 모르는 듯했다.

"사망 직전에 준코 씨가 고향에 내려왔다고 하더군요."

당시 보고서에 기록되어 있는 사실을 확인했다.

"네. 어째 기운이 없어 보인다 싶었지만, 죽음을 생각하고 있을 줄이야……."

요코가 눈을 깜박거렸다. 눈물이 고이지 않게 참고 있는 것이리라.

"그러니까 평소와 다름없이 말씀을 나눴다는 얘기입니까?"

"네. 잘 지내느냐고 물었더니, 잘 지낸다고 대답했어요."

요코는 그렇게 말하고 고개를 푹 숙였다.

가오루는 자신의 어머니 얼굴을 떠올렸다. 자살을 결심하고 마지막으로 얼굴 한번 보려고 고향에 내려갔다면, 과연 어떤 식으로 어머니를 대할까 상상해 보았다. 똑바로 얼굴을 마주할 수 없을 것 같기도 하고, 준코처럼 태연하게 굴 것 같기도 했다.

"저."

요코가 얼굴을 들었다.

"우리 딸아이의 자살이 문제가 되고 있나요?"

그녀로서는 그 점이 가장 마음에 걸렸을 것이다. 하지만 지금 수사 내용을 자세하게 말해 줄 수는 없었다.

"다른 사건을 수사 중인데, 혹시 관련이 있을지도 모른다는 의견이 있어서요, 아직 확증은 없으니까, 어디까지나 참고적으로 여쭙는 거예요."

"아, 그렇군요."

요코는 그래도 석연치 않은 표정이었다.

"실은 독극물 말인데요."

가오루의 그 말에 요코의 눈썹이 움찔한 듯 보였다.

"독극물······이라면?"

"준코 씨는 음독자살을 했다던데, 그때 복용한 독극물이 어떤 것인지 기억나세요?"

요코는 당황한 표정만 짓고서 아무 말이 없었다. 가오루는 잊어버렸나 보다고 해석했다.

"아비산이라는 독이었는데요. 며칠 전 경시청의 구사나기라는 사람이 문의 전화를 드렸을 때는 수면제를 먹고 자살했다고 대답하셨더군요. 그런데 보고서에는 아비산 중독사로 기록되어 있어서요. 혹시 모르셨나요?"

"아······그건, 저······."

요코의 얼굴에 어쩐 일인지 낭패한 기색이 맴돌았다. 말도 몹시 더듬거렸다.

"그게, 저, 무슨 문제가 됩니까? 그러니까, 내가 수면제였다고 대답한 것이 무슨······."

가오루는 이상하다고 생각했다.

"수면제가 아니라는 것을 알고서 그렇게 대답하셨나요?"

요코는 괴로운 듯 얼굴을 일그러뜨리며 "죄송합니다." 하고 작은 소리로 말했다.

"이미 끝난 일이고, 어떻게 자살했는지는 그리 중요하지 않을 것이라 생각하고 그만 그렇게 대답했어요."

"그럼, 아비산이었다고 대답하기가 곤란했다는 말씀인가요?"

요코는 말이 없었다. 무슨 사연이 있는 듯하다고 가오루는 짐작했다.

"어머님."

"죄송합니다."

갑자기 요코가 몸을 뒤로 빼면서 두 손을 다다미 바닥에 대고서 머리를 조아렸다.

"정말 죄송합니다. 하지만 그때는 도저히 그 말을 할 수 없어서……."

뜻하지 않은 반응에 가오루가 오히려 당황했다.

"어머님, 고개를 드세요. 어떻게 된 일이죠? 뭘 알고 계시는 겁니까?"

요코가 천천히 고개를 들었다. 그러고는 눈을 몹시 깜박거렸다.

"그 아비산, 우리 집에 있던 것이었어요."

넷? 놀란 소리가 가오루의 입에서 새어 나왔다.

"하지만 보고서에는 출처를 알 수 없다고……."

"말할 수 없었습니다. 그때, 비소⋯⋯아니 아비산이라고 하나요, 형사님이 짚이는 것이 없느냐고 물었어요. 그런데 우리 집에서 가져간 것이라는 말은 도저히 할 수가 없어서, 그만 모른다고 대답했습니다. 그 후 더는 묻지 않아서⋯⋯ 정말 죄송합니다."

"아비산이 집에 있었다는 게 사실입니까?"

"아마 틀림없을 거예요. 바깥양반이 살아 있을 때, 쥐를 잡는다고 아는 사람에게 얻은 것이었어요. 그걸 창고에 놔뒀었는데."

"준코 씨가 가져갔다는 것은 확인된 사실입니까?"

요코가 고개를 끄덕였다.

"형사님에게 아비산이란 말을 들은 후에 창고를 살펴보았어요. 틀림없이 있었는데, 봉투째 없어졌더군요. 그 아이가 집에 내려온 게 그걸 가져갈 목적이었다는 것을 그제야 알았습니다."

너무도 놀란 나머지 메모하는 것조차 잊고 있던 가오루는 허둥지둥 수첩에 그 내용을 적었다.

"모처럼 내려왔는데, 자살할 생각이었다는 것도 몰랐고, 더구나 그걸 가져갔다는 말을 어떻게 할 수 있었겠어요. 그래서 그런 거짓말을⋯⋯. 그 때문에 어떤 폐를 끼치게 되었다면, 뭐라 사과를 드려야 할지⋯⋯. 누구에게든 사과하겠어요."

요코는 몇 번이나 고개를 숙였다.

"그 창고를 좀 볼 수 있을까요?"

"창고요? 물론이죠."

부탁합니다, 하면서 가오루는 일어섰다.

창고는 뒤뜰 구석에 있었다. 철제로 만든 한 평 정도 넓이의 간소한 것이었다. 낡은 가구와 가전제품, 종이 상자 등이 보관되어 있었다. 발을 들이밀자 곰팡이와 먼지 냄새가 훅 끼쳐 왔다.

"아비산은 어디에 있었죠?"

"아마, 저기였을 거예요."

요코는 먼지가 부옇게 쌓여 있는 선반의 빈 깡통을 가리켰다.

"저기 비닐 봉투 안에 들어 있었어요."

"준코 씨가 어느 정도 가져갔을까요?"

"비닐 봉투째 없어졌어요. 그러니까 아마, 이 정도일 겁니다."

요코가 두 손으로 무언가를 뜨는 모양을 만들었다.

"상당한 양이군요."

"네. 양이 밥공기 하나 정도는 되었을 거예요."

"자살하는 데 그렇게 많은 양이 필요하지는 않았을 텐데요. 현장에서 그 정도 양이 발견되었다는 기록도 없고요."

요코가 고개를 갸웃했다.

"그렇다더군요. 의문스럽기는 했지만……. 딸아이가 처분하지 않았을까요."

"이 창고는 자주 사용합니까?"

"아니요, 지금은 거의 사용하지 않아요. 문을 연 것도 오랜만입니다."

"문을 잠글 수는 있나요?"

"네. 열쇠가 있기는 한데."

"그럼 오늘부터 잠가 두세요. 훗날 조사할 일이 있을지도 모르겠어요."

요코가 눈을 크게 떴다.

"이 창고를 말인가요?"

"최대한 불편을 끼치지 않도록 하겠어요. 부탁합니다."

몰아붙이듯 말하고서 가오루는 가벼운 흥분을 느꼈다. 마시바 요시다카를 살해하는 데 사용된 아비산은 아직은 출처가 불분명하다. 만약 준코가 가져간 것과 성분이 일치한다면, 사건의 양상이 크게 달라질 것이다. 그렇지만 현재 실물이 없으니, 이 창고에 아비산의 미립자라도 남아 있기를 기대하는 수밖에 없다. 도쿄로 돌아가면 마미야와 의논해 봐야겠다고 가오루는 생각했다.

"그런데 준코 씨가 우편으로 유서를 보냈다고 하던데요."

"아, 네. 받았었지요."

"보여 주실 수 있을까요?"

잠시 생각하는 표정을 짓고서 요코는 고개를 끄덕였다.

"그러지요."

다시 집 안으로 들어가자 요코는 준코가 예전에 사용했다는 방으로 안내해 주었다. 네 평쯤 되는 마룻바닥에 침대와 책상이 그대로 놓여 있었다.

"딸아이 물건은 전부 이 방에 보관하고 있어요. 언젠가는 정리를 좀 해야겠지만……."

요코는 책상 서랍을 열어 맨 위에 놓인 봉투를 꺼냈다.

"이거예요."

좀 볼게요, 하면서 가오루는 받아 들었다.

유서 내용은 구사나기에게 들은 것과 별 차이가 없었다. 자살의 동기에 관해서도 구체적인 언급은 없었다. 다만 이 세상에 미련이 없다는 느낌만 전해졌다.

"어떻게든 해 줄 수 있는 방법이 있었을 텐데, 어미가 멍청해서 딸아이의 고민을 전혀 눈치 채지 못한 게 아닐까 싶은 생각이 들어요."

요코는 떨리는 목소리로 그렇게 말했다.

뭐라 건넬 말이 없어 가오루는 그저 유서를 서랍에 도로 넣으려 했다. 그때 다른 우편물 몇 통이 눈에 들어왔다.

"이건?"

"딸아이가 보낸 편지예요. 난 메일 같은 건 할 줄 몰라서, 근황을 알리기 위해 딸아이가 가끔 편지를 보내곤 했죠."

"봐도 괜찮을까요?"

"네, 그렇게 하세요. 차를 준비하죠."

요코는 그렇게 말하고 방에서 나갔다.

가오루는 의자를 잡아당겨 앉고서 우편물을 하나하나 확인했다. 지금 어떤 그림을 그리고 있다, 다음에 어떤 일을 하게 되었다는 보고가 대부분이었다. 애인이 있다는 말이나 인간 관계에 대한 언급은 거의 없었다.

이래 가지고는 참고가 안 되겠다고 포기하려는 찰나, 사진 엽서 한 장이 눈에 띄었다. 빨간 2층 버스 사진이 인쇄된 엽서였다. 그 엽서에 파란 볼펜으로 쓴 글을 읽고서 가오루는 숨을 삼켰다. 이런 내용이었기 때문이다.

'건강하게 잘 지내세요? 전 지금 런던에 있어요. 일본인 여자와 친구가 되었어요. 홋카이도 출신인데, 이곳에서 유학 중이라고 해요. 내일은 그녀가 런던 구경을 시켜 주기로 했어요.'

25

"준코 씨는 대학을 졸업한 후에 일난 취직했는데, 3년 징도

다니다 그만두고 그림 공부를 하기 위해 2년 동안 파리에 있었다고 하더군요. 그 사진엽서는 그때 보낸 것 같습니다."

흥분한 말투로 얘기하는 우쓰미 가오루의 입가를 보면서 구사나기는 왠지 기분이 떨떠름했다. 마음 한구석에 그녀의 발견을 평가하고 싶지 않은 생각이 있다는 것을 그 자신도 인정하지 않을 수 없었다.

마미야는 의자에 깊숙이 기대어 굵은 팔을 팔짱 끼었다.

"그러니까 쓰쿠이 준코와 마시바 아야네가 친구였다, 그 얘기인가?"

"그럴 가능성이 많습니다. 엽서에 찍힌 소인도 마시바 부인이 런던에서 유학했던 시기와 일치하고요. 게다가 홋카이도 출신. 우연 같지 않습니다."

"과연 그럴까."

구사나기가 중얼거렸다.

"그 정도 우연은 얼마든지 있을 것 같은데. 런던에 일본인 유학생이 얼마나 많은데. 일이백 명 정도가 아니라고."

흥분할 거 없어, 하고서 마미야가 진정하라는 듯 손을 저었다.

"가령 두 사람이 친구였다 치고, 이번 사건과 어떻게 연관시킬 작정이지?"

계장이 우쓰미 가오루에게 물었다.

"아직 추론 단계이지만, 준코 씨가 자살할 때 사용하고 남은 아비산이 부인 손에 넘어갔을 가능성이 있지 않을까요?"

"그 점에 관해서는 내일 당장 감식반에 의뢰하도록 하지. 확인이 가능할지는 모르겠지만. 하지만 우쓰미, 자네 추론이 맞는다면 부인은 자살한 친구의 전 애인과 결혼했다는 얘기라고."

"그렇죠."

"그거 부자연스럽지 않나?"

"아니요."

"어째서 그렇지?"

"친구의 전 애인과 사귀는 여자는 얼마든지 있습니다. 제가 아는 사람 중에도 있고요. 친구에게서 얻은 정보가 많기 때문에 상대를 미리 이해할 수 있다는 이점을 강조하는 여자도 있습니다."

"그 친구가 자살했는데도 말인가?"

옆에서 구사나기가 물었다.

"자살의 원인이 바로 그 남자에게 있을지도 모르는데."

"그럴지도 모른다고 했을 뿐, 그렇다고 확언한 것은 아닙니다."

"자네는 중요한 것을 놓쳤어. 부인과 마시바 씨는 파티에서 만났다고. 친구의 전 애인을 그런 곳에서 우연히 마주칠 수 있겠어?"

"양쪽이 모두 독신이라면 충분히 가능한 일이죠."

"그럼 우연히 연애를 하게 되었다? 그거 참 편리한 스토리로군."

"우연이 아닐 수도 있습니다."

"무슨 뜻이지?"

구사나기가 묻자 우쓰미 가오루는 그를 빤히 쳐다보면서 설명했다.

"부인이 처음부터 마시바 씨를 겨냥했는지도 모르죠. 마시바 씨와 쓰쿠이 준코 씨가 교제할 때부터 마음이 끌렸는데, 준코 씨의 자살을 계기로 접근한 건지도 모르잖아요. 맞선 파티에서 만났다는 것도 우연이 아닐 가능성이 있고요."

"어이가 없군."

구사나기는 그렇게 말을 뱉었다.

"부인은 그럴 여자가 아니야."

"그럼 어떤 여자인가요? 선배는 부인에 대해서 뭘 아는데요?"

"그만들 하라고."

마미야가 벌떡 일어섰다.

"우쓰미 자네, 직감이 뛰어나다는 건 인정하겠는데 상상이 좀 지나쳐. 물증을 좀 더 확보한 후에 그런 말을 해야지. 그리고 구사나기, 일일이 반론부터 하지 말고 사람 얘기를 찬찬히 들으라고. 서로 의견을 제대로 나눠야 진상이 보이는 법이야. 자네, 남 얘기를 잘 듣는 사람이잖나, 자네답지 않아."

죄송합니다, 하면서 우쓰미 가오루는 고개를 숙였다. 구사나기는 말없이 고개만 숙였다.

마미야가 다시 의자에 앉았다.

"우쓰미, 자네 얘기는 흥미롭기는 한데 근거가 부족해. 더구나 부인을 범인이라고 가정할 경우, 독극물의 입수 경로는 설명할 수 있지만 그 밖의 것은 이번 사건과 연관성이 없어. 아니면……."

그는 책상에 두 팔꿈치를 올려놓고 우쓰미 가오루를 올려다보았다.

"자살한 친구의 복수를 위해 마시바 요시다카에게 접근했다, 그렇게 상상하고 있는 건가?"

"아니요, 거기까지는……. 복수할 목적으로 결혼까지 하는 사람은 없겠죠."

"그렇다면 상상놀이는 그만 해. 그 다음은 감식반이 쓰쿠이가의 창고를 조사한 후에 얘기하자고."

마미야는 일련의 대화를 마무리하듯 그렇게 말했다.

구사나기는 날짜가 바뀔 무렵에야 며칠 만에 집에 들어갔다. 샤워를 하고 싶었지만, 윗저고리를 벗자마자 침대에 고꾸라지고 말았다. 몸이 피곤한 것인지 정신적으로 혼란스러운 것인지 자신도 알 수 없었다.

'선배는 부인에 대해서 뭘 아는데요?'

우쓰미 가오루의 말이 귓가에 맴돌았다. 사실 아무것도 모른다고 생각했다. 몇 마디 말을 나누고 겉모습만 보고서 아야네의 내면을 안다는 기분에 젖어 있었을 뿐이다.

하지만 자살한 친구의 애인과 태연하게 결혼할 여자라고는 도무지 여겨지지 않았다. 설사 마시바 요시다카가 쓰쿠이 준코의 자살과 아무 관련이 없다 해도 친구에게 미안한 느낌이 들지 않을까. 그녀는 그런 여자일 것이다.

몸을 일으키고 넥타이를 풀었다. 테이블에 던져 놓은 그림책 두 권이 눈에 띄었다. '도서출판 상수리나무'에서 받아 온 쓰쿠이 준코의 작품이었다.

다시 침대에 누워 무심코 페이지를 넘겼다. 그림책 제목은 "눈사람이 굴렀다"였다. 눈의 나라에 사는 눈사람이 어느 날 따뜻한 나라를 찾아 여행을 떠난다는 스토리다. 눈사람은 더 따뜻한 나라로 가고 싶은데, 더 가면 몸이 녹아 버릴 처지에 놓인다. 체념한 눈사람은 다시 추운 나라로 돌아간다. 그러다 도중에 어느 집 앞을 지나다. 창문으로 엿보니, 가족이 난롯가에 빙 둘러앉아 도란도란 얘기하고 있었다. 바깥이 추우니

안의 따뜻함이 얼마나 고마운지를 알게 된다는 내용의 대화였다.

그 페이지의 그림을 보다가 구사나기는 침대에서 벌떡 일어났다.

눈사람이 엿보고 있는 방의 벽에 어디선가 본 듯한 것이 걸려 있었다.

짙은 갈색 배경에 알록달록한 꽃무늬가 마치 만화경에 비친 그림처럼 규칙적으로 흩어져 있었다.

구사나기는 그 무늬를 처음 봤을 때의 감동을 지금도 또렷하게 되살릴 수 있다. 어디서 보았는지도 기억하고 있다.

마시바의 집 침실이었다. 침실 벽에 걸려 있던 태피스트리의 무늬다.

어제 낮에 아야네는 구사나기의 힘을 빌려 바로 그 태피스트리를 벽에 걸려고 했다. 그러다 왜 갑자기 마음이 변했는지 다음날에 하겠노라고 했다.

그 전에 쓰쿠이 준코라는 이름을 들었기 때문 아닐까. 그녀의 그림책에 그 태피스트리가 등장한다는 것을 알기 때문에 구사나기가 보는 것을 피하려 한 것 아닐까.

구사나기는 머리를 감싸 쥐었다. 심장의 고동에 맞춰 이명이 울렸다.

다음 날 아침, 구사나기는 전화벨 소리에 잠을 깼다. 시계를 보니 8시가 지나 있다. 그는 소파에 있었다. 눈 앞 테이블에는 위스키병과 잔이 놓여 있고, 잔에는 위스키가 절반 정도 담겨 있었다.

잠이 오지 않아 술을 마신 기억이 났다. 왜 잠이 오지 않았는지는 새삼 기억해 낼 필요도 없었다.

묵직한 몸을 일으켜 테이블 위에서 울리는 휴대 전화로 손을 뻗었다. 화면에 우쓰미 가오루라고 떠 있었다.

"그래, 나야."

"우쓰미입니다. 아침 일찍 죄송하지만, 한시 빨리 알리고 싶어서요."

"뭐지?"

"결과가 나왔어요. 스프링 8에서 보고가 들어왔습니다. 정수기에서 아비산이 검출되었답니다."

26

이카이 법률 사무소는 에비스 역에서 도보로 5분 정도 거리에 있었다. 6층짜리 빌딩의 4층 전체를 사용하고 있었고, 안내 창구에는 이십 대 초반의 여자가 회색 투피스 차림으로 앉아 있었다.

　사전에 약속을 했는데도 구사나기는 응접실에서 기다려야 했다. 응접실이라고 해야 조그만 테이블과 철제 의자만 놓여 있는 조그만 방이었다. 비슷한 방이 여러 개 있는 것을 보면 변호사가 여럿 일하고 있는 듯하다. 구사나기는 이카이가 마시바 요시다카의 회사 일을 거들 수 있었던 이유를 알 것 같았다.

　이카이가 나타난 것은 결국 약속 시간에서 15분이나 지나서였다. 그런데도 그는 미안하다는 말 한마디 없이 "안녕하세요." 하고만 인사했다. 일하는 중인데 찾아온 사람이 잘못이라고 생각하는 것이리라.

　"진전이 좀 있었습니까? 아야네 씨에게 아무 말도 듣지 못해서."

　의자에 앉으면서 이카이가 물었다.

　"진전이라 할 수 있을지 모르겠지만, 몇 가지 새로운 사실이 드러났습니다. 아쉽게도 자세한 것은 알려 드릴 수 없습니다만."

　이카이는 씁쓸하게 웃었다.

　"괜찮습니다. 뭔가를 알아내려는 속셈은 없으니까요. 그렇게 한가한 것도 아니고. 마시바의 회사도 이제 안정을 되찾았으니 사건이 잘 해결되기를 바랄 뿐입니다. 그런데 오늘은 무슨 용건으로 오셨나요? 지금까지 말씀드렸나시피, 마시바의 개인 생활에 대해서는 아는 것이 별로 없습니다."

이카이는 손목시계를 보면서 말했다. 얼른 끝내 달라는 뜻이리라.

"오늘은 이카이 씨가 잘 아는 내용을 물으러 왔습니다. 아니, 아마 이카이 씨밖에 모르는 일이라고 해도 좋겠지요."

이카이는 의외라는 표정을 지으며 고개를 갸웃거렸다.

"나밖에 모르는 일이라? 그런 일도 있습니까?"

"마시바 요시다카 씨와 아야네 부인의 첫 만남에 대해서입니다. 선생님이 그 자리에 함께 있었다고 하셨지요?"

"또 그 얘기입니까?"

이카이는 어리둥절한 기색을 보였다.

"그 파티에 있었던 두 사람의 모습을 구체적으로 알고 싶습니다. 우선, 두 사람은 어떤 식으로 만났습니까?"

이카이는 의아하다는 듯이 미간을 찡그렸다.

"그 일이 사건과 무슨 관계가 있는 겁니까?"

구사나기는 말없이 피식 웃었다. 그 모습을 본 이카이는 한숨을 내쉬었다.

"수사상의 비밀이란 말씀이로군요. 하지만 좀 이상하군요. 오래전 일이라 사건과는 별 관계가 없을 듯한데."

"관계가 있는지 없는지는 우리도 아직 모릅니다. 그래서 차나하나 짚어 보고 확인하고 있는 것이라 해석하십시오."

"구사나기 씨 표정을 보면 절대 그런 생각이 들지 않는데
요. 아무튼, 뭐라고 얘기하면 좋을지."

"전에는 이른바 맞선 파티였다고 했습니다. 그런 자리에는
전혀 알지 못하는 남자와 여자가 자연스럽게 대화할 수 있는
장치가 마련되어 있는 경우가 많다고 들었는데, 역시 그랬는
지요? 예를 들어 차례대로 자기소개를 한다든지, 그런……."

이카이가 손을 들어 옆으로 저었다.

"전혀 아닙니다. 극히 평범한 입식 파티를 상상하면 됩니
다. 그런 이상한 곳이라면 나도 따라가지 않았을 겁니다."

그렇겠지 하고 생각하면서 구사나기는 고개를 끄덕였다.

"그런데 그 파티에 아야네 부인이 있었다는 말씀이로군요.
부인에게 동행이 있었습니까?"

"아니, 그녀는 혼자였습니다. 카운터에서 혼자 칵테일을 마
시고 있었죠."

"어느 쪽에서 먼저 말을 걸었습니까?"

"마시바입니다."

이카이가 바로 대답했다.

"마시바 씨가요?"

"우리도 카운터에서 술을 마시고 있었습니다. 그녀는 옆의
옆 자리에 있었죠. 그런데 갑자기 마시바가 그녀의 휴대 전화
케이스를 칭찬하더군요."

구사나기가 메모를 하다 말고 물었다.

"휴대 전화 케이스요?"

"카운터 위에 그녀의 휴대 전화가 놓여 있었어요. 퀼트로 만든 것인데 액정 부분이 보이게 조그만 창이 달려 있었죠. 그것을 보고서 멋지다고 했는지, 처음 본다고 했는지 잊었지만, 아무튼 그렇게 말을 건넸습니다. 그랬더니 그녀가 웃으면서 직접 만든 것이라고 대답했어요. 그런 후에 대화가 술술 풀렸습니다."

"두 사람이 그렇게 만났다는 말이죠?"

"네. 그런 두 사람이 결혼을 하게 될 줄이야 그때는 상상도 못했죠."

구사나기가 몸을 앞으로 약간 내밀었다.

"마시바 씨와 둘이 그런 파티에 참가한 것은 그때뿐이었습니까?"

"그럼요. 그때뿐입니다."

"마시바 씨는 그런 사람이었습니까? 그러니까, 알지도 못하는 여자에게 스스럼없이 말을 건네는 일이 평소에도 종종 있었습니까?"

"글쎄요. 상대가 모르는 여자라고 기가 죽는 타입은 아니지만, 그렇다고 여자들에게 쉽사리 추파를 던지는 일도 없었습니다. 학생 시절에도 그랬으니까요. 여자는 겉모양이 아니라

속이 중요하다는 말을 곧잘 했는데, 그저 말로만 그런 것이
아니라 진심이었을 겁니다."

"그럼 그 파티에서 아야네 부인에게 말을 건넨 것이 마시바
씨로서는 이례적인 일이었겠군요."

"그렇죠. 나도 좀 놀랐으니까요. 하지만 흔히 한눈에 반한
다는 게 그런 것 아니겠습니까. 어떤 강렬한 느낌이 있었겠지
요. 그러니 두 사람이 결혼한 것이라고 나는 해석하고 있습니
다."

"그때 두 사람 모습에 부자연스러운 점은 없었습니까? 사소
한 일이라도 괜찮습니다."

이카이는 잠시 생각에 골몰하는 표정을 짓더니 고개를 저
었다.

"기억이 잘 나지 않습니다. 두 사람이 즐겁게 얘기하는 탓
에 나는 완전히 소외되어 있었어요. 그보다 구사나기 씨, 이
런 질문에 어떤 의미가 있는지 힌트라도 줄 수 없을까요?"

구사나기는 미소를 띠고서 수첩을 접어 안주머니에 넣었다.

"때가 되면 말씀드리죠. 바쁘신데 실례가 많았습니다."

구사나기는 자리에서 일어나 문 쪽으로 다가가다가 뒤돌아
서며 말했다.

"오늘 일은 비밀로 해 주십시오. 아야네 부인에게도요."

이카이의 눈초리가 날카로워졌다.

"경찰에서 그녀를 의심하고 있는 겁니까?"

"아닙니다. 그런 게 아니라, 아무튼 부탁합니다."

구사나기는 이카이가 불러 세울 것을 피하기 위해 얼른 방을 나갔다.

빌딩에서 나와 보도에 섰다. 자신도 모르게 긴 한숨을 쉬었다.

이카이의 말만 들어서는 아야네 쪽에서 마시바 요시다카에게 접근했다는 결론은 나오지 않는다. 두 사람은 역시 파티에서 우연히 만난 것처럼 보인다.

하지만 그것이 과연 사실일까.

구사나기가 아야네에게 쓰쿠이 준코란 사람을 아느냐고 물었을 때, 그녀는 모른다고 대답했다. 그럴 리가 없기 때문에 그 대답이 마음에 걸렸다.

쓰쿠이 준코의 『눈사람이 굴렀다』에는 아야네가 만든 것과 똑같은 태피스트리 그림이 있다. 그 디자인은 아야네의 창작이다. 무엇을 참고한 것이 아니다. 퀼트 작가 미타 아야네는 자신이 직접 디자인한 작품만 제작한다. 그러니까 쓰쿠이 준코는 어디선가 아야네의 작품을 보았다는 얘기가 된다.

하지만 구사나기가 조사한 바로 그 태피스트리는 아야네의 작품집에는 실려 있지 않다. 그러니 개인전에서가 아니면 볼 기회가 없다. 하지만 전시장은 사진 촬영이 금지되어 있다.

사진 없이는 절대 그렇게 정확하게 그림책에 재현할 수 없을 것이다.

그렇다면 아야네가 쓰쿠이 준코에게 개인적으로 태피스트리를 보여 주었다는 얘기가 된다. 그러니 당연히 어떤 식으로든 면식이 있었을 것이다.

왜 아야네는 거짓말을 했을까. 왜 쓰쿠이 준코를 모른다고 대답했을까. 단순히 죽은 남편이 친구의 전 애인이었다는 것을 숨기고 싶어서였을까.

구사나기는 시계를 보았다. 4시가 막 지났다. 슬슬 가 봐야 한다. 4시 반에 유가와에게 찾아가기로 약속했기 때문이다. 하지만 구사나기는 마음이 무거웠다. 가능하면 만나고 싶지 않았다. 유가와는 구사나기가 원하지 않는 결론을 내릴 게 뻔하다. 그런데도 자신의 귀로 유가와의 말을 듣지 않을 수 없다. 사건을 해결해야 하는 형사로서 당연한 일이라고 생각하기 때문이다. 동시에 흔들리는 마음에 매듭을 짓고 싶은 기분도 있었다.

27

유가와는 종이 필터를 끼우고 스푼으로 원두 가루를 덜어 필터에 담았다. 일련의 동작이 꽤 노련해졌다.

"이제 원두커피파가 다 되셨네요."

가오루가 그의 등을 보며 말했다.

"많이 익숙해지기는 했어. 하지만 결점도 발견했지."

"그게 뭐죠?"

"몇 잔을 끓일지 미리 정해야 한다는 점이야. 두세 잔 마실 거면 다시 끓여도 되지만 고작 한 잔 때문에 다시 끓이기는 귀찮거든. 그렇다고 잔뜩 끓이면 남을 수도 있고. 버리기는 아깝지만 오래 놔두면 맛이 변하니 난감하지."

"오늘은 걱정 마세요. 남으면 제가 마실게요."

"아니야, 오늘은 그런 걱정 안 해도 돼. 넉 잔밖에 끓이지 않았으니까. 나와 우쓰미 양과 구사나기가 석 잔을 마시고 남은 한 잔은 자네들이 돌아간 후에 나 혼자 느긋하게 마실 생각이야."

유가와는 얘기가 금방 끝날 것이라고 예상하는 모양이다. 가오루는 그렇게 간단하게 끝날까 하고 생각했다.

"수사본부에서 교수님께 고마워하고 있어요. 그렇게 강력하게 말씀하시지 않았다면 정수기를 스프링 8까지 가져가서 조사할 생각은 못 했을 거라면서요."

"뭐, 고마워할 것까지야 없지 과학자로서 마땅히 해야 하는 조언을 했을 뿐이야."

유가와는 가오루와 마주 앉았다. 그리고 작업대 위에 놓인 체스보드에서 하얀 나이트 말을 집어 만지작거렸다.

"역시 아비산이 검출되었다……."

"스프링 8에서 성분까지 자세하게 분석해 주었어요. 마시바 요시다카 살해에 사용된 것과 동일한 것이라고 생각해도 문제없다고 합니다."

유가와는 눈을 내리깔고 고개를 살짝 끄덕이고는 말을 다시 보드에 올려놓았다.

"정수기의 어느 부분에서 검출되었는지는 아직 밝혀지지 않았나?"

"보고서에는 물이 들어가는 꼭지 부근이라고 되어 있던데요. 정수기 안에 필터가 있는데, 거기에서는 검출되지 않았답니다. 그러니까 범인은 아마 정수기와 호스를 연결하는 조인트 부근에 아비산을 발랐을 것이랍니다."

"흠, 그렇군."

"다만 문제는."

가오루가 다시 말을 이었다.

"그 방법을 아직 알 수 없다는 겁니다. 범인은 무슨 수를 쓴 것일까요? 스프링 8의 결과가 이렇게 나왔으니, 오늘은 가르쳐 주시겠죠?"

유가와는 흰 가운의 소매를 걷어 올리고 팔짱을 끼었다.

"감식반에서도 모르겠다고 하던가?"

"감식반에서는 방법은 딱 한 가지라고 합니다. 정수기와 호스를 일단 분리한 후에 아비산을 투입하고서 다시 연결하는 거죠. 하지만 그 방법을 사용하면 흔적이 남습니다."

"물론 방법을 밝혀내지 못하면 안 되는 거겠지."

"그럼요. 누구를 용의자로 지목하든, 범행을 입증할 수 없으니까요."

"독극물이 검출되었는데도?"

"방법이 분명하지 않으면 재판에서 이길 수 없죠. 변호인 측에서 독극물이 검출된 것은 경찰의 실수라고 주장할 겁니다."

"실수?"

"모종의 실수로 피살자가 마신 커피에 포함되어 있던 아비산이 정수기에 부착되었을 가능성이 있다고 할 테죠. 분자 수준의 미세 물질 얘기니까요."

유가와가 의자에 기대어 고개를 천천히 끄덕였다.

"과연 그런 식으로 주장할 수도 있겠군. 검찰 측에서 독극물을 투입한 방법을 제시하지 못하면 재판관이 변호인 측의 주장을 인정할 수밖에 없겠어."

"그러니까 반드시 방법을 알아내야 해요. 이제 가르쳐 주세요. 감식반에서도 애를 태우고 있어요. 저와 함께 교수님의 의견을 듣고 싶다는 사람도 있을 정도라고요."

"그건 곤란하지. 경찰 관계자들이 이 방에 우르르 몰려들면 큰 골치야."

"그래서 혼자 온 거잖아요. 저 말고는 구사나기 선배만 올 거예요."

"그럼 그 사람이 올 때까지 기다리자고. 같은 설명을 두 번 하기 싫으니까. 그리고 마지막으로 다시 한번 확인하고 싶은 게 있는데."

유가와가 집게손가락을 세웠다.

"자네들은, 아니지, 우쓰미 양의 개인적인 의견이라도 상관 없어. 이번 사건의 동기에 대해서 어떻게 생각하지?"

"동기는…… 치정에 얽힌 게 아닐까 하는데요."

가오루의 대답에 유가와는 실망스럽다는 듯이 입을 비죽거 렸다.

"뭐지, 그 대답은? 그렇게 추상적인 표현으로 넘어가겠다는 건가? 누가 누구를 사랑했는데, 어떤 식으로 증오하게 되어 피살자를 살해했다. 이렇게 구체적으로 말해 줘야 알지."

"아직은 상상하는 단계입니다."

"상상이라도 괜찮아. 내가 말하지 않았어. 개인적인 의견이 라도 상관없다고?"

네, 하면서 가오루가 고개를 푹 숙였다.

커피 메이커가 쉭쉭 수증기를 뿜어냈다. 유가와가 일어나 싱크대에서 커피 잔을 가져왔다. 그 모습을 보면서 가오루는 입을 열었다.

"전 역시 아야네 부인이 의심스러워요. 동기는 마시바 요시다카의 배신이죠. 아이가 생기지 않았다는 이유로 이혼을 통보했을 뿐만 아니라 이미 다른 여자가 있다는 것을 알고서 그를 살해할 결심을 했다고 생각해요."

"홈 파티를 하던 밤에 결단을 내렸다는 건가?"

유가와가 커피를 잔에 따르면서 물었다.

"최종적인 결단은 그 밤에 내렸겠죠. 하지만 그 전부터 살의를 품었을 가능성도 있어요. 아야네 부인은 요시다카와 와카야마 히로미의 관계를 눈치 채고 있었어요. 와카야마 히로미가 임신했다는 것도 알고 있었고요. 요시다카의 결별 선언으로 사실을 다시 한번 확인하는 꼴이 되지 않았을까요?"

유가와는 잔 두 개를 들고 와 하나를 가오루 앞에 놓았다.

"쓰쿠이 준코라는 여자는 어쩌고? 이번 사건과는 무관하다는 뜻인가? 구사나기는 오늘도 그 때문에 탐문 수사를 하러 갔을 텐데?"

쓰쿠이 준코와 마시바 아야네가 면식이 있을 가능성이 높다는 것은 오늘 이곳에 오자마자 유가와에게 전했다.

"물론 무관하지는 않겠죠. 범행에 사용된 아비산은 쓰쿠이 준코가 자살에 사용한 것과 동일할 거예요. 쓰쿠이 씨와 친했으니 아야네 부인이 그것을 입수할 기회가 있었던 거죠."

유가와는 잔을 들어 올리며 미심쩍다는 듯이 가오루를 보았다.

"그리고?"

"그리고, 라뇨?"

"쓰쿠이 준코란 여자와의 관련성은 그뿐일까? 범행 동기와는 아무 상관이 없느냐는 뜻이야."

"그건 아직 뭐라……."

유가와는 씩 웃으며 커피를 마셨다.

"그렇다면 아직 트릭 얘기를 할 수가 없는데."

"왜죠?"

"우쓰미 양은 아직 사건의 본질을 모르고 있어. 그런 사람에게 얘기한다는 것은 극히 위험한 일이지."

"교수님은 아신다는 말인가요?"

"자네보다야 잘 알지."

가오루가 두 주먹을 꽉 쥐고 유가와를 노려볼 때, 문을 두드리는 소리가 들렸다.

"때맞춰 오는군. 그가 사건의 본질을 알아왔을지도 모르지."

그렇게 말하며 유가와는 일어나 문으로 향했다.

28

구사나기가 연구실로 들어서자마자 유가와는 탐문 수사의 결과를 물었다. 구사나기는 당혹스러워하면서도 이카이에게 들은 얘기를 전했다.

"먼저 말을 건넨 쪽은 역시 마시바 요시다카였어. 부인이 맞선 파티를 이용해서 마시바 요시다카에게 접근했을지도 모른다는 우쓰미의 추리는 근거가 없어진 셈이지."

구사나기는 후배 형사를 곁눈질하며 말했다.

"추리라고 할 만한 것은 아닙니다. 가능성이 있다고 했을 뿐이죠."

"그런가. 하지만 그 가능성조차 사라졌어. 이제 어떤 식으로 생각할 거지?"

구사나기가 우쓰미 가오루를 쳐다보면서 물었다.

유가와가 그런 그의 앞에 커피 잔을 내밀었다.

"고마워."

구사나기가 잔을 받아 들었다.

"자네 생각은? 이카이란 변호사의 말을 그대로 받아들이면, 부인과 마시바 씨는 그 파티에서 처음 만난 게 돼. 즉 마시바 씨의 과거 애인이 부인이 친구였다는 사실은 단순한 우연에 지나지 않는다는 거지. 그럴 수 있다고 생각하나?"

구사나기는 곧바로 대답하지 못하고 커피만 한 모금 마셨다. 자신의 생각을 다시금 정리하려는 것이었다.

유가와가 히죽 웃었다.

"어째 변호사의 말을 믿지 못하겠다는 표정인데."

"이카이가 거짓말을 했다고는 생각지 않아. 그렇지만 그가 한 얘기가 사실이라는 증거도 없어."

"그렇다면?"

구사나기는 잠시 뜸을 들이다 대답했다.

"연출일 수도 있지."

"연출?"

"처음 만난 것처럼 연기를 했다는 거야. 두 사람은 이전부터 사귀고 있었는데, 그 사실을 숨기고 싶어서 파티에서 처음 만난 것처럼 상황을 꾸민 거지. 이카이는 이른바 그 현장을 목격한 증인 격으로 데리고 간 것이고. 그렇게 생각하면 앞뒤가 맞아. 카운터에 놓인 휴대 전화 케이스를 계기로 의기투합했다는데, 아무리 생각해도 절묘하잖아."

"훌륭하군."

유가와가 눈을 반짝이며 말했다.

"나도 같은 생각이야. 여자 분의 의견도 들어 보기로 하지."

그러면서 우쓰미 가오루 쪽을 보았다.

그녀도 고개를 끄덕였다.

"가능한 일이죠. 하지만 왜 그런 일을 꾸미죠?"

"바로 그거야. 왜 두 사람이 그런 연극을 꾸며야 했을까."

유가와는 구사나기를 보았다.

"그 점에 관한 자네 생각은?"

"이유는 간단하지. 사실을 밝힐 수 없기 때문 아니겠어."

"사실이란?"

"두 사람이 만난 진짜 계기. 아마도 두 사람은 쓰쿠이 준코를 통해서 알게 되었겠지. 하지만 그렇다고 공언하기가 껄끄러웠어. 쓰쿠이는 마시바 요시다카의 전 애인이었으니까 말이야. 그래서 전혀 다른 기회에 만났다는 설정이 필요했던 거야. 그리고 맞선 파티를 이용한 것이고."

유가와가 손가락으로 딱 소리를 냈다.

"좋은 추리인데. 반론의 여지가 없어. 그렇다면 실제로 두 사람은 어떻게 만났을까? 아니지, 그게 아니야. 언제부터 깊은 관계가 되었는지가 중요해. 구체적으로 쓰쿠이 준코의 자살 전일까 후일까?"

우쓰미 가오루가 숨을 크게 들이쉬었다. 그리고 등을 쭉 펴고서 유가와를 쳐다보았다.

"쓰쿠이 씨가 마시바 씨와 아야네 부인이 사귀기 때문에 자살했다는 건가요?"

"그렇게 생각하는 게 타당하지 않겠어? 애인과 친구로부터

동시에 배신을 당했으니, 충격이 상당했을 거라고 짐작되는
데."

유가와의 말을 들으면서 구사나기는 자신의 마음이 어둠
속으로 가라앉는 것을 느꼈다. 친구의 추리가 엉뚱하다는 생
각은 들지 않았다. 이카이의 얘기를 들었을 때부터 그의 마음
에도 같은 추측이 맴돌았기 때문이다.

"그럼 맞선 파티의 의미가 좀 더 확실해지는군요."

우쓰미 가오루가 말했다.

"가령 마시바 씨와 쓰쿠이 준코 씨의 관계가 타인에게 알려
지든, 나아가 쓰쿠이 씨와 아야네 부인이 친구 사이라는 것이
알려지든 이카이 씨라는 증인이 있는 이상 두 사람은 우연히
만나 사귀게 되었다고 여겨질 테니까, 그 몇 달 전에 있었던
쓰쿠이 씨의 자살과 연관되는 일도 없어지겠죠."

"좋아. 추리의 정확도가 꽤 높아졌는데."

유가와가 만족스럽게 고개를 끄덕였다.

"부인에게 확인해 보면 어떨까요?"

우쓰미 가오루가 구사나기 쪽으로 고개를 돌리고 물었다.

"뭐라면서 확인해?"

"구사나기 선배가 발견한 쓰쿠이 준코의 그림책을 보여 주
면 어떨까요? 세상에 딱 하나밖에 없는 태피스트리가 그려져
있잖아요. 부인과 면식이 없다면 그릴 수 없는 그림이죠."

구사나기가 고개를 저었다.

"부인은 이렇게 대답하겠지. 몰라요, 짚이는 것도 전혀 없어요."

"하지만……."

"그녀는 지금까지 계속 숨겨 왔어. 쓰쿠이가 마시바 요시다카의 전 애인이라는 것에 그 여자가 자신의 친구라는 것까지 말이야. 그런데 그림책쯤 보인다고 그 자세를 허물어뜨릴 리 없지. 우리 쪽의 수를 내보이는 꼴이 될 뿐이야."

"나도 같은 생각이야."

유가와가 체스보드로 다가가 검은 말을 집어 들었다.

"범인을 궁지에 몰아넣으려면 단번에 걸려들게 해야 돼. 조금이라도 주춤거리면 영원히 체크하지 못할 우려가 있어."

구사나기는 친구인 물리학자를 보았다.

"역시 그녀가 범인이라는 거야?"

유가와는 대답하지 않은 채 구사나기의 눈길을 외면하며 일어섰다.

"중요한 것은 남은 문제야. 마시바 부인에게 그런 과거가 있다 치고, 그 과거가 이번 사건과 어떻게 연결되는지, 또는 아비산이라는 독극물 말고 다른 연관성은 없는지 말이야."

"부인으로서는 친구를 자살로 몰아가면서까지 결혼했는데, 그런 자기를 배신한 마시바 씨를 더더욱 용서하기 어렵지 않았을까요?"

우쓰미 가오루가 고민스러운 표정으로 말했다.

"흠, 그 심리는 이해가 가."

"아니지, 그 사람이라면 달리 생각했을 거야. 자신은 친구를 배신하고 그녀의 애인을 빼앗았다. 그리고 이번에는 자신이 조수에게 배신당하고 남편을 빼앗겼다, 그렇게 말이야."

"인과응보라는 말인가? 그래서 부인은 어쩔 수 없는 일이라고 체념하고 남편과 새 애인을 증오하지 않았다, 그렇게 말하고 싶은 거야?"

"그런 것은 아니지만……."

"얘기를 듣다 보니 한 가지 걸리는 게 있군."

유가와는 칠판을 등지고 서서 둘을 번갈아 바라보았다.

"마시바 요시다카 씨는 왜 쓰쿠이 준코에게서 아야네 부인으로 상대를 바꿨을까?"

"그건 그냥 마음이 변했기 때문……."

거기까지 말하고서 우쓰미 가오루는 손을 입가로 가져갔다.

"아니, 그게 아니로군요."

"그래. 그건 아마 아이가 생기지 않아서였을 거야. 마시바 요시다카는 상대가 임신하면 결혼하려고 했어. 그런데 아이가 생기지 않으니 상대를 바꾼 거지. 틀림없어."

"지금까지 들은 얘기를 종합해 보년 그런 것도 같군. 그런데 아야네 부인은 당시 과연 그 점을 자각하고 있었을까? 그러니까 마시바 씨가 쓰쿠이 준코와 헤어지고 자신을 택한 것이 아이를 낳아 줄 것이란 기대감에서였다고 말이야."

"그건……."

구사나기가 말을 더듬었다.

"그렇지 않겠죠. 그런 식으로 선택받고 좋아할 여자는 없어요. 부인이 그 점을 자각했다면 아마 결혼 직전이었을 거예요. 그러니까, 1년 안에 임신하지 않으면 헤어진다는 약속을 했을 때일 겁니다."

"나도 그렇게 생각해. 그렇다면 이제 한 번 더 동기에 대해서 생각해 보자고. 아까 우쓰미양은 마시바 씨의 배신이 동기라고 했는데, 그의 행위가 정말 배신일까. 1년이 지났는데도 아내가 임신하지 않았기 때문에 헤어지고 다른 여자와 결혼하려 했다. 이것은 결혼 당시에 약속한 것을 실행에 옮겼을 뿐 아니냐 이 말이야."

"그렇기는 하지만, 심정적으로 수긍할 수 있는 일은 아니죠."

우쓰미가 그렇게 반론하자 유가와의 입가에 미소가 어렸다.

"즉 이렇게 바꿔 말할 수 있겠지. 아야네 부인이 범인이라고 가정할 경우, 그 동기는 남편과의 약속을 지키고 싶지 않아서였다. 아닌가?"

"그렇게 되는군요."

"무슨 말을 하고 싶은 건데?"

구사나기가 친구의 얼굴을 보며 물었다.

"부인의 결혼 전 심리를 생각해 보자고. 그녀는 무슨 생각으로 그런 약속을 했을까. 1년 안에 임신할 것이라고 낙관해서였을까. 아니면 임신을 하지 않아도 남편이 약속 따위는 언급하지 않을 것이라고 자신해서였을까?"

"양쪽 모두일 것 같은데요."

우쓰미 가오루가 대답했다.

"그럴 수도 있겠군. 그렇다면 하나 더 묻겠는데, 임신하지 않아도 괜찮다고 사태를 가볍게 여겼기 때문에 병원에도 가지 않은 것일까?"

"병원요?"

우쓰미 가오루는 눈썹을 찡그리며 되물었다.

"지금까지 들은 바로 지난 1년 동안 부인은 불임 치료를 단한 번도 받지 않았어. 그런 약속을 했으니, 결혼하고 몇 달이 지난 시점에 산부인과를 드나들기 시작했을 만도 한데 말이야."

"부인이 와카야마 히로미 씨에게, 불임 치료는 시간이 많이 걸리기 때문에 부부는 애당초 그런 생각을 하지 않았다고 했다는데요."

"마시바 씨가 그랬다는 거겠지. 그런 성가신 일을 할 정도면 아내를 바꿔 치우는 편이 빠를 테니까 말이야. 그런데 부인 쪽은 과연 어땠을까? 지푸라기라도 잡고 싶은 심정이 아니었을까?"

"듣고 보니 그렇군."

구사나기가 중얼거렸다.

"왜 부인은 병원에 갈 생각을 하지 않았을까, 이번 사건의 열쇠는 거기에 있어."

유가와는 손가락으로 안경의 위치를 수정했다.

"생각해 봐. 돈도 있고 시간도 있는 여자가 병원에 가야 마땅한데 가지 않는다면 이유가 무엇일까?"

구사나기는 골똘히 생각해 보았다. 아야네의 기분을 자신도 느껴 보려 했다. 하지만 유가와의 물음에 대한 대답은 떠오르지 않았다.

그때 우쓰미 가오루가 벌떡 일어섰다.

"가도 소용이 없어서요. 그렇지 않을까요?"

"소용이 없다? 무슨 뜻이지?"

구사나기가 물었다.

"병원에 가 봐야 효과가 없다는 것을 알고 있었다는 거죠. 그런 경우 병원에 가고 싶지 않은 게 정상이잖아요."

"그래, 맞아. 부인은 병원에 가 봐야 헛수고라는 것을 알고 있었어. 그래서 가지 않은 거지. 그렇게 생각하는 것이 가장 논리적이야."

"그녀는, 아야네 부인은 불임증이었군요."

"부인 나이가 서른 살이 넘었지? 그러니 지금까지 산부인과에 간 적이 없을 리 없겠지. 아이를 낳을 수 없는 몸이라는 것을 이미 지적받지 않았겠어. 그렇다면 병원에 가 봐야 헛걸음. 뿐만 아니라 자신이 불임증이란 것까지 발각될 우려가 있지."

"잠깐. 그럼 그녀는 임신할 수 없다는 것을 알면서 그런 약속을 했다는 건가?"

"그런 셈이 되지. 즉 그녀의 바람은 남편이 약속을 휴지 조각으로 여기는 것이었어. 하지만 현실은 그렇지 않았지. 그는 약속을 이행하려고 했어. 그래서 부인은 남편을 죽이기로 했던 거야. 이제 자네에게 하나 묻지. 그녀가 남편을 죽이기로 마음을 정한 것이 과연 언제였을까?"

"그건 마시바 요시다카와 와카야마 히로미의 관계를……."

"그때가 아니죠."

우쓰미 가오루가 구사나기의 말을 끊었다.

"남편이 약속을 실행에 옮기면 죽이자고 생각했다면, 그 시점은 약속을 한 때가 되죠."

"바로 그거야."

유가와가 진지한 표정으로 돌아와 말했다.

"말하자면 이렇게 된 거야. 아야네 부인은 남편을 살해할 동기가 1년 안에 생기게 될 수도 있겠다고 예상하고 있었어. 즉 그 시점에 이미 살해 준비를 할 수 있었다는 거지."

"살해 준비?"

구사나기가 눈을 희번덕거렸다.

유가와는 우쓰미 가오루를 보았다.

"아까 감식 결과 정수기에 독극물을 투입할 방법은 딱 한 가지밖에 없다고 했지. 일단 정수기와 호스를 분리하고 아비산을 투입한 후에 다시 연결하는 방법 말이야. 감식반이 틀린 소리를 한 게 아니야. 범인은 1년 전에 그 방법으로 독을 투입했어."

"설마……."

구사나기는 더는 말이 나오지 않았다.

"하지만 그 경우, 정수기를 사용할 수 없잖아요?"

우쓰미 가오루가 반문했다.

"그렇지. 부인은 1년 동안 정수기를 한 번도 사용하지 않았어."

"이상하네요. 정수기 필터에는 사용한 흔적이 남아 있는데."

"그 먼지와 때는 지난 1년 사이에 낀 게 아니야. 그 전의 1

년 동안 낀 것이지."

유가와는 책상 서랍을 열어 서류 한 장을 꺼냈다.

"내가 필터의 상품 번호를 조사해 달라고 한 적이 있지? 메이커에 연락해서 상품 번호를 말하고 언제 출시된 것인지 문의해 보았어. 2년 전이라고 대답하더군. 1년 전에 교환한 필터에 그런 번호가 찍혀 있을 리 없지. 아마 범인은 1년 전에 일단 필터를 교환했다가 제 손으로 다시 그 전 필터로 교환했을 거야. 범행 후에 필터가 한 번도 물을 거른 적이 없다는 게 판명되면 트릭이 드러날 것이라고 생각했겠지. 그리고 아비산도 그때 투입한 것이고."

"있을 수 없는 일이야. 1년 전에 독을 투입하고서 한 번도 정수기를 사용하지 않다니, 생각할 수 없어. 가령 그녀는 사용하지 않더라도 다른 사람이 사용했을 수도 있잖아. 그런 위험한 일을 할 리가 없지."

"물론 위험한 방법이지. 하지만 그녀는 해냈어."

유가와가 냉정한 말투로 말했다.

"1년 내내, 남편이 집에 있는 동안은 절대 밖에 나가지 않았고, 아무도 정수기에는 손을 못 대게 했어. 홈 파티를 할 때도, 음식을 혼자 만들었어. 냉장고에는 늘 생수가 떨어지지 않게 했고, 음료수가 부족할 일도 없게 했지. 모든 게 트릭을 완수하기 위한 노력이었어."

구사나기는 몇 번이나 고개를 저었다.

"그런 말도 안 되는 일이…… 불가능해. 있을 수 없어. 그런 짓을 하는 인간이 어디 있겠어."

"아니요, 있을 수 있죠. 유가와 교수님의 지시에 따라, 결혼 후 아야네 부인의 생활을 조사해 봤어요. 와카야마 히로미 씨에게도 여러 가지로 물어봤고요. 그 목적을 몰랐는데 이제야 알겠군요. 교수님은 부인이 아닌 사람이 정수기를 만질 기회가 있었는지를 확인하고 싶었던 거죠?"

"그래. 특히 결정적이었던 것은 마시바 씨가 집에서 쉴 때 부인의 행동이었어. 부인은 거실 소파에 앉아서 종일 퀼트 작업을 했다더군. 그 집에는 나도 들어가 봤으니 알지. 그녀는 작업을 하는 동시에 남편이 부엌에 들어가지 못하도록 감시했던 거야."

"거짓말. 그건 자네의 망상이야."

구사나기가 신음하듯 말했다.

거짓말이라고, 구사나기는 몇 번을 중얼거렸다. 하지만 그 목소리는 점차 작아졌다.

언제였나, 이카이는 아야네의 헌신적인 태도에 대해서 이렇게 말한 적이 있다.

'그녀는 완벽한 주부였어요. 결혼 전에 하던 일을 전부 그만두고 집안일에만 전념했죠. 마시바가 집에 있을 때는 거실

소파에 앉아 퀼트를 하면서 대기했습니다. 언제든 남편 시중을 들 수 있게 말이죠.'

구사나기의 뇌리에 아야네의 고향 집에서 들은 얘기가 스쳤다. 아야네의 부모는 아야네가 원래 요리를 잘 못했는데 결혼식을 하기 전에 부랴부랴 요리 학원에 다니면서 솜씨를 키웠다고 했다.

이 두 가지 일화 역시 아무도 부엌에 들어가지 못하게 하기 위한 방편이었다고 생각하면 앞뒤가 맞아떨어진다.

"그럼 부인은 마시바 씨를 정말 죽이기로 마음먹었을 때는 아무것도 하지 않아도 되었겠네요."

"그렇지. 아무것도 할 필요가 없었어. 남편만 남겨 두고 집을 나가면 그만이었으니까. 아니, 한 가지 한 일이 있었어. 사 두었던 생수를 모두 버리고 한두 병만 남겨 두었을 거야. 요시다카가 그 생수를 마시는 동안은 아무 일도 없었어. 처음 커피를 끓였을 때는 생수를 사용했겠지. 그러다 다음번에 끓일 때는 정수기 물을 사용한 거야. 생수가 한 병밖에 남지 않아 아끼려고 했겠지. 1년 전에 투입한 독극물이 그 위력을 발휘할 때가 드디어 온 거야."

유가와는 책상에 내려 놓았던 커피 잔을 들었다.

"지난 1년 동안, 부인은 언제든 남편을 죽일 수 있었어. 그런데 그가 실수로 독을 마시지 않게 하기 위해 빈틈없이 주의를 기울였어. 다른 평범한 인간이라면 어떤 식으로 사람을 죽일까 부심하고 노력했을 거야. 하지만 이번 사건의 범인은 그 반대였어. 죽이지 않기 위해 전력을 쏟은 거야. 이런 범인은 세상에 없어. 동서고금을 막론하고 어디에도 없을 거야. 이론적으로는 가능하지만 현실적으로는 생각할 수 없는 일이니까. 그래서 허수해라고 했던 거지."

우쓰미 가오루가 구사나기 앞으로 다가왔다.

"아야네 부인에게 곧바로 임의 출두를 요청할까요?"

구사나기는 그녀의 우쭐한 표정을 힐끔 보고는 유가와에게 시선을 돌렸다.

"증거가 있어? 그녀가 그런 트릭을 사용했다는 증거 말이야."

물리학자는 안경을 벗어 옆에 있는 책상에 올려놓았다.

"증거는 없어. 있을 리가 없지."

우쓰미 가오루가 놀란 표정으로 유가와 쪽으로 몸을 돌렸다.

"정말 그런가요?"

"당연하지. 생각해 보라고. 뭐라도 했다면 그 흔적이 남았겠지. 하지만 그녀는 아무것도 하지 않았어. 아무것도 하지 않는 것이 죽이는 방법이었으니. 따라서 그녀의 행동에서 흔적을 찾으려고 해 봐야 헛수고야. 유일한 물증은 정수기에서 검출된 아비산인데, 그것만으로는 증거가 될 수 없다는 것을 우쓰미 자네가 설명해 주지 않았나. 필터의 상품 번호도 상황 증거에 불과하고. 그러니까 사실상 그녀가 이 트릭을 사용했다는 증명은 불가능하다는 얘기야."

"이럴 수가⋯⋯."

우쓰미 가오루는 어이가 없었다.

"그러니 전에도 내가 말했지, 이건 완전 범죄라고 말이야."

29

가오루가 메구로 서 회의실에서 자료를 정리하고 있는데 밖에서 돌아온 마미야가 눈짓을 했다. 그녀는 자리에서 일어나 마미야에게 다가갔다.

"이번 사건에 대해 과장이랑 관리관과 의논하고 왔어."

의자에 앉아 마미야가 입을 열었다. 표정이 그다지 좋지 않았다.

"영장은요?"

가오루의 물음에 마미야는 희미하게 고개를 저었다.

"지금 상황으로는 힘들어. 범인이라는 걸 밝힐 수 있는 자료가 너무 부족하다고. 갈릴레오 교수의 추리는 훌륭하지만 증거가 하나도 없으니 기소할 수가 있어야지."

"역시 그렇군요."

가오루는 고개를 떨어뜨렸다. 유가와의 말이 전적으로 옳았다.

"과장과 관리관도 머리를 쥐어뜯고 있어. 1년 전에 독을 투입해 놓고 범행 당일까지 마시지 못하도록 용의주도하게 감시했다니 대체 이런 범죄가 있을 수 있냐고 말이지. 두 사람 다 반신반의하는 눈치더군. 아니 솔직히 말해서 나도 그래. 그 방법밖에 없다고는 생각하지만 그래도 믿기가 어려워. 있을 수 없는 일만 같고."

"나도 유가와 교수가 말할 때는 믿을 수 없었어요."

"정말 대단한 사람들이야. 그 아야네라는 여자도 그렇지만, 추리만으로 트릭을 파헤친 교수도 대단해. 머릿속이 어떻게 생겨먹었는지 궁금하다니까."

그렇게 말하고서 마미야는 떨떠름한 표정을 지었다.

"교수의 추리가 맞는지는 아직 모르는 거지? 그 점을 명확히 하지 않고서는 마시바 아야네를 잡아들일 수 없어."

"쓰쿠이 준코를 끌어들이면 어떨까요? 감식반이 히로시마로 내려가 그녀의 고향 집을 조사하고 있다던데요."

마미야가 고개를 끄덕였다.

"그래, 아비산이 들어 있었다는 깡통을 스프링 8에 보냈다는군. 하지만 거기서 아비산이 검출된다 해도, 이번 사건에 사용된 것과 일치한다는 결정적인 증거는 못 돼. 아니 상황 증거조차 될 수 없을지도 모르지. 쓰쿠이 준코가 마시바 요시다카의 전 애인이었다면 마시바 요시다카 본인이 아비산을 가져갔을 가능성도 없지 않으니까."

가오루는 긴 한숨을 토했다.

"대체 뭐가 있어야 증거가 될 수 있을까요? 뭘 찾으면 되는지 가르쳐 주세요. 지시를 내리면 어떻게든 찾아오겠어요. 아니면 유가와 교수가 말한 대로 이 범행은 완전 범죄라고 해야하나요?"

마미야가 얼굴을 찡그렸다.

"그렇게 큰 소리 내지 말라고. 나도 어떻게 하면 범행을 증명할 수 있을지 그걸 모르니 난처한 것 아니겠어. 지금 증거라고 할 만한 것은 아비산이 검출된 정수기뿐이야. 과장과 관리관은 정수기의 증거로서의 가치를 높이는 것이 선결 문제라는 의견이야."

상사의 의견을 듣고서 가오루는 자신도 모르게 입술을 깨물었다. 패배 선언처럼 들렸기 때문이다.

"그런 표정 짓지 마. 나는 포기한 게 아니야. 틀림없이 뭔가가 나올 거야. 완전 범죄란 그리 쉽게 성립하는 게 아니라고."

가오루는 잠자코 고개를 끄덕인 후, 마미야를 향해 인사하고서 그 자리를 떴다. 하지만 마미야 계장의 의견에 동의한 것은 아니었다.

　그리 쉽게 성립하는 게 아니다. 그 정도는 이미 알고 있다고 생각했다. 마시바 아야네가 꾸민 짓이 보통 사람으로서는 불가능하다 싶을 만큼 어려운 일이기에 완전 범죄로 끝나는 것이 아닐까 우려하고 있는 것이다.

　자리로 돌아온 가오루는 휴대 전화를 꺼내 문자를 확인했다. 구사나기가 어떤 성과를 올리지나 않았을지 기대하고 있는 것이다. 하지만 문자는 어머니에게서 온 것뿐이었다.

30

만나기로 한 찻집에 들어서니 와카야마 히로미는 벌써 와 있었다. 구사나기는 황급히 다가갔다.

　"많이 기다렸죠?"

　"아니에요. 저도 막 왔어요."

　"이렇게 몇 번이나 불러내서 정말 죄송합니다. 최대한 짧게 끝내겠습니다."

　"괜찮아요. 지금은 하는 일이 없어서 시간은 얼마든지 있으니까요."

　와카야마 히로미가 엷은 미소를 머금었다.

마지막 만났을 때보다 안색이 약간 좋아진 듯 보였다. 정신의 안정을 되찾았나 보다고 구사나기는 생각했다.

웨이트리스가 다가오자 구사나기는 커피를 주문했다. 그리고 "히로미 씨는 우유를 주문할까요?" 하고 물었다.

"아니요, 저는 레몬 티로 할게요."

웨이트리스가 사라진 후 구사나기는 그녀에게 미소를 건넸다.

"미안합니다. 전에 우유를 주문했던 기억이 있어서."

아, 하면서 그녀가 고개를 끄덕끄덕했다.

"우유를 특별히 좋아하는 것은 아니에요. 그리고 지금은 가급적이면 우유를 안 마시려고 해요."

"왜요, 무슨 이유라도?"

"그런 사소한 질문에도 대답해야 하나요?"

"아, 아닙니다. 시간이 있다고 하셔서 긴장이 좀 풀어졌나 보군요. 그럼 본론으로 들어가죠. 오늘은 마시바 씨 댁 부엌에 대해 질문하려고 합니다. 거기 정수기가 수도에 연결돼 있는 것은 아시죠?"

"알죠."

"사용한 적은?"

"없어요."

와카야마 히로미의 내답은 간단명료했다.

"대답이 곧바로 나오는군요. 보통은 잠시 생각하지 않나요?"

"부엌에 들어간 일조차 거의 없는걸요. 부엌일을 거든 적도 없고요. 그러니 정수기를 쓸 일이 없죠. 이 얘기는 우쓰미 씨에게도 했지만, 난 선생님이 커피나 홍차를 끓여 달라고 할 때만 부엌에 들어갔어요. 그것도 선생님이 다른 음식을 준비하느라 손을 비울 수 없을 때뿐이었어요."

"그럼 부엌에 혼자 들어간 일도 없겠군요."

와카야마 히로미가 미심쩍다는 표정을 지었다.

"질문의 의도가 뭔가요?"

"그건 모르셔도 됩니다. 부엌에 혼자 들어간 적이 있는지 없는지만 생각해 보세요."

그녀는 미간을 찡그리고 잠시 생각하다가 천천히 구사나기를 보았다.

"아마, 없을 거예요. 선생님 허락 없이 부엌에 들어가서는 안 된다고 생각했으니까."

"허락 없이는 들어가지 말라고 했습니까?"

"분명하게 그렇게 말하지는 않았지만, 그런 인상이었어요. 게다가 주부에게는 부엌이 자신만의 성 같은 거라고 흔히들 말하잖아요."

"그렇군요."

음료가 나왔다. 와카야마 히로미는 홍차에 레몬 조각을 띄우고 맛나게 마시기 시작했다. 그 표정도 왠지 생기발랄해 보였다.

그러나 반대로 구사나기의 마음은 침울했다. 그녀의 얘기가 유가와의 추리를 뒷받침하는 것이었기 때문이다.

커피를 한 모금 마시고 일어났다.

"협조해 주서서 고맙습니다."

와카야마 히로미는 벌써 끝났느냐는 듯 눈을 동그랗게 떴다.

"다 끝난 건가요?"

"네. 질문은 끝났습니다. 그럼, 천천히 마시고 가세요."

구사나기는 테이블에 놓인 계산서를 들고서 출구로 나갔다.

찻집에서 나와 택시를 잡으려는데 휴대 전화에 문자가 들어왔다. 유가와가 보낸 것이었다.

예의 트릭에 관해서 할 얘기가 있다고 한다.

"지금 당장 확인하고 싶은데, 어디서 만날 수 없을까?"

"내가 그쪽으로 가지. 무슨 일이야, 확인하고 싶다는 게. 그 추리는 자신하지 않았어?"

"물론 자신 있어. 그러니 확인을 하고 싶은 거야. 최대한 빨리 왔으면 좋겠군."

말이 끝나자마자 유가와는 전화를 끊었다.

약 30분 후, 구사나기는 데이도 대학 정문을 들어섰다.

"전에 말한 트릭을 사용했다는 전제하에 이번 사건을 다시 한번 점검해 보았더니, 딱 한 가지 걸리는 점이 나오더군. 수사에 도움이 될지도 모르겠다 싶어서 급히 연락한 거야."

구사나기의 얼굴을 보자마자 유가와가 말을 꺼냈다.

"어지간히 중요한 일인가 보군."

"중요하지. 그래서 한번 확인하겠는데, 아야네 부인이 사건 발생 후 홋카이도에서 자택으로 돌아왔을 때 말이야, 자네들이 함께였지?"

"그렇지. 나와 우쓰미가 집까지 동행했지."

"그때, 그녀가 맨 처음 뭘 했지?"

유가와가 물었다.

"맨 처음? 그야 현장을 보고……"

구사나기의 대답에 유가와는 답답하다는 듯이 고개를 가로저었다.

"그녀는 부엌에 들어갔을 거야. 부엌에서 수돗물을 받았지. 안 그래?"

구사나기는 화들짝 놀랐다. 그때 광경이 생생하게 눈앞에 펼쳐졌다.

"그래, 맞아. 그녀는 물을 받았어."

"그 물을 어디다 썼는데? 짐작건대 상당량의 물을 썼을 텐데."

유가와의 눈이 반짝거렸다.

"꽃에 줬어. 꽃이 시든 것을 보고 마음이 불편하다면서 양동이에 물을 받아서 2층 베란다에 있는 화분에 물을 주었지."

"그거로군."

유가와가 집게손가락으로 구사나기를 가리켰다.

"그게 트릭의 완성이었어."

"트릭의 완성?"

"범인의 입장에서 생각해 봐. 정수기에 독을 투입한 채로 집을 나갔어. 그녀가 의도한 대로 목표한 인간이 물을 마시고 사망했지. 하지만 안심할 수 없겠지. 왜냐하면 정수기에 아직 독이 남아 있을 가능성이 있으니까."

구사나기는 무심결에 등을 쭉 폈다.

"듣고 보니 그렇군."

"그대로 놔두면 범인에게 극히 위험해. 누가 까딱 잘못해서 마시기라도 하면 두 번째 희생자가 나올 우려도 있고 경찰에게 트릭이 발각될 수도 있겠지. 그러니 범인은 최대한 빨리 증거를 인멸하려 들 수밖에 없지."

"그 때문에 꽃에 물을……."

"그때 그녀가 양동이에 받은 물은 정수기 물이었어. 양동이에 가득 찰 만한 양을 뽑아냈으니 투입된 아비산도 거의 씻겨 나갔겠지. 스프링 8의 힘을 빌려야 검줄할 수 있을 정도로 말이야. 즉 그녀는 꽃에 물을 준다고 하면서 실은 수사관들이 보는 앞에서 당당하게 증거를 인멸했던 셈이라고."

"그렇게 된 일이로군. 그때 그 물이……."

"그 물이 남아 있다면 아마 증거가 될 수 있을 거야. 정수기에서 검출된 아비산 미립자만 가지고는 예의 트릭을 증명하기 어렵겠지만, 사건 당일 정수기에서 치사량에 가까운 아비산이 함유된 물을 뽑아냈다는 사실을 제시하면 그때 비로소 우리의 추리도 증거를 확보하게 되는 셈이지."

"방금 전에도 말했지만, 그녀는 그 물을 꽃에 주었어."

"그럼 화분과 흙을 조사해야지. 스프링 8에 보내면 아비산을 찾아내 줄 거야. 그때 부인이 뿌린 물에 포함되어 있었다는 것을 증명하기는 어려워도, 하나의 증거는 될 거 아냐."

유가와의 얘기를 듣던 구사나기의 뇌리에 불현듯 스치는 것이 있었다. 기억해 내려 애써도 기억나지 않는 무엇, 알고 있는데 일고 있다는 것조차 잊어버린 무엇이었다.

그 작은 뼛조각 같은 기억이 사고 회로 위로 톡 떨어졌다. 구사나기는 헉 숨을 삼키면서 유가와의 얼굴을 쳐다보았다.

"왜 그래, 내 얼굴에 뭐가 묻기라도 했어?"

아니, 하면서 구사나기는 고개를 저었다.

"자네에게…… 아니지, 데이도 대학이 유가와 교수에게 부탁할 일이 있네. 경시청 수사 1과의 수사관 자격으로 부탁하는 것이야."

그 순간 손가락으로 안경을 밀어 올리는 유가와의 표정이
매서워졌다.

"말해 보게."

31

문 앞에서 가오루는 걸음을 멈췄다. 문에는 여전히 '앤즈 하
우스'라고 씌어진 팻말이 붙어 있었다. 하지만 구사나기에게
들은 바로 퀼트 학원은 거의 개점휴업 상태라고 한다.

구사나기가 고개를 끄덕거리자 가오루는 인터폰을 눌렀다.
잠시 기다려 보았지만 아무 반응이 없어 다시 한번 누르려고
인터폰에 손을 대었다. 그때 안에서 "네." 하는 소리가 들렸
다. 틀림없는 아야네의 목소리였다.

"경시청의 우쓰미입니다."

가오루는 인터폰에 입을 대고 조그맣게 말했다. 인근에는
들리지 않게 최대한의 배려를 한 것이다.

짧은 침묵이 있었다.

"아, 우쓰미 씨. 무슨 일이죠?"

"몇 가지 확인할 사항이 있어서 나왔는데, 괜찮으세요?"

다시 침묵. 가오루의 뇌리에 인터폰 너머에서 생각에 잠긴 아야네의 모습이 떠올랐다.

"알겠어요. 금방 열게요."

가오루와 구사나기는 서로 얼굴을 마주 보았다. 구사나기가 살짝 고개를 숙였다.

찰칵, 소리가 나고 문이 열렸다. 아야네는 구사나기를 보자 다소 놀라는 눈치였다. 가오루 혼자 온 줄 안 모양이었다.

구사나기는 아야네를 내려다보면서 또 고개를 숙였다.

"연락도 없이 찾아와서 죄송합니다."

"구사나기 씨도 같이 오셨네요."

아야네의 얼굴에 미소가 번졌다.

"들어오세요."

"아니, 실은, 메구로 서로 동행해 주십사 해서요."

구사나기가 어렵사리 말을 꺼냈다.

아야네의 얼굴에서 미소가 사라졌다.

"경찰서에요?"

"그렇습니다. 서에서 차근차근 말씀을 듣고 싶습니다. 실은 아주 조심스러운 내용도 있고 해서……."

아야네가 시선을 똑바로 구사나기에게 향했다. 그 시선을 따라 가오루도 선배 형사의 옆얼굴을 쳐다보았다. 그의 눈에는 슬픔과 무상함, 그리고 번민의 빛이 어려 있었다. 가슴속에 큰 결의를 다지고 이곳에 왔음이 아야네에게도 충분히 전해졌을 것이다.

"그래요?"

그러나 그렇게 대답하는 아야네의 눈은 이미 부드럽게 빛나고 있었다.

"그럼 동행을 해야죠. 준비하려면 시간이 좀 걸릴 테니까 들어와서 기다리세요. 이렇게 밖에 세워 놓으면 제가 불편해요."

"알겠습니다. 그럼, 실례하죠."

구사나기가 대답했다.

아야네가 문을 활짝 열었다.

실내는 깔끔하게 정리되어 있었다. 가구와 장식품 몇 가지도 처분한 듯했다. 다만 한가운데에 놓은 작업대 겸 테이블은 그대로였다.

"그 태피스트리, 아직 걸지 않으셨군요."

그렇게 말하면서 구사나기는 벽을 보았다.

"시간이 나질 않아서요."

"그러셨군요. 멋진 무늬니까 벽에 걸면 잘 어울릴 겁니다. 그림책에 등장할 만한 디자인이었어요."

아야네가 미소를 머금은 얼굴로 그를 돌아보았다.

"고마워요."

구사나기는 시선을 베란다로 옮겨 갔다.

"화분을 가져온 모양입니다."

가오루도 베란다 쪽을 내다보았다. 유리문 너머로 알록달록한 꽃이 보였다.

"네. 우선 몇 개만 가져왔어요. 업자에게 운반해 달라고 부탁해서요."

"그렇군요. 방금 전에 물을 줬나 봅니다."

구사나기가 시선을 아래로 떨어뜨렸다. 유리문 바로 앞에 큼지막한 물뿌리개가 놓여 있었다.

"네. 그 물뿌리개, 참 편리하더군요. 고마워요."

"아닙니다. 편리하다니 다행이로군요."

구사나기는 아야네 쪽을 돌아보았다.

"우리는 개의치 말고 준비하십시오."

네, 하고 고개를 숙인 후 아야네는 옆방 쪽으로 향했다. 그러다 문을 열기 전에 돌아보면서 문득 물었다.

"뭐가 나왔나요?"

"네? 무슨 뜻인지?"

구사나기가 되물었다.

"사건에 관계된, 새로운 사실이나 증거 같은 것이……. 그런 것이 나왔기에 제가 경찰에 불려 가는 것 아닌가요?"

구사나기는 가오루 쪽으로 언뜻 시선을 주었다가 다시 아아네를 쳐다보았다.

"말하자면, 그렇습니다."

"흥미롭군요. 뭐가 나왔는지 얘기해 줄 수 없나요? 역시 경찰서에 가야 가르쳐 주실 건가요?"

아야네의 말투가 마치 신나는 얘기를 재촉하는 것처럼 밝았다.

구사나기는 눈을 내리깔고서 잠시 침묵한 후에 입을 열었다.

"독극물이 어디에 투입되어 있었는지 판명되었습니다. 과학적인 견지에서 다각적으로 검토한 결과, 정수기 안이라고 보아 틀림없다는 결론이 나왔죠."

가오루는 아야네의 얼굴을 뚫어지게 쳐다보고 있었지만, 그 표정에는 한 치의 흔들림도 없었다. 해맑은 눈으로 구사나기만 보고 있을 뿐이었다.

"그랬군요, 그 정수기에."

목소리에도 낭패라는 울림은 전혀 없었다.

"문제는 정수기에 독을 투입한 방법이었죠. 상황으로 보아 한 가지밖에 없었습니다. 그리고 용의자도 그 방법을 사용할 수 있는 사람으로 좁혀졌죠, 단 한 사람으로."

구사나기가 아야네를 쳐다보았다.

"그래서 부인에게 동행을 요청하는 겁니다."

아야네의 볼이 약간 붉은 기를 띠었다. 하지만 입가에 묻어 있는 미소는 사라지지 않았다.

"정수기에 독이 투입돼 있었다는 증거는 있나요?"

"빈틈없이 분석한 결과, 아비산이 검출되었습니다. 단, 그것만 가지고는 증거라 할 수 없죠. 범인이 독을 투입한 시기가 1년 전으로 거슬러 올라가니까요. 그 독이 사건 당일에도 유효했다. 즉 1년 동안 정수기를 단 한 번도 사용하지 않았기 때문에 투입된 아비산도 씻기지 않았다는 것을 증명할 필요가 있었습니다."

아야네의 긴 속눈썹이 파르르 움직였다. 그녀가 반응을 보인 것은 '1년 전'이라는 말 때문이라고 가오루는 확신했다.

"그래서, 증명을 했는지요?"

"놀라지 않으시는군요. 범인이 1년 전에 독을 투입했다는 말을 듣고서, 나는 너무 놀라 내 귀를 의심했는데요."

"하시는 얘기가 모두 뜻밖이라, 감정을 표현할 여유가 없네요."

"그런가요?"

구사나기가 가오루를 보면서 눈짓했다. 그녀는 들고 온 가방에서 비닐 주머니를 꺼냈다.

그 순간, 비로소 아야네의 입가에서 미소가 사라졌다. 비닐 주머니의 내용물을 알아본 듯했다.

"이게 뭔지는 물론 잘 아시겠죠? 전에 부인이 꽃에 물을 줄

때 사용했던 깡통입니다. 바닥에 구멍이 뚫려 있죠."

"그건, 처분했다고 하……."

"보관하고 있었습니다. 씻지도 않고 말이죠."

구사나기의 입가가 잠시 벌어졌다가 다시 다부지게 닫혔다.

"유가와 교수를 기억하는지요? 제 친구이며 물리학자죠. 그 사람이 대학에서 이 깡통을 조사했습니다. 결론부터 말씀드리죠. 아비산이 검출되었습니다. 다른 성분도 분석한 결과, 자택 부엌의 정수기에서 나온 물이라는 것이 판명되었습니다. 난 이 깡통이 마지막 사용되었던 때를 기억하고 있습니다. 부인은 2층 베란다 꽃에 물을 주었죠. 그때 와카야마 히로미 씨가 와서, 부인은 물을 주다 말았습니다. 그 후로 이 깡통은 한 번도 사용되지 않았어요. 왜냐하면 내가 물뿌리개를 사왔기 때문이죠. 이 깡통은 그 후로 죽 내 책상 서랍 속에 들어 있었습니다."

아야네가 눈을 번쩍 떴다.

"왜 그런 것을 책상 서랍에?"

구사나기는 그 질문에는 대답하지 않았다. 대신 감정을 억누른 목소리로 이렇게 말했다.

"이상의 조사 결과로 정수기에 아비산이 들어 있었고, 사건 당일 정수기에서 나온 물에 치사량의 아비산이 함유되어 있었다고 추정할 수 있습니다. 그리고 다양한 증거가 아비산이 투입된 시기는 1년 전임을 알려 주고 있어요. 그럴 수 있는 사람, 더욱이 1년 내내 아무도 정수기를 사용하지 못하도록 할 수 있는 사람은 단 한 명밖에 없었습니다."

가오루는 턱을 들고 아야네의 모습을 지켜보았다. 미모의 용의자는 눈을 내리뜨고 입을 꼭 다물고 있었다. 희미하게나마 미소가 남아 있었지만, 그녀를 늘 감싸고 있던 우아한 분위기는 저녁 해가 기울어 사방이 어두워지듯 천천히 그늘져 가고 있었다.

"자세한 말씀은 서에서 다시 드리죠."

구사나기가 얘기를 마무리했다.

아야네가 고개를 들었다. 긴 한숨을 내쉬고 똑바로 구사나기를 보면서 고개를 끄덕였다.

"알았어요. 하지만 잠시만 기다려 주세요."

"좋습니다. 천천히 준비하세요."

"준비도 그렇지만, 꽃에 물을 마저 줘야겠어요. 아까 주다 말아서……."

"아, 그러시죠."

미안해요, 하며 아야네는 베란다 문을 열었다. 그리고 커다란 물뿌리개를 두 손으로 들고서 느릿느릿 물을 뿌리기 시작했다.

32

그날도 이렇게 화분에 물을 주었다. 아야네는 약 1년 전의 일을 떠올렸다. 요시다카가 끔찍한 사실을 알려 준 날이었다. 그의 얘기를 들으면서 그녀는 화분에 핀 팬지를 바라보았다. 친구인 쓰쿠이 준코가 좋아했던 꽃이었다. 그래서 그녀는 필명도 팬지의 일본 이름인 '고초 스미레'였다.

준코를 만난 곳은 런던의 책방이었다. 아야네는 퀼트에 응용할 디자인을 찾고 있었다. 어떤 화집을 집으려고 하는데, 다른 여자도 그 책으로 손을 뻗었다. 아야네보다 나이가 조금 많아 보이는 일본 여성이었다.

단박에 그녀와 의기투합, 귀국하면 꼭 다시 만나자고 약속했다. 그 약속은 실현되었다. 아야네가 도쿄로 올라온 지 얼마 안 되어 준코도 도쿄로 왔다.

서로 하는 일이 있어서 그리 자주 만나지는 못했지만, 아야네에게 준코는 마음을 터놓을 수 있는 친구였다. 마찬가지로 준코에게 자신도 그런 존재이리라는 자신감이 있었다. 준코는 아야네보다 사교성이 한참 떨어지는 여자였다.

어느 날 준코가 소개하고 싶은 사람이 있다고 했다. 그녀가 캐릭터 디자인을 맡고 있는 인터넷 만화 영화 배급원의 사장이라고 했다.

"캐릭터 상품 때문에 의논하다가 아는 사람 중에 퀼트 전문가가 있다는 얘기를 했더니, 꼭 만나고 싶대. 귀찮겠지만, 한 번만 같이 나가 주지 않을래?"

전화로 준코는 미안하다는 듯이 부탁했다. 아야네는 흔쾌히 받아들였다. 거절할 이유가 없었다.

그렇게 아야네는 마시바 요시다카를 만났다. 요시다카는 강렬한 매력을 지닌 남자였다. 자기 생각을 전할 때의 표정은 풍부하고, 그 눈에는 자신감이 넘실거렸다. 타인에게서 얘기를 끌어내는 기술도 탁월했다. 그와 얘기를 나눈 것이 고작 몇 분 동안이었는데 자신마저 대화에 능숙해졌다는 착각이 들 정도였다.

그와 헤어진 후 아야네는 자신도 모르게 "멋진 사람이네." 하는 말을 흘렸다. 그 말을 듣고서 준코는 기쁜 듯이 "그렇지." 하며 미소지었다. 그 표정을 보는 순간, 아야네는 요시다카를 생각하는 준코의 마음을 알아차렸다.

그때 왜 확인하지 않았을까, 지금에야 아야네는 후회한다. 단 한 마디 "사귀는 사람이니?" 하고 물으면 족한 일이었다. 묻지 않았기에 그녀도 아무 말 하지 않았던 것이다.

캐릭터 상품에 퀼트를 도입하자는 아이디어는 결국 무산되었다. 그 일로 요시다카에게서 직접 전화가 걸려 왔다. 시간을 뺏어서 미안하다는 사과의 전화였다. 그때 요시다카는 조만간 식사 대접을 하고 싶다고 했다.

그래 봐야 사업상 하는 말이겠거니 했는데, 며칠이 지나 정말 전화가 왔다. 게다가 요시다카의 말투로 보아 준코에게는 알리지 않은 듯했다. 그래서 아야네는 두 사람이 사귀는 사이는 아닌 모양이라고 여겼다.

설레는 기분으로 요시다카와 만나기로 한 곳에 나갔다. 그와 단둘이 지내는 시간이 지난번에 만났을 때와 비교도 안 될 만큼 즐거웠다.

아야네의 마음은 급속도로 발전했다. 동시에 준코와의 사이는 멀어졌다. 그녀 역시 요시다카에게 마음이 있다는 것을 알고 있기에 왠지 연락하기가 껄끄러웠던 것이다.

그 후 몇 달 만에 준코를 만났다. 아야네는 그녀의 변한 모습을 보고서 놀랐다. 살이 쪽 빠진 데다 피부도 거칠었다. 어디 아픈 데라도 있나 싶어 걱정하자, 본인은 아무 이상 없다고 말했다.

둘이서 서로의 근황을 얘기하는 사이에 준코가 조금씩 기운을 되찾았다. 그래서 아야네가 요시다카와의 사이를 털어놓을까 하고 생각한 찰나, 준코의 안색이 싹 바뀌었다.

"왜 그래?"

그렇게 물었지만 준코는 아무 대답도 않은 채 바로 자리에서 일어났다. 급한 볼일이 생각났다면서 돌아가고 만 것이다.

영문을 모르는 채 택시에 올라타는 준코의 뒷모습을 지켜보았다. 결과적으로 그때 만남이 그녀와의 영원한 작별이 되고 말았다.

그리고 닷새 후, 아야네에게 택배가 배달되었다. 조그만 상자에 하얀 가루가 담긴 비닐 봉투가 들어 있었다. 봉투에는 매직으로 '비소—유독물'이라고 씌어 있었다. 보내는 사람은 준코였다.

이상한 일이다 싶어 전화를 걸었다. 하지만 받지 않았다. 걱정이 되어 아파트로 찾아갔다. 그곳에서 아야네는 경찰들이 그녀의 방을 조사하는 광경을 보았다. 모여든 구경꾼들 사이에서 방 주인이 음독자살했다는 소리가 들렸다.

너무도 충격을 받은 나머지, 어디를 어떻게 걸어 집으로 돌아왔는지 기억나지 않았다. 정신이 들었을 때는 자신의 방에 있었다. 아야네는 준코가 보낸 것을 새삼스레 들여다보았다.

거기에 어떤 메시지가 담겨 있는지 생각하고 또 생각한 끝에 문득 떠오른 것은, 준코를 마지막 만났을 때의 일이었다. 그녀가 아야네의 휴대 전화를 얼핏 본 것 같았다. 아야네는 자신의 휴대 전화를 꺼냈다. 휴대 전화에는 요시타카와 세트로 산 장식 줄이 달려 있었다.

자신과 요시다카의 사이를 눈치 챘기 때문에 준코가 자살한 것일까. 그런 불길한 상상이 아야네의 가슴에 번졌다. 준코가 일방적으로 사랑한 것이었다면 스스로 목숨을 끊을 리 없다. 그렇다면 그녀 역시 요시다카와 깊은 관계였다는 얘기가 된다.

아야네는 경찰에 달려가지 못했다. 준코의 장례식에도 참석할 수 없었다. 자신이 그녀를 자살로 몰아간 것이 아닐까 생각하니 진실을 밝히기가 겁났다.

요시다카에게 준코와의 사이를 물을 용기도 없었다. 같은 이유 때문이었다. 물론 묻고 확인하는 와중에 그와의 사이가 멀어지는 것은 아닐까 하는 두려움도 있었다.

한참이 지나 요시다카가 묘한 제안을 했다. 둘이 따로 맞선 파티에 참석해, 그 장소에서 처음 만난 것처럼 상황을 연출하자는 얘기였다. 그렇게 하는 이유에 대해 그는 성가신 일을 피하기 위해서라고 했다.

"한가한 사람들은 항상, 어떻게 처음 만났느냐고 묻잖아. 그런 걸 일일이 파헤치고 드는 거, 난 싫거든. 맞선 파티에서 만났다고 하면 간단하게 끝날 거 아냐."

그 때문이라면 그렇다고 말만 하면 될 일이지 실제로 맞선 파티에 참석할 필요까지 있겠냐고 말했지만, 요시다카는 이카이라는 승인까지 준비했다. 그 철저함을 그답다고 말할 수도 있지만, 아야네는 그가 자신의 과거에서 준코의 그림자를 지우려 하는 것 아닐까 의심했다. 물론 의심만 했을 뿐 말은 하지 않았다. 그리고 그가 하자는 대로 맞선 파티에 참석했고, 서로 입을 맞춘 대로 '극적인 만남'을 연출했다.

그 후, 두 사람은 순조롭게 교제를 계속했다. 맞선 파티 날로부터 반년이 지난 어느 날, 아야네는 요시다카의 청혼을 받았다.

행복감에 어쩔 줄 몰랐지만 아야네의 가슴속에서는 한 가지 의혹이 날로 자라나고 있었다. 물론 준코에 관한 것이었다. 요시다카와는 어떤 관계였고, 왜 자살했을까?

진실을 알고 싶은 마음과 외면하고 싶은 마음이 번갈아 아야네를 괴롭혔다. 그러는 동안 요시다카와 결혼하기로 약속한 날짜는 하루하루 다가왔다.

그러던 어느 날, 요시다카가 충격적인 발언을 했다. 아니 그로서는 그리 무모한 발언이 아닐지도 몰랐다. 아주 가벼운 말투로 이렇게 말했던 것이다.

"결혼하고 나서 만약 1년 안에 아이가 생기지 않으면 헤어지자."

아야네는 자신의 귀를 의심했다. 아직 결혼도 하지 않았는데 이혼 얘기를 꺼내다니, 상상도 못할 일이었다.

아야네는 농담일 것이라고 생각했지만, 그렇지 않은 듯했다.

"난 옛날부터 그런 생각을 갖고 있었어. 기한은 딱 1년이야. 피임하지 않는 한 대부분의 부부는 그 기간 안에 아이가 생기니까. 만일 생기지 않는다면 어느 쪽에 문제가 있을 가능성이 높지. 전에 확인해 봤는데, 내게는 문제가 없어."

그 얘기를 듣고서 아야네는 온몸에 소름이 좍 돋았다. 그녀는 그를 빤히 쳐다보며 물었다.

"당신, 준코에게도 똑같이 말한 거야?"

"뭐?"

요시다카의 시선이 어지럽게 허공을 더듬었다. 낭패감을 드러내다니 그로서는 드문 일이었다.

"부탁이야. 솔직하게 대답해 줘. 당신, 준코와 사귀는 사이였지?"

요시다카는 불쾌하다는 듯 눈썹을 찡그렸다. 하지만 부정하지는 않았다. 못 볼 것이라도 본 표정으로 "그랬지." 하고 대답했다.

"더 빨리 눈치 챌 줄 알았는데. 당신이든 준코든, 나에 대해 얘기할 것이라고 예상했으니까 말이야."

"양다리를 걸쳤던 거야?"

"그렇지는 않지. 당신과 사귀기 시작했을 때 이미 난 준코와 헤어질 생각을 하고 있었어. 거짓말이 아니야."

"뭐라면서 헤어진 거야?"

아야네는 미래의 남편을 노려보며 물었다.

"아이가 생기지 않는 여자와 결혼할 수 없다, 그렇게 말했어?"

요시다카가 어깨를 으쓱했다.

"말은 다르지만, 뜻은 같군. 타임 리밋이라고 했으니까."

"타임 리밋……."

"그녀는 서른네 살이었어. 피임을 하지 않았는데 임신할 기미조차 없었다고. 그러니 끝낼 때가 된 거였지."

"그래서 나를 선택한 거야?"

"그럼 안 되나? 가능성 없는 여자와 사귀어서 무슨 의미가 있겠어. 난 그런 헛수고는 하지 않는 사람이야."

"왜 지금까지 숨겼어?"

"굳이 말할 필요가 없었으니까. 아까도 말했지만 어차피 알게 될 거라고 각오하고 있었어. 그렇게 되면 그때 설명하려고 했을 뿐이야. 나는 당신을 배신하지도 않았고 속이지도 않았어. 그것만은 단언할 수 있어."

아야네는 요시다카에게 등을 보인 채 베란다에 핀 꽃을 내려다보았다. 팬지가 눈에 들어왔다. 준코가 좋아했던 꽃이었다. 팬지를 보면서 준코를 생각했다. 그녀가 느꼈을 허망함을 생각하자 눈물이 쏟아질 것 같았다

요시다카가 헤어지자는 말을 꺼낸 후에도 준코는 자신의

마음을 정리하지 못한 채 고뇌 속에서 보냈을 것이다. 그럴 때 아야네를 만나 휴대 전화에 매달린 줄을 보고서 요시다카와의 관계를 눈치 챈 것이다. 충격을 받은 나머지 자살을 결심했지만, 죽기 전에 아야네에게 메시지를 보내고 싶었다. 그것이 그 아비산이다. 하지만 애인을 빼앗긴 원한 때문이 아니었다. 그것은 경고였다.

언젠가는 너도 나와 똑같은 불행을 당할 것이라고. 그녀는 그렇게 경고하고 싶었던 것이다.

아야네에게 준코는 어떤 고민도 털어놓을 수 있는 유일한 존재였다. 선천성 이상 때문에 임신할 가능성이 없다는 사실도 그녀에게는 고백했었다. 그래서 아야네가 머지않아 요시다카에게 버림받을 몸이라는 것을 예견할 수 있었던 것이다.

"내 얘기 듣고 있는 거야?"

요시다카가 물었다.

"듣고 있어. 안 들을 리 없잖아."

그녀는 돌아보며 대답했다.

"그런데 왜 그렇게 반응이 더뎌."

"잠시 멍하니 있었어."

"멍하니 있었다고? 당신답지 않군."

"좀 놀라서."

"그랬나? 당신도 내 라이프 플랜에 대해서는 잘 알고 있을 텐데."

요시다카는 자신의 결혼관을 설명했다. 아이가 없는 결혼에는 아무런 의미가 없다는 내용이었다.

"아야네, 대체 뭐가 불만이야? 당신도 원하는 것은 다 얻었잖아. 아니, 아직도 원하는 게 있다면 주저 없이 말하라고. 내가 할 수 있는 것은 다 해 줄 테니까. 괜히 고민하지 말고 새 생활을 계획해. 다른 선택의 여지가 없어."

그는 자신의 연인이 얼마나 큰 상처를 입었는지 전혀 이해하지 못했다. 물론 그의 후원 덕분에 아야네는 갖가지 꿈을 실현했다. 하지만 1년 후면 결별이 예정되어 있는데 어떻게 앞날을 생각할 수 있을까. 그것도 결혼 생활을.

"한 가지만 확인해도 될까? 당신에게는 하찮은 일이겠지만."

아야네는 요시다카에게 물었다.

"나에 대한 애정, 그건 어떻게 되었는데?"

준코를 버리고 자신을 선택한 것은 그저 아이를 낳아 줄 것 같아서였지 애정 때문이 아니었다는 말이냐는 질문이었다.

그러자 그가 당황한 표정을 지으며 대답했다.

"그거야 변함없지. 그건 단언할 수 있어. 당신을 좋아하는 마음은 변하지 않았어."

그 말을 들었을 때, 아야네는 결혼하기로 결심했다. 하지만 그와 함께 살고 싶어서는 아니었다. 애정과 증오라는 상반되는 감정이 공존하는 자신의 마음과 타협하기 위해서였다.

아내로 언제든 곁에 있어 주지. 하지만 그의 운명을 쥐고 있는 사람은 나. 그런 결혼 생활을 거머쥐려 했다. 그리고 그것은 그에 대한 벌을 유예하는 생활이었다.

정수기에 아비산을 투입할 때는 정말이지 긴장했다. 이제 아무도 이 부엌에 접근할 수 없다고 생각했다. 동시에 요시다카를 완벽하게 지배할 수 있게 되었다는 환희도 있었다.

그가 집에 있을 때는 언제나 거실 소파에 있기로 했다. 또 그가 절대 부엌에 들어가지 않을 시간대를 주의 깊게 살펴서 화장실에 가고 목욕을 했다.

결혼 후에도 그는 친절했다. 남편으로서 더 바랄 것이 없게 대해 주었다. 그의 애정이 변하지 않는 한 아야네는 정수기에 아무도 손대지 못하게 할 작정이었다. 준코에게 한 짓은 용서할 수 없지만, 자신에게 똑같은 짓만 하지 않는다면 영원히 이대로 지내도 좋았다. 아야네에게 결혼 생활이란 교수대에 오른 남편을 지속적으로 구제하는 나날인 셈이었다.

하지만 물론 요시다카가 아이를 포기할 것이란 기대는 품지 않았다. 와카야마 히로미와의 관계를 알았을 때는 끝내 올 것이 왔다고 생각했다.

이카이 부부를 초대해 홈 파티를 하던 날 밤, 요시다카가 결별을 통보했다. 실로 사무적인 말투였다.

"알고 있겠지만, 머지않아 타임 리밋이야. 나갈 준비를 해 줬으면 해."

아야네는 웃었다. 그리고 그 말에 이렇게 대답했다.

"그러기 전에 한 가지 부탁이 있는데."

"뭐지?"

남편의 눈을 쳐다보면서 그녀는 말했다.

"내일부터 이삼 일, 친정에 갈까 해. 당신이 혼자 있어야 하니까 걱정스럽기는 하지만."

겨우 그런 일이야, 하면서 그는 웃었다.

"걱정할 것 없어. 나 혼자라도 괜찮으니까."

"그래. 그럼 다녀올게."

남편을 구제하는 나날이 끝나는 순간이었다.

33

그 와인 바는 지하에 있었다. 문을 열자 바로 카운터가 있고 그 안쪽에 테이블 세 개가 나란히 놓여 있었다. 구사나기와 유가와는 벽 바로 앞자리에 마주 앉아 있었다.

"늦어서 미안합니다."

가오루는 고개 숙여 인사하고 구사나기 옆자리에 앉았다.

"결과는?"

구사나기가 물었다.

가오루는 힘주어 고개를 끄덕거렸다.

"낭보입니다. 동일한 성분이 검출되었답니다."

"그래."

구사나기가 눈을 부릅떴다.

쓰쿠이 준코의 고향 집 창고에 있던 깡통을 스프링 8에 보낸 결과, 마시바 요시다카 살해에 사용된 아비산과 동일한 성분이 검출된 것이다. 준코가 택배로 보낸 아비산을 정수기에 투입했다는 마시바 아야네의 진술을 뒷받침하는 증거가 나온 것이다.

"드디어 사건이 무사히 해결된 모양이군."

유가와가 말했다.

"그렇군. 우쓰미도 왔으니, 다시 건배를 해야겠어."

구사나기가 웨이터를 불러 샴페인을 주문했다.

"그건 그렇고, 이번 일에 자네 도움이 컸어. 감사의 뜻으로 오늘 밤은 내가 한턱 쏠 테니까 마음껏 마시라고."

구사나기의 말에 유가와가 눈살을 찌푸렸다.

"이번 일에가 아니라 이번 일에도, 아닌가. 그리고 내가 협조한 상대는 자네가 아니라 우쓰미 양인 것 같은데."

"아무렴 어때, 시시콜콜히 따질 것 없잖아. 자, 샴페인이 왔으니 건배나 하자고."

구사나기의 건배 선창에 셋이 잔을 부딪쳤다.

"그런데 용케 그런 것을 보관하고 있었더군."

"그런 것이라니?"

"마시바 부인이 물을 뿌릴 때 사용했다는 깡통 말이야. 자네가 보관하고 있었잖아."

"아, 그거."

구사나기가 시큰둥한 표정을 지으며 눈길을 떨어뜨렸다.

"자네가 부인 대신 화분에 물을 주었다는 것은 알고 있었지만, 물뿌리개까지 샀을 줄은 몰랐지. 그건 그렇고, 왜 그런 것을 보관하고 있었나? 우쓰미 양 말로는 책상 서랍에 들어 있었다던데."

구사나기가 힐끔 가오루 쪽으로 시선을 날렸다. 그녀는 그 시선을 피했다.

"그게, 그냥…… 직감이 들어서."

"직감? 형사의 직감 말인가?"

"음. 뭐가 증거가 될지 알 수 없으니 사건이 해결될 때까지는 뭐든 함부로 버리지 않지. 수사의 철칙이야."

"흠, 철칙이라."

유가와가 어깨를 으쓱 올리고는 샴페인을 한 모금 마셨다.

"난 또 무슨 추억의 물건이라도 돼서 소중하게 보관한 줄 알았지."

"무슨 뜻이야?"

"아니, 아무것도 아니야."

"이번에는 제가 교수님께 한 가지 물어도 될까요?"

"물론."

"교수님은 어떻게 그 트릭을 알아차렸죠? 어쩌다 보니 그랬다고 대답하시면, 저 역시 그냥 그런 줄 알겠지만."

유가와는 후, 숨을 토했다.

"어쩌다 보니 아이디어가 떠오르는 일은 절대 없어. 다양한 시각에서 관찰하고 사고한 끝에 얻는 것이지. 난 우선 정수기의 상태가 마음에 걸렸어. 내 눈으로 직접 봤기 때문에 기억하는데, 먼지가 부옇게 쌓인 것이 오래도록 손대지 않았다는 게 분명했지."

"그건 저도 알아요. 그래서 더욱이 어떻게 독을 투입했는지 오리무중이었으니까요."

"하지만 난, 왜 그런 상태일까 하고 고민했어. 자네 얘기를 듣고 부인이 상당히 꼼꼼한 성격일 거란 인상을 받았거든. 실제로 자네도 샴페인 잔이 그대로 밖에 놓여 있는 것을 보고 그녀를 의심하게 되었잖아. 그런 여자가 아무리 눈에 보이지 않는다고 그렇게 먼지가 쌓이게 놔둘 리 있겠어."

"아······."

"그래서 이런 생각을 했지. 만약 의도적으로 그런 것이라면, 일부러 청소하지 않고 먼지가 쌓이도록 마냥 내버려 두었다면, 그 목적은 무엇일까, 하고 말이야. 그러다 보니 역전의 발상을 하게 된 거야."

가오루는 물리학자를 바라보면서 고개를 살랑살랑 흔들었다.

"과연 대단하시네요."

"칭찬받을 만한 일은 아니지. 그런데 여자란 참 무서운 존재더군. 그렇게 비합리적이고 모순에 찬 트릭을 고안할 정도니."

"모순이라면, 와카야마 히로미가 아이를 낳기로 결심했다는 것도 모순이지."

유가와가 미심쩍다는 눈빛으로 구사나기를 보았다.

"그 경우는 뭐, 모순이 아니지. 아이를 낳고 싶어 하는 것은 여자의 본능이잖나."

"마시바 아야네가 낳으라고 권했답니다."

가오루의 말에 물리학자의 표정이 순간적으로 굳었다. 그후, 천천히 고개를 젓고는 이렇게 말했다.

"그거야말로 모순이로군. 알 수 없어."

"그런 것이 여자죠."

"흠, 그런 것 같군. 아무튼 이번 사건을 논리적으로 해결하다니, 거의 기적에 가까운 일이야. 그렇지 않은……."

구사나기에게 말을 건네던 유가와가 갑자기 말을 뚝 끊었다.

가오루도 옆자리를 돌아보았다. 구사나기는 고개를 푹 꺾은 채 잠들어 있었다.

"완전 범죄가 해결되는 동시에 그 사람의 사랑도 끝이 났군. 피곤하기도 할 거야. 조금 쉬게 해 주자고."

그렇게 말하면서 유가와는 잔을 기울였다.

추리 소설하면 으레 떠오르는 장면들이 있다.

피 튀는 끔찍한 사건이 터지고, 수사관들은 현장으로 급히 출동한다. 수사관들이 범행의 잔혹함에 혀를 내두르는 사이, 한 걸음 늦게 출동한 과학 수사대는 묵묵히 현장에서 증거물을 수집한다. 관할 경찰서에 수사본부가 설치되고, 수사관과 과학 수사대의 협조 체제 하에 범인을 쫓기 위한 각종 수사가 펼쳐진다. 과학 수사, 탐문 수사, 현장 검증, 증거물 확보 등등이 이루어지는 사이 용의선상에 오른 자들의 알리바이가 밝혀지고, 용의자의 범위는 범인을 향해 점차 좁혀진다. 그리고 시시각각 옥죄어 드는 수사망을 피해 전전긍긍하는 범인과 이를 뒤쫓는 수사관들의 급박한 걸음걸음.

추리 소설의 정석은 어쩌면 도망치는 범인과 뒤쫓는 형사, 내지는 수사관 사이에 펼쳐지는 숨 막히는 스토리가 아닐까 싶다.

그런데 히가시노 게이고의 경우는 좀 다르다. 그는 스릴러물과 추리 소설로 이름난 작가인데도, 그의 작품을 읽다 보면 우리가 흔히 알고 있는 추리 소설의 정석에서는 많이 벗어나 있다는 생각을 품게 된다.

이번 『성녀의 구제』에서 그 '다름'은 두 가지 형태로 나타난다.

한 가지는 추리 소설의 핵심인 범행의 동기와 범인을 소설의 머리에서 아낌없이 밝혀 준 점이다. 그러고는 오히려 읽는 이들에게 사건의 발생을 예감케 한다. 그 예감대로 사건이 터지고 수사가 진행되는 과정에서도 수사관은 증거와 정황으로 범인을 추적하는 데 주력하지만, 읽는 쪽의 관심은 누가 왜? 가 아니라 어떻게? 에 모아진다.

즉 트릭이다.

범인은 범행이 성립할 수 없는 현장에서 과연 어떤 트릭을 써서 범행을 성립시켰을까?

다른 한 가지는 범인이 범죄를 성립케 하는 트릭을 부린 후 사건이 발생하기까지의 시간을 보낸 방식이다. 범인은 보통 자신이 꾀하려는 범행을 실행에 옮기기까지 그 완벽한 실천에만 전력투구하기 마련이다. 그런데 이 소설의 범인은 언제든 사건이 터질 수 있는 트릭을 준비해 놓은 채 실제로는 사건이 일어나지 않도록 전력투구하면서 시간을 보낸다. 요컨대 범행 대상의 목숨을 하루하루 구제하는 나날을 보내면서, 사건 당일에는 범행 현장에 범인이 존재하지 않는 완전 범죄를 구성한 것이다.

그러나 이 세상에 완전 범죄는 있을 수 없다는 정론이 시사하듯 감각 수사의 가오루, 정석 수사의 구사나기, 과학 수사의 갈릴레오가 삼각 체제로 펼치는 수사 과정에서 하나하나 풀려나가는 트릭의 수수께끼가 결정적인 증거물이 없어 입증될 수 없는 위기에, 범인이 저지른 단 하나의 실수가 트릭의 완성을 허물어뜨리는 결정타가 된 것은 수사하는 쪽의 입장에서는 또 다른 의미의 구제가 아니었을까?

2009년 초겨울 김난주